中篇科幻佳作丛书 科幻剧院系列

未来往事

未來事务管理局 FUTURE AFFAIRS ADMINISTRATION 编著

中国青年出版社

图书在版编目（CIP）数据

未来往事 / 未来事务管理局编著 . -- 北京 : 中国青年出版社 , 2022.8
（中篇科幻佳作丛书 . 科幻剧院系列）
ISBN 978-7-5153-6736-1

Ⅰ . ①未… Ⅱ . ①未… Ⅲ . ①幻想小说—小说集—世界—现代 Ⅳ . ① I14

中国版本图书馆 CIP 数据核字（2022）第 143347 号

编　　著：未来事务管理局
项目总监：姬少亭　李兆欣
产品策划：青年文摘杂志社｜未来事务管理局
策划编辑：郭凯　孙薇　武甜静
特约编辑：龚蕾　吴迪　周玲
责任编辑：彭岩
出版发行：中国青年出版社
社　　址：北京市东城区东四十二条 21 号
网　　址：www.cyp.com.cn
编辑中心：010 – 57350407
营销中心：010 – 57350370
经　　销：新华书店
印　　刷：北京中科印刷有限公司
规　　格：700 × 1000mm　1/32
印　　张：31
字　　数：410 千字
版　　次：2022 年 9 月北京第 1 版
印　　次：2022 年 9 月北京第 1 次印刷
定　　价：68.00 元

如有印装质量问题，请凭购书发票与质检部联系调换
联系电话： 010 – 57350337

遇到科幻最好的样子

无论你是耄耋老者，还是正值青春的学生，第一次和那些伟大科幻故事相遇时，那种震惊和愉悦，一定是永远不会忘记的珍贵回忆。

也许是一部老电影，也许是一本经典小说，也许是随手点开的一个链接，甚至只是偶尔看到的一句话。但只要一瞬间，你眼前的现实被突然撕开，宇宙在你面前再次大爆炸，时间、空间、维度、能量、物质、生命，一个个迸发出来，充满你的视野，冲击你的大脑，重新改写你的思维。就只是一转瞬，你已经是全新的自己，世界再也不是以前的样子。

今天，这样的体验，越来越少了。

一方面，确实随着我们长大，阅历增加，见多识广，新观念很难改变我们的思维。另一方面，现在的媒介形态变了，无论是碎片化的信息，还是超长篇的故事，其实都是注意力经济的产物，目的只有一个：尽可能占据你的时间。为了这个目的，可以抛弃所有的追求，放弃所有的价值。

而真正有价值的思考，是谨慎的、自省的、尖锐的。它不需要让你无休止地等待更新，也不想让你无脑地滑动到下一个内容。它甚至怀疑自己的思考是否真的有价值，为此不会试图用长篇大论欺骗你的大脑，或者用刺激内容引发你的本能。它只提出自己的问题，清晰地讲述自己的理由，前因后果娓娓道来，小心地提出看法和结论。然后，安静地退出你的大脑，留给你自己思考的空间和时间。

H.G. 威尔斯、艾萨克·阿西莫夫、阿瑟·克拉克、詹姆斯·提普垂、厄休拉·勒奎恩、刘慈欣、特德·姜、刘宇昆……这些改变了科幻历史，为我们提供了超凡体验的科幻大师们，都擅长用恰当的篇幅，谦逊而又自信地讲述令人震惊的故事。

现在，这样的故事越来越少，因为作者既需要完整构思一个美妙的世界，又需要满足一口气读完的篇幅限制，很少有人愿意去做这样不合算的事情。但每个时代，都应该去做一些不合时宜的事情，因为故事的价值，不是一时一地的计较，而是一代又一代人的人生。

于是，就有了这本书，一本为了我们的过去，也为了你们的未来，而出现的书。

现在，和我们一起走进科幻剧院，坐稳，等待震撼来临。

李兆欣

2022 年 4 月

公元 2022 年的序言

今天是公元 2022 年 4 月 25 日。

用这句记录的话作为序言的起始，应该是某种历史感在发生作用。时间一秒一秒地过去，又或是一百年一百年地过去，每一秒你都生活在一个新的发端，每一代人都想要在这短暂的时光里留下点儿什么，语言当然是最为直接有效的方法。

距离我第一次读到叶永烈先生的科幻小说《珊瑚岛上的死光》已经过去了三十多年，那时我大概只有 7 岁，犹记得那种震撼，激光武器就像是在此刻黑夜的海面上静候着划破长空。

如果再过一万年，由未来事务管理局策划出版的这套科幻小说集连同序言一起被考古学家、历史学家、外星生物看到，我相信这些小说里所能想象到的一切，都已经在宇宙里发生了。

今天我关掉手机，像是黑客帝国里的 Neo 拔掉脑后与 Matrix 相连的管道，坐在电脑前阅读未来事务管理局的同人发来的小说样稿与策划案，感觉到自己从互联网信息的洪流中退将出来，回到生活里，感知出色的头脑和强劲的想象力创造出的真实。

不得不说，我在阅读样稿的时候带着电影工作者的功利主义——它们可被搬上银幕的几率有多少？众所周知，好莱坞是科幻电影的集大成者，不仅来自于其极强的商业转化能力，也来自于美国国力的强盛与自信，直到现在，好莱坞依然是全球电影行业最先进生产力的代表者，美国在电影生产的科技硬件、软件领域，连同另外几个发达国家一起不断将电影制作推向不可思议的前沿，我们的电影生产力水平还与它们差得很远。即便是今天我们已经拥有了《流浪地球》这样耳熟能详的科幻电影，但无论在融资还是制作层面，我们并没有形成“电影是制造业”的共识。

今天的我们阅读到全世界最精彩的科幻小说，包括中国本土最优秀如韩松、吴季、刘慈欣这样既有社会前瞻性又具备文学性的作家写出的作品，但意识和语言所能企及的高度，向来是我们中国文化擅长的，而在制造出实实在在的电影及相关产品领域则相对静默，以行动去探索，以意志去探索，不以文人式的评判为纲，这既需要整个社会土壤在未来的变化，更需要电影工作者以创新意识和行动力去突破。

在这里我要表达一下对未来事务管理局同人们的敬意，他们是亚洲科幻文化领域的尖兵，以燃烧的热爱不遗余力地推动优秀科幻小说在中国出版，和所有起始于时空里的能够抵达终点的念想一样，这套科幻小说集将结结实实地出现在读者的手中，等候万年如一瞬的考验。

感谢这套小说集的作者们，正如科幻电影是极其复杂而需要非常出色的素质去完成的工业制作，科幻小说作者需要的素质和能力是高度综合的，同时我们依然能够从中读到人类最普遍的情感和追求，不管那是梦幻泡影，还是将会发生的历史。我愿意以引用这套文集中的中篇小说《孤城独步》的结尾来结束这篇序言，同时，也请将这段文字视作对经历了疫情时期的心灵的鼓励，它健康而乐观：

“生活还会继续，人们会抛弃被细胞构建体霸占的城市，回到荒野和群山中去重建文明。也许这一次，人们会选择更简单的生活方式，敞开心扉，坦诚相对。”

李霄峰

2022 年 4 月 25 日星期一

目　录

1　地震云 / 孙望路

57　孤城独步 / 甘泉

179　记忆捕手 / 蔡建峰

227　三　生 / 剑弢

289　天鹅之歌 / 范舟

343　物　狂 / 夹缝貉

427　抓住闪光 / 凯特·兰博

地震云

孙望路

序　幕

这是我离死亡最近的一刻。只要翻过栏杆，我就能从十楼一跃而下，结束生命。

我跨坐在栏杆上，临近夜晚的风让人神清气爽。只要我松开手，就能在此刻拥抱干脆的死亡，一切苦痛和烦恼都会随风而去。

当然，有位矮胖的大叔跟了上来，想要阻止我。他和我的距离在 20 米以上，不可能来得及。

就在这时，大楼突然摇晃了。我感觉在一瞬间，大楼往一个方向倾斜了一下，然后又抖了两下。

“地震了！”我兴奋地喊起来，双手抓紧栏杆。竟然是我一直研究不透的地震救了我，大楼恰好往这边倾。我看了眼下面，突然不想死了。

大叔终于跑过来，把我从栏杆上一把拽下来，用浓厚的四川口音喊道：“要不得！要不得！”

我看着他的脸，终于想起来刚才在路上见过他。那时，我刚刚得到学校将我开除学籍的消息，还和导师狠狠吵了一架，我的吼声几乎半条马路的同学都能听见。

我甚至比很多不得不变成硕士毕业的博士还要惨，因为我连硕士文凭都没有。我究竟为了什么而读博呢？我蹉跎了人生最重要的几年，却只得到了一个答案——证明我不是科研的材料。这让我失去了生的信仰。

也许就是那时他注意到我，尾随了一路，然后试图阻止我自杀。

“你是搞地震的？”他把一张名片塞到我手里，说道，“我叫奴牛，奴俊义的奴，喊我老奴就要得。”

就在这时，紧急广播响了，要求快速疏散。原来我想错了，刚刚发生的并不是地震，而是地基因为瞬时沉降突然失稳，因为鞭梢效应，楼顶感觉特别明显。这在喀斯特地貌中远比地震常见，因为地下水系的侵蚀，基层早就已经千疮百孔。

而我捧着名片，心绪万千。

一

我无比厌恶星期一，并相信大多数人有同感。

清晨的第一束阳光穿透层层阻碍，照射到脸上，把我从沉睡中拽醒。解决掉早饭和家里各类杂务，我看了下老旧的挂钟，才8点钟。要不是工作性质特殊，我也不可能如此悠闲。

又强迫症一般把卧室收拾一番后，我换好鞋，出门前再回头看一眼家，偌大的房间还很空旷，就像我无聊的人生一般。或许我该考虑买点家具，或者干脆引进一个女主人？

呵呵，哪有这么简单？一考虑到后一件事情，我就更加觉得日子活到狗身上去了。身边都是一群神经病不说，出去介绍自己的工作也是一件超级尴尬的事情。外加我一个外地人，在本地无亲无故没房没车，真是太凄凉了。

刚出门，我习惯性地拿出手机，屏幕上显示出一句“加油，夏帆”，算是自我鼓励了。就在这时，我突然发现，手机上显示现在已经8点43分了。

我才想起来，几天前挂钟慢了不少，但我因为懒忘了调回来。这破钟我早该让它退休了，每过一个多月就会慢大约半小时。

这不是要坏事吗？我赶紧冲向马路，拦住一辆出租车，说要去富林山庄。

司机的表情瞬间变得尊敬了很多。因为富林山庄是一个高档别墅区，一栋别墅起码要1000万元，在这座小城可谓天价。但他扫了眼我的着装，又放松下来。因为我的地摊打扮看上去不像有钱人，反倒像跑腿的。

街景快速向后飞去，我急得不停地看表。司机也没打算和我聊天，反正一路都很顺。

距离9点还差1分钟，我成功赶到山庄门口，和保安打了个招呼。以前递烟的工作没白费，保安立刻认出我来，放出租车进去。司机按照吩咐把车停在一栋欧式别墅前，我把早就准备好的车费扔给他，然后蹿向别墅。

华贵的别墅门口停放着几辆廉价破旧的电瓶车和自行车，和别墅高大上的形象完全不搭调，就好像猴子戴上王冠一样滑稽。不用说，肯定是同事们的。我看了眼手机，只迟到2分钟，还不算严重。

我忐忑地打开门，仿佛就要进入另一个世界。

“帆哥，你来啦！”热情欢迎我的是我在这里唯一能顺畅交流的人。他叫许冶钢，看起来很干瘦，皮肤因为某种特殊的皮肤病而显得粗糙。嘴唇似乎因为干燥而皲裂，但我们都知道那只是皮肤病的某种表现。

和我那平凡的名字一样，他的名字也相当通俗。“冶钢啊！”我热情地和他击掌，环顾四周，“今天老板没来？”

“刚刚打电话说了，他上午有生意要谈，组会推到下午。”他另一只手上拿着一本书，标题是《地震云》，由日本前福冈市市长键田忠三郎所著。

这本书是实验室保有量最大的书籍，起码有5个人都有这本书，与之配套的还有《地震云事迹考》《地震云与量子力学纠缠原理数学解析》《地震云原理》《地震云与地震预测》等让人哭笑不得的书籍。据说，其中有一本恰好是老板和人合写的。

当然，我知道老板的办公桌上有一本1981年陕西科学技术出版社出版的《地震云》，放到今天都能当作文物了。说实话，主流学术界都认为地震云是伪科学，但老板还一直虔信着。

我松了一口气，瘫坐在华贵的沙发上：“早知道我就不用赶了，还是打车过来的。”

“打车票你拿了吗？咱们老板可以报销的。”冶钢提醒我，然后手里摇晃着六七张打车票。

只有一两张还好解释，拿出这么多让老板怎么想。我问他：“你都去了哪里，这么多？”

他把打车票放在我面前，让我看上面的金额，就没有一张少于一百块的。按照本地的物价推算，他起码打车走了几十里。

“你是去拜访‘老师’了吗？”

“是啊。”他的笑容很纯净，“本来这边就有一些大师我想拜访，反正能报销，也就没省钱。今天还要谈采购的问题，你打算要买什么？”

说实话，我觉得这里已经够棒的了——有钱人才能住到的豪华别墅房，一应俱全的办公娱乐设备，厚实的书架，外加丰盛的饮食，说出去足够让大部分标榜工作环境的新兴创业公司汗颜。换成一般人到这里，第一反应肯定是拍照片发朋友圈。我真想不出还缺什么。

他神秘兮兮地凑过来，亮出手机屏幕，上面是一个游戏本。

“这……”我欲言又止。

我这才想起来，几天前他说想玩某款游戏的最高配置。我只能明说：“你让老板接受你买一个游戏本？你要用游戏本做研究？”

“不啊，我只是想用来打游戏。”想不到他竟然毫不掩饰。

这群人脑回路就是和正常人不一样，我突然想起来。他们有时都懒得掩饰，可就算老板再偏爱这群人，也不可能总是满足这些如同儿戏一般的要求。

“打游戏也是研究的一部分。”他拍了拍我的肩膀，以一副过来人的口吻教导我，“你不能拘束自己的思想，这里和其他地方不一样，那些研究所和院校的破规矩，我们不需要遵守。”

是啊，那些规矩确实行不通，因为有一个脑回路神奇的老板和一群有趣的研究者，他们当中学历最高的就是我，而我仅仅是读过一所一般大学的博士，还没拿到学位就和导师闹掰了。

我一直不愿意回想那段人生中最昏暗的日子，只希望多年之后我不会评价现在的生活是“才出虎穴，又进狼窝”。

“你还没来时，有你的同学打电话过来。”冶钢说道，把我从沉思中拉了回来。

“是谁？”

“自称是校友联络员，想更新一下你的通讯录。”

“哦，我知道了。”我想到了那位可敬的班长，过去这么多年一直兢兢业业地做着看不到收益的校友联络员。可惜我并不想告诉他我的现状。

这里不正常到说出去就是个笑话，虽然我享受着比一般实验室好得多的收入，但总觉得抬不起头，无论是在一般群众还是在大学同学们面前。我畏惧和他们聊天。

但是，他直接从微信联系我不就行了，为什么要从实验室找我呢？我只能想到一种可能性。

总之，我成了一个夹缝人。

二

老板将在晚饭时到来，和我们共进晚餐。

兼职杂务的研究员铺上了红地毯，他们把适合西式家庭聚餐的长桌摆好，餐具一一放好。

在我看来，他们的准备就好像是照猫画虎。两个研究员因为刀叉的摆放方向起了争执，一个说刀叉一定是要摆在盘子左右两边，另外一个说刀叉应该平行横放在盘子前面。两人谁都说服不了对方，一个说是从电视上看到的，另一个说是从朋友圈看到的。

我一听他们的话头都大了，但假装没事人似的默不作声。

过了一会儿，情况更加复杂了。因为许治钢也加入了讨论，他说不一定要遵照西方礼仪啊，咱们在中国，应该按照儒家文化来搞。

结果，他的话就像在一堆干草中间点起了一把火，让众人如梦初醒。有人开始说要按照他的魔法仪式来设计；另一个人反驳说不行，应该用他的占卜确定怎么摆放；还有人说应该用量子力学，随便扔一下；最后一个人更离奇，他说我们应该不上餐具，用神智吃。

“你有本事不吃饭，用神智试试看？”我在内心几乎咆哮出声。

对于唯一能和我交流的许治钢会卷入讨论，我丝毫不奇怪。早在刚来这里时，他就已经天天把我摧残得不成人形了。想象一下，就算我随便伸个懒腰、做个手势，都会有人给我讲述儒释道知识。

这群人很难达成共识。我只能大喊一句：“停！别吵！别吵！听我说！”结果他们反倒吵得更激烈了。这印证了一个常识——吵架全靠声音大，语速快。

我跑上楼，从办公桌上拿出扩音喇叭。这是我上次采购时买的，当初的购买理由就是为了这一刻。

我对着喇叭喊道：“都别吵，自己摆自己的不就完了吗？”

“对啊！”众人恍然大悟。于是，接下来又是一顿群魔乱舞。有人说自己不需要叉子，有人说要用两把刀，有人说来罐牙签……

总之，我已经无心去干涉了，他们想怎么样就怎么样吧。

等到他们安分下来，餐桌已经成了一件特殊的艺术品。那些不知道按照何种规则放置的餐具就像天桥上常见的办证小广告，杂乱无章而缺乏美感。只有我的桌子上很正常地摆放着餐具，反倒显得鹤立鸡群。

我本来就不一样，我接受过博士教育，代表着他们一直想挑战但也想寻求认可的科学界。

我对面恰好是那位声称要用神智吃饭的人。他确实没要刀叉，但是要了牙签。我心想，一会儿有你急的时候。

马达轰鸣，魔音灌耳，让每个人不由得一颤。老板的SUV贯彻了他一贯的暴力美学——大、能烧油、声音有劲儿。

他从后排座位上下来，然后和驾驶员一起打开后备厢，从里面搬出一袋灰不溜秋的水泥。大吼一句：“搞啥子哦，个瓜娃子弄么岑（真沉）。”

老板从来都不会说普通话，浓郁的四川话“十”“四”不分。我到现在还记得第一次见面时他的自我介绍，他把一张名片塞到我手里，中气十足地说道：“我叫奴牛，奴俊义的奴，喊我老奴就要得。”要不是看到名片上写着卢牛，我还真以为有人姓奴。

几个研究员眼疾手快，赶快冲上去帮老板。他们从后备厢里扛出四五袋水泥，就那么直接放在别墅的地上。因为水泥稍微有点漏，每个人都吃了点灰。我倒是更心疼老卢的车，明明值好几百万，却被他用来运水泥，糟践得很。

老卢很高兴地拍拍手，浑圆的小肚子在矮小身材的映衬下异常突出，几乎要撑爆衬衫。他把领带随手一拉一拖，霸气地往桌上一坐。看着堪称百花齐放的餐桌行为艺术，老卢先笑了，饶有兴致地问：“你们这是搞啥子？”

“我们在按自己的理论摆餐具。”不知道谁回答道。

老卢扫视了一圈，最后又多看了我一眼，也不知道是赞扬还是批评。他笑了笑，还是表达了赞同：“硬是要的！”

他转向我对面的那家伙：“脏老五，你介是搞啥子牛鬼蛇神哦？”

“脏老五”其实是张老五，也只有老板这么称呼他，事实上我都没记住他的本名。张老五摆出一副骄傲的样子：“神智统一，只要我们能专注修炼神智，就能看到宇宙终极。我最近参悟神智修炼，发现功力没有增进，才明白是因为吃饭方法不对。”

在众人疑惑的眼神中，张老五继续说：“我们平时都用勺子吃饭，勺子是铁做的，铁是金，是能够导神的东西。那些电啊之类的，都是神。所以我要练神智，怎么能用这些餐具呢？”

大伙儿的表情值得玩味，我只能强忍住不笑。这家伙在我面前说他研究清楚神智大一统理论之后要拿诺贝尔奖，到时候大家都上颁奖台，一起乐呵乐呵。

老卢点头表示认可，但是下一个问题就很实在：“测地震要得吧吗？”

面对如此现实的问题，张老五的脸色又红又白：“能。等到我把神智锻炼到极致，我就能认出地震云。”

地震云，我闻言在心里冷笑。早说了，日本和西方学界都认为地震云是伪科学。中国的民间科学爱好者们却对此深信不疑，围绕着地震云发展出了无数荒诞的理论。我虽然跟着鼓掌，但是内心很不屑。

老卢带头鼓掌，这意味着认可了张老五的汇报。于是剩下来的人也按顺序汇报，场面好不热闹。

有说用数学证明了量子力学新公式的，也有说就快解出困扰人类多年的数学问题的，还有各种神棍统一论……但只要老卢问他们能不能预测地震，这群家伙大部分都会扯到地震云。

有人提出了独树一帜的方法，他说所有人都忽略了地下水在地震中的作用，他觉得以后人们应该在地下直接挖空一层，上面浇筑上 C150 水泥，然后空层里面全部充上水，就算地震了也没事。

我没忍住，笑了出来。因为就算是在实验里，配置标号为 C120 的水泥就基本达到水泥的理论极限了，他竟然还能搞出 C150 的水泥。

许冶钢的报告比较独树一帜。他说："我拜访了附近的好几位大师。我现在一直想不清几个小问题，罗浮山隐居的正心大师说可能要收我为徒，要我按照礼仪做拜师礼。"

哎……我只能长叹。许冶钢是个单纯善良的人，他经常根本没意识到自己可能被所谓的大师骗了。据说他到现在都只租住在一间廉价的小房子里，还是在靠近汽车站那片最混乱的地方。他说这是在乱中清修的要求，况且每月也没能攒下钱。

说着说着，轮到我汇报了。我说："我在为模型写算法程序，代码采用 Fortran 语言，不过进展比较缓慢。我发现在迭代到达 1300 次时，整个模型会崩溃，所以就从语言上找漏洞。最后发现，我在执行雅克比迭代法时，忘了对取值做限制……"

我自顾自说到一半时，才发现他们对我说的东西一无所知。除了稍微知道一点的许冶钢外，其他人估计连 Fortran 是啥都不知道。他们没经过任何的计算方法训练，也不知道迭代方法、计算精度等问题。在他们的观念中，计算就是一种输入公式和数值，然后结果就会出来的方便工具。

我知道我要采购啥了，大概需要 1 台投影仪。虽然我知道，事实上和这群人讲科学道理基本是对牛弹琴。

在说完之后，我突然发现，我好像低估他们了。虽然他们并不明白其中的含义，但对计算产生了巨大的兴趣。

张老五就说，要让我帮他写个神智大一统的计算模型。那些想证明数学定理的人，问我可不可以写模型帮他们证明推导的正确。

也就许冶钢对我说的东西不感兴趣，默默地对着盘子里的蔬菜挥动刀叉。我又一次发现，只有他的盘子里没有肉食，甚至没有葱、姜、蒜。大概他和我说过，不能吃肉食，就算是所谓的“五荤五腥”也不行。

我只好急忙解释模型有多么难建立，算法多么难写，然后告诉他们这运算就是暴力破解，对证明数学推理其实没有一点儿帮助。

老卢两眼直愣愣地盯着我，然后直接站了起来，双手撑着桌子：“好久能搞完？”

“1 个月吧。”我不太确定地说道。

“好，可以！”他大力鼓掌，其他人也跟着拍手。我一阵恍惚，这情景似曾相识，只不过得到他们的赞同我其实并不开心。我开始后悔为什么没把时间说长一点儿，反正这件事情肯定做不成功。我要的只是在这里混点工资罢了。

晚宴在汇报中慢慢进行到报账和采购申请环节。其实，边吃边汇报比早晨例会好得多，起码我可以专注地吃东西，不用听那些乱七八糟的民科理论。

申报环节到了，我这才发现自己的想象力根本跟不上他们的脚步。五花八门的东西被提出来，有皮鞭、小说、弓箭、瓷器、手办、木质饭碗，还有可以让人在里面旋转的大圆环、拥有放射性的陨石、非转基因五谷的种子……

而我只好说要买投影仪，以后大家汇报可以放 PPT 出来，要不然光嘴上说听不懂，大学里面都是这样弄的。老卢一听觉得有道理，但大家都对我使眼色。我清楚他们中的很多人其实电脑水平仅限于开机装游戏，或者他们想说的东西做成 PPT 也会无比尴尬。

就在这时，老卢发话了："那就算咯，把大学那套照搬过来也没个啥子用。"

最贵的采购申请就是许冶钢的游戏本了，我觉得老板多半会把他痛骂一顿。没想到，老板听完之后只是说了一句："买嘛！"

我瞬间觉得天旋地转，原来这都行？实在太荒诞了！我不禁怀疑老卢是怎么做出这么大的产业的，他养着的这群废物白吃白喝，乱买东西，还拿工资！

我甚至都忘了，其实我和他们一样，也是在骗工资。我愤愤不平的目光和老卢的眼神无意间正好对上，那一瞬间他就盯着我看，并没有王霸之气之类玄乎的玩意儿，但看得我心里一慌。我这才意识到，自己真正愤怒的原因并非正义感。

晚宴后，老卢让几个人留下来，他要单独聊天。很不幸，这里面就有我。

他的办公室在别墅顶端。按他的说法，那地方就是尖尖的位置，只能他占着。办公室里堆砌着很多有用没用的书，堪称民科专著大全。而老板的桌上恰好放着一本 1981 年版的《地震云》，因为他经常翻，整本书都已经破破烂烂。

"你个瓜娃子啊，莫给你买个投影，不开心咯？"他说道。

我想他果然误会了。我回答道："不是。我其实是为实验室着想。"

"你说！"他声如洪钟，就像掌握生杀大权的古代君王。

我想到许冶钢，他想买的游戏本可能因为我接下来的一番话而被取消，我有些不好意思。但其实只要我事后坦白，他可能也不会生气。因为这个人一直觉得朋友之间有问题也可以说，正如孔子说的"益者三友，损者三友。友直，友谅，友多闻，益矣”。

于是，我对老板说道：“因为我们这里毕竟是实验室，研究东西的地方。采购也应该和研究相关不是吗？其他还好，但游戏本很明显是用来玩游戏的。许冶钢研究的是儒释道……”

我顿了顿，还是没想到更好的用词，就先解释道：“我和许冶钢关系不错。但这么做，不太合适。”

老卢听罢哈哈大笑：“你个瓜娃子，这关你锤子事？老子有钱！我和你嗦，你要马儿跑，就要马儿次草，你不给它次草，要它咋个跑？你懂个啥？比起你们，外面那些个吃哩东西要多得多咧！”

我只好点点头，毕竟老板社会经验丰富。他随便训斥我的这几句，我觉得还挺有道理。就像今早门卫没拦我，不也是因为我给这匹“马”递过烟吗？

眼看解决了问题，他又和我说：“你嗦的那东西，做个 PPT，下次来公司讲给我听。但我和你嗦，你也别把大学坏的那套带进来，他们懂个锤子嘛。”

我看着他，张大了嘴。如果他是要让我在员工面前讲，那还是算了吧，实在是太羞耻了。

“不用多好。”他望着我，但好像越过了我，“只要能搞出来，能预测地震。可以分股权！钱不是问题。”

“我要数据。”我提出了一个很困难但也很实际的问题。

“啥子数据，要好多？”

我思考了一下，深深吸了一口气：“全国各地地震局的监测数据，从 2000 年一直到现在。最好还能联网查实时更新的，要不然我们怎么预测？”

“要得。”他想了想，站起来踱步，“你好好搞，我给你弄数据，要好多有好多！”

得到老板承诺后，我走出办公室，在拐角处发现了一直在等待的许冶钢。当时我还是被他吓到了，因为他正拿着一本佛经，在地上打坐，嘴里念念有词。换成其他地方，估计正常人都会被吓得报警，还以为是碰到了邪教分子呢。

他和我打了个招呼，然后走进老板的办公室。

我笑了笑，拿起背包，走出别墅。

三

之后老卢一直没提数据的事情，我猜他也不见得多在乎，反正只要他不提，我也乐得清闲。时间越来越久，而我的耐心也逐渐被消磨掉了。我开始学会胡言乱语，或者说一些不痛不痒的话。大家对我的态度也逐渐转变，那群疯子大概把我看成从神坛坠落的天才。唯有许冶钢会用儒释道三家的思想宽慰我，他说我需要先静心。

就在一次组会后，老卢突然找我说去喝酒。这是他第一次和我喝酒，而且还是我们俩单独去。

我们就着火锅喝白酒，三杯酒下肚，话就说开了。

他眯着眼看着我："整个实验室只有你最老实。"

我很不理解，因为一直觉得只有我和实验室格格不入，也因为我一直对研究的东西非常不屑。我一开始只以为他是酒后胡言。

他的眼睛闪着光，仿佛要把我看个通透。那一瞬间我分明觉得，他没醉。他说："只有你不信我那一套，你以为我不晓得哇？这些鬼迷日眼的人都在搞啥子？全是马屁虫。"

"那你为啥还要养着实验室。"

"人总要有点梦想嘛，老子又不是莫得钱！养好驽马，才好养千里马！"他又给自己倒上半杯，一饮而尽，"格老子的，你嗦我这人生还能追求点儿啥？你嗦你想搞科学，我就给你弄条件。咱们慢慢弄，早辞能搞好。"

我装作很理解的样子，深深地点点头。

不久之后，我发现了更多有趣的事。有一次，我在街上撞见和家人待在一起的张老五，他言谈举止都很正常。当他妻子提到换工作时，张老五说道："不不。老板就是个有钱的笨蛋，大家都在骗他。光演戏说胡话就能拿钱，天上掉下来的好事。"

换成以前，我说不定会冲动地冲上去，伸张正义。但其实我和他一样，五十步笑百步有什么意思？再说生活中，为了钱而扮演某种角色的人还少吗？但起码演得要像吧。我陷入了深思。

同样无聊的一天，一个电话打了过来，原来是我妈。我松了一大口气，幸好不是我父亲。

然而接听的一瞬间，我发现自己还是太年轻了。父亲的声音生冷："你还在绵阳？"

"嗯……"

"吃得习惯吗？那里人喜欢吃辣。"

我说："还好。这里有自己的食堂和厨师，上班时吃的东西大部分不辣。"

父亲"哦"了一声，仿佛发现了什么："那你说，你们实验室有多少人来着？"

我都可以想象出父亲在那边抓耳挠腮的样子，每次他一认真思考总喜欢用手指抠耳洞。我回答道："十几个人吧。"

父亲又"哦"了一声："那你大学那边，有没有和老师道歉？"

"现在去也没用了，学籍已经取消了。"

"连个硕士也没弄到？"

这是我最不想提起的问题，我点点头："嗯。"

那边一阵尴尬的沉默，父亲长长地叹了一口气，恨铁不成钢之意无须言表："那你怎么进的实验室？我没听说过哪里的实验室还愿意招本科生。”

我每次都选择避而不谈实验室。我相信如果真说出来，严厉的父亲肯定会暴跳如雷，然后狠狠地骂我一通：“读博读得好好的，好好的大学，你搞成什么鬼样子了，来到大西南，和一群伪科学家混在一起，简直丢知识分子的脸。”然后他肯定会把问题继续引申，引申到我将来买房娶老婆的问题上。

最后的结论肯定是这样的。他肯定会长叹一口气，说：“要不然你就回老家吧，我这么多年摸爬滚打，也攒了不少人脉，弄个小职位还是行的。”他还会说，只要我入了行，有他教导，过几年自己再考考证，以后一样能赚到钱。然后我可以差不多买个房，娶个差不多的老婆，差不多生个一男半女，过着差不多的人生。

我苦熬了那么多年，上了十几年学，好不容易熬出头，他却还想把我绑回家。记得我刚刚读到大三时，父亲就整天和我说工作的事情，还整天要我跟着去送礼、跑关系。要不是为了躲避回家，我也不会考研和直博。就我那学校，有多少人愿意留校读博的？

果不其然，父亲长叹一口气：“你肯定不在搞啥正常事，要不然早和你妈妈说了。快告诉我，是不是在弄传销？十几个人一个厨子，哪里的实验室能有这么高配置？”

“不是，不是，不是传销……”

他打断我的辩解：“那是搞邪教吗？或者制毒贩毒？你小子别给我打马虎眼儿，老子我现在就在绵阳市，我倒要看看你在搞什么鬼！”

天呐！原来他不声不响地摸过来了。我也终于知道，为什么校友联络员会从实验室找我，因为他其实只是个探子。果然姜还是老的辣啊！

一想到父亲威严的咆哮、怒吼，我感觉腿肚子都有点儿软。这种从幼年时期遗留下来的恐惧再次苏醒，紧紧攥住了我的心脏。

我不想回去。我甚至都忘了，卢牛还站在旁边。他拍了拍我的肩膀："莫似，我来帮你。你似帮我打工勒，我老奴不管怎莫要得？"

他立马推我坐上马力十足的座驾，拉风地穿过别墅区，直奔购物中心。他说："你个瓜娃子，孬个锤子，又不是做坏事。去挑件合身的！"

不愧是老狐狸！老卢带我进了一家西服店，我都不敢看价签，不知道是四位数还是五位数。

俗话说，人靠衣装。我挑了一件最正常的黑色西服，老卢却说这不行，要骚气点，于是选了一件稍微休闲点儿的西服。淡黄色的西服外套，配浅蓝色衬衫外加一条花色领带，穿上去之后整个人气质都变了。我似乎不再是那个连硕士都没混到的倒霉蛋，而是一个风度翩翩、谈吐潇洒的商业精英，就算站在一群大老板中间，也分外显眼。

这么贵的西服，老卢只是扔出一张卡，完全不在意究竟花了多少。

然后，老卢给助理打电话，让他过来接我，顺便去接我父亲。老卢自己则要去赶着出席某个活动，为了最新的项目和各方面接触。

半小时后，我接到了风尘仆仆的父亲。他冷峻地审视我，外加旁边那名分外专业的商务助理。时间一分一秒地过去，然后父亲的气势突然崩溃了。他也见过不少人，西服的质量基本上一眼能看出来。

那名助理领着父亲和我，参观了公司的办公楼，介绍了公司历史，然后还特地介绍说我是私立研究室的特聘研究员，享受着比同行高 50% 的专家待遇。

这下子，父亲终于放心了，他用小手指抠着耳洞，反倒有些办错事的局促。我和他挥别助理，打车回租住的房子。在路过某大酒店时，我竟然看到了老板的身影。卢牛走路都摇摇晃晃了，但还是一脸谄媚地和旁边的人说着什么，追着对方一直送到车上。我心里突然一暖，紧紧握住了拳头。

父亲的危机被老板解除了。得知我混得似乎不错，父亲只是询问我到底什么时候找女朋友，顺便提醒我公司前台那几个小姑娘挺好的，弄得我哭笑不得。

之后，他乘着一大早的火车，又匆匆离开了这座城市。昨晚从父亲的背包里，我发现了剪刀、水果刀和锤头，大概他害怕我真陷进了什么奇怪的地方，打算即使拼了老命也要救我。

但事实上，我只是继续欺骗了他。迟早我的谎言会被戳破，私立实验室的真相也会被揭穿。他会发现，他的儿子同以前一样，什么长进都没有，依旧是一个废物。只不过，恰好一个脑子不正常的土老板把这个废物捡了回去，土老板不知为何非要和废物没研究透的地震过不去。

四

我没想到，大约半个月后，老卢竟然真的为我要来了数据。

他甚至把那些旧的数据都下载下来，装了二十几个移动硬盘。他还细心地让人编上号，把整箱子硬盘搬到我面前。

很久之后，我才知道为了这些数据老卢究竟付出了多少。他的眼中闪烁着孩童一般兴奋的光芒：“要得了不？”

我用电脑接上一个硬盘，被里面层层叠叠的表格和折线图闪花了眼，这些和当年我在学校里得到的数据量完全不在一个档次。稍微认真看了一会儿我才明白过来，土老板卢牛根本不知道我要什么数据，所以不光是地震局的监测数据，就连地下水位变化、地质沉降等数据，他一股脑儿买回来了。

这些数据远远超过我可能需要的。就单纯处理这些原始数据，办公电脑的运算能力都显得捉襟见肘。我说：“够了。”

我心情沉重地收下老卢的大礼。说实话，我早就完全不相信自己做的这件事情了。也许曾经几个月前的我还能在导师面前坚持自己的看法，对完全虚度了博士的前几年时间完全无悔。但现在，我觉得我当时真是撞见鬼了。

我从来没喜欢过博士期间的课题。导师总是一句话：“你做的方向不能超过我们组的大方向。”他总是否定我把课题引向地震预测的努力，希望我别做“没经费，没希望”的事情。我拼尽全力投入过他的研究，但时间久了却发现里面依旧是一堆糊涂账。于是，我再次琢磨怎么搞地震预测，却发现自己的能力实在不足。久而久之，我已经不知道自己该做啥了，于是开始逃组会、打游戏、不接导师电话，只沉醉在自己的世界。

恰好导师也是特别直的那种人，一句“就凭现在的你，怎么挑战世界级难题”就把我呛回去了，让我感觉人生受到了莫大的侮辱。但现在，我多希望能早点被他那么呛一句，要不然也不会狼狈到和一群民科混在一块，每周还煞有介事地做所谓的汇报。

好吧，本质上我其实和这群民科并没有什么区别。只不过他们中的一些人还做着黄粱美梦，而我却过早地醒来了。科研不是我这种人可以做的。

我假装认真地查看这些数据，然后思考该如何在剩下的半个月里搞出个差不多的算法，附上晦涩难懂的图表，随便交差。大不了就说没算准，以后再改嘛。

但是，让我处理这些数据还是很开玩笑的。且不说计算速度要求，最大的问题在于数据量实在太大，细化到任何一个小地方都有远超想象的数据量。

更何况，我对模型一点儿信心都没有，这套自娱自乐的东西早就在一年前被证明无效了。地震预测最大的难点，其实是人们对地下结构的无知。人类获得的一切信息都是间接测量得到的，而如果向地下打钻井，苏联花了 30 年也就只能打到 13000 米，相对地球半径而言只是个零头。

众多指标中，唯一和地震相关的是氡含量，但这玩意儿的相关性非常邪乎。所以很多模型看上去不错，但其实只是建立在一系列不靠谱的联想之上。

不知不觉，我发现对老卢的感情似乎更深厚了。我也分不清楚究竟是为什么，他给了我那么多，而我只是在混吃等死。但老卢却越发耐心。

时间一久，我反倒静下心来了。我重新拾起模型和代码，开始慢慢演算。这些熟悉的东西曾经代表了我的梦想，一旦认真接手就停不下来。往事和回忆阵阵袭来，对比起导师的做法，我更感激老卢。

他也许帮不了我，但我总觉得他不会抛弃我。

一年过去了，突然我收到一份结婚请帖，是本科室友大华发来的。众所周知，这小子混得风生水起，不但毕业后考到了中科院，还成功创了业。

大华的创业项目和天气相关，因为天气预报其实并非想象中那么严谨，很多时候图出来了，判断还是需要依靠人，不稳定的精度也很让人头疼。而且天气是典型的带能量转化的多相流，随便任何一种多相流的模拟，只要一加上能量变化就会异常复杂。

但他的项目不一样，直接把实时的气候云图等信息调出，和以前曾经出现的实时情况对比，把因果直接相关联，就能够快速、准确地判断出几十分钟后乃至一两天后的天气。

作为各种相关天气数据的提供商，大华的创业项目被资本注入热炒，经过 C 轮融资之后估值相当可观。

婚礼那天，我交了礼金，和其他大学同学把酒言欢。身为校友联络员的老班长一直在说大华的创业到底多么厉害，比在小地方的破工作好到不知道哪里去。

半酣之际，新郎官带着新娘一起来敬酒。我看着大华春风满面的样子，别提多羡慕了。敬完酒后，他携新娘飘然而去，就好像他离我们越来越远一样。

借着酒精，那天晚上，我朦胧间突然想到一个问题，其实地震预测这种没谱的事情和天气是多么像啊。天气可以看云、看星星，地震可以看地震云。

哈哈哈！我什么时候也开始相信地震云了呢？一个谎言就算被一百个人反复说，也只不过是谎言。

我跑到厕所里，恶狠狠地抠向嗓子眼儿。伴随着一阵恶心，我吐出了花花绿绿的食糜以及刚刚喝下的酒。我拿出手机，打了几个字，以防忘记。

从那天以后，我满脑子都在想大华的系统能否用在地震预测上。刚好这时，许冶钢一不小心把一本旧书弄破了，好多书页散落在地上。我看到了那本书，恰好是某位民科的著作《地震云与量子力学纠缠理论数学浅析》。我帮他捡书页，捡起的第一张是一张所谓的地震云形成图。

那是地震云形成的热量学说，这个学说认为，地震发生前的巨大热量上升导致了地震云。图作者甚至还画了地下水系的热量传导和相变示意图，虽然用脚指头想我都知道这不科学。但这张图却提醒我一件事情，我以前建模型时从来都没有考虑过地下水系，就像很多人谈地震只想到岩石和岩浆一样。

预测地震并不是从源头去还原地震。不管是我还是科学界，可能大家在很早之前就走进了误区。我不知道这算天启还是灵感。

不管神存不存在，天不绝我，它赋予了我使命。我拿出读博士时做过笔记的那叠论文，上面全部都是天气预报算法的研究，然后打开谷歌学术，搜索更多天气理论和地震的论文。搜索的结果让我很开心，清一色的防震减灾的文章，几乎无人注意到两个领域的关联性。

2个月后，我借故去大华的创业公司探望。我背着背包，里面全部都是写满笔记的论文。我曾经试图研究过大华的方法，但显然那不是我能做到的。我尝试窥探天才的领域未果，现在做了一名小偷。

大华的公司位于北京五道口，附近就是清华和北大。豪华的大厦金碧辉煌，远远不是西南小城市能够想象的。

那里的人都很积极向上。想起本科时，有位校友和我说过，毕业后就该去大地方找工作，这样才能保持竞争力。如果你去小地方，只会慢慢地废掉。他大概说得没错，只是我不知道他在哪里高就。有些人我一辈子也就见得到几面，能维持10年以上的情谊的又能有多少。

当我找到大华时，他刚刚结束一场谈判。因为对一些条款的激烈讨论，他满头大汗。

大华变了，他成了一名商界精英，而我只不过是一个穿着西装的小丑。短暂的寒暄后，我说出了一直隐藏的秘密："其实我就是在这样的地方上班。"

"啊……"大华捂住了嘴，"其实能赚到钱也行。放弃读博有点可惜了，我现在还挺想弄个博士学位。前一段时间找融资的时候，我就发现博士头衔有多么重要。"

"但是你做出了成果啊！"

他苦笑："也不算非常厉害，以前早就有人做过。但我们这里也有几个南京信息工程大学毕业的博士，那个学校的气象学非常厉害。他们都是搞气象信息学的，和几个国外的博士合作弄了算法。只不过现在计算机更快了，要不然都是扯淡。"他示意我继续说。

"我对你们的算法很感兴趣。我老板其实是个民科，他对科研一无所知。而预测地震，博士时我已经尝试了好几年，国内外不知道尝试了几十年，有没有人成功过。"

"也不是没有人成功过。"他玩味地说，跃跃欲试。

我知道他的话中之意。地震确实曾经被准确预测过，而且这唯一的一次恰好发生在中国。20世纪70年代，辽宁海城发生7.3级大地震，但损失人数却很少。然而这次经典案例却无法再次被复制，只能说是一个凑巧的个例。恰好当时是军队管理城市，首长在接到可能发生大地震的报告后犹豫再三，本着人命关天、宁可信其有的观点下了决策，避免了大量的伤亡。

我咧了咧嘴："我不认为有可能，两者的联系实在是太微小了，没有依据，只是我的一厢情愿。"

"大数据时代，一切都有可能。"

"对对，一切都有可能。但我现在只想试试看你们的算法能否用在这上面，就算不成功，我也能给老板交差。"

他摇了摇头："就只是为了糊弄他，来问我要算法？你和那些靠项目骗经费的人有什么区别？"

"也只有你能帮我了。"我弱弱地哀求道。

"哼，你知道这算法有多重要吗？我们的核心团队一次又一次改进，我是亲眼看着成功率从 60% 提高到 93% 的。怎么可能借给你？"

"我不需要你现在版本的源码，只需要很早的，成功率只有 60% 的那个。我只是觉得有点愧对老板，就算只是帮他做一个科研梦，我也要继续演下去。"说着说着，我竟然鼻子一酸，流下了眼泪。我哽咽道，"你不知道他对我有多好！当我和导师闹掰的时候，是他把我给捡了回去……"

"行了，擦擦。太难看了。"大华递给我一张纸巾，他挪到窗户边，点上一根烟，"我可以和团队商量一下，你别太期待结果，保密协议是肯定要签的。就凭本科时你和我打的游戏、喝的那些酒，我也应该帮你。但我需要提醒你，算法的运算并没有那么简单。你要把天气预测用到地震预测这个新领域，其实工作量很大的。"

"嗯？"

"首先你必须做成图形数据，你知道图形数据并行运算会比较快一点。"

"理解。"

他继续说："然后就是运算量了，你觉得你们那里有足够的运算能力吗？如果你的老板愿意出钱，我们可以出租数据计算的服务。当然看在我们是熟人的面子上，我会给优惠价。”他唰唰唰在本子上写下一个数字。

真不愧是商人。我感觉价格还挺合理的。

五

上天开始眷顾我了。那群技术人员经过大华的游说，给出了最早期版本的算法。当然我想肯定现在版本和原始版本区别很大，要不然他们绝对不会给出来。

而这种算法我稍微研究一下就发现，貌似原有数据还不够，于是再次找老卢帮忙要数据。老卢面有难色，但还是爽快地应承下来。我听说他上次为了找数据，动用了不少钱去公关。

过了几天，他给我转发了一条信息。那条信息上有一个网址，然后是一个用户名和一串如同路由器原始密码般复杂的密码。

老卢特地跑来别墅，把一张名片递给我说："这位是怒副研究员，有问题找他。他说这是国家地震科学数据共享中心新搞的数据库，有网随时随地就可以丧。要得不？"

"要得。"我感激地点头。

其实，天气预报算法的原理也没想象的那么难，大概就是用神经网络算法进行数据剥离，然后重组运算对比。

当然，我只是在演戏，只是做一件自我满足的事情。光琢磨如何把那些数据表单做成图片的程序写法，我就花了整整 5 个月。然后，我再尝试运行他们交给我的算法，几乎每运行几分钟就要纠错。

我一度觉得找回了自己。我又像大学时那样，在实验室埋头干自己的工作，外面的魑魅魍魉完全影响不了我。可是明明这件事情一点都不靠谱，为什么我会那么专心呢？

就连许冶钢都没说啥，他总是看着我微笑，只是恍惚间我突然觉得他充满了神性。他拥有大部分人所不拥有的美德，但同时是个低能的人，无法适应社会的需求。

终于有一天，我成功地闯过了层层 bug，进行了第一次模拟运算。因为精力有限，我只对四川附近进行了模拟，看看会不会得到什么结果。然而，结果却让人大失所望。即便是模拟本来就出现过的地震都不成功，更别提预测新的地震了。

这样的结果连我自己都骗不过去。我发了一些邮件去询问，但大多石沉大海。国内也没有多少人在做同样的事情，地震预测依旧是个玄学。研究陷入困顿，我感觉自己想得太简单了。

正在发愁的时候，老卢让我出差，他花钱在某次国际学术会议上买到了赞助位，换取我出席甚至做汇报。我也不好打击老卢的积极性，恰好研究遇到瓶颈，也想去听听同行们的高见。

我现在关心的只有在北京召开的学术会议。而初到大城市的我，却发现自己低估了这里的拥堵程度。眼看要迟到了，我夹着公文包冲向地铁站，挤上地铁，然后再打车去会场。

结果恰好到了交接班时间，好多车明明没有人也不停，外加这里本来就偏远。就在我拿手机打算约车时，一辆已经有人的出租车出现在我面前。违规经营的司机探出脑袋："小哥，要车不？先送他，再送你。"

我想要是顺路也行啊。正在说地址时，我扫了一眼后排，然后公文包从手上径直摔落。坐在后排的正是和我闹掰的导师，他同样看着我，脸上又红又白。

我拉开门，坐在后座。过了好一会儿，导师先说话了。

"你也参加会议啊。"他表情复杂。

我深深地低下头，鼓起勇气，双手紧张地抓紧公文包："老师，我……我想搞科研。"

"你能参加会议，说明已经做出点儿东西了。"他愣了一下，然后说道。

"那是花钱买来的位置，我不可能用不科学的方法去认识世界。老师，我想认真做科研。"

他叹了口气："你啊。"

我知道他已经同意了，心里一阵温暖。

会议开始，我才发现自己又想简单了。演讲都是用英文，虽然大会场有质量不高的同声传译，但分会场什么都没有。英语听力水平原本就不好，我感觉就跟听天书一样。幸好导师在，他听懂了之后把一些原理翻译给我听，要不然我就只能呼呼大睡了。

而真正给我启发的正好是一次小演讲。那是接近吃饭的时间，分会场里人很少，讲话的是一名日本博士后，很年轻，不是很出名。他主讲的内容是地震对地下水系的影响，光这方面的研究他就发表了三篇文章。

经过导师的翻译，我才明白他研究的方法正是通过人造波，在地震前后，地下水系会因为地震作用发生明显的变化，而波形也会产生较大的变化。事后我查了他的论文，发现他甚至研究过地震时地下水系对地震波形的影响。

我查找论文，发现其实早就有人发现地震前地下流体会异常。汶川地震后，甘肃地震局的工作人员就发文称，发现地震前流体出现中期和短期异常，表现形式为水温、水氡、水位和流量等，也曾经有相关人员兢兢业业地对地下流体进行了几十年的研究。然而，他们却无法提出可用的预测方案，关注点也总在看似关联性最强的水氡上。这就好像挑西瓜不看西瓜，却先抽西瓜汁化验一样。

这给了我很大的启发，既然用预测天气的模式来预测地震，那就不能按照地震研究的传统思路，更不能不管什么数据一股脑儿加进去。地下水系有一些影响，这说明两者的体系是有可能相关联的，天气预测的核心就是多相流系统，而地下水系实际上也是一种多相流。我之前虽然关注了地下流体，但在实际运算中加入了太多影响运算的参数。

说做就做，我单独筛选出地下水系的数据，和一些波形数据重新建模，然后输入到代码中。这次调整 bug 快得多，结果很快就要出来了。我选择了在四川的几次信息翔实的地震数据，模拟结果似乎挺好。时间、震中和震级，虽然有一些误差，但在我看来已经是非常大的进步了。

兴奋异常的我立刻开始进行即时预测。即时数据传进去，然后远程运算结果不断传回来，不到 1 分钟，屏幕上有一个时间点突然被放大。我点开时间点，看相关的数据，然后计算里氏等级和可能出现的烈度。里氏 6.3 级，震中仍然在汶川县内，这已经足够产生人员伤亡。预测还显示，地震将在二十天后发生。

我笑了，依旧不相信自己。我觉得这个结果离现在太近了，以至于谎言很快就会被揭穿。但我抑制住隐瞒的心理，还是拨通了老板的电话。

“老卢，我成功运行了，但算出来的结果显示，二十天之后，汶川会发生 6.3 级地震。”我加了一句解释，“虽然算出来了，但和事实能否对应很不一定。”

那边半天没说话。

“汶川啊……”老卢听起来意兴阑珊，声音有些疲惫，“我等会儿来实验室。”

六

在老卢面前，我再一次运行程序。依据新数据计算的结果还是一样，汶川会地震，在二十天之后。

老卢瘫坐在靠椅上，仿佛被抽干了力气。他毕生追求的东西就在眼前，但他很不开心。

我看得出来，他压抑了很久。那双精明能干的眼睛布满血丝，闪着凶狠的光芒。

“格老子，天老爷你咋个就和汶川过不去嘛！”他指着头顶的天花板，狠狠地骂道。

骂完之后，他把目光投射到我身上：“走，我们去喝酒。”

老卢也没啥追求，他喜欢光鲜华贵的装潢，外加不知道实际上有多贵的洋酒。

这一晚注定迷乱，对于我，对于他，意义也仅仅在此。

由于喝得太猛，很快我就去厕所吐了第一次，然后第二次。但老卢没满足，他常年在商场战斗的本领体现出来，即使喝了这么多，依然看上去什么事情都没有。等到桌子上的酒喝光后，服务员拿来一个瓶子，那瓶酒只喝过一口。我看了眼牌子，笑了，竟然是大瓶装的康师傅矿泉水，合着服务员欺负我们真醉了吗？

“这是水。”

“这是酒！”

“可这是水啊！”我不知不觉提高了音调。

“老子嗦是酒，就是酒！”他也犟起来，唾沫星子喷了我一脸，他笑着说，“这瓶子跟着老子十几年了，你看，说不定还有僧产日期。”

我要是能看清才见鬼了，现在看老卢都觉得有重影。

老卢自顾自说起来：“老子那年在汶川打工。这水可金贵着咧，我抱着它被人从地下挖出来。那天太突然了，老子看着超市，突然就开始抖咧。一开始我从爬梯上摔下来，天就黑了。我还以为哪个龟儿子关了灯捏。”

说起那件事情，老卢就像打开眼泪匣子一般，边哭边说，然后开始哽咽。其实后面他说的我也没听清楚，大概是他失去了几个亲人，还有当时的女朋友。

“我嗦，天老爷，震哪里不好嘛！”他掩面痛哭。

哭了一小会儿，他抓住我的衣襟，把我按在沙发上：“我和你嗦，我那叫一个恨。恨天恨地恨人，但老子不服苏，我就似不服。只是我文化水平低，还能咋样？专家都嗦没办法，该震的还是震。我能咋样？所以我需要你，我是你的伯乐，你是千里马！哈哈哈！”

他又哭又笑，状若疯癫。

一个真实的老卢终于在我面前完全构架出来。他确实是一名民科，却并不那么惹人厌恶。只是主流科学界也解决不了这个问题，他想通过其他方式做出来。所以他才会收留那些同样穷困潦倒的民科，因为他们最初的梦想是一样的，无论是否真的能实现本心。

而我是他的意外收获，如果不是那次恰到好处的学院行，他不会见证我和老师撕破脸皮的骂战，也就不可能和我的生命有任何交集。

只是他不知道，我只是给了他一个虚妄的希望。我自己都不相信的东西，也就只能骗骗他。而且我接触了那么多民科，更知道如何欺骗一个民间科学工作者。那实在太简单了！

我在谴责自己。不知道是不是酒喝多了的原因，我差点就把真相说出来了，关于不靠谱的模型、随意借用的源码、租借的运算服务……一切都是骗局。我一直在辜负他的信任，一直不敢提醒他，他一直以来投入金钱和精力的事业完全是海市蜃楼。

我想把这场戏演好，却没想过深信戏的人会怎么做。老卢信任我，他会真的以为要地震吧？他会怎么做？

我不敢想下去，酒劲儿上脑，决策时间很短。坦白还是不坦白？

想到这里，我拿起他珍藏的宝贝矿泉水，喝了一大口。这是一口 2008 年的康师傅，光从年份上来说比大部分 82 年的拉菲要真得多。不过，我已经尝不出味道了。当年能有几个人有老卢这么幸运，他们被埋在地下，恨不得从泥土里榨出汁来。我怎么能欺骗这样一个人的感情呢？

老卢说这是酒，那这还真就是酒。万物唯心其实很快乐的，你想什么就是什么。难道不是吗？看看许冶钢，我想不到有更适合让他快乐的信仰了。只有那些纯粹的唯物主义者才那么痛苦不堪，在残酷频仍的世界上寻求真理。

懦弱让我回避，我彻底醉了，那些真话也说不出口了。

20 天转眼就过。老卢做了很多努力，他利用自己的影响力告诉政府我的研究成果。结果官员去咨询了地震局，听说了老卢的民科背景，外加我这个幕后研究者的丑料。官员好声好气地说："我们不能光听一家之言，要找专家团评估。"

老卢气得直骂娘，恨不得把八辈子说过的骂人话都说出来。他不知道怎么没听住劝，打电话让公司的人都跟着去站桩闹事。公司员工们稀稀拉拉地排着队，跟着慷慨激昂的老卢喊口号。只能说群演找得实在不够称职，旁人一看就知道是怎么回事。

过了一会儿，城市新闻的记者赶到现场；又过了一会儿，警察出动了。这座城市也就那么大，消息随着新闻的播出传遍全城。为了让新闻更有戏剧性，记者甚至添油加醋地把老卢的主张描绘了一遍，充满讽刺的味道，连带着我们也成了笑柄。

听说那天最后闹得很不愉快，老卢是被警察礼送回来的。他刚回到别墅就抄起一根铁棍，狠狠地对着几百万的车砸了下去，还一边“亲切”问候着别人的亲戚。

于是，他的努力彻底失败了。我倒觉得这是好事，要是政府信了我这超级不靠谱、概率只有千万分之一的预测，岂不是很尴尬？

我的生活倒也惬意，该吃吃该玩玩。不知道是不是因为我做出了成果，还是因为心灰意懒而消沉，老卢也没在意我翘班。我在进行最后的狂欢。如果最后没有地震，老卢会怎么看待让他闹出大笑话的我呢？

就在这时，父亲给我打了电话。真是哪壶不开提哪壶！他第一句就是关心老卢：“你们那老卢上电视了。”

“我知道。”我都不知道自己是什么表情了。夜色中，霓虹灯花花绿绿，在这座完全不属于我的城市，我又蹉跎了很多年。下一站在哪里？人生会怎么样？我什么都不知道。

“我听说那东西是你做的？”

唉，我父亲太关心我了，他说不定就连新闻都只看绵阳台。此前，我只知道他关注了好几个本市的微信公众号，每天转几条类似天气变化或者哪里东西不能吃的消息。我说什么好呢？

父亲见我没回答，知道我是默认了。他说：“你该回来了。你老板像个疯子。”

“我再考虑一下。”我开始拖字诀。

“再考虑？对象找了吗？”

“没有。”

“房子有买吗？”

“没有！”

"事业有着落吗？哎，你倒是出息了啊，学会合起伙儿来骗老子。上次去那公司，我还以为你做着什么不得了的事情。你说这新闻要是传到七大姑八大姨那里，我们家是多大的笑柄啊！"他也爆发了，话语像连珠炮一样。

其实这么多年下来，父亲的套路我早就熟悉了，无非是先提问，然后找关键点击破。我沉默了半分钟："老爸，我知道你爱我。但你知道什么叫自由吗？"说完，我挂断了电话，把他的号码拉进黑名单。

起码到审判结束吧，让那千万分之一的侥幸也彻底破灭吧。

结果，这千万分之一的可能性还真让我们撞上了。两三天前，有村民报告了一些异象，监测数据也有一些异常。政府终于引起重视，提高了警报等级。结果当天真的地震了，震中位于汶川县境内，初步计算大约 6.4 级。

我对比了结果，其实严格来说，我只预测对了时间，里氏震级和震中与实际偏差很大。

政府官员焦头烂额救灾时突然想起来老卢，外加前段时间他的笑话闹得大半个城市都知道了。他们一对比，发现他说得挺准的！这一消息经过媒体捅出来，一下子传遍了大江南北。

虽然学术界也有人发声，提醒说可能只是巧合，但这些声音在媒体面前不堪一击。

我和老卢瞬间都成了公众人物，只不过他是春风满面，我却是满面愁容，惶惶不可终日。几年前，生物学界某知名人物也一度蹿红学术界，被说成是诺贝尔级别的成果，可后来呢？

而我做的这东西，我自己都不相信，结果它居然成功了，真是走了狗屎运了。什么时候民科也能拯救世界了？那未来岂不是满地"诺贝尔哥"到处乱跑，真正的科学又能有几个人相信呢？

最让我不快的还是同事们，好多人说大家都是一个实验室的，应该共同署名一下嘛。尤其张老五吼得最凶，要我把他们的著作介绍到主流科研圈。唯独许冶钢这人不悲不喜，依旧在拐角诵念经文，继续吃斋。

“发论文吧，我帮您写，挂我二作三作都可以。”之前接触过的陆副研究员给我发来邮件，甚至表示愿意给我金钱和特聘的机会。

我表示再考虑考虑。

大华从北京飞来，他说技术团队听说了这件事情，拿出了以前的保密协议。他说现在要赶快一起申请专利保护，这项技术握在手上，别说猪了，就是大象都能被钱吹飞起来。

我不记得算法能不能申请专利，反正这东西本来就是他们的。我说等我和老卢商量一下，毕竟他是资助我的人，也算有权利。

媒体的邀约更是不计其数，大学的邀请也很多……我只能说，这时候捧起来我，就算是再轻的鸿毛，也会被摔在地上的。

不过，比起名利，我最头疼的却是眼前。屏幕上的数据显示，大约1个月后，凉山会地震，里氏震级大约5.7级。

当算出这条数据的时候，我想已经有不止我一个人知道了吧。

果然晚上6点时，我的电话都快被打爆了。央视节目也进行了专家访谈，专家的态度非常暧昧，和希拉里回答竞选问题差不多。

政府当机立断，宁可信其有，不可信其无，立刻开始制定撤离疏散方案。但是，急不可耐的凉山当地居民抢先一步开始了撤离，听说那天市内到处都在堵车。大家都想自己走，却谁都走不掉，真是太讽刺了。

而我只能祈祷，希望预测再次成功，要不然我就成了大笑话。我甚至都想好了，如果这次再成功，我需要主动发声，澄清它其实没那么准确。

面对记者们的围堵，我只得暂时离开租住地，搬进办公的别墅。老卢把他的办公室和大床都让给我，大有一种恨不得把别墅都送给我的感觉。

而我却只是考虑着该怎么跟老卢坦白，以及怎么告诉大众真相，戳破我无意间创造出来的神话。

七

就在我焦头烂额时，一个男人走进了别墅，找到了我。他看起来很老，带着黑框眼镜，有种不怒自威的气势。

我为他倒了一杯茶，反正别墅里不缺高价茶叶。他打量我的工作环境，扫了一眼书籍，眼神里隐约闪烁出不屑。他递出一张名片："我叫萧正名，是新科学促进会的会长。你不用太奇怪，这不是官方组织。"

他肯定还有其他的身份，但却唯独用非官方身份和我说话，可见非常谨慎。我看了眼名片，突然明白他是做什么的了。他是一名科学掮客，专门利用对体制的熟悉进行项目通过和经费骗取。虽然我不喜欢这类人，但他的出现简直就是我的福音。

我和他握了手："我是夏帆，请问找我有什么事情？"

"你成功地预报了地震，知道这件事情意义有多大吗？"

"知道。"我怎么可能不知道，我倒是宁愿它意义小一点儿。

萧正名用眼神暗示我的周围："很难想象您是在这样的环境中做出如此显著的成果，我听说过一些不太好的传闻，说这里是民科聚集地。"

"嗯。"

他靠近我一步，我们之间只有 2 米不到："我来就是告诉你，你的才华不能被埋没。国家缺乏的就是你这样的人才，促进会里的很多会员都觉得，应该在成都建一个研究地震的国家科学中心。到时候，国内一线的地震学研究者会来就职，不管国家、省里还是科学系统都会给拨款，还能拥有很高的招人权限。”

“那和我有什么关系？”

“你起码是中心副指挥，你想想吧，到时候全国的地震学专家都在你手下干活。过个一年，你就能评上长江学者，再过两三年就有可能特聘成为院士。当然成果本身的意义还要重大，这可是诺贝尔奖级别的！再过几年，说不定你还能跻身政界。对了，我听说你还是单身？”

我惊讶得说不出话来。长江学者，院士，这些词语离我太遥远了，这些都是中国科学工作者们一辈子的梦想。而他最后一句话，问我有没有对象，其中暗含的意思就更多了。想象一下，那些原本我连想都不敢想的姑娘，现在竟然也可以考虑了。

但我的纠结又不合时宜地出现了。夏帆啊夏帆，你只不过是个博士肄业生，所做的东西也不过是用来骗人的，何德何能接受如此大礼呢？

可是再一想，不对啊，我做出成果了啊！他不是一般的掮客，提供给我的是一条“洗白”的通天大道。当我的成果被国家认可，一两次预测失败的小失误又何足挂齿呢？

我紧绷的面部终于松懈下来，和萧先生进行了亲切友好的会谈。

就在我打算找老卢说这件事情的时候，他却先一步来找我。

他猩红着眼睛，仿佛一夜没睡。这个壮硕的中年人好像老了很多，声音都变哑了：“很多人要喊我们公开技术。”

“啥？公开，别扯淡了，最多咱们卖给政府，然后政府该干嘛干嘛。”我一时间忘了立场，可能是最近太膨胀了。现在摆在面前的机遇那么多，为什么要让利呢？

他那表情像要把我吃掉：“你个没良心的，我做这个，只是要搞懂地震。你不是只做了四川省的吗？公开出去，让别人做中国的、亚洲的甚至世界的。我们辛苦了好久，不就是为了今天？”

我以前怎么没看出来老板这么有觉悟，绝对是酒喝多了脑子烧了吧。但转念一想，其实他要公开我还真没法阻止。问题是，我们真的能公开吗？

我张着嘴，不知道该说还是不该说，只好低下头看向其他方向。

就在我迟疑的时候，他已经转过头，风风火火地准备下楼。他的SUV就在外面等着他，接他奔赴下一个战场。

“不行！”我喊了出来。

“为啥子？你个瓜娃子有啥话说？”

总算到了这一天，我终于可以坦白了：“我对模型其实一点儿信心都没有。我本来只是想配合你演戏，其实现在模型已经变了，核心算法是一家天气信息公司算天气的。那玩意儿不是我能写出来的，他们最近在找我一起申请专利。你越过他们……”为了佐证我的话，我找出一份保密协议。

他被我的话震惊了，整张脸都扭曲着。他紧紧攥着拳头，可能几秒后就会和我的皮肤亲密接触。

他终于大声地骂出来，用的是中国人的国骂。接着，他一拳挥空，迫使我后退，如同饿虎扑食一般把我按在角落，眼光像要杀人：“你偷人家的？”

“嗯……”我也没退缩，要不然也不会和导师闹掰。我挺直了腰杆，反倒有种死猪不怕开水烫的味道。

“我早说过，在咱们研究室，诚市（诚实）是头一位，别把学术圈那些怪东西搞进来。你个瓜娃子！”他恶狠狠喊道，双拳砸向我身后的墙壁，直到拳头上都出了血。

我挑衅地看着他，感觉自己终于从一个被捡回来的废物变成了一个真正的混蛋。我的翅膀硬了，上帝为我关上了一扇窗，却打开了一扇大门。

冲突爆发完，我估计实验室不再有我的容身之处。于是，我收拾好东西，随手订了个酒店房间。在去宾馆的路上，我骂骂咧咧地删除好友和退群。

脏老五，永别了，您好好地演戏吧！

许冶钢？还是别删，我对他还挺有好感。老卢？我的心颤抖了一下，这感觉太奇特了，明明撕破了脸皮，为什么我却不忍心下手？他对我一直很好，我现在能这样，起码一半以上要归功于他。他为我做过的努力，提供给我的工资，把我从黑暗中拯救出来，喝酒后的自白……那些画面，一幕幕，我永生难忘。

但我最终还是按了删除键，这时我刚好走出山庄，保安小哥朝我友善地挥手。我也挥挥手，两行热泪不由得从脸颊上滑落。

开弓没有回头箭，我一直都明白的。

接下来几天，我一直过得很平静。父亲再次给我打电话，人生几十年来，我头一次反客为主。

“爸爸，要不要来成都住？马上成都要有个国家科学中心，我起码是副指挥。”

父亲找理由推托：“那边太辣，我吃不惯的。”

“没事，中心肯定有自己的厨师。到时候，我给您老人家安排个清闲的职务，中午你想吃啥就吃啥。”

“哈哈哈！”父亲爽朗地笑了。过了一小会儿，我就看到他在亲戚群里吹牛，言语间全都是对我的自豪。

就在我喝了点小酒，安静地睡着时，房间门却被人敲响了。

我起来看向门洞，发现来的竟然是大华。深更半夜，他不太可能是计划好的，反倒像是临时有事紧急坐飞机过来的。我想起来之前似乎给他发过定位。

他都没有寒暄：“你们为什么公开了源码？”

“啊？”我先是惊讶了一下。

大华和老卢一样是肉食动物，眼睛里满是凶残的光芒：“你们为什么公开了？我们要申请专利呢，我们要垄断这项技术！你难道忘了，我们手上的协议能让你们身败名裂！我有权向你们索赔！当初我借给你源码，只是让你研究演个戏，可你们倒好！”他恶狠狠地盯着我，如同猛兽。

“我告诉老卢事实，也说了不能公布。但现在情况是，他选择自己公布了。”

“他是猪脑子吗？这东西给谁都比公开要好！”

我尴尬地笑了笑：“他是一个民科，本来脑子就不正常。但问题是，你觉得我那东西真的那么准？1个月后凉山没地震怎么办？你们公司的声誉，还有那么多宏伟的商业计划，该怎么办？”

“呵呵。”他毫不含蓄地表达了自己的意见。在重大利益面前，那个在京城指点江山、淡定地指挥千军万马的大华已经不存在了。现在，我看到的大华和那些抢红眼的市井小民又有何差异？

我从大华手机上看到了一段录播视频。老卢骄傲地站在发言台上，用蹩脚的四川普通话发布了公开源码的消息。在整个过程中，他甚至都没有为自己或者自己的公司打个广告。

在那一刻，他闪烁的光辉已经不是商人的，而是一个真正高尚的人。一个人知识的多少会因为接受的教育而不一样，研究方法是否科学会因为训练而不一样，但人品的高下却是个人的事情。我早该预料到的，老卢一生的追求都在这里，就算大华的公司告得他倾家荡产，他也不会后悔的。

源码已经到处都是了，消息发出去的一瞬间肯定就有无数的人下载了。而大华却连阻止的机会都没有，同时他公司的机密也被公之于众了，虽然大众目前还没意识到。

我将面临什么？一场官司？一场审判？哈哈哈！这老天爷干嘛好死不死非在那天真的地震！我只是陪着民科做一个认真做科研的美梦而已，从来没有想过它可能阴差阳错地实现啊！

但现在，我无所谓了，按照萧正名给我的消息，后面那些事情几乎是板上钉钉了。我马上就能脱离现在的生活，走上人生巅峰。

我叫来保安，把纠缠不休的大华轰走，我们四年的室友情谊也结束了。

我拿出萧正名的号码，拨了过去。

八

“我想知道，国家科学中心多久能建好？我什么时候能上任？”

“看来你同意了，我觉得也没可能拒绝。”他笑了笑：“这么心急？审批要走流程，就算是特批也需要时间。不过这倒不是最花时间的事情，你想想看，国家科学中心总归要占一片地方吧？就算没有新建办公区，起码也得有个临时办公区和招牌。这事情是国家的事情，你怎么能指望上面的领导人和你在一个地方随随便便地剪彩。年轻人啊，多耐心一点。”

我稍微失望了一下：“那我现在能做什么？我从实验室出来了。”

他沉吟片刻：“这样子，我给你个机灵的人。最近你其他事情都不用做，专门参加学术会议，出席各类活动，也算是为中心壮大声势。”

我同意了，心中又紧张又激动。

第二天，他指派的人就来了。那人首先自报家门，还送上一份履历——985 大学毕业，国外留学，然后是各种工作经历。对比他的履历，我的简直就是一坨屎。

他毕恭毕敬地告诉我，今后主要的事情都先由他来打理，我只需要表示同意或不同意就可以。我还没为他的专业精神鼓掌呢，他就拿出笔记本，上面记录了今天可以参加的活动。

“在北京临时召开的地震学会，现在坐飞机刚好赶得上。我已经事先联系过，请问去吗？”

果然厉害啊，这办事效率就算老卢和他比都差了一大截。我心满意足地同意了，然后就看他三下五除二帮我收拾好行李，拎包出发。

我从来都没有坐过飞机。这么多年来，我本着省钱的原则，一直都是坐火车，还总是硬座。但现在，我坐在头等舱里，看着形象气质俱佳的空姐走来走去。

助理询问我："我没问过您的喜好，根据我获得的资料推断，您可能更喜欢 Grasshopper，这是一款口味偏甜的含奶鸡尾酒。至于餐点，我建议您来一份高级套餐，餐点口味适中。"

"行！按你说的办。"我笑着说道，有种农村人进城的新鲜感。

吃着这些以前完全接触不到的东西，我仿佛来到了一个新世界，似乎世界都在围着我转。老卢给我买的西服此刻穿在身上也越发合身。我已经是一个成功人士了！

到达会场的时候，会议差不多要开始了。参会者们都听说了我要来的消息，齐刷刷地打量我，眼神复杂。他们当中有一些我还认识，有很多人的论文我都看过，其中还有我导师的导师的导师。

长条形的会议桌和别墅的餐桌有些相似，最前面的是会议组织者的位置。从他两边往后，很明显地，人越来越年轻。

第一次出现在如此高端的学术会议上，我却没发现自己的位置。这时，助理拉着我，直接来到会议组织者的左手边。

天呐！我犹豫了，谁都知道学术界论资排辈很常见，我刚来怎么能坐上如此尊贵的位置。

就在我迟疑时，会议组织者打了圆场："让大家欢迎为地震学做出重大贡献的夏帆先生！"

大伙儿猛烈鼓掌。我看着那些比我大得多的研究者鼓掌的样子，有点儿飘飘然，只得故作谦虚地鞠躬："谢谢大家！我只是做了一些微不足道的工作。"

“话不能这么说！您是贵客，坐这里当之无愧。”组织者继续补充道。

我大大咧咧地坐下来，还和旁边的老专家相视一笑。会议气氛轻松愉快，他们要我稍微说一下我的研究原理。我就从算法入手，反正很多老专家都是一知半解，况且就算我说错了，年轻的新专家也不敢指正。这是一种心照不宣的气氛，我讲得轻松，大家听得也轻松。

快要说完时，我特地开了个玩笑：“真正的地震云其实在地下。”

老专家说：“我搞了一辈子的地下流体，没想到答案居然这么近。”

大家纷纷表示，中国有我这样勇于创新的人才实在是天佑中华。接着，会议进入了高潮，主要就是大家说一下对地震学研究的展望。

我旁边那位老专家站起来，气都有点儿喘：“人家一直说，我们中国地震学落后日本好多年。现在我要宣布，这是错的，我们领先，领先了起码 10 年。同志们，我们现在的任务就是大力支持夏帆，有这样的好同志带头，我国的地震学一定能成为领先世界的一流学科。”

“对啊！对啊！”大家纷纷附和道。

这群人展望了一圈，展望来展望去，主要内容还是围绕着经费。我算是看懂这群人了，合着恭维我全是怕将来我会卡他们经费。

他们最后居然让我做总结。我深吸了一口气：“我一定不辜负前辈们的教导，为建设世界一流地震学学科而努力。”

开完会后，他们主动带我去吃饭。不少年轻学者找我攀谈，自我介绍。我是第一次体会到“别人敬酒，你只需要抿一小口”的滋味。

回到酒店，看到总统套房，我甚至已经不激动了，反正都是公费招待。

助理给我送上一杯晚饮，然后和我商量明天可能有哪些安排，其中哪些是不可以推托的。

就这样，我的日程就像艺人一样紧凑，可能上午还在清华参与沙龙，下午就到中国科学院大学作学术报告和参加专家沙龙。母校也邀请我回去，要授予我名誉教授。我看了下日程，紧皱眉头，只能表示再推迟一下。

我已经全然忘了几天之后的地震结果，全心全意地醉心于营造一个新的形象。现在就连讲话稿都有人帮我准备，完全不必自己费心。在大众面前，我侃侃而谈，多次强调这次预测的准确性达到了世界先进水平。科学圈内，我多次放话，要超英赶美。

在家乡，小学为我挂上了画像。父亲现在接受采访都必须要记者先给误工费；邻居街坊更贼，一看到有扛着相机的人来，就主动凑上去爆料。

各种荣誉头衔接踵而至，多到助理都懒得汇报了。顺便说一下，我一直烦恼的终身大事也有了新进展。助理特地为我包装了一套新形象，冷峻的发型更加突出了深沉睿智。在一些宴会上，我见到了很多窈窕淑女。

这些姑娘大多出身优越，教育经历出众，和她们聊天相当愉悦。要不是助理每次过来提醒我，我早就沉沦在温柔乡了。

就在这时，萧正名告诉我："审批已经通过了，再过几天消息就放出来啦！而且，现在已经给你审批下来不少东西，国务院特殊津贴还有……"

那再好不过了。只要有国家科学中心副指挥的身份，我还有什么好怕的呢？

就在我忘乎所以时，助理告诉我，央视打算去凉山高调直播。那一天只要凉山真的发生地震，全国的主流媒体都会被切换成央视的直播。全世界都会知道我取得了多高的成就。

我打开任何一个软件或者网站，全部都是这样的预告。

等等！我突然意识到，我已经忘了这颗定时炸弹！而且国家科学中心成立的公布时间晚于地震预测的这一天。这意味着，一切都还有变数。我一下子如同掉进冰窟窿，久违的恐惧感重新回归了。

故作成功的伪装被我扯碎了，我不顾助理的阻拦，狂奔出去，我不想当一个大骗子。

我打车去了电视台，开始了一场临时直播。面对着镜头，我战战兢兢，远不像前几天那么镇定。

我一直都在打战，仿佛一个当众自首的罪犯。我几次三番打断自己的话语，用最拙劣的方式纠正错误，就像我现在走上电视台坦白一样。

我终于说出了最关键的话语："我觉得，预测成功完全是一个意外。现在我看来，最初尝试……尝试……就是用它，搞在……搞在民科研究上，只是一场……一场很认真的游戏。"

我急得都快哭出来了，声音也带着哭腔："它不能那么当真的……"

……

然后我被编导拉下了台……这段申明在网上和电视上都只是昙花一现，还没来得及引起大众的注意就消失了。

现在还没到出结果的那一天，我还是学术英雄，是即将上任的国家科学中心副指挥，卢牛还是大力支持民间科学发展的开明投资者。我终于明白了，成为英雄的那一刻，我的形象已经不再属于我。

所有人都觉得我是救世主，他们相信我。

但他们信错人了，我不是救世主，我只不过是个博士肄业的民科小跟班！

失魂落魄的我，漫无目的地坐着出租车到处游荡。这场审判即将降临，而我竟然浪费了那么多时间，追逐一个幻梦。

夏帆呐夏帆，不作不会死啊！助理狂打我的电话，但我不敢接。我只想找一个尽可能远的地方，躲起来。

他们找到我时，我正在网吧包间里通宵打游戏。我惊悚地发现助理已经挡在了门口，他身后还有好几个人。

这是要逮捕我吗？我心中一惊。

助理温和地说：“夏帆先生，您最近压力太大了。每天都应酬是很累的，很多人在突然成名后也很难调整好心理状态，容易崩溃。我请了好几位心理咨询师，您跟我回去，我们可以帮您慢慢排解压力。”

“那几个人是心理咨询师？”我不相信。

“不是。”

我的心凉了下来：“那我要是不回去呢？”

助理笑了笑，那种凉薄的笑就像刀刃一般刺入我的骨髓：“这可不太好，夏帆先生，您明天还有很多邀约需要决定，我只能公事公办。”

于是，我被架了回去。

这几天我依旧参加一些活动，但兴奋劲已经退却。看到别人抛来的橄榄枝，我从心底里十分厌恶。邮箱依旧爆满，各种研究者找我联合署名。短短几天，他们把我的研究和自己的相结合，写了各种解释预测合理性的论文。

但我连回复的心情都没有。

审判终于到来了。这一天，助理推掉了其他邀约，拉着我在化妆间等待。据我所知，央视的直升机正在凉山市上空飞来飞去，各种先进的拍摄设备也已经就绪。演播人员在外面奔走，应对一切可能出现的情况。

而我只能苦笑。我在心里祈祷，无论什么神都行，请保佑我。

时间一分一秒过去了，外面的声音也逐渐平息，但我却越来越沉不住气。我打开手机，刷刷新闻，看看有没有新消息。

没有。

时间一分一秒过去，这一天也马上要过去了。

时间跨过 0 点，还是没有地震。

就在我和其他人的耐心都快被消耗殆尽时，一条惊世骇俗的消息来了——凉山没有发生地震，但是相邻的攀枝花市却发生了地震。震中比事先预测的位置偏离了一百多公里，而且震级也不是预测的 5.7 级，而是 6.8 级。

之前由于盲信，很多凉山居民都已经逃到了攀枝花市；再加上政府对我的相信，也没有做足够的应对。原本用于保护人民安全的预测反倒因为错误造成了更大的损失，让人啼笑皆非。

直播也终止了。一来偏离了一百多公里，时间也没对上，央视事先更没准备到攀枝花那边拍摄；二来损失也比事先预计的要大，这不再是值得向国际夸耀的事情。

上天回应了我的祈祷，却用最恶毒的方式嘲笑了我。我如坠冰窟，地震本是天灾，但我把它变成了人祸。不过几分钟的工夫，萧正名便告诉我，中心的事情，上面说还要再考虑，然后让助理暂时先回去报到。

这是很委婉的说法，我已经被放弃了。助理麻利地收拾好东西，头也不回地，带着我的幻梦，翩然离开了。

尾　声

我再次来到熟悉的汽车站，打开手机，给许冶钢打电话。现在是凌晨 1 点，他应该已经睡了，但我如同一条败犬，不在乎那么多了。我都不知道为什么会回来这里，摸摸口袋，只有不到 1000 块钱。

一直到现在我才发现，原来许冶钢这小子才是最聪明的人。他接我来到他租住的小房间，听他读经，给我推荐了《论语》和《说文解字》。《说文解字》厚得像砌墙用的空心砖，而《论语》则带上了四五个版本的注释。这些都是中华古代文明的精华，但我却只听过名字，一点儿都没读过。

真是贴心呢，冶钢。

我打开论语的注释，竟然还发现了写好的笔记。许冶钢皓首穷经，但也许世人永远不会知道他。反倒是我，被一股妖风吹上天，然后在达到南天门之前摔了下来。

我承认，我的精神正在崩溃，我在寻找寄托。这时候，谁来都一样，三者融合的儒释道，抑或其他宗教。

我宁愿这几十天的经历都只是黄粱美梦。但它发生了，真真实实地发生了。从宇宙的角度看，任何事情都是有概率的吧。只不过一切都将回归平静。

我没有受到处罚，只是不再有飞黄腾达的机会。反倒是整个社会都沉寂下来，新的报道围绕着救灾开始，和我没有任何关系。邮箱不再爆满，那些和我互换联系方式的女性把我从通讯录里删除了。我的父亲闭上了嘴，整天躲在家里，闷闷不乐。

大家都不想再提起我，虽然我的预报还是有一定准确性的。我相信在几百里外的那个城市里，此刻有无数的人在暗暗唾骂我。

科学界偶尔还有声音支持我，认为这只是个小错，能把预报时间和地点做到这种程度已经很不错了。但这些声音很快泯然众人。过了一段时间，那些声音又开始变化，有人专门研究了我的代码和原理，认为之前预测对了只是运气好。

大众媒体们发挥了更多的余热，他们找到一起和我相关的诉讼案。按照原告公司 CEO 某华的说法，我的形象更加不光彩，成了一个窃取他人劳动成果的小偷。

这些天，我一直跟许冶钢待在他的小破出租屋里。他每天给我读经，可是我一个字都听不进去。

许冶钢看着我，粗糙的皮肤在昏黄的灯光下分外显眼："夏帆，你心不静，是听不进去的。"

"那我要怎样？"我朝他吼了出来，积聚的怒火瞬间爆发，我也不顾这是在他家，对着地上的书堆就是一脚。某本书被我踢坏了，散落的书页随处飘散。我还是觉得不解气，对着脸盆和饭碗又是几脚。

天呐，我把事情搞得一团糟。除了回自己家，这里已经是我唯一能来的地方了。

而许冶钢只是冷静地提醒我："这是障，你必须去破障。"

呵呵，我的障，我要去哪里破？我抱着头，蹲下来，快 30 年的人生在脑海中快速闪过，但我还是找不到问题所在。究竟从哪里开始？我早该在很多年前跳楼身亡，苟活到今天也只不过是一个游魂。

他轻轻地抱住慌乱无措的我，瘦弱的身体充满温暖的感觉。好熟悉的感觉，我曾经拥有过不少温暖，却一一背叛了它们。许冶钢轻声说：

“你该回实验室。”

“开弓没有回头箭。”我咬牙低吟。除了父母，多年来认识的人都差不多和我分道扬镳了。

“但你不是回头箭，你已经不一样了。预立则先破，他会接纳你的。”

会吗？被我背叛过的老卢，这个爽快正直的四川汉子，还会接纳我吗？我看着窗户玻璃，里面倒映出我的样子——丧家之犬，比好几年前还要狼狈。

但许冶钢不管我的踌躇，他拨通老卢的电话，把他从深夜唤醒。那辆几百万的车开了过来，在安静的夜晚异常突兀。

我再次见到了老卢，他还穿着睡衣，只穿了拖鞋。他冲过来，看到马路边的我，哈哈大笑。

“你个瓜娃子！”他用手拍拍我的肩膀，“喊我老奴就要得！走，我们吃酒！”

“老卢！”我喊出来，声音在寂静的街道上回响。

几天之后，我急躁地冲出房门，掏出手机看时间，我果然又忘了给挂钟调时间。

我拦到出租车，去往别墅区。

“我回来了！”新世界的大门缓缓打开，其他人都早我一步，正忙着各自的事情。他们甚至一点儿也不惊讶，只是温和地欢迎我。

这应该是老卢打过招呼了吧，他害怕我有心理负担。我坐回自己的位置，和许冶钢亲密击掌。这时老卢也赶来了，晨会就要开始了。

我点开笔记本上的PPT，但转念一想，老卢这边也用不着。不过，我想错了，老卢让人拿来一部投影仪，放下一块幕布。

我笑得很开心。

一切都是原来的样子。这群家伙说着不着边际的理论，唯独我讲一堆他们都不懂的东西。

当然也有变化，老卢找到我，说要签个协议，大概就是说要让我做项目，然后按照合同的数额提供资金。当然项目内容依旧是老卢和我共同的梦想。

我笑得更开心了，因为他依旧选择信任我，用合同的方式，但实际上给了我更大的支配权。

我恰好还有线索，关于为什么预测会不准的问题，只是一直都没来得及思考。就这样，我重启研究，每天在数据和论文里猛扑。我又做了好几次预测，当然有的比较成功，有的偏差很大。我甚至找到了规律，越是以前地震少的地方，预测就越不准，甚至可能出现完全误判的情况。而预测的时间也很固定，从 18 天到 63 天不等，差不多是中期流体异常的可能范围。

这里面的规律似乎很明显，但直觉告诉我没那么简单。

我没有对外宣布结果，只是安静地做一次又一次的改进，看着预测系统一步步提高精度。中间有很多人找过我，我都一一回绝了。那些纸醉金迷都和我无关，我现在只想做科研。

除了科研之外，我经常看看儒家的书籍，倒也自得其乐。老卢整天给我张罗对象。要是碰到一个差不太多的，我也就认了。

某天，有人来到实验室。

她背着大背包，显得身材越发娇小，稚嫩的脸上还有青春痘。她从包里拿出一沓论文，其中有一两篇是我的。

她说自己穿越大半个中国找到我，只为了和我讨论地震研究的问题。从言谈中我得知，她教育背景很不错。当我问及她对目前问题的看法时，她突然说："您虽然成功考虑了地下水系统，但是没有考虑矿物的作用，地下水系和矿物两个系统应该是互相耦合的啊！如果说地下水是地下的云，那矿物就是地下的山脉。"

真是一语点醒梦中人！我立刻拿出纸笔，写写画画。

但转瞬间，我突然意识到，把她晾在一边是不对的，于是我问她：“对了，你叫什么？”

“我叫滕叶子。”她眨着眼睛，大大方方地看着我。

我放下笔，望向这位热情洋溢的女孩，就好像看到了一片新的、充满希望的地震云。

孙望路，科幻作家，中国科普作协和江苏科普作协会员。作品语言风格朴素，核心硬朗，擅长生物类和科研类小说，笔触沉稳内敛，人物饱满。代表作品《地震云》《北极往事》《残缺真理》《逆向图灵》等。作品《北极往事》曾荣膺第三届全国大学生“科联奖”科幻长篇小说一等奖。《残缺真理》和《为爱德华生一个孩子》分别获得第五届和第九届光年奖短篇组二等奖。《地震云》获 2019 年黄金时代奖最佳中篇小说奖。《亡日》获得第九届未来科幻大师奖三等奖。出版个人选集《北极往事》《重燃》。

孤城独步

甘　泉

去分化

冷。

站在外河大桥的西桥头，四下里无遮无拦。凛冽的北风掠过河面呼啸而来，彻骨的寒意穿过我身上的大衣，沁透我的五脏六腑。

在这种天气下出门很难说是明智的行为。严冬乍至，气温骤降，如果不是因为冷藏库里的食物即将告罄，我宁愿一直躲在温暖的住所里。可惜平时负责送食物来的家伙已经整整 2 个月没有出现了。想必他已经跟着难民一起逃离了晚枫市。但我更愿意相信，他跟那几个倒霉的看守一样，都变成了细胞构建体的腹中之物。

站在桥头回首西望，河西区低矮的房屋群宛如一片乱坟岗，向晚枫市郊外延展开去。这个城区曾是失业人口的聚居地，各种基础设施相对落后，细胞组件化的程度也很低，因此免疫暴走带来的改变还不甚明显。或许我应该就此掉头，到河西区的火车站去碰碰运气？东海道新干线上说不定还有尚未完全停运的旧式列车，可以载我离开这座被遗弃的城市——不管是去哪里。

这个念头在脑海里转瞬即逝。我的目光很快转向东边，在外河对岸的远方，晚枫市的天际线在铁灰色的天空下模模糊糊的看不真切，仿佛股市涨停板上吉凶难测的走势，又仿佛沉睡的巨兽蜿蜒起伏的脊梁。我想到之前意外收到的那条信息——那条让我这几天来一直辗转难眠的信息。而信息的来源就在那条天际线的彼侧。

要到达那里，我必须渡河。

桥面上空无一物，既无行人，也无车辆。尽管如此，我还是在习惯的驱使下沿着桥边行走。凭栏俯瞰，桥下的水面上星罗棋布地漂浮着半球形的光合节点。好在河面上连一艘船的影子也看不到，不然桥下这片“礁石阵”一定会造成不小的麻烦。在我的记忆里，为外河大桥提供能量的光合节点并没有这么多，远未达到可以阻塞航路的地步。不过大桥的建设是十多年前的事情了，而我本人也已经数年没有踏出过住所的院门。在与世隔绝的情况下，人的记忆出现些差池也并不奇怪。

顶着河上刺骨的寒风，我步履缓慢，走了近 10 分钟才来到大桥正中。这时候，脚下的桥面微微震动起来，接着从桥面下方传来了尖锐的金属摩擦声和断断续续的粗重喘息。我停下脚步，侧耳仔细倾听。

错不了，那是一列爬行机。

我快步跑到桥另一侧，从栏杆上探出身子向西望去。多亏了大桥末端引桥的曲线，我看见一条由金属与血肉融合而成的巨虫正沿着大桥下层的轨道向西岸飞驰而去；巨虫身下无数的附肢攀附在轨道上，有节奏地前后划动，速度如此之快，再加上距离的因素，映入我眼帘的只是一大片模糊不清的足影，如波浪一般沿着爬行机的身躯从前端向后部传播。

我一直盯着爬行机远去，直到它消失在西岸的建筑群里。如果刚才车上有目力较好的乘客远远地看到我的行为，一定会以为我是个没见过世面的乡巴佬。当然，我很清楚爬行机上根本不可能有乘客——免疫暴走现象出现后，曾发生过交通工具吞食乘客的事件，从那以后就再也没人敢乘坐爬行机（或者任何带有细胞组件的载具）了。

实际上，我很惊讶：到了这个地步，居然还有爬行机按照时刻表正常运行。刚才那列爬行机是前往河西区的新干线车站的。如果我能搭上下一班，也许还有机会回头……

事到如今怎么还能有回头的念想？再说，冒着被当成食物消化掉的危险搭乘爬行机也根本不值得。我使劲地摇摇头，把这些不切实际的想法从大脑里清除出去。不！眼下，那条信息是我仅存的希望。

像是受到了提醒，我从大衣口袋里掏出随身携带的细胞手机。收件箱和未接来电里一如既往地空空如也；打开浏览器，见到的也几乎是清一色的“无法打开网页”。我犹豫了一下，然后用冻得几乎麻木的手指输入了某个视频直播网站的网址。

令我感到欣慰的是，网站依然在运作——它的服务器一定是台没有任何细胞组件的老古董。我颤抖着点击了一下播放按钮，却并没有如愿以偿地再度听到几天前那条神秘的信息。同一频道上正在循环播放的是早就录制好了的音乐节目。

我并没有关掉网站，而是把音量调大，然后把手机放回大衣口袋里。这几年，由于全天受到监控的缘故，我几乎从来没碰过这台细胞手机。讽刺的是，它现在可能是全日本——甚至可能是全世界唯一还在正常运行的细胞手机了。

想当初，“盘古”合成生物学公司刚刚推出“细胞手机”这种产品的时候，人们都以为这不过是把“cellphone”这个词当作双关语而开的一个蹩脚玩笑。但随着生物电波技术的完善，细胞手机很快由于低价和低能耗的优势取代了传统的通讯设备，成为人手一部的日常用品——可这也埋下了悲剧的伏笔：免疫暴走现象刚刚出现的时候，全国的细胞手机几乎在一夜之间全部停机，有些甚至发生了令人猝不及防的自爆。原本寸步不离的信息来源与生活帮手一下子变成了杀人的机关，这让已经习惯了时刻处于联网状态的现代人转眼间变回了一个个信息孤岛，也因此加剧了免疫暴走带来的恐慌与混乱。

和我住宅里的其他细胞组件产品一样，我身上这台细胞手机由于某种原因并没有发生免疫暴走。也正因如此，我才能碰巧在某个直播网站上收听到那条突然插播的神秘信息。我从来不相信所谓的天意，但我依然觉得好像有一条看不见的绳索把我和位于城东的那个神秘发信者拴在了一起。

一连几天过去了，那个频道上一直没有出现新的信息，只是不断循环播放着老掉牙的怀旧音乐。现在从我大衣口袋里传出来的是一首恐怕是大衰退时代以前的外语歌曲：

Don't get too close

It's dark inside

It's where my demons hide

It's where my demons hide ...

一阵滚雷般的轰鸣从市区的方向传来，打断了歌声。我回过神来，猛地抬头，只见远处的天际线上，一座地标性的大厦毫无征兆地消失了，它原先所处的位置涌起一股烟尘，缓缓地向阴云密布的天空上升。晚枫市的天际线就这样突兀地缺掉了一块。

这已经是两天内的第五次了。晚枫市并没有在耐心地等待我。沉睡的巨兽正在苏醒，而建筑物坍塌的轰鸣声正是它蠢蠢欲动的低吼。

现在回头还来得及。

不！我没有选择。我在脑海里一遍又一遍地回放几天前那条莫名其妙的插播讯息。重温了多次的记忆总是有失真的倾向，但大致内容我依然记得很清楚。那是一个气喘吁吁的女声：

“CRR-042 呼叫宇都宫基地，我们现在的位置是……抱歉，GPS 已经无法使用了。我的单位现在位于晚枫市东郊的朱雀湖附近。距离目标大约还有五到六公里路程……免疫暴走现象的强度……预计途中可能遭遇激烈抵抗。请速支援。完毕。”

这是我几个月来第一次听到活人的声音。她是谁？是政府派来的救援人员吗？不管她来历如何，有何目的，既然能来到晚枫市，就必然有离开的办法。而我只要找到她，就有希望搭个顺风车，离开这个人神共弃的鬼地方。

要找到她，我必须渡河。

接近外河东岸的时候，原本光洁平整的桥面出现了开裂，裂缝里露出了森森的白骨和交织的血管丛。有些血管发生了破裂，在桥面上淌出一道道暗红色的溪流。拉起桥身的一根根悬索青筋暴起，透过半透明的表面，可以看见内部的肌纤维痉挛似的收缩着，仿佛是竭力要把桥身扯断。构成外河大桥的有机和无机部分之间正在进行一场无声的战争，而这场战争的结果只有两败俱伤。

毫无疑问，免疫暴走已经扩散到了整个河间区。并且正通过像外河大桥这样的建筑物向外界渗透。本世纪初的某些二流科幻电影中，政府总是企图用核弹夷平被僵尸占领的城市，以期做到斩草除根。也许这正是那个发信者来到晚枫市的目的？不可能。要使用核弹的话直接用飞机扔下来不就行了？再说，我国宪法也根本不允许自卫队拥有大规模杀伤性武器……

就在我胡思乱想的时候，一个熟悉的声音从头顶上方传过来：

“急匆匆的，是有什么约会吗？”

我抬头循声望去，只见外河大桥的东桥头堡上坐着一个似曾相识的身影。我揉了揉眼睛，定睛细看，身影已然消失不见。刚要松一口气，那个声音忽然又在我背后响起：

“你总是在一刻不停地赴约，从上个预约到下个预约，喘口气的工夫都没有，有时候连预约本身的内容都无暇注意。”

我吓了一跳，连忙转过身去。没错，站在我身后的正是竹下。和往常一样，他的头发乱糟糟的，下颌留着一小撮山羊胡子，脸上是熟悉的似笑非笑的表情。这么冷的天，他只穿着一件松松垮垮的“I♥NY”T恤衫，脖子上围着一条破破烂烂的灰色围巾，双手插在运动裤的衣兜里。这是竹下一贯的扮相，连出席正式的社交场合也是如此。我一直觉得，衣着品位能差到这种地步也算是一种修为。

我故意不理他，埋头朝河间区的方向继续赶路。可是竹下不依不饶地紧随其后，继续在我背后絮叨：“对于你这种紧锣密鼓的生活作风嘛，我一直很佩服。不过你也应该学会偶尔放慢脚步，好好地欣赏一下路边的景色，哪怕是一小会儿也行……”

这不过是长期独处造成的幻觉。已经不是一天两天的事了。我拼命地提醒自己。

“仍然认为我是你的幻觉吗？说句实话，从我的角度看，你才更像一个幻觉。你说说，这几年除了我之外，世界上还有谁见到过你？”

我狠狠地掐了一下自己的肩膀，痛得差点叫出来。不要听他胡说，也不要回答。那根本就不是竹下。

真正的竹下健一早就死了。

间　期

我常常在想，这一切到底是从什么地方开始出错的呢？

这种问题当然不可能有真正的答案。记得在中学时代，我总是喜欢用各种奇怪的“为什么”去刁难被大家视作书呆子的竹下，而竹下却毫不介意地一一认真作答。“为什么以前很便宜的手机和电脑现在会变得那么贵呢？”“因为用于制造电子产品的稀土元素只有中国才出产。”“为什么我们不能自己生产稀土元素呢？”“因为稀土矿物的开采过程要使用很多有毒的化学物质，对坏境的危害太严重。”“为什么开采稀土元素需要使用有毒物质呢？”“因为……”而每次这种一环套一环的问题最后总会追溯到某些涉及生物进化或者宇宙起源之类的宏大理论。

对于这种没有尽头的追本溯源我其实毫无兴趣。我一直相信，把被自己弄得一团糟的生活怪罪到什么人类天性或者自然法则的头上纯粹是一种懦夫的行径。所以这些年来，当我在床上辗转反侧，或是在庭院里独自徘徊的时候，不断回溯的思绪总是会止步于那个闷热难堪的夏季傍晚。

那年，竹下和我还在晚枫市医学院就读。医科生没有暑假可言。我在学院附属的医院里见习，而竹下则在医学工程部的一间实验室里做研究助理。那是一年一度的夏日祭的最后一天，同期的医科生们决定忙里偷闲，约好晚上去参加朱雀湖畔的花火大会。负责通知竹下的我却怎么也打不通他的电话，于是只好亲自跑到实验室去找他。

由于是暑假，实验室里空荡荡的，连灯都没开。夕照穿过窗户外面茂密的枝叶钻进室内，在闲置的实验桌上绘出闪闪发光的迷宫。整个实验室里只有竹下一人在角落里的一台显微镜旁忙忙碌碌。我一见到他就挥了挥手中的手机，还没来得及说话，竹下就三步并两步地冲到我面前，一把夺下我的手机，摆在门边的书架上。

“别把那东西带过来。会干扰实验仪器。”他说，“我的已经关机了。”

“难怪一下午都联系不到你。我差点就决定丢下你，自己去花火大会了。”我埋怨道，“任你在社交封闭的不归路上一条道走到黑。”

“那种事情待会儿再说。”对于我的批判竹下早已熟视无睹，“快过来，给你看一样东西，包你大开眼界。”

我还没来得及应声，就被竹下硬拉到显微镜前，然后被按在座椅上。我刚要抗议，却对上了竹下充满期待的眼神。我叹了口气，朝目镜里望去。显微镜下的培养皿中呈现的是一只长条形，全身透明，正在微微扭动的小生物。

“这是什么？某种线虫吗？”

“嗯……这么说也不算离谱。”竹下从兜里掏出一块看起来像磁铁的东西，“仔细看着，好戏才刚刚开始。”

竹下把磁铁的一极贴在培养皿一侧，目镜里那条刚才还优哉游哉的线虫立刻像受了惊的野兔一样朝反方向快速避开。竹下拿着磁铁缓缓地绕着培养皿运动了一圈，线虫躲避的方向也相应地转了三百六十度。

“任你也猜不到这是什么东西。”

“具有磁感应能力的线虫？”我茫然地摇了摇头，“寄生虫学课上从来没讲过这个物种啊。”

我连猜了好几个名字，竹下把头摇得跟拨浪鼓似的。当然，寄生虫学我从来也没好好听过。说句实话，我对医学知识的热情相当有限，课上学的东西往往是考过就忘。当初报考医科，与其说是对医学本身怀有兴趣，或者说是出于某种救死扶伤的使命感，倒不如说是与竹下攀比的心理在作祟。虽说如此，到目前为止我凭着争强好胜的性格和一些小聪明，考试成绩反而名列前茅。倒是竹下的分数一直在及格线上下沉浮，只要能通过，绝不多拿一分。

“饶了我吧。我可不想把整个夏天最美好的夜晚浪费在一条不知名的虫子身上。”我说。

“猜不到是正常的，因为这根本就不是自然界原本存在的生物。”

“嗯？你之前还说，管它叫线虫不算离谱的。”

“这个嘛，技术上说，它具有线虫的一切特征：完整的神经系统、头尾贯通的消化道和用于运动的肌肉组织。”竹下神秘兮兮地说，“只有一点不同：这小家伙全身上下的959个细胞全部都是不折不扣的人类细胞。”

“……”我愣了足足三秒钟，“你把我当小孩儿耍呢？”

“小淳，知道你我之间最大的差距是什么吗？”竹下一脸嘚瑟地指了指自己的脑袋，“想象力。你看，我所在的这个实验室的研究方向是用诱导多功能干细胞[1]培养不同的再分化体细胞系，然后用3D打印技术将这些细胞构建成人工器官。我只不过活学活用，选择了几种大小、功能比较合适的体细胞系，然后以秀丽隐杆线虫[2]的身体构造为模板，打印了一个人造生物体出来而已。”

竹下这一番话说得轻描淡写，可我的下巴都快掉到地板上了。

---

[1] 在体细胞中通过导入特定基因或蛋白质，使其去分化而形成的干细胞。可以再分化成多种不同的体细胞。

[2] Caenorhabditis elegans，一种体长约为1毫米的以细菌为食的微小线虫，成虫身上的细胞数目为固定的959个。常用于分子生物学和发育学研究。

“可……可是，据我所知，不管是人类还是秀丽隐杆线虫都没有磁感应器官吧？”

“哦，出于好奇，我在虫子的头部附近掺杂了一些具有磁感应能力的硫铁细菌。没想到这些细菌居然与虫子形成了共生，变成了它的神经系统的一部分。”竹下一边把磁铁在培养皿边上蹭来蹭去，一边若有所思地说，“这东西我已经做了好几条，可惜，每次都活不过半天。喏，这一条是我今天早上做的，估计死期不远了。”

我再往目镜里看。果不其然，虫子的扭动和刚才相比已经微弱了许多，磁铁移动引起的反应也越来越小。

“只能活半天的人工生物能有什么实际用途呢？”

“实际用途？这么庸俗的问题我才没想过。我只是为了好玩才做的。”竹下不以为意地说，“反正这个实验室的经费多得用不完。”

那一年，日本理化研究所的高桥政代和东京大学的中内启光因为他们在人工诱导干细胞领域的突破而获得了诺贝尔生理学或医学奖。一时间，日本国内组织工程学界的研究经费发生了爆炸式的增长。当然，那些只顾向热门领域里砸钱的政府官僚们根本没工夫关心这些经费里有多少都在竹下这样的“玩家”手里打了水漂。

我正准备假正经地教训竹下两句，放在门口书架上的手机忽然响了起来。我跑过去接听，电话那头传来的是同期生梅田凉子的声音：

“喂？是松本同学吗？真是的，又迟到！”她现在应该已经在朱雀湖边的沿湖大道上了，背景里满是嘈杂的人声和聒噪的汽车喇叭声——每年夏日祭收尾的时候沿湖大道都会被前来庆祝的人群堵得水泄不通。“就差你和竹下同学两个人了，赶快过来。”

我赶忙答应。对方又叮嘱道：“健一这会儿肯定跟你在一起吧？记得一定要把他拉上。那家伙再闷在实验室里的话，等到开学的时候，估计连人话都不记得怎么说了。”

梅田又说了些什么。但她的声音太小，很快就被身后的噪声完全淹没。挂断电话之后，我催促竹下："不早了，咱们也赶快出发吧。凉子都打电话来催了。"

"我才不想去。我最讨厌那种人挤人的场合了。"

"你看，我为了找你都迟到了。给点面子好吗？"我苦口婆心地劝道，"凉子还特地叮嘱我要把你拉上一起去。"

竹下闻言嘴一咧，露出一个坏笑："你要我给的不光是面子吧？没有我在场给你壮胆儿的话，你恐怕连当面跟梅田说句话都不敢，更别说向她表白了。"

竹下一语中的，让我顿时脸上发烧。我暗恋梅田已经好几个月了，可是表面上却依然是打打闹闹的朋友关系。对此竹下早就看得心知肚明。

"咱俩在幼稚园时代就认识，你那点小心思还瞒得过我吗？"竹下朝我挤了挤眼睛，然后站起来开始收拾东西，"也罢，我陪你去便是。不过别指望我帮你太多，你知道我最不擅长说那种察言观色的场面话的。"

我不知如何作答，只好含混地点点头。在众人眼中，我和竹下虽然老是黏在一起，却代表着外向与内向的两个极端。朋友们一起出去的时候，我总是在一刻不停地谈笑风生、插科打诨；而竹下则往往是一声不吭地坐着，偶尔才会机械地回答一下别人出于礼节才扔给他的问题。但实际情况是，如果没有竹下在场的话，我根本就不知道该如何跟别人打交道，平时的活络劲儿一点也发挥不出来，连说话都不大利索，胸膛里也觉得空落落的，只能靠一杯接一杯地灌酒来缓解莫名的焦虑。不知为什么，只要竹下在我旁边，就算什么也不做，什么也不说，他的存在本身就好像一颗定心丸，让我说话做事都有底气了许多。

"不过嘛，有个条件。"竹下忽然停下来。

“你我之间还谈什么‘条件’。真是见外。”

“请你明天早上到实验室来一趟。我要从你身上采些样本。”他歪着头想了想，“按理说口腔上皮细胞就够了，但为了保险起见再抽两管血吧……”

“你想干什么？”我吓了一跳，“我又不是你的小白鼠！”

“别紧张。事情是这样的：虽说这个实验室的经费很充足，但用于制备诱导干细胞系的体细胞都是从签过协议的捐赠者身上提取的。根据学部的规定，每次使用干细胞系都要登记，还要上报所有的实验细节，麻烦得要死。我想做自己的项目都得靠收集其他实验员用剩下来的半死不活的细胞……”

原来这家伙想采集我的体细胞来培养他专属的诱导干细胞系，用在他那些自娱自乐的“项目”上。“用你自己身上的细胞不就行了？”我反问道。

“不行。私自培养诱导干细胞系可是违反规定的行为。如果用我自己的细胞，被发现了的话随便做个 DNA 测序就会查到是我干的。如果使用你的细胞嘛，反正他们也不太可能把测序结果和全校几千名师生的 DNA 全部比对一遍，所以你我都不会惹上麻烦。”

“听起来很危险啊。”我立刻打起了退堂鼓，“你不会把我的细胞变成弗兰肯斯坦之类的东西吧？”

“首先，‘弗兰肯斯坦’并不是科学怪人的名字，而是创造它的那个疯狂科学家的名字；其次，你要是不答应的话我也不强迫你。”竹下假装一脸遗憾，“只可惜，你恐怕得再单身一阵子了。”

我常常在想，这一切到底是从什么地方开始出错的呢？

如果那天下午我没有去找竹下，而是直接去了朱雀湖的花火大会，然后鼓起勇气向梅田表白了心意的话，又如果我第二天爽了约，没有去实验室让竹下收集我的体细胞样本的话，兴许这一切都不会发生。我也不用被软禁起来，四五年都无法踏出房门一步，晚枫市也不会从一座熙熙攘攘的闹市变成如今的阴森鬼城。

如果这一切都不曾发生，竹下现在应该还活得好好的。

周期 N+1

情况比我想象的还要糟糕。

从外河大桥上下来，所到之处一片狼藉。空无一人的街道两侧，原本鳞次栉比的住宅楼要么早已化作废墟，要么也已经摇摇欲坠。从断砖残瓦的缝隙中，或是从尚未倒塌的建筑物的门窗里，包囊组织像静止的洪水一般喷涌而出，蜡黄色的表皮上起着密密麻麻的水疱，暴露在外的淋巴管和腺体渗着不知名的透明汁液。在有些地方，尚未被完全消化掉的钢筋和混凝土碎块扎破包囊组织的表面支楞出来，仿佛一丛丛铁锈色的荆棘。空气里飘荡着淡淡的腐臭味。

我还记得包囊组织第一次在南新城出现时，电视新闻把它当作某种灵异现象连篇累牍地报导。现在，整个晚枫市都被这东西填满了。

“啧啧。”跟在我身后的竹下惋惜地咂了咂嘴，“山清水秀的河间区现在居然变成了这么一副乱七八糟的模样。”

我佯装没听见，却不得不在心里承认，竹下说得没错：河间区曾是新一代城市规划的典范之作，也是晚枫市从全球经济大衰退的浪潮中起死回生的佐证。这块被外河与内河左拥右护的风水宝地被设计成了一座城中花园：在小桥流水、绿树成荫之间，融合了最先进的细胞组件，可以完全脱离传统电网自给自足的住宅区错落有致；飞架于半空中的爬行机轨道在楼群间曲折穿行，把河间区和内河东岸的主城区连接在一起。在被关进外河西岸的那个高墙环绕的院落以前，我也曾住在这一带。记忆里河间区的景色风物此刻与眼前破败不堪的惨状形成了触目惊心的对比。

“电视上看到的也没这么严重啊。”竹下像是在自言自语地嘀咕，“我记得，主城区的免疫暴走才开始的时候，市政府还把河间区划作市民的临时避难所呢。”

“那是三个多月以前的事了。忘了吗？电视和网络信号中断以后，我们一直没办法了解外界的消息。”

“哈！你刚才说了‘我们’吧？你终于愿意承认我的存在了吗？”

我立刻缄口不言。见鬼！这里没有别人，我身后那家伙只是个该死的幻觉！

与晚枫市主城区横平竖直的街道布局不同，因为要照顾内河与外河的流向，河间区的道路大多是斜交的。再加上免疫暴走带来的破坏，想要清楚地辨别方向十分困难。很快，我就在布满包囊组织的废墟间绕得晕头转向。

“喂，路痴，明明知道自己方向感差，还不老老实实地顺着爬行机轨道的走向前进？”

竹下屡次这样提议，但我任性地拒不采纳——大活人怎么能被一个子虚乌有的幻像牵着鼻子走？再说，看过网络上披露的爬行机吞食内部乘客的恐怖镜头之后，我觉得还是离那些东西远一点比较好。

“你到底在怕什么嘛？你又不是不知道，整个晚枫市里，只有你一个人不会被细胞构建体视作攻击对象……”竹下跟在我身后像长舌妇一样喋喋不休，“难道说你是故意在跟我闹别扭？别犯傻了。你不是认为我是个幻觉吗？既然如此，我说的话其实只是你自己的想法而已，跟我过不去就是跟你自己过不去……”

“闭嘴！”我忍无可忍，回头大吼一声，却发现身后连半个人影也没有。我的叫声在空空如也的街道上四处回荡。

我松了口气，却又感到有些怅然若失。转身正欲继续赶路，忽然看到前面街道的转角处出现了一片阴影。我的心立刻提到了嗓子眼儿，全身肌肉一下子僵住，连大气也不敢出。

从街角的残垣断壁后面现身的，是一台无主的步行机。

确切地说，那是一只“步行体”。电视上就是这么称呼由于免疫暴走而失控的载具的。这些几乎完全由细胞组件构成的小型运输机械曾经是晚枫市居民最主要的代步工具。它们造价低廉，无须消耗昂贵的化石燃料，只需定期接入晚枫市的淋巴管丛中吸收养料就可以一直运作。步行机的座舱内部布满了神经末梢和生物传感器，可以感知驾驶者和乘客的心跳、呼吸、体温及大脑活动等多种体征，以便为他们提供最舒适的驾驶与乘坐环境，并在必要的时候保护他们的安全。不幸的是，在免疫暴走的影响下，许多步行机将它们的主人误认为入侵体内的异物。它们的座舱畸变成了消化道，大量毫无防备的车主和乘客被困在他们的步行机里被活活地分解掉。

眼前这只步行体属于两足行走的类型，站起来足有一层楼高。它看起来骨瘦如柴，饥肠辘辘，原本银光锃亮的人造皮肤也变得松松垮垮，毫无光泽。很显然，这只步行体已经把它原来的主人消化殆尽。据说，饿坏了的步行体甚至会把座舱舱门变异成长满利齿的血盆大口，用来捕食街上的行人。想到这里，我不禁冷汗直冒，一动也不敢动。

步行体像一只正在觅食的水鸟，跨开步子走到我面前，然后蹲了下来，后腿肌肉紧绷，腹部两侧的进气口喘着粗气，在脚边的地面上吹起阵阵灰尘。它前端的视觉感受器近得几乎要蹭到我的鼻尖。我屏住呼吸，脑海里在躺下装死和转身逃跑这两个选项之间犹豫不决。

两个形态迥异的生物就这样在街道正中僵持了一阵。步行体用视觉器官在我身上来回扫了几遍，然后就像什么也没看见似的转身扬长而去。它闲庭信步一般走到街道另一头，灵巧地一跃，跳上堆积在那里的瓦砾，然后消失在废墟的另一边。

“你看，它没有对你怎样吧？”这回，竹下的声音又是从头顶上传来的。我抬头望见他坐在街边一座建筑二楼的窗台上。那座建筑已经基本倒塌了，只有正对街道的那面墙壁还勉强竖立着。竹下一面心不在焉地拨弄着缠绕在窗棂上的包囊组织，一面解释道：“在它看来，你就像是一个同类——哦，不对。确切地说，你就像是它身体的一部分。”

我强迫自己不去听竹下的胡言乱语，只是加快步伐继续前进。

七拐八绕地走了一个下午，一路上翻越无数废墟和瓦砾，裤脚上沾满了尘土、锈迹和包囊组织的分泌物，快到傍晚的时候，我才来到河间区东侧的河岸上。我的计划是在这里过桥，前往东边的旧城。到了这里我才发现，原本跨越内河的桥梁已经被完全摧毁，只剩下桥墩还孤零零地竖立在河道当中。

“破坏得这么干净彻底，不像是细胞构建体的功劳。”竹下评论道，“一定是市政府为了防止免疫暴走向河间区扩散而故意炸毁的。”

我举目向下游眺望，发现南边最近的几座桥也都只剩下了桥墩。那些光秃秃的混凝土立柱像是在无声地嘲讽我的缺乏远见。

“可惜，这种小儿科的应对手段最多只能暂时有效。他们大概忘了，内河的河堤与河床里也有用于监视水位与流速的细胞组件吧？”

像是被竹下提醒，我低头细看，这才发现河道中黑黢黢的并不是流水，而是一大团一大团层层叠叠的包囊组织，从对岸一直蔓延到我脚下的河堤上。从上游到下游，目力所及之处，整条内河都被包囊组织淤塞。组织的表面有大片大片焦黑的痕迹——那多半是困兽犹斗的人类居民们的杰作。可惜，不管是炸毁桥梁，还是纵火焚烧淤塞河道的包囊组织，最后似乎都是徒劳。

从这里渡河的希望算是破灭了。我知道河间区北面应该还有几座通往北新城的桥梁。如果我可以在那里渡河，然后从北新城南下前往旧城，虽然要多费些腿脚，但总好过待在这里垂头丧气地浪费时间。想到这里，我迈开大步开始沿河向北进发。

“喂，等一等。”竹下快步赶上，拦在我面前，“你怎么知道北边的桥没被破坏？那样的话不就白走一趟了吗？”

“让开。”我没耐心与一个幻影多费口舌。

“你看，下面根本就没有水啊。”竹下一边指着河道说，一边伸手来拉我，“直接蹚过去不就可以了？”

我下意识地后退了一步：“直接蹚过去？你是想害死我吗？”包囊组织原本是晚枫市的建筑物或其他基础设施里的细胞组件。在免疫暴走的影响下，它们从钢筋、混凝土、木材或是合成塑料的束缚当中挣脱出来，然后发生了去分化，变回具有分裂能力的干细胞。这些细胞疯狂地增殖、扩散，四处蔓延，必要的时候分化出能够分泌腐蚀性消化液的腺体和用于运输养分的淋巴管，所到之处吞噬一切被它们的免疫系统视作异己的东西，包括人类和他们的宠物。我刚才赤手空拳地穿过河间区废墟已算是以身涉险，而直接与河道里深及腰间的大量包囊组织发生亲密接触则无异于自投罗网。

“淳，你到底要自欺欺人到什么时候？”竹下有点火了，“关于免疫暴走的成因，你知道得比我更清楚。你不可能不明白，同之前的那个步行体一样，河里的包囊组织没有任何理由会攻击你，因为它们体内的 OIC 系统根本不会把你识别为异己。你只是不想面对这个事实而已吧？”

我无视竹下的质问，转身往北走。竹下无奈地摊了摊手，然后跟了上来。我也并没有加快脚步，因为我知道我根本无法甩掉这个幽灵。

天色渐渐暗了下来。待我沿河一路走到河间区北端的时候，夜幕已经完全降临。河间区的废墟之间亮起了点点鬼火似的黄色微光。当然，我知道那并不是真正的鬼火。在免疫暴走发生以前，晚枫市在夜间是由节能环保的生物发光装置负责照明的。很显然，这些发光器官被包囊组织吞噬之后并没有完全丧失功能。

正如竹下所预料，通往北新城的桥梁也已经不复存在。在河岸上的“鬼火”的照耀下，我隐约可以看到尚未被河里的包囊组织完全吞噬的两截桥墩。在西北边不远处，一大团高高隆起的包囊组织堵在内河与外河的交汇处。隔着这道血肉构成的堤坝，我几乎能听见另一侧的外河那滚滚的流水。

我颓然跌坐在地。夜风吹得紧，我缩着头抱住双臂，依然冻得瑟瑟发抖。也许当初掉头西去才是正确的选择?

“好了好了，别哭丧着脸。又不是世界末日。”竹下安慰道，“快找个暖和点儿的地方过夜。明早再想办法。”

我在临河的街上找到了一栋尚未完全倒塌的屋子。从街对面蔓延过来的包囊组织几乎完全把屋子裹了起来，它们的代谢活动一定程度上维持了室内的温度。我在屋里找了个角落躺下，把从各个房间里搜刮到的旧窗帘和破衣服全盖在身上，才勉强能够抵御冷飕飕的穿堂风的侵袭。一夜乱梦纷繁，而醒来后我却什么也不记得了。

早上，天色似乎放晴了少许。我背上背包来到屋外，清晨凛冽的空气让我打了个激灵。远远地听到河岸的方向有人在叫我的名字。

我快步来到河边。果然，站在河中央，半身没在海绵状的包囊组织里，正在拼命向我招手的正是竹下。

“你看，我不是完全没事儿吗?”他朝我大喊，“胆小鬼，赶快过来。”

也许竹下是对的。那个神秘的发信者还在城东的某个地方等待着我，而我却站在这里，面对一大摊死气沉沉、对我毫无威胁可言的细胞裹足不前。我一咬牙，心一横，迈出脚步，沿着河岸的斜坡颤颤巍巍地走了下去。

包囊组织的表面松泡泡、黏乎乎的，空气里弥漫着带有一丝腐臭的血腥味。我把背包举过头顶，忍着把隔夜干粮全部吐出来的冲动，踩着河床上层层叠叠的血肉，一步一滑地向对岸前进。前方不远处的竹下对着我咧开嘴，笑得无比灿烂。

间 期

我上一次看到竹下笑得这么灿烂，还是多年前那个深秋的午后。

那天恰好是七五三节[1]，落虹山的盘山道上到处都是带着小孩从山顶神社回来的晚枫市居民，与步行上山的我们擦肩而过。其中有不少好像还认识竹下，热情地向他打招呼，而竹下则带着他那一贯的有些腼腆的微笑点头回礼。一片响晴的天空下，落虹山的山坡五彩斑斓：从山顶到山脚次第种植着红枫、银杏、日本黑松和紫叶晚樱，从远处望去宛如一道彩虹横贯山间（这也是“落虹山”这个名字的由来）。竹下的新居就在朝南的半山腰上。那是一栋两层的公寓房，坐落在四周树木的掩映之中，从外观上看除了样式有些老旧之外，似乎没什么特别之处。

“十万火急似的拉我过来，就为了给我看这个？”站在院门外的我掩饰不住话语中的失望。我那天中午刚从东京回到晚枫市，脚跟还没站稳就被竹下从车站“挟持”到了这里，说是要带我参观他刚刚装修完毕的新居。

“好吧，我承认这房子是旧了点儿，地方也有些偏僻。”竹下说，“不过好处在于便宜，本来计划做首付的钱只花了一半，所以我就用省下来的部分把它从里到外彻底翻新了一遍。”

要不是竹下这么说，我还真看不出这幢屋子有任何粉刷过的痕迹：

[1] 日本传统节日，在每年11月15日。这一天，3岁、5岁和7岁的儿童要穿上和服跟父母去神社祈福。

房顶的屋瓦是难看的紫褐色，而外墙也漆成了脏兮兮的墨绿色，乍一看还以为是长了青苔或者绿霉。“几年不见，你那臭品位不但没长进，反而还变差了。”我揶揄道。

“切，不懂艺术。”竹下不屑道，说着把右手放在院门中央的一个小方格里。那个小方格的表面似乎是由某种柔软的材料构成的，在手的压力下微微陷了进去。竹下保持这个姿势静候了五秒左右，院门便无声地向两边弹开。竹下侧过身来对我做了个“请”的动作。

“新式的指纹识别系统吗？”我有点惊讶，由于全球电子工业持续颓靡，这种时髦的新玩意儿越来越少见了。

“嗯，算是吧。”竹下不置可否，“你到底进不进来？”

我跟着竹下穿过院子，来到房门前，还是一样的指纹识别装置。打开房门走进去，我才发现内里另有一番乾坤。

“这是你的杰作？骗人的吧？”我忍不住惊叹道。

“要不要考虑一下收回刚才你对我的品位的批评？”

我忙于惊羡，顾不上答话：窗明几净的起居室与厨房，粉刷一新的墙壁，随着脚步声而次第亮起的暖色调的灯光，还有匠心独运的曲线形家具设计，无不与这幢屋子外部的阴郁沉闷形成鲜明的对比。要不是从种种细节里流露出来的竹下式的无厘头恶趣味——比如镂空成蜂窝状的浴室门，厨房里形似张开的嘴巴的水池，还有卧室里等身高的人形穿衣镜（想要看到自己的全貌就必须摆出与镜框轮廓相符的姿势）——我必然会认定这是专业装修公司全权包办的设计。

室内温暖如春，与外面凛冽的秋寒相比完全是两个天地，却哪儿也找不到暖气片的影子——不过仔细想想也并不奇怪，在能源危机愈演愈烈的今天，离市区这么远的地方基本不可能有中央供暖，只能依靠住户独立安装的空调。“空调开这么大，不怕电表被刷爆吗？”我脱掉外衣，“这年头电费那么贵。况且你们夫妻俩还没正式搬进来呢。”

“电费？离市区这么远的地方，现在根本没有供电的啊。”竹下一副看外星人的表情，“就是这个原因房价才会便宜。”

我吃了一惊：“晚枫市的情况已经差到这种地步了吗？”

“其他城市应该也好不了多少。你在东京生活惯了，大概感受不深吧？”

确实，高额碳排放税带来的影响虽然在东京也能见到，但回到晚枫市以后，从火车站过来的途中我才真切感受到化石燃料价格飞涨的冲击有多大：路上几乎见不到私家车的影子，连班次寥寥的电车上也见不到什么乘客。人们纷纷改用自行车代步，走在市中心的街道上，我几乎有置身于20世纪的新德里或上海街头的错觉。

“可是……”我抬头看了看从天花板上洒下来的柔和灯光，再把目光投向窗外的前院。枯黄的草坪上看不到任何类似太阳能板的东西。

“太阳能板？你觉得我买得起那种奢侈品吗？”竹下一眼就看出了我的想法，“来自中国的稀土矿物的限运越来越严，导致光伏材料的价格贵得要死。现在连使用太阳能电池的掌上计算器都很少见了。”

“少卖关子。”我说。竹下的行为模式我再熟悉不过，大老远把我拉过来肯定是想向我展示些什么。

竹下照例咧嘴露出一个标志性的坏笑，然后走到客厅的一面墙边，取下墙上挂着的结婚照，然后把整块墙板卸了下来。

薄薄的木制墙板下面是透明的玻璃墙体，玻璃后面是一大片呈淡红色的海绵状材质，浸泡在某种透明液体中；靠近了细看，才发现那种材质是由错综复杂的细小维管状结构组成的。一串串气泡从墙体底部冒出，沿着不明物质的表面缓缓上升。

“这……这是什么东西？”我心里暗暗地意识到，这一回竹下的炫耀内容恐怕已经超出了我的理解范围。

“简单来说，这是你。”

“谈正经的呢，别打岔。”我没好气地说，“想挖苦我的长相也没必要这么拐弯抹角吧？”

“没跟你开玩笑。”竹下一脸认真，“淳，还记得当年你‘借’给我的细胞样本吗？”

我打小就认定竹下是个稀世罕见的天才。这一点现在已成为尽人皆知的事实：年仅 27 岁就成为组织工程界的学术明星，并且在《财富》全球科技论坛做过演说的青年科学家在日本仅竹下一人而已。尽管如此，我还是低估了竹下的才能。

“你是说，维持这幢屋子里面的温度的，其实是墙体内部细胞组件的体温？”我一时无法从震惊中恢复过来，只能鹦鹉学舌地把竹下的话重复了一遍。

“简而言之是这样，当然实际操作起来很是费了我一番功夫。”竹下一谈起技术细节来便滔滔不绝，“你看，为了让细胞组件的产热效率最大化，我沉默了这些细胞中编码 ATP 合成酶[1]的基因，而反过来提高了一种氢离子通道的表达水平。这样一来，在有氧呼吸过程中积累在线粒体内膜两侧的氢离子浓度势能就只能以热的形式耗散掉……”

“喂喂喂，等一下。”我连忙打断他，“你是想告诉我，”我指着玻璃后面那看起来相当恶心的一大片肉红色，“你把我的细胞变成了建筑材料。”

竹下耸耸肩，一副区区小事，不足为奇的样子。

“你以为今天是愚人节吗？搞错季节了啊！”我说，“你倒是解释一下，维持那些细胞生存的养分是哪里来的？”

“这幢屋子表面生长着一层基因改造过的单细胞藻类。它们通过光合作用产生的有机物会通过墙体内的高分子材料渗到浸泡着细胞材料的

[1] 线粒体中的一种蛋白质，能够利用线粒体内膜两侧的氢离子浓度差来合成能量单元ATP。

培养液里面来。”竹下狡黠地一笑，“老实说，这种光合涂层还在研发阶段，尚未投入市场，而且一点儿也不便宜。我是托了熟人才以优惠价搞到手的。你可不要到处乱讲。”

难怪外墙和屋顶的颜色那么难看，八成是拜这些藻类所赐。我心想。

当然，这幢屋子的秘密远不止这些。竹下向我解释，天花板上的那些吊灯其实并不是电灯，而是加入了生物冷光基因的细胞组件；而控制生物灯的明暗的也不是任何电子系统，而是埋在地板下面的压力感受器官，通过墙体里的神经回路与生物灯连接在一起——类似的神经回路也负责调节室内温度的高低；厨房里产生的食物残渣和废水不是直接排到下水道里，而是进入一个消化器官，在那里持续分解、发酵，一部分被吸收掉变成维持房屋基本生命活动的养料，剩下的则变成用于烹饪的沼气……各种结构、功能迥异的细胞组件遍布在这座住宅的每一个角落。竹下的新居与其说是一座建筑，倒不如说是一个有血有肉的生物体。

而构成这个“生物体”的细胞，居然全都来自当初竹下从我身上收集的体细胞样本。他对我提供的细胞进行了特殊处理，让它们恢复成具有无限增殖能力的人工诱导干细胞。竹下以这些干细胞为原料创造出各种自然界并不存在的组织和器官，并用 3D 打印技术把它们组装成具有实际用途的活体机械。更让人匪夷所思的是，这一切都是竹下在业余时间里私下进行的，世人对此尚一无所知。

“当然，这项技术还有很多尚未突破的瓶颈。比如，如何让细胞组件对传统通讯系统里的电信号做出适当的反应……”竹下指着二楼客厅的一面墙壁说。墙壁正中是一面正在发出乳白色荧光的屏幕，屏幕正下方有一个大窟窿，里面露出一大丛颜色各异的导线。

竹下说着便匍匐在地，半身钻到那个窟窿里面，捣鼓了一阵，屏幕上便开始出现一些不明所以的图形和线条。“这个屏幕里面铺了一层黑色素细胞。我的想法是利用色素细胞在电刺激下的收缩和舒张来构成活动的图像。”竹下的声音从墙洞里传出来，“这倒一点不难实现，难的是怎么把普通的电视信号调制成细胞组件能够‘理解’的形式……抱歉，你能到楼下去帮我开一下门吗？”

我这才注意到已经响了好一阵儿的门铃声。我快步下楼，打开房门，然后愣在了那里。

站在门外的她几乎还是老样子：齐腮的短发，上身穿着一件有点土气的夹克衫，下面是牛仔裤和运动鞋，两手各拎着一个环保购物袋，看起来还像个学生，没有一丝职业女性的派头。

“喂，别堵着门，快让我进去。”梅田开玩笑地嗔怪道，“想把我冻死吗？”

我赶忙让开。“健一在楼上吧？”梅田放下手里的购物袋，然后回头把门带上，“又在捣鼓他的发明？”

“他么，向来不都这样？”我有点心不在焉地说。

“真是的，有这个工夫还不赶快给房门装个普通的门锁？”梅田故意对着楼梯大声抱怨道，“我已经吃了好几次闭门羹啦。”

竹下果然“咚咚咚”地从楼上跑下来。“抱歉。”他不好意思地挠挠头，“今天气温比较低，门口的免疫识别器官有点儿迟钝。还有，你手上皮肤可能太干燥了，所以才会检测不到 MHC[1] 特征多肽……”

“拜托，能照顾一下用惯了正常钥匙的人么？”

“尽快装。我保证。”竹下做了个鬼脸，俯身去拎地板上的购物袋。其中一个袋子里装着炸鸡之类的食物，另一个则装着两三瓶啤酒。“好像过于简单了点儿吧？淳大老远地从东京赶回来，咱们就这么招待人家？”

---

[1] 主要组织相容性复合体，是位于人类体细胞表面的一种糖蛋白，构成一种“身份标记”，是免疫系统区分自体组织和外来物的主要依据之一。

梅田伸手狠狠戳了一下竹下的脑门儿："你要是早两天告诉我松本同学要来的事，我就会提前把今天晚上的值班换掉，然后亲自下厨，哪里还会这么狼狈？不过话又说回来……"她回头冲我挤了挤眼睛，"身为无家可归人士的小淳反正也不会介意的吧？"

我的脸立刻涨得通红。从医学院毕业以后，我并没有像梅田那样成为住院医生，也没有像竹下那样走上学术研究的道路，而是转行进入了金融产业，几经周折之后总算在东京的一家小有名气的投资银行找到了工作。可惜，我才干了两年就遇到了史上规模最大的全球性金融危机。日本的各大金融机构不是倒闭，就是裁员。我这个半路出家的门外汉本来就没法跟那些东大、庆大科班出身的同行们竞争，所以顺理成章地丢了饭碗，不得不灰溜溜地从东京回到了家乡晚枫市。眼下我工作尚无着落，连房子都还没租到，只能暂住在父母那里。

"不会不会，多谢款待还来不及……"我语无伦次地支吾道。

梅田"扑哧"一声笑了出来。"小淳完全没变呢。表面上油腔滑调，其实一点儿玩笑都开不起。"她说，然后走上来给了我一个拥抱。"一路上辛苦了。欢迎回家。"

从朝南的阳台上放眼望去，被夕阳铺上了一层碎金的朱雀湖尽收眼底，湖对岸的赤银山静静地横卧在沉沉暮色之中。从前，赤银山一到傍晚就会亮起彩色的灯光，在漫天晚霞之下勾勒出山脊的轮廓。现在，由于电力供应紧张，再加上造访晚枫市的观光客日渐稀少，赤银山的晚灯已经成了昔日回忆。

三人在阳台上摆了一张矮桌，围坐在桌边。时光似乎发生了倒流，我们仿佛回到了学生时代，又变回了那几个心无城府的大孩子。我也几乎忘记，我曾一度朝思暮想的单恋对象现在已经成了我最好的兄弟——竹下的妻子。

说实话，我做梦也没想到这种恶俗肥皂剧里才会有的剧情竟然会发生在我身上。五年前的那个被漫天烟火照得透亮的夏夜，竹下表现得一反常态地活跃。他厚着脸皮编出了一堆现在想起来简直尴尬得要死的理由，引开了其他人，让我和梅田有机会独处。可惜，我精心准备的“告白演说”才进行了不到一半就遭到了干脆爽快的拒绝。梅田就是这样的人，说话做事没有一点儿拖泥带水。我固然很失落，但也找不出什么抱怨的理由。梅田虽然算不上倾国倾城的美女，但在阳盛阴衰的医学院里也不乏追求者。所以对于这场挫败我也并没有太过沮丧——直到几个月后，竹下和梅田正在交往的传言飘进我的耳朵。

亲自向竹下确认了这个消息的真实性以后，我与其说是嫉妒，倒不如说是震惊。梅田到底在竹下这个书呆子身上看到了什么我所没有的东西？对于这一点我当时百思不得其解——虽然表面上我还是假装大将风度地向竹下表示祝贺——而现在我似乎有些明白了。就在我沉浸在怀旧情绪中，有点走神的当儿，小两口已经拌起嘴来。

“早知道要花这么长时间，当初就不迁就你了。”梅田一定是在说竹下拿他俩的新居当实验品的事情，“老老实实地在市区买套房子，然后中规中矩地装修一下。虽然贵一点儿，离医院和学校也远一些，但至少不用忍受变质的细胞组件发出的异味儿。”

“那个问题我不是已经解决了吗？”竹下抗议道，“固相吸附基质里的生长因子和凋亡因子之间的平衡很难一次调整到位的……”

“谁知道今后还会出多少问题？我又不是研究这个的，一点儿忙也帮不上。你每天都要在这边捣鼓到半夜，到了该上班的时间又起不来床。不是说天才就可以这样不务正业的……”

“别担心。咱们搞研究的人作息制度又不像你们医生那么严格。”竹下憨憨地一笑。大概也只有像竹下这样完全不懂得计较的人才能不被梅田的刀子嘴伤到；反过来说，除了从小和竹下一起长大的我之外，也许也只有像梅田这样锐利的人才能戳穿竹下枯燥乏味的外在而触碰到真实的他。这大概就是人们常说的“不是一家人，不进一家门”吧。

一转眼天色已暗。梅田要到医院去值夜班，临走前叮嘱竹下要早点回去（他俩目前还在市区租房住）。阳台上只剩下我和竹下两人。聊了几句之后，实在无旧可叙，话题便又回到了竹下的新居上面。

“这幢房子里集中了这么多革命性的新技术，你居然没有申请专利？”我惊讶地说。

“像我这样的研究人员要申请专利必须通过校方审核。”竹下说，“可惜，校方因为害怕这项技术可能涉及的伦理问题而迟迟不愿跟进。你知道的，光是用诱导干细胞再造器官并进行自体移植就已经争议不断；而把人体细胞当作工业材料来使用，站在学校的立场上看，这种事情分分钟要闹出公关丑闻的。”

“那就甩开大学的官僚体系自己创业嘛！”我提议道，“我这几年虽然没什么成就，但好歹也积累了不少人脉，想找到愿意投资的金主根本不成问题。”

“这个……”竹下犹豫起来，“我在学校还有正经的研究呢，这幢房子里的发明我只是当作爱好玩玩而已。”

“这么多年过去，你那不食人间烟火的毛病一点儿都没改。”我激动地站起来，靠着阳台的栏杆，手指着晚枫市城区的方向，“几年前，晚枫市还是一座灯火辉煌的不夜城。而在能源危机和电子工业萎缩的双重打击下，这里快要变成一座空城了。”一瓶啤酒刚刚下肚，我有些微醺，语气不知不觉便慷慨激昂起来，“想一想吧，你的发明如果得到推广，便可以扭转这一切——不光是晚枫市，还有全国乃至全世界！”

“这么伟大的事情我可做不来。”

“这可由不得你一人说了算！那些细胞组件说到底都是从我身上来的。你忘了我当初是为了什么才答应提供那些细胞样本的吗？”我有点急了，开始口不择言，“到头来，你抢走了凉子，还打算独占我身体的一部分不成？”话一出口我就后悔了。

直到今天，我依然不能理解自己当时为什么会说出那样的荒唐话。是酒精的作用？还是说我确实因为竹下抢走了本来就不属于我的梅田而感到嫉妒？又或者说我其实是恼于梅田从我身边抢走了竹下？更让我无法理解的是，竹下居然答应了我的提议。说实话，我倒宁愿他嘲笑我醉后胡言，或者干脆一巴掌将我掴醒。

如果是那样，竹下现在应该还活得好好的。

周期 N+2

“‘盘古合成’：崭新世界的缔造者，美好生活的建筑师。”

这句标语以醒目的黑粗字体出现在北新城主干道边的一块广告牌上，背景是“盘古”合成生物技术集团的标志：一黑一白两个形似人类胚胎的生物首尾相对，抱成一团，构成一个太极阴阳的图案。这块广告牌实际上是一面由色素细胞组成的活体显示屏。正常状态下，显示屏的图像会根据神经通路输入的讯息不断进行切换。眼下，由于输入中断的缘故，它又回到了出厂时的默认设置。

我很好奇这块广告牌为何还未丧失功能——实际上，光是它还保持着完整形态这一点就已经够令人吃惊的了。除了它以外，周围几乎所有曾经包含细胞组件的人造物体——住宅、车辆、道路乃至路边的车站和报亭都已经被免疫暴走完全侵蚀。挣脱了枷锁的细胞组件重组为不定形的包囊组织。与河间区一样，北新城已经失去了城市应有的整齐划一、棱角分明的面貌，变成了一幅萨尔瓦多·达利风格的超现实主义绘画。在一片群魔乱舞般的混沌之中，这块独善其身的广告牌显得无比突兀。

“这家伙恐怕是 OIC 技术普及之前的老产品，所以暂时还不会发生免疫暴走。”竹下仰头望着广告牌，“对了。淳，你还记得我们当初为什么把公司命名为‘盘古’吗？”

“还不是你的鬼主意？”我说。盘古是中国古代神话中的创世巨神。他从蛋里出生，分开了天地，死后身体的各部分化作世间万物，包括日月星辰、山川草木和鸟兽虫鱼。从某种病态的意义上说，用人类（也就是我）的细胞作为材料制造各种设备元件，与传说中的盘古也确实有某种异曲同工之妙。竹下式的恶趣味在这里再次体现得淋漓尽致。

“我从来没跟你提过传说的后半部分。”竹下故弄玄虚地说，“你知道中国古代神话中的世界末日是什么样子？”

“抱歉，眼下我没心情听你讲故事。”

“据说，在世界末日那一天，当初由盘古的身体变成的世间万物又会恢复它们的本来面貌。”竹下对我的不耐烦视若无睹，“山峰和峡谷将变回盘古的骨骼和肌肉，河流变回盘古的血管，日月变回盘古的双眼，植被变回盘古的毛发，飞虫走兽则变回盘古身上的跳蚤和虱子，所有这些聚合起来再次构成盘古本人。他会把天和地重新拉回到一块儿，然后钻回蛋里去沉睡。”

这故事一听就知道是竹下的杜撰。我本没有放在心上，但很快就意识到他似乎并不完全是信口胡诌。蔓延在北新城的包囊组织与河间区的有明显不同，它们的质地更加紧密，颜色更深，炎症反应也减弱了不少。北新城的免疫暴走比河间区发生得更早，所以这里的包囊组织发育得相对更成熟，这并没有什么奇怪的。诡异的是，很多地方的包囊组织发生了畸变，长出了类似于软骨、毛发、指甲甚至牙齿的结构；在畸变较为集中的区域，这些似乎不具有任何功能的赘生物在包囊组织表面排列成令人眼花缭乱的旋涡状图样，覆盖区域可达数十米见方。这让我相当不安。如果任凭这种趋势发展下去，晚枫市究竟会变成什么样子？

我不想知道。我必须尽快离开这里。

虽然晚枫市并不是像东京那样的巨型都市，但只靠步行穿越市区仍然要花不少时间——尤其在你不确定目的地的具体位置的时候。我本希望再次接听到来自那位神秘发信人的信息，据此判断她的方位。不幸的是，由于一直处于开机状态，我的细胞手机早早地耗光了内部储藏的养分，陷入了沉默。

“那个女人之前提到过，她当时的位置在朱雀湖附近。”我说，“我觉得不如先去那里找找看。”

“已经过了好几天了，她留在原地保持不动的可能性微乎其微，眼下根本无法确定她到底在哪儿。”竹下表示反对，“这样下去我们只是像没头苍蝇一样到处乱转而已。当务之急是想办法给你的细胞手机补充养分，让它恢复功能，以免错过对方发出的后续信息。”

我环顾四周，目力所及之处可以见到好几个灰绿色的圆顶形结构，每个有两三米高。它们大多被疯长的包囊组织团团裹住，有些已经几乎被淹没，只有圆顶的部分还露在外面；也有些尚未完全被包围，侧面还能辨认出类似于遮阳棚的结构。那些建筑是光合节点。它们是驱动晚枫市各项机能正常运转的主要能量来源。除了为周围的市政设施提供养料以外，节点的外壁上还长有可供各种细胞构建体——大到步行机，小到各种移动通讯设备——补充养分的营养接口。

我记得从前，不管是繁忙的工作日还是周末假期，街边的光合节点外面总有排着长队为细胞手机补充养分的市民。可当我满怀希望地走进其中一座光合节点的时候，才发现它外壁上的营养接口已经被周围的包囊组织蘖生出来的大丛大丛的乳白色淋巴管堵得严严实实。

“嗯……有意思。”竹下沉吟道，“这些光合节点本身并没有呈现出任何明显的免疫暴走症状。包囊组织是受到了养分的吸引从其他地方爬过来的。”

“别净说这些没用的，”我撸起袖子，试图用手把吸附在接口上的淋巴管一根根地拔下来，“快过来帮忙！”手上传来的湿滑触感让我一阵反胃。我忍着呕吐的冲动，一时间忘记了“竹下”的虚幻本质。

“……这可以理解。光合节点里的 OIC 系统一定是由于长期接触顶部共生泡里的单细胞藻类而发展出了某种边缘耐受性，所以才会不受免疫暴走的影响。”竹下继续“大声思考”，“我在想，市内的那些大型光合中心应该也还在运作。说不定那里还有可以使用的营养接口——如果你不介意在北新城多转一会儿的话。”

我本没有打算在北新城久留。晚枫市的旧城区就在南边，与这里仅一河之隔。这条被称为“北内渠”的人工运河的历史可以追溯到江户时代[1]，当初是为了从城西的内河向城东的朱雀湖输送新鲜水源而开挖的。在以往，北内渠的河道上总会有载着游客的船只穿梭行驶。我原先的计划是在北内渠沿岸随便找个码头，“借用”一艘无主的游船，然后顺流而下，一路漂流到朱雀湖去。可惜，由于内河被包囊组织淤塞，失去了水源的北内渠也已经断流。看来我还不得不靠自己的双脚解决问题。

既然如此，多绕点儿路又何妨？说不定还能遇到别的幸存者。我从背包里翻出一张旧式的纸质地图（谢天谢地，这种东西现在还存在），开始在上面寻找最近的光合中心的位置。

在上一次全球经济大衰退以前，北新城曾是晚枫市的市中心。这里的高楼大多建造于那个时期，有机成分一般不会超过10%，建筑结构里的细胞组件都是后来改造的时候添加的。正因如此，北新城还有一些尚未倒塌的高层建筑。这些硕果仅存的水泥巨塔在北新城的废墟间茕茕孑立，潮水般的包囊组织从四面包围过来，攀上墙壁，与窗户里蔓延出来的暗棕色藤蔓交缠在一起，远远望去仿佛一具具残留着腐肉的巨大尸骨。

在其中一座大厦脚下，我发现了一只坠落的飞行体。这只形似蜻蜓的庞然巨兽毫无生气地躺在路边，四只膜质翅膀中的两只与躯干形成诡异的角度，显然已经折断，机体的后半部分已经被街道上的包囊组织覆

[1] 日本历史时期，约在17~19世纪。

盖。和一路上横七竖八地躺着的那些步行体残骸一样，这只飞行体一定也是因为养料耗尽才坠落的，不久后也会被包囊组织当作食物消化掉。

“你看，‘盘古合成’的标志。”竹下指着飞行体的一只翅膀，“这架膜翼机在变异成飞行体之前一定是‘盘古合成’内部人员的座机。”

膜翼机是近几年才发展出来的新技术，还处在试验阶段，尚没有大范围普及。据我所知，目前只有“盘古合成”的高层管理人员才有权限使用。飞行体前部的驾驶舱已经被包囊组织完全封死。我捏着鼻子把覆盖在座舱窗户上的腐肉清除掉，座舱内部的景象令我倒吸一口凉气：

靠在驾驶座上的是一具人类骷髅，从座椅和操作面板上伸出来的大量管状物从骷髅全身各处的空隙钻进其内部。这个倒霉鬼很明显是被困在驾驶室里，被飞行体从里到外一点点地吃了个干净。

“熟人吗？”竹下朝驾驶室里瞟了一眼。

“不大可能。”我摇了摇头，“你离开后，‘盘古合成’的管理层进行了大换血，创业时期的忠实部下在几个月内全都换成了陌生人。再说，我也已经多年不过问公司事务了。”

“就算是熟人，变成了这种状态大概也不可能认出来吧？”竹下说。

我不置可否，趴在窗户上仔细查看。骷髅用漆黑的眼洞回望着我。它周身的衣服已经被扯成了碎片，没有留下任何可以表明身份的线索。在它的身后，飞行体的机舱笼罩在阴影中，隐隐约约可以看到更多骷髅的轮廓。

“这些人当时一定是想乘坐膜翼机逃离晚枫市。”我揣测道，“不晓得是谁出的馊主意。”

“如果他们确实是‘盘古’的管理人员，这说明事态失控之快完全超出了他们的预料。”竹下接过话头，“‘盘古合成’的大本营晚枫市尚且如此，很难想象其他城市是怎样的情况。”

“想知道的话，就得先想办法离开晚枫市。”我把目光从飞行体的机舱里移开，转到手中的地图上。说实话，我一点儿也不想知道。我只是想离开这个鬼地方而已。

要想离开，我就必须找到那个未知的信号源。

竹下的推测没有错，北新城的光合中心基本上还算完好。沿着北新城的主干道向东走，远远地就能看到灰绿色的巨大穹顶从绵延的废墟后面露出头来。走到近处，我才发现包囊组织早已开始对这座建筑展开了无孔不入的渗透。棕色的薄膜和触须从每一扇门窗的缝隙里侵入，乳白色的淋巴管则紧随其后，利用内部体液的压力一点点地把缝隙扩大。

光合中心南面的玻璃幕墙上也已经爬满了包囊组织。令人不可思议的是，这些包囊组织竟然分化出了无数形似人类肢体的增生器官。从远处望去，整面幕墙仿佛变成了一棵骨骼与肌肉构成的巨树，无数颜色苍白的枯枝在风中舞动摇曳。走近细看才发现，它们的运动并非风的杰作——与我之前见到的那些纯属装饰性的赘生物不同，这些手臂和腿脚已经具有了相当的运动能力。此刻，它们像是受到某种看不见的意志的支配，正不断地在玻璃幕墙上用力敲击，发出有节奏的闷响。幕墙的很多地方已经出现了裂缝甚至缺口。大量的手臂形增生物聚集在缺口处，七手八脚地乱抓一气，像是要把玻璃碎块从幕墙上抠下来。暗红色的血液从被碎玻璃扎破的伤口处汩汩地涌出，顺着那些手臂向下流淌。

我呆呆地望着这幅噩梦般的景象，像是被催眠了一般，半晌挪不动脚步，直到竹下在我耳边大声喊道："喂！醒醒！"他说，"看那边，有扇门。"

确实，幕墙的边上有一扇看起来依然完好的玻璃门。很奇怪，幕墙上的生长物为了侵入光合中心内部无所不用其极，甚至不惜分化出具有高度专门性的器官，却对现成的入口视而不见。

"等什么呢？我不是跟你说过吗？那些增生物不会攻击你的。"竹下催道。

我迟疑了片刻，然后鼓起勇气走到门边，尽量不去抬眼看头顶上那些群魔乱舞的腿脚和手臂。不出所料，这扇门已经上了锁。我的目光左右扫视了一番，然后在玻璃门右边的墙上发现了一个灰色的方块。抱着试试也无妨的想法，我把手掌按在方块上，方块柔软的表面微微陷了下去。几秒钟后，门居然无声地向两边滑开。

“这是正常现象吗？”我回头问道。

“谁知道呢？按理说，免疫识别装置只会被特定的个体激活。这扇门的识别的对象应该是光合中心的工作人员吧。但如果OIC在装置里发生了增殖的话，也许它现在只会把你作为识别对象了呢。”

光合中心正面的大厅里一片昏暗，仅剩的几盏还在工作的生物灯时亮时暗，闪烁不定。外围的地面已经被入侵的包囊组织覆盖，而没有被包囊组织占领的区域则散布着垃圾与杂物。出乎我意料的是，悬挂在大厅天花板上的大型显示屏竟然还在正常工作，上面的符号与数字每隔一小会儿就会发生变化。

“居然是老式的液晶显示屏！”竹下惊呼道，“这玩意儿至少有二三十年历史了吧？里面没有任何细胞组件，所以也不会受免疫暴走的影响。关键时刻还是这种老古董比较可靠。”

“那还是北新城细胞组件化以前的遗迹。”我说，“这里曾经是晚枫市的地铁总站。在‘盘古合成’把这个地方改造成光合中心的时候，有不少市民出于怀旧情绪联名请愿，要求市政府出面干预，保留车站的一些设施。这块用于显示列车时刻表的大屏幕就是双方妥协的结果——这些应该都是你离开‘盘古合成’以后的事情了。”

实际上，改造后的光合中心依然具有车站的功能——它现在是北新城环线的起点，环线上的爬行机都要在这里停靠，汲取共生泡内部的单细胞藻类所生产的营养液，并接受必要的修理和保养。而那块显示屏也理所当然地继续承担列车时刻表的职责。眼下，它正在对着空空如也的大厅提示下一班爬行机即将到站，像是在假装什么也没有发生，周围的一切都一如往常。

“这倒提醒了我。候车室。”竹下说，“车站的候车室里肯定有供乘客使用的细胞手机营养接口。”

虽然我不愿意承认，但这确实是个好主意。凭着记忆，我找到了位于光合中心北侧的主候车室的入口。这里尚未被失控的细胞构建体入侵，各种设施也相对完好。让我纳闷的是，候车室的玻璃窗不知道为什么被人用木板从外面封死了，一根锈迹斑斑的粗铁棍穿过大门外面的两个把手，把门闩得牢牢的。

我寻找营养接口心切，顾不得多想，就将铁棍从门把手上卸下，然后把门拉开。一股恶臭立刻扑面而来，令我胃里一阵翻滚。而看到候车室内部的景象之后，我直接吐了出来。

整个候车室里充满了人类的尸骨。它们已经腐烂到干干净净得连一丝残肉都不剩下，有的躺在地板上，但大部分都在座位上坐得好好的。更诡异的是，它们身上的衣服大多完好无损，只有少数看得出撕扯破裂的痕迹。

“上帝啊！这些人……”竹下也一时语塞，“看上去他们都是坐在这儿安安静静地等死，直到最后一刻的。这里到底发生了什么？”

我远远地看到候车室远端的墙上有一排完好无损的营养接口。一番心理斗争之后，我走进了候车室，沿着座椅之间的走道向另一头走去，一路上如履薄冰，生怕踩到那些骷髅的脚，手中下意识地把铁棍攥得紧紧的。

老天保佑，墙上的营养接口依然功能完好。我连忙把细胞手机插入接口，然后按下开机键。看到色素细胞屏幕上出现“正在补充营养，请稍候”的字样后，我才算松了口气。

细胞手机在补充养分的同时也会进行自我修复，用新摄取的营养物质制造新的细胞，以替代受到损伤的组织。整个过程大概需要半个小时的时间。我用刚刚恢复功能的细胞手机登录了那个直播网站。可惜，我所期待的讯息并没有出现，网站依然在播放老掉牙的怀旧歌曲：

So they dug your grave
And the masquerade
Will come calling out
At the mess you made ...

暂时无事可做的我只好守在墙边等待，同时尽量不让自己的目光落到候车室里的那些冤死鬼身上。片刻后，面朝月台的那一侧的窗外传来一阵轰响。伴随着粗重的喘息声，一列爬行机缓缓地驶入车站，然后停靠在月台上。数十根粗壮的管状物从车站的顶棚垂下，每一根都对准一节车厢，然后准确无误地插入车厢顶部的一个开口。管状物的表面出现了一段段隆起，沿着管身向下移动，直到进入爬行机内部。

确切地说，那是一只“爬行体”。从这个距离上观察，我能很清楚地看见它的体表长满了奇形怪状的肉瘤，每节车厢下面的附肢的数目也比正常的爬行机多出了不少。补充了养分之后，爬行体发出一阵畅快的尖啸，然后再次出发。在它离站的过程中，我注意到，不少车厢已经被某种白色的类似于脂肪的组织从内部撑得四分五裂。奇怪的是，已经变异到这种程度的爬行体居然还在按照时刻表正常运行。它们难道还在期待更多的乘客自投罗网吗？还是说这种看似不可理喻的行为背后隐藏着某种我尚未参透的逻辑？

这个问题我没有来得及细想。因为来自细胞手机的音乐声在这个时候忽然消失了，代之以一串静电噪声。

我连忙把细胞手机凑到耳边。果然，噪声渐渐变得清晰，勉强可以辨别出一个女声：

“这里是042。我们现在位于晚枫市的……我们正在遭到……请速支援，完毕。”

之后又是一串杂音。我大气儿也不敢出，聚精会神地听着。过了几秒钟，女声再次出现：

“菅野，卫星信号还没有恢复吗？通信卫星，气象卫星，什么都行。”听起来她像是在对身边的人说话，“我就不相信，就没有一颗还能用的。”

“这不是卫星的问题，菊地少佐。”一个听上去距离稍远一些的男声，“卫星上没有细胞组件，也不会发生免疫暴走。出问题的应该是地面接收站。眼下，除了您正在使用的那个网络直播频道之外，我们只能依赖短程无线电。”

“该死的‘盘古合成’！我们从一开始就不该那么信任他们，把军方的细胞组件化项目承包给他们。”女人有些愤愤地说，“现在可好，我们甚至找不到不依赖细胞组件的通信方式……”

又是一阵杂音。之后女声再次出现。这回她的语速慢了一些，显得更加沉重：

“这里是CRR-042。我们刚刚与宇都宫基地失去联系……这是我们目前唯一能找到的通信方式。我是此次行动的负责人，三等陆佐菊地友实。我的单位目前驻扎在晚枫市东部的雁鸣寺内，请任何接到这条讯息的单位立刻……”讯息的末尾被杂音掩盖，接着就恢复成了之前的音乐节目。

“你听到了吗？竹下，那个女人现在在雁鸣寺，而且不是一个人！”我一边说，一边不停地刷新页面，希望收到更多的讯息，“如果我们现在就动身，一天之内就能赶到。呃……竹下？”

站在我身后的竹下此时出人意料的沉默。等等！之前竹下好像说他要去周围查看一下其他候车室的情况，所以就没有跟进来。可是我明明感觉到背后有人……一股寒意顺着脊梁骨爬上我的脖颈。

攥紧了手上的铁棍，我缓缓地转过身。

出现在我背后不到 2 米开外的是一具小孩的骷髅，个头可能才到我胸口，身上穿着一件粉红色的长袖厚外衣，颤颤巍巍地站在那里，仿佛一具被无形提线吊起的傀儡。

“喂，竹下，这个玩笑一点儿都不好玩。”我的声音开始发抖。我明明知道，所谓的“竹下”不过是我想象的产物。就算他是个有血有肉的活人，估计也没本事搞出这么逼真的恶作剧。可是我已经吓昏头了。“竹下？你听到没有？”

没有回答。又有一具骷髅挣扎着从座位上站起来，然后一步一停地向门口走去，接着是两具、三具。

我猛地把细胞手机从营养接口上拽下来，然后大吼一声，挥起手中的铁棍就朝面前的那具骷髅头上砸去。它仰面朝后倒下，我听到了骨头碎裂的声音，没有血，也没有脑浆。

我顾不得细看，夺路而逃，狂乱地挥动铁棍，击倒挡在我面前的那些摇摇晃晃的尸骨。一路冲到门前，我和正要走进来的竹下打了个照面。

“你在干什么？快跑啊！”我朝他大喊，然后拔腿就朝我们之前来的方向飞奔而去。

“等会儿！你听我说……”竹下的喊声从我身后传来。

我们正在被一群复活的亡灵追击，而竹下居然不慌不忙！顾不上担心他，我失魂落魄地穿过大厅，来到之前进来的那扇门前。就在我以为终于要逃出生天的时候，长在门口的一只手臂形增生物忽然鬼使神差地抓住了我的脚踝。猝不及防的我几乎摔了个嘴啃泥。

“放开！放开我！”我上气不接下气地叫道，一边拼命地往前拽那只被抓住的腿，可就是一步都挪不动。远处，骷髅们陆续走进了大厅，正不紧不慢地朝着我所在的出口处进发。

我都快哭出来了，猛然记起手里还捏着那根铁棍，于是用尽全身力气朝那只该死的手臂敲了下去。脚踝上的拖拽感立刻消失了。我扭头就跑，一眼都不敢往身后看，直到被自己的脚绊住，再次摔倒。

精疲力尽的我一时瘫倒在地上爬不起来，直到一个阴影出现在我头顶，我连忙举起铁棍做出防御的姿势。

“瞧把你吓的。”一个熟悉的嗓音从头顶上传来。

我定睛一看，竹下正带着一脸苦笑俯视着我。

“可是，那些骷髅……”

“你仔细看看。”竹下伸手指向我们身后的光合中心。只见一具骷髅从我刚刚经过的那扇门走出来，一出门没走两步就颓然倒地。接着，那具骷髅身上的衣服——那是一件深紫色的羽绒服——忽然失去了原有的质地和颜色，变成一团灰色不定形的物质。那团东西从骷髅身上剥落，然后缓缓地在地上蠕动，直到遇到了光合中心外面的包囊组织。它爬到包囊组织上面，然后停了下来，接着悄无声息地与其合二为一，直至消失得无影无踪。那具失去了衣服的骷髅则一动不动地躺在原地，毫无生命迹象。

“原来如此。那些骷髅是在衣服的驱动下行走的！”我这下才反应过来。“那些衣服其实是在利用乘客们的尸骨把它们带出车站，好与外面的包囊组织融合。”

“‘盘古合成’的那群疯子，居然想到用细胞组件来制造服装，而且还敢在服装里配置 OIC 系统！”竹下感叹道，“这些可怜的倒霉蛋花大价钱买到了可以穿在身上的死亡陷阱。”

说话间，骷髅们陆续从光合中心里走出来，每一具都重复同样的流程：出门，跌倒在地，身上的衣服变成黏液状，然后爬到附近的包囊组织上与其融合。很快，光合中心外面的空地上便横七竖八地躺满了白森森的骨架。整个过程仿佛某种神秘的巫术仪式，令人毛骨悚然。

“那些人根本就不是饿死的。”我惊魂未定地说，“他们一定是被自己身上的衣服束缚住，然后被活活地消化掉，最后只剩一把骨头……”

“难怪有人要把候车室的门封死。那是为了防止惊惶失措的乘客们把发生了免疫暴走的衣物带到外面来，在北新城造成更大的破坏。可惜这一切最后都是徒劳。”竹下发出一声叹息，“‘盘古合成’几乎在每一样产品里都掺杂了 OIC，免疫暴走在全城爆发是在所难免的事。”

我下意识地低头看了看自己身上的大衣。“放心吧，你这些年都在‘隐居’，哪有机会穿到那种时髦货？”竹下忍不住笑道，“就算你身上的衣服里含有 OIC，我之前说过，它们不可能针对你发动攻击。”

我稍稍松了口气，这才想起刚才接到的讯息。“雁鸣寺！我们必须立刻赶到雁鸣寺去！”我忙不迭地试图站起来，可是左脚一阵剧痛，让我又跌坐回地上。该死！刚才一定是在慌乱中扭到了脚。

“唉，谁让你慌慌张张的。”竹下向我伸出一只手，“你总是这样，从来不肯停下脚步听我说完一句话。”

我想要抓住竹下的手，借他的力气站起来，却立刻意识到这一行动的可笑。竹下脸上的表情不像是责怪，也不像是嘲笑，而更像是爱莫能助的无奈。

间期

竹下的这种表情我再熟悉不过。回想少年时代，每次我在众人面前急于表现，结果出了洋相，被人嘲笑的时候，总会不自觉地在人群当中寻找竹下的目光，希望从他那里得到一些安慰或支持，而竹下——如果他确实在场的话——则无一例外地会用这样一副表情回答我，像是一位无可奈何的母亲看着一个屡教不改的小孩。

“你其实很享受这种场合吧？”有一次，竹下这样对我说，“你心里一定觉得，就算因为乱出风头而被人嘲笑，也好过一个人默默无闻地忍受寂寞。”

那时的我当然不可能理解这句话的意思。我也不记得自己当时是如何作答的了。实际上，我甚至不清楚竹下是不是真的对我讲过类似的话——那很可能只是我个人对竹下表情的解读。我只记得，竹下那种在我看来似乎高高在上、俯视众生的态度让我感到莫名地不爽，让我觉得他和其他人一样，也在看我的笑话。

事实证明，我那脆弱得可笑的自尊心并没有随着年龄的增长而改变。在多年后那个阴雨连绵的春日，它成了压垮我和竹下之间的关系的最后一根稻草。

平心而论，这也不能全怪我，只怪那天对我来说实在是太重要了。那是晚枫市第一条爬行机线路首次通车的日子。作为承建商的“盘古”合成生物学公司邀请了晚枫市的各界名流前来参加剪彩仪式，其中包括晚枫市的桐生市长和国会众议院的稻叶议员。在南新城东南部的爬行机起点站外面，一早就聚集了大批冒雨赶来看新鲜的晚枫市市民——通车的第一天全线免费——当然也少不了各家媒体的记者。人群中还不可避免地混进了一小撮反对细胞组件技术的抗议者。他们举着大字标语，高喊着不可理喻的口号，甚至拉扯推搡在场的其他市民，实在大煞风景。幸运的是，这些食古不化的保守分子很快就被警察请离了现场，好让剪彩仪式得以不受干扰地进行。

剪彩仪式的前半段结束后，本应由我和竹下一起陪同贵宾和媒体记者搭乘首班车前往南新城中部“盘古合成”总部附近的终点站，并在那里举行顺利通车的庆祝会。这是我精心安排的公关策略。那段时间，“盘古合成”正深陷于诉讼战的泥潭之中，急需这种正面舆论来改善公共形象。

如此重要的场合下，竹下居然玩起了失踪。

仪式开始的时候他还在场的，而且还少见地穿上了商务正装（这当然是我威逼利诱的结果）。本来一切都进行得很顺利，身为“盘古合成”研发部总监的竹下照例负责回答现场媒体和业界同行提出的技术问题，而我作为CEO则需要与公司股东、合资企业代表以及其他有影响力的来宾们套近乎。可是，到了首班车发车的钟点，竹下竟然人间蒸发，无迹可寻。现场的工作人员我问了一圈，都说没见到他。没办法，我只好硬着头皮一个人陪同贵宾们上车。

爬行机从地下路段的隧道里钻出来，平稳地驶上了高架轨道。车窗外，绵绵细雨飘洒在南内渠的河面上。河对岸垂柳成行，垂柳的后面，旧城区古色古香的仿江户式建筑群在雨雾中朦朦胧胧地看不真切。车厢里贵宾们的目光纷纷被窗外的风景所吸引。这让我多少有些扬扬得意：在我的软磨硬泡之下，负责设计爬行机线路的市政工程师总算才同意把南内渠沿岸的这一段设计成凌驾于地面以上的轻轨模式。事实证明这是个天才的决定。

“您现在乘坐的是由‘盘古’合成生物学公司设计制造的爬行机列车。它是组织工程领域的最新突破。列车由每节车厢底部十一对强壮有力的生物附肢驱动，能量来自沿线的光合节点所生产的有机营养液，不产生任何污染，是完全绿色环保的出行选择……”

这段介绍语音来自车厢前部的一面色素细胞显示屏。显示屏上正在播放一段有关爬行机的运行原理和设计细节的动画。

“每班列车都配备有‘盘古合成’的最新研发成果：生物无线电器官。这个由传统电子元件和人造神经网络融合而成的设备会把爬行机的位置、速度、负载量和生理状态实时发送给调度中心……”

“支持列车运行的轨道由类似于人体骨骼的复合有机材料构成，具有密度低、强度高、生物相容性好、价格低廉等优点。轨道上覆盖着的若干层特殊细胞组织能够随时修复轨道中压力和张力造成的细微损伤，还能在发生事故时提高自身表面的黏性和阻力，帮助轨道上运行的爬行机紧急停车……”

谢天谢地。要是没有事先准备这段视频，竹下又不在这里，光凭我这点一知半解的知识还真不知道该怎么把这一车厢的人唬住。眼下，我只需要面带微笑地站在显示屏旁边，偶尔回答一下乘客们提出的问题就好。

片刻之后，车窗外的风景被一系列沿河施工项目所遮挡。工地上没有脚手架和吊塔，取而代之的是一个个倒扣在地基上的巨型圆筒，每一个都有两三层楼高。筒壁由某种半透明的材料构成，筒内充满了一种墨绿色的液体，其中隐约可以看见形似房屋的阴影。

那些都是正在施工中的细胞组件房屋。与其说“施工中”，倒不如说“生长中”。搭建好的房屋骨架浸泡在圆筒中的光合营养液里。经过诱导去分化的干细胞被“种植”在房屋骨架上的特定位置，然后在一到

2 个月的时间里逐渐生长为成形的细胞组件，并与房屋的无机成分天衣无缝地结合。整个过程在能源上完全自给自足，而且几乎不产生任何工程废料。这样的工程项目不仅在细胞组件工业集中的南新城随处可见，在晚枫市的其他城区也如雨后春笋一般不断涌现。

我注意到，坐在前排座位上的桐生市长正盯着窗外一幢幢飞速掠过的生物房屋，脸上一副春风得意的表情。他的确有理由感到高兴：短短五六年前，晚枫市还是一副破败的景象。这座城市过去的两大支柱产业——精密电子工业和旅游业，前者由于国际贸易战引发的稀土资源限运而面临崩溃，后者也由于国际关系紧张而日渐变得不景气。再加上碳排放限制造成的化石能源涨价，以及全球金融危机的雪上加霜，晚枫市曾一度沦为“日本的底特律”。

而由“盘古合成”带头掀起的“细胞组件革命”把晚枫市从萧条中挽救了出来。今天，晚枫市已经成为全日本细胞组件工业的中心，也是就业率最高的城市，每天都有大笔投资和大批移民涌入。如果换我在桐生市长的位置上，我大概也会为这不期而至的时来运转而得意忘形吧？

可是，此刻的我却无论如何也高兴不起来：窗外那些圆筒上的商标几乎没有一个属于“盘古合成”——那些工程项目大多由“盘古合成”的竞争者们承建。想到这我就气不打一处来：一群该死的模仿者！这片南内渠沿岸的黄金地带本应全是“盘古合成”的天下，现在却要被大大小小上百家细胞组件公司瓜分。

“盘古合成”刚刚推出第一批产品的时候，我和竹下都没想到细胞组件技术会取得如此迅速的商业成功，更没想到模仿者们的出现会与成功来得一样快。短短几个月里，仅日本国内就有数十家公司注册成立，开始用一模一样的技术制造类似的细胞组件。我们设法为一些尚未上市的新产品抢注了专利，但细胞组件技术本身已经成了尽人皆知的秘密，不可能为“盘古合成”一家所独占。

我当然不甘心，于是决定向“盘古合成”的模仿者们发起诉讼。我显然高估了我国专利制度的完善程度：这场诉讼战一打就是六七年，而且完全看不到胜诉的希望。更让我丧气的是，细胞组件技术的发明者本人几乎从一开始就在这件事情上跟我唱反调。

“你这是在浪费时间，当然还有诉讼费。”竹下说，“细胞组件技术是一个涵盖极广的概念，如果硬是要追本溯源的话，最早利用诱导干细胞构建人造器官的实验比我们早了不止 30 年。我们既没有能力，也没有资格去垄断这个概念。”

“‘能力’也好，‘资格’也好，跟这件事都没有任何关系，健一。”我对竹下事不关己的态度相当恼火，“如果你当初及时注册了专利的话，任何想跟风的公司都得向我们支付专利费。现在倒好，那些可恶的抄袭者不但白白捡了便宜，而且随时会把我们挤出细胞组件市场。”

在竹下眼中，我的行为看起来一定像个贪得无厌的垄断商人；但从我的角度来看，身为科学家的竹下大概也很难理解商业竞争的你死我活。不难预料，竹下和我在这个问题上争吵不断，分歧越来越大。

话说回来，竹下不会是为了这件事而跟我闹别扭，故意在关键时刻弃我于不顾的吧？“不会不会。”我告诉自己，“竹下那家伙，虽然性格有些古怪，但也绝不至于如此小肚鸡肠。一定是出了什么别的变故。”

“……松本先生？您没事吧？”一个声音把我的目光从窗外拉回车厢内。原来，我光顾着胡思乱想，没有注意到车内乘客的提问。

“不好意思，刚才有点儿分神。”我尴尬地说，“能重复一下您的问题吗？”

“我是想问，除了扩建爬行机线路以外，‘盘古合成’还计划投标更多的市政工程吗？”提问的是坐在桐生市长旁边的一个男人，看上去有点面熟，但我一时想不起他的身份。

“那当然。”我瞟了一眼桐生市长的表情，决定借机发挥一番，“‘盘古合成’的目标是对晚枫市全城的所有市政系统，包括交通、能源、通信、安全以及环境维护进行全面的细胞组件化改造，最终把晚枫市变成一座自给自足、零能耗、零排放的模范都市。我相信，凭借‘盘古合成’得天独厚的技术优势……”

我一面满嘴跑火车，一面偷瞟着桐生市长那渐渐绽开的笑脸，心里觉得相当满意。可是，那个提问的男人很不礼貌地打断了我：“松本先生，我很钦佩您的胆略和野心。不过，您好像忽略了一个重要的问题……”他故意停顿了一下，像是在观察我的脸色。“我对细胞组件技术的了解不深。如果我没理解错的话，这列爬行机里安装的所有细胞组件其实都来源于同一个诱导干细胞系吧？”

“没错。实际上，‘盘古合成’所有的产品都来自同一个捐赠者提供的体细胞样本。”我说，“这是为了防止来自不同供体的细胞之间由于表面抗原不兼容而发生排异反应。”

“恕我冒昧，请问‘盘古合成’愿意公开这位捐赠者的身份吗？”

“抱歉，‘盘古合成’与干细胞源捐赠者之间有保密合同。但我可以向你保证，捐赠是在严格的自愿基础上进行的，而且干细胞源的建立只需要极少量的组织样本，样本的采集过程也不涉及任何侵入性手段。”如果这时候我在这一整车厢的达官显贵们面前透露，这列爬行机其实最初只是我自己口腔里的一小撮上皮细胞而已，不晓得他们的表情会变成什么样呢？

“这就是问题所在了。全国现在有这么多家细胞组件公司，每一家都想在晚枫市占有一席之地，”男人指了指窗外的河岸，“可是，每家公司都有一个身份不公开的干细胞源捐赠者。随着晚枫市细胞组件化的程度越来越高，这么多不同源的细胞组件聚在一块儿，相互之间发生排异反应恐怕不可避免。”

“呃……”我尚未反应过来，对方便毫不留情地追击：

“举个例子。看到我们刚刚经过的那个施工地段了吗？如果某幢由A公司建造的细胞组件房屋需要安装由B公司生产的生物电波器官来接收网络信号；又比如，如果由C公司制造的步行机需要在由D公司承建的光合节点补充养分，而这些设备中的细胞组件来自不同的捐赠者，必然出现免疫兼容的问题。这对您的‘远大战略’想必是一个棘手的挑战吧？”

“‘盘古合成’当然早就考虑到了这个因素。我们的研发部门正在……呃……正在积极寻找抑制排异反应的方法。”我头上开始冒汗。见鬼！偏偏在竹下缺席的情况下遇到这种技术问题。这人到底什么来头？为什么负责安排剪彩仪式的工作人员没有事先通知过我？

“恕我失礼，但敝人有个更合理的提议。”男人继续说，“我们都知道，在日本众多的细胞组件公司中，身为业界先驱的‘盘古合成’拥有最完备的诱导干细胞系。如果松本先生真的以晚枫市的繁荣为己任的话，何不效仿昔日软件产业中的‘开源’策略，公开贵公司的干细胞系，让其他公司免费使用，这样岂不是双赢？”

“可是……”我刚要反驳，可是眼睛一斜便遇上桐生市长期待的眼神，立刻语塞。那个男人的所谓“合理提议”当然是极端荒谬的：当前，细胞组件产业的技术瓶颈就在于诱导干细胞系的制备。这个步骤高度复杂，牵涉到不同生长因子之间的微妙平衡，以及病毒载体的合理选择。它的成功直接决定了干细胞系的多端分化潜能[1]。问题在于，由于不同供体之间在遗传或表观遗传[2]层面上的细微差异，对某个特定供体

[1] 多端分化潜能（pluripotency）：干细胞分化成多种不同类型的体细胞的能力。

[2] 表观遗传（epigenetics）：不牵涉DNA碱基序列，而由DNA或染色体组蛋白的化学修饰（如甲基化、乙酰基化）造成的性状变化。

的细胞有效的诱导流程，用到不同源的细胞上效果就可能很差。因此每家公司在成功制成第一批细胞组件之前都要经过一个漫长而昂贵的试错阶段，直到摸索出一套适用于它们的干细胞源的诱导步骤。

这也是目前“盘古合成”拥有的唯一不可动摇的优势：竹下从十多年前就开始捣鼓我提供给他的体细胞了，到现在已经摸索出好几套可谓炉火纯青的诱导流程。无论是诱导干细胞系的存活率和分化能力，还是流程本身的廉价性和规模化程度，“盘古合成”在业界一时无两。

正因如此，公司的干细胞系自然属于最高商业机密，现在连竹下本人都不能在没有监督的情况下动用，其余的技术人员连看上一眼都困难。要让“盘古合成”对其作“开源”处理，无异于要求我们缴械投降。

当然，这种厚颜无耻的“劝降”我也不是第一次遇到。不久之前，作为日本第二大细胞组件生产商的杉田细胞工程公司就搬出《禁止垄断法》，反守为攻，企图逼迫“盘古合成”公开其干细胞系。当然，我重金聘请的律师也不是吃素的，一番恶战之后终于化险为夷，瓦解了“杉田细工”的讼状。

想到这里，我猛然记起了那个男人的身份：他是桐生市长在细胞组件产业方面的高级顾问。表面上，他是个政府公务员，但背地里“杉田细工”早就向他承诺，在他退任后让他进入公司的董事会。在日本，这种明目张胆的官商勾结其实是一种不成文的“行规”。我恨得牙根发痒：可恶的“杉田细工”！赢不了官司，就找这种机会给我下套。而我刚才一心想在桐生市长面前出风头，竟然乖乖地上了钩。真是防不胜防啊！

就在这骑虎难下的尴尬时刻，出面替我解围的居然是坐在后面一排的稻叶议员。

“顾问先生的提议确实独辟蹊径，胆略十足。不过，对于‘盘古合成’来说，这种要求恐怕有点强人所难吧？”他不紧不慢地说，“我国是崇尚自由市场的法治国家，而企业对自身知识产权的完全拥有则是市场正常秩序的保障。这一点顾问先生肯定比我更清楚。”

顾问显然没料到会有这等大人物出来搅他的局，一时语塞，不知如何应答。他身边的桐生市长做了个手势让他坐下，然后回过头去，意味深长地望了稻叶议员一眼。桐生市长和稻叶议员各自所属的政党相互敌对，可两人之间却从未有过正面冲突。车厢里的气氛变得微妙了起来。

万幸，预料中的矛盾并没有发生，双方只是一笑了之。余下的车程中发生了些什么我早就不记得了，只记得自己一路上由于刚才的节外生枝而憋了一肚子气。如果竹下在场的话，情况根本不可能变得那么糟！这家伙到底跑到哪里去了？

爬行机到站后，我草草地对付掉剪彩仪式的后半段，便把来宾们丢给公司的公关部门招待，自己则开始到处搜寻竹下的行踪。由于电子工业的衰退，手机已经再次成为奢侈品。竹下手上的那一部还是十多年前的老爷货，一天里有80%的时间都处在故障或无信号的状态，其装饰意义远大于实用价值。没办法，我只好蹬着自行车，冒着雨在整个南新城瞎转，挨个儿排查竹下平时常去的地点。最后，我终于在内河东岸的一间咖啡厅里找到了竹下。

看到全身滴着水出现在门口的我，竹下只是轻描淡写地打了个招呼，而坐在他对面的小个子年轻人却忙不迭地站起来，向我躬身致意。不待我走到桌前，他就热情洋溢地向我伸出双手：“松本先生，久仰大名。我是……”

“这位是藤井，‘杉田细工’的细胞组件工程师。”竹下插话进来，“我们刚才正进行技术交流呢。你知道吗？‘杉田细工’……”

听到“杉田细工”几个字，我的脸立刻挂了下来。“很抱歉打搅你们。”我冷冰冰地对那个名叫“藤井”的年轻人说，“我有重要事务要跟我的研发总监商谈。不介意的话，请你另找时间。”

那人张口欲言，却被我的白眼硬生生地噎了回去，只好鞠了个躬，然后低着头快步离开。

“剪彩的事儿不顺利么？”竹下目送他走出咖啡厅，然后问我。

“怎么会？简直顺利得无可挑剔。你没能全程出席实在可惜。”我酸溜溜地说，“话说，你还真会挑选‘技术交流’的时机呢。”

“没办法，你又不让我参加组织工程学界的会议。”竹下像是完全没有注意到我话里有刺，“说是怕我‘不小心’泄露‘盘古合成’的技术机密！你知道这对一个科学家来说意味着什么吗？今天好不容易遇到一个懂行的人主动找我讨论学术问题，这种机会当然不能放过。”

“学术问题？‘杉田细工’的兴趣不可能仅限于学术吧？他们一直在打我们的干细胞系的主意。这你又不是不知道。”

“说实话，这不能全怪他们。”竹下说话不知道看脸色的毛病从来就没有改过，“如果我们把更多的人力和经费用于寻找排异问题的解决方法，而不是浪费在各种无谓的官司上，‘杉田细工’也没必要做那种多余的事。”

“你又来这一套！”我终于忍不住了，“成天窝在实验室里的你怎么可能了解外面世界的残酷？”我指着雨越下越大的窗外，外面的街道已经笼罩在一片水雾之中，“我们创造的技术正在让这座城市改头换面，可那些无耻的抄袭者却一心要抢走我们的功劳，然后把我们排挤出去。”我咬牙切齿地说，“没有了‘盘古合成’，你还有你的科学研究，你的妻子，你的家庭，所以你当然有满不在乎的资本。我呢？失去了‘盘古合成’，我就一无所有了！所以我没办法像你那样云淡风轻。不把竞争者一个接一个全部击垮，我决不罢休！”

周围的顾客纷纷侧目，营业台后面的店员好奇地探出身来查看。竹下也愣住了。我这才意识到自己的失控。

“对不起。”我垂头丧气地坐下，“刚才的话你别当真。”

“淳，你以前不是这样的。”竹下小声说。我抬起头来。此刻，竹下脸上又是那副爱莫能助的表情。“不，应该说你其实一点儿也没变。”

竹下的表情莫名地戳到了我的痛处。我没听他说完，便匆匆告辞离开。

本以为事情就这样告一段落。可到了晚上，我却接到了当天下午曾与竹下会面的男人的电话。这个自称“藤井”的人声称他的才能在“杉田细工”无法施展，希望能够跳槽到“盘古合成”。

“谢谢你的诚意。”折腾了一整天，我只想好好睡一觉，对这种不合时宜的求职申请自然毫无兴趣，“你可以在办公时间联系本公司的招聘部门。”

“没问题。”对方似乎完全没有察觉到我的不耐烦，“除此之外，我还有一些重要的信息想直接与松本先生分享。今天下午实在很可惜，没有找对时机，只好晚上再来叨扰。”

“说重点。”我憋着没发作。

“这些信息我本来是想先与贵公司的竹下先生分享的。”对方像是故意在试探我的耐性，“可是，他不仅不感兴趣，而且还故意把我从剪彩仪式的现场引开，以防止我与您直接接触。我不想过多揣测，但竹下先生大概觉得我会威胁到他身为贵公司研发部总监的地位吧？”

话还没说两句就开始挑拨离间，脸皮厚到这种地步的人我还是第一次遇到。我刚要摁下“挂断”的按钮，对方的一句话却让我的手鬼使神差地在半空停住，咖啡厅里竹下脸上的表情再次闪现在我眼前。

“我有能让‘盘古合成’轻松击败所有对手，一劳永逸地独霸细胞组件产业的方法。说实话，我很难理解，为什么竹下先生会对此无动于衷。”

如果我那时没听到那句魔鬼的诺言，又如果我经受住了诱惑，坚决地挂断了电话的话，或许这一切都不会发生。

如果是那样，竹下现在应该还活得好好的。

周期 N+3

眼睛。到处都是眼睛。

“你知道吗？”竹下说，“人类的眼睛其实是一个极其糟糕的设计：用于接收光线的感光细胞被埋在视网膜的最底层，而负责传导视觉信号的神经网络反倒覆盖在视网膜表面；在网络的汇集处，神经纤维的密度太高导致光线无法穿透，因而形成了一个‘盲点’……”

“烦死了。”我打断他，“你那张嘴就不能消停一会儿吗？”

读过医学院的我当然不可能不知道这些常识，况且我也实在没工夫听竹下闲扯——拖着脚伤一瘸一拐地步行过桥本来就是件苦差事。更麻烦的是，脚下这座横跨北内渠的桥梁虽然还算相对完好，却也没能免于免疫暴走的侵袭：从桥墩到桥面再到两侧的围栏，臃肿的包囊组织四处横行，如入无人之境。组织的表面还分化出了无数酷似人类眼球的器官。这些眼球有大有小，眼白上布满了血丝，有些眼球上甚至长有好几个瞳仁。它们都没有眼睑，一个个直勾勾地瞪着我。我敢发誓，它们的视线正跟随着我移动。

“……因此，我们在为步行机之类的细胞构建体设计视觉感受器的时候，并没有直接采用人类眼睛的构造，而是模仿章鱼眼睛的结构创造了一个在我们看来更加‘合理’的系统……”

“与其在那里唠叨些有的没的，倒不如过来扶我一把——”话说到一半，我才意识到这个提议有多么荒谬。

这也怨不得我。昨天由于脚伤的缘故，我不得不暂缓行程，在北新城一座废弃的地下停车场里过夜。虽然躲在地下可以免于寒风的侵袭，疯长的包囊组织也把温度维持在可以忍受的范围内，但弥漫在封闭空间里的腐臭异味依然让我难以入眠。一夜过去，脚伤的疼痛有所缓解，头反而因为缺乏睡眠而痛了起来。上下疼痛夹击之下，我的头脑里一团混沌。

“我想说的是，这些器官与人眼太过相似，所以不可能是桥梁本身原有的部件。”竹下说，“它们毫无疑问是免疫暴走的产物。”

这不是废话吗？我心想。虽说出于测速和安全监控的目的而在交通设施上安装视觉感受器无可厚非，但哪个建筑师会吃饱了没事做，把整个桥面都铺得满满的？我盯着脚下路面上密若蜂巢的眼睛，几乎能看到它们的瞳仁里反射出的无数个我的倒影。一阵突如其来的恼怒攫住了我。我举起手中用来做拐杖的铁棍，对准其中一只眼睛猛地插了下去。喷溅而出的汁液弄脏了我的裤脚。

“有一点让我弄不明白：按理说，OIC 造成的细胞再编程应该是完全随机的，没理由会形成结构如此复杂而完整的器官……”竹下还在絮叨，“还记得我们昨天在北新城的光合中心看到的那些肢体吗？种种这些不可能是随机现象。”

“你到底想说什么？”

“你一定会认为我疯了——但如果我们把现在的晚枫市看作一个正在发育成形的有机整体的话，我们这一路上见到的一切就会合理许多。”

这家伙一定是疯了！话刚要出口，又被我咽回了肚里。那不是真正的竹下。我再次提醒自己。他不过是我想象的产物。疯了的人也只可能是我。

向南跨越北内渠，便到达了旧城。而我的目的地雁鸣寺就在城区的西南角。

晚枫市的旧城区历史悠久，据说可以上溯到飞鸟时代[1]。这片狭长的区域四面环水：内河斜亘在西端，南北内渠上下包夹，东侧则是朱雀湖碧波荡漾的湖面。城区里不同时期的文化古迹随处可见，所以颇受国内外游客的青睐。正因如此，由“盘古合成”主导的细胞组件化改造并没有过多地染指旧城。除了必要的交通和通讯系统以外，旧城区大部分的建筑与设施都是不含任何细胞组件的“老爷货”，所以没理由会受到免疫暴走的波及。

考虑到这一点，我预计穿过旧城的行程应该会比之前容易许多。那位神秘的发信者和她的同伴们会选择旧城作为落脚点大抵也是出于这个想法。可是，就在我双脚踏入旧城的那一刻，映入眼帘的景象让我的心猛地一沉。

与河间区和北新城一样，旧城区也没能躲过包囊组织的侵袭。实际上，我无法确定这些在街道上四处蔓生，并且突破墙壁钻进路旁建筑里的有机体究竟是什么。与常见的包囊组织膨松、无定形的外观不同，它们具有高度规则的管状结构；表面不再是柔软潮湿的棕色表皮，而是覆盖着一层乳白色的类似珐琅质的坚硬外壳；外壳分成许多节，在外壳上的裂口或节与节之间的接缝处，可以看到外壳内部分化完整、排列有序的肌肉和血管。

我忍住恶心，壮着胆子上前细看。这些管状物尺寸不一，有些不过碗口粗细，有些横躺着都能高过我的腰部。透过外壳上的开口观察，我发现管状物表面上看起来似乎静止不动，其内部的结构却朝着一个方向缓缓迁移。我沿着其中一根管状物，顺着它内部结构的迁移方向一路走下去，最后到达了它末端开口的地方。在那里，一大丛酷似人类手臂的

[1] 日本历史时期，约在6~7世纪。

附肢七手八脚地抓住地面，把后方错综复杂拧成一股的各种器官组织从管状外壳里缓缓地拖出来。

“啊！这大概就是它们生长、扩散的方式。”竹下作恍然大悟状，“管状物内部的组织在前方运动器官的牵引下爬上一段，然后停下来，表面形成一节新的外壳，之后再往前爬，如此周而复始。”

“这些东西看上去根本不像包囊组织。”我说，“恐怕是某种失控的细胞构建体吧？就和步行体、爬行体一样。”

“很难说。”竹下持保留意见，“步行体和爬行体虽然陷入了暴走状态，但你仍然能够轻易分辨出它们的原形：步行机和爬行机。而这些东西——”他冲着其中一根管状物的外壳踢了一脚，结果痛得跳了起来，“好硬！我是说，我从来没见过跟这些东西有哪怕一丁点儿相似性的细胞构建体。”

“也许是新产品呢？我已经在家里关了四五年了。天晓得‘盘古合成’在这段时间里捣鼓出了多少鬼花样？别忘了，作为我幻觉的产物，你不可能知道超出我知识范围的东西。”我不知道是在提醒他还是在提醒我自己。

“你说得也许有道理。但我认为它们更有可能是包囊组织自行再分化的产物——就像之前见到的肢体和眼睛一样。”竹下坚持己见，“正如我之前所说，也许这正是重获新生的晚枫城的雏形。”

我四下环视，交织的白色的管状体已经把旧城的街市变成了一张一望无际的蛛网。和北新城的情况类似，旧城大部分的建筑要么已经被破坏得面目全非，要么已经完全消失，取而代之的是一团团紧紧交缠的管状体，在“蛛网”的节点处高高隆起，仿佛一座座白骨堆砌而成的巨大坟冢。周围安静得瘆人，甚至听不到一声鸟鸣，只有北风那依稀可闻的低泣回荡在坟冢之间。

这副景象很难说与“新生”这个词汇有任何关联。虽然见不到一个人影，我却时刻有一种被人盯着的感觉。此前在桥上见到的那些眼球再次浮现在我眼前，令我脖颈背后直起鸡皮疙瘩。

“要在短短几个月里发育成如此完善的结构，旧城区原有的那点儿细胞组件远远不够。”竹下托着下巴，若有所思地说，“我打赌，这些管状体一定是从南新城蔓延过来的。那里是‘盘古合成’总部大楼所在地，也是晚枫市细胞组件化最完全的地区。也许我们应该去那里一探究竟？”他一脸期待地提议道。

“想都别想。”我果断否决了竹下的提议，“我们的目标是雁鸣寺。在找到那个发信者之前，我没时间帮你满足好奇心。”

我本以为，在目睹了河间区和北新城的种种异状之后，已经没有什么能让我大惊小怪的事情了。事实证明，这种想法天真得离谱。在靠近旧城中心的地方，我看到了一副令我瞠目结舌的景象。

那是一座建于明治维新时代的钟塔，带有那个时期典型的和洋折衷的建筑风格。确切地说，我看到的其实是钟塔的废墟——一大束管状体如野草一般从钟楼脚下的地基里冒出头来，自内而外把整座建筑撕扯得支离破碎，然后贴着地面四散延伸开去。钟塔最顶端的部分横卧在不远处的地面上，圆形的钟面已经不知所踪，而塔身则早已化作散落一地的瓦砾和砖块。

这还不是最让人惊愕的部分。我远远地看见，一块块大小不一的建筑物碎片正沿着其中最粗壮的那根管状体缓缓移动。走近细瞧才发现，这条管状体有些与众不同——无数附肢从它外壁上的开口处旁逸斜出（它们通常只生长在管状体的末端），在空中有节奏地挥舞，看起来活像一只仰卧着的巨型千足虫。附肢们像是受到某个听不见的声音的指挥，通力协作，颤颤巍巍地举起那些足有上百公斤重的瓦砾，以接力的方式朝着背离废墟的方向运送。

视线沿着碎块移动的方向延伸，只见这条活生生的传送带托举着一条由砖石组成的河流，在旧城的废墟间蜿蜒前进，最后爬上了远处的一座小土坡。我眯起眼睛，隐约能看到，小土坡顶端似乎有一个摇曳的黑影。

“快！我们过去看看。”竹下沿着传送带前进的方向一溜小跑，很快就在我的视野里缩成了一个小白点。我拄着铁棍跟在后面，半不情愿，半怀期待。坡顶的那个黑影会不会是像我一样的幸存者呢？不。八成又是一具被失控的细胞构建体所操纵的骷髅而已吧？

我记得这座小土坡。它是为了纪念日俄战争时期的某位阵亡军官而堆砌的。以往每到5月底，附近的居民就会沿着石阶，一路登上绿草如茵的坡顶，在那方俯瞰旧城中心地带的墓碑前面献上花束。当然，不管是石阶、绿草，还是坡顶的墓碑，都已经被肆虐的管状体抹除了曾经存在过的痕迹。我刚才从远处看到的也并不是人，甚至连人形也没有，而是一头难以用语言描述的怪物。

这个物体足有三四米高，由骨骼、钢铁、肌肉、水泥、韧带、塑料、神经、木材、血管、玻璃和各种淋巴及结缔组织混合而成。数条转化成活体传送带的管状体从四面八方汇拢而来，继续往这头怪物身上添加各种材料。整个结构盘踞在一个巨大的金属圆盘上（我终于明白那座钟塔的钟面去了哪里）。黏稠的体液从有机部件和无机部件的结合处渗出，滴滴答答地落在圆盘表面，淌成一条条颜色各异的小溪。

“这……这到底是什么鬼东西？”

竹下一脸迷茫地摇了摇头。这时，不知受到何种机关的驱动，金属圆盘带着整个结构缓缓地开始旋转，把结构的另一面展现在我们面前：一条由两根四五米长的钢筋构成的轨道斜倚在它的背部；钢筋的一端深深地嵌入横架在上方的一根粗长而弯曲的骨骼里；骨骼左右两端各自粘连着一根淡红色的足有小臂粗细的韧带；眼下，两根韧带都绷得紧紧的，另一头与架在钢筋轨道上的一只大铁桶相连接；铁桶被一对肌肉发达的附肢牢牢地固定在钢筋轨道的底部，桶口朝着斜上方，与轨道的走向平行。

圆盘转动了大半圈，接着吱吱呀呀地停了下来。从怪物的内部传出一阵低沉的轰响，像是生锈的部件在相互挤压、磨合，又像是疲惫的野兽发出的粗重喘息。

这东西到底是人为建造的机械，还是细胞构建体畸变的产物？我尚不及思考这个问题，竹下忽然顺着钢筋轨道的走向指着远处的天空："看！那是什么？"

阴沉沉的天空下，一个似鸟非鸟的黑影正低空掠过被管状体侵占的旧城，从东面朝我们所在的方位飞来。随着那道黑影逐渐接近，我勉强能辨认出它笔直的双翼和机身，并模模糊糊地听见了引擎发出的"嗡嗡"的低哼。

"是一架老式的军用无人机！还是光伏驱动的呢，恐怕有些年头了……"

竹下话音未落，我们身边的这头怪物再度开始活动。生长在结构底部的几对附肢刚才还像死蛇一样耷拉在底座上，此时纷纷恢复了生机。它们从近旁的一根活体传送带上面取下一块足有人头大小的混凝土碎块，然后七手八脚地将其塞进轨道底部的铁桶里。紧接着，固定着铁桶的那对附肢松开了束缚，铁桶立刻在两根韧带的牵动下沿着轨道骤然向上加速。一眨眼的工夫，桶里的混凝土块已经飞射而出，瞬间化作一个小黑点，在空中划出一道抛物线，扑向那架已经近在眼前的无人机。

我这才意识到，面前的这头怪物其实是一门由血肉与铁石共同组成的弩炮。

无人机像是注意到了飞速袭来的威胁，猛地按下机首，急速下降。弩炮射出的石弹险险地与无人机擦身而过。无人机就这样径直朝坡顶俯冲过来，然后卷着一阵狂风掠过我们的头顶。我和竹下赶忙抱头趴下。

抬眼看见，无人机在土坡上空做了个急转弯，然后向南飞去。

我连忙站起身，拄着拐棍急步追过去。“喂！”我一边拼命挥手一边高喊，“这里！这里！”

无人机对此充耳不闻，宛如一只黑色的海鸥，义无反顾地朝南新城的方向滑翔。我还在不住地挥手，巴望着无人机能够回心转意。就在这时，又有一颗弹丸——也许还是一枚混凝土碎块，也许是别的什么东西——从山脚下一团隆起的管状体后面高速射出，精准无比地击中了无人机的左翼。失去了平衡的黑色巨鸟摇摇晃晃地栽向地面，落地之处腾起一片尘土。

我呆立在山坡上，甚至忘了把手放下来。

“我之前还在纳闷儿，为什么整个晚枫市连一只鸟也见不到。”竹下的声音从身后传来，“这下算是搞明白了。”

“那架无人机一定是雁鸣寺的发信者们派出来的吧？”我一边嘴里念叨，一边来回踱步，“它在坠毁之前一定拍摄到了我们的影像！他们肯定已经知道我们的存在了！”我越说越激动，无意识地去拉扯竹下的衣服。我的手像穿过空气一样穿过了他的肩膀。

“先别那么兴奋。”竹下在一截残留的石阶上坐下来，指着无人机坠落的方向，“那是一架军用无人机。如果确实有人在控制它，那一定是自卫队的人。”

这分析并没有错。在上次收到的通信中，那个名叫“菊地”的发信者确实曾自称拥有“三等陆佐”的军衔。

“那又如何？”我说，“在发生灾难时搜救幸存者也是自卫队的职责吧？”

“这座城市里除了你以外已经没有人了吧？值得兴师动众地出动自卫队吗？再说，你就那么肯定，那帮家伙是来救你的？”

“你这话什么意思？”

“你想想，如果细胞构建体只是单纯地试图排除外来者的话，那么诱敌深入，然后趁对手不备，各个击破才是更合理的战略，也更符合动物本能。而事实上，它们大费周章地把对手困在城市的一个角落里，并且处心积虑地阻止其对外界的一切侦查企图。这种画蛇添足的做法，唯一的解释是，”竹下停顿了一下，“细胞构建体其实并无意伤害那些军人，它们只是想要保护你。”

“保护我？保护我不受谁的伤害？”我笑了出来，“眼下，这个城市里有可能伤害我的反而只有这些该死的细胞构建体了吧？”我瞥了一眼身后的怪物——它背上的一对附肢正缓缓地把弹射桶拉回轨道底部，充当弓弦的两根韧带再次紧绷起来。

“你知道那是不可能的。从某种意义上说，你就好像它们的父母，或者说是为夏娃提供肋骨的亚当。反倒是那些军人……”

我懒得听他信口雌黄，而是甩头按原路下山。

一整个下午，我断断续续地收到了很多条来自菊地少佐的信息，其中大部分都是徒劳无功的支援请求。有时候，信息里会掺杂一些她与部下之间的对话：

“……菅野，还没联系上柳泽准尉吗？”她说，“已经过去快一个小时了。”

“短程无线电正在受到强烈干扰。”是之前听到过的那个男声，“我怀疑这和市区里的生物电波发射塔有关。”

“我们刚到达的时候还没这么严重……你觉得它们是有意针对我们的吗？”

“现在看来，一切皆有可能。”被唤作“菅野”的男人说，“虽然我不大愿意相信细胞构建体能够理解无线电干扰的原理。”

“我们的无人机有没有可能也是被细胞构建体击落的？”

“晚枫市内并没有部署过具有对空能力的军用装备。如果细胞构建体真的单凭本能就生长或者‘制造’出能够击落无人机的攻击性器官，那我们的麻烦可就大了。”

“该死！我真应该阻止柳泽的。”菊地敲了下桌子，“天知道她会在市区里遇到什么？”

你们可没亲眼看到那门活体弩炮，我在心里说，麻烦比你们想象的还要大。

“柳泽准尉触发的 OIC 免疫反应最弱，所以她是我们当中唯一不会引发自噬体主动攻击的成员。这个任务恐怕只有她才能胜任。”菅野说，“少佐，我们确实很需要那架无人机上的影像资料。在联系不上侦察卫星的情况下……”

讯息再次被音乐节目打断。

“很遗憾，看来他们手中的短程无线电装置并不能实现与无人机之间实时传递数据。”竹下评论道，“就算我们刚才真的被拍到了，在成功回收无人机之前他们也无从得知我们的存在。”

“你听起来一点儿也不遗憾。”

“你应该也很清楚，那帮自卫队的军人根本不是来救你的。”

“眼下，那些军人是我离开晚枫市的唯一希望。不管他们此行的任务是什么，任务结束后总是要撤离的吧？”

“你凭什么认定他们会愿意带着你一起撤离？”

“让一个幸存的难民搭个顺风车有那么困难吗？”

“你可不是一个普通的‘难民’哦。”

我停下了脚步，转过身来面对着竹下：“你到底想说什么？”

“别忘了，你可是大名鼎鼎的松本淳，‘盘古合成’的创始人。曾几何时，从报纸杂志到街头巷尾，你的名字和照片无处不在。那时你有多么风光，现在的你就有多么臭名昭著。那些军人当中一定会有人认出你。”

“你是说他们会把对‘盘古合成’的不满发泄到我身上？别逗了。”我嗤之以鼻，“我已经从‘盘古合成’隐退多年，他们没有任何理由认为我对现在的局面负有责任。”

“别骗自己了。现在的局面到底是谁造成的，你心里没有数吗？而从刚才那些军人们的对话可以推断，自卫队方面也已经大致了解了免疫暴走的机理，这只可能是‘盘古合成’透露给他们的。”竹下凑近我，故意压低声音，“也许‘盘古合成’的人——说不定就是藤井那家伙——为了洗白自己，早就把你给卖了。”

我一时不知如何反驳他，只好硬着头皮说：“这些都是你的无端臆测。自卫队的人到底愿不愿意带我走，等我们到达雁鸣寺之后不就清楚了？”

竹下无奈地叹了口气，像是接受了我无法被说服这一事实，暂时闭口不再啰唆。

傍晚的时候，天气有所好转，夕阳的反照把聚集在西边地平线上的云层染成了紫色，一轮满月从天空另一侧的云朵后面探出头来。我开始考虑是否应该借着月光连夜赶路，好尽早到达目的地。就在这时候，我收到了新的信息。这回，菊地少佐似乎在和谁通话：

“……柳泽准尉，能听到吗？”

“少佐？！谢天谢地！”回话的是一个带有大阪口音，听起来比菊地年轻一些的女声，“干扰这么厉害，我还以为再也联系不上你们了呢。”

“菅野找到了一个暂时尚未失灵的波段。”菊地强调了“暂时”二字，“准尉，请报告你的方位。”

“说实话，我也搞不大清楚自己在哪儿。”被唤作“柳泽”的年轻女人说。

“你不是自称方向感很强的么？”

“没错。下午的时候，我确实找到了无人机坠毁的地点，但无人机的残骸早已被拆得七零八落。说出来您可能不相信，我看到一些全身长着手的管状物体，像传送带一样把无人机的部件向不同方向运送。为了找到无人机的数据存储装置，我不得不沿着那些传送带一路追踪，结果就迷路了。”

菊地的声音一时间变得遥远，像是在和身后的某个人交谈。片刻之后她说：

“描述一下你附近的环境。也许我们可以根据无人机上次收集的地形数据判断你的位置。”

“唔……说起来还真奇怪。除了随处可见的管状物体以外，我面前的地面上还躺着一个庞大的气囊，好像游乐场的气垫玩具一样，只不过丑多了，外表像是裹着癞蛤蟆皮。这个东西有一大半埋在地下，好像是最近才撑破地面冒出来的。呃……”

“柳泽，怎么了？”

“刚才我们说话的当儿，气囊忽然开始膨胀，一下子就大了一圈。等等，让我靠近仔细检查一下……”

“准尉，立刻后退，不要靠近。重复一遍……”

然后是一声震耳欲聋的巨响。

确切地说，是两声。一声来自我手中的细胞手机，另一声则远远地从东南方向的某个地方传过来。我循声望去，地平线上腾起了一团滚滚的浓烟。

讯息就在这里中断了。我立刻把细胞手机揣回兜里，然后掉转方向，甩开步子朝烟柱升起的地方走去。

竹下追上来：“你这是活腻了吗？”

“他们当中的一员就在那里！”我丝毫没有放慢步伐，连脚伤也忘了。

“没错。不过她毫无疑问已经死了。”竹下说，“你是不是没注意到刚才的爆炸？”

“就算她不幸未能生还，她身上的短程无线电设备没准还能用。”我按捺不住话语中的兴奋，“找到它，我就可以直接和菊地少佐的队伍联系。”

“你要是愿意在这种一厢情愿的假设上浪费时间，我一点儿意见也没有。”竹下一副无所谓的样子，“反正急着去雁鸣寺的又不是我。”

我忽略了竹下的嘲讽，拄着铁棍一路疾行。夜风料峭，我却累出了一身汗。赶到现场的时候，爆炸引起的火灾已经熄灭了大半，地面上布满了烧得焦黑的管状体遗骸。在火场的中央，一道熊熊的淡蓝色的火柱正从地面上的一道裂口里喷射而出。

“那个倒霉丫头见到的不是什么气囊，而是发生了畸变的地下沼气输送管道！”竹下恍然大悟，“你很难不佩服细胞构建体的创造力。它们居然把沼气管道当作路边炸弹使用。”

晚枫市的大部分能源需求可以由光合节点来满足，但烹饪所需要的明火毕竟是无法取代的。“盘古合成”的研发部因此设计了利用生活垃圾和农业废料制造沼气的细胞发酵室，并用具有流量调节和清洁能力的细胞构建体管道将沼气送到各家各户。理论上说，这是一项完全安全并环保的技术。当然，从理论上说免疫暴走也根本不应该发生。

我围着火柱搜寻了半天，终于找到了一具烧焦到无法辨认的尸体。离尸体不远的地方，我果然发现了一个类似于老式步话机的东西，外壳已经被高温完全熔化。不用说，它已经失去了一切通讯功能。

不顾满地的灰烬，我失望地坐在了地上。寒风卷起尚未散去的烟雾，呛得我直咳嗽。竹下说得没错，我这是在浪费时间。

草草掩埋了自卫队女军官的尸体，时间已接近深夜。夜风虽然吹散了乌云，气温却降到了零摄氏度以下。我决定放弃连夜赶路的计划，而选择在沼气火柱附近取暖过夜——竹下再三向我保证，沼气输送管不会用另一场爆炸来招待我；再说，与其惨兮兮地冻死，死于火焰反而有一种轰轰烈烈的虚荣。

此刻，另一个现实问题摆在了我面前：由于我低估了横穿晚枫市所需要的时间，而且也无从考虑脚伤造成的耽搁，出门时带的干粮现在就已经耗尽了。

“少吃一顿也没什么大不了的。”我话音未落，肚子像是抗议一般“咕噜咕噜”地叫了起来。

“明天还要赶大半天路呢。你撑得下来吗？”竹下问道，“再说，就算到了雁鸣寺，那帮自卫队的家伙恐怕也没有多余的口粮可以施舍给你。”

“说得好像我不知道似的。”我没好气地说。一路上少数尚未被毁的购物中心和便利店里都空空如也，连自动售货机也不例外——不知道是被仓皇逃离晚枫市的难民洗劫一空了呢，还是被暴走的细胞构建体当成了觅食场地。不用说，麻雀、松鼠之类的小动物也早已无迹可寻，目力可及之处不见任何草木。总之，这个城市里可供我填饱肚子的东西已经不存在了。“你倒是提出个解决办法呀？”

“你在跟我开玩笑吧？”竹下指了指四周，“这么多烤熟了的细胞构建体。虽然有点焦煳，能吃的部分肯定还有。”

“你是说这些怪物？我怎么可能吃得下去？”我被竹下的提议吓到了，“再说，你忘了么？它们是由人类的细胞构成的。”

“它们是由你的细胞构成的。食用自己的身体不算吃人吧？”

我一时不知如何作答。竹下不依不饶地把一根从管状体上面扯下来的附肢递到我跟前，“呐，烤得正好。尝一尝也不会有大碍。”

我犹豫不决地接过那根附肢。它还带着些温热，表面焦黄，末端的指甲受热膨胀了起来。融化了的油脂顺着我的虎口淌进了袖子里，一股诱人的肉香四处弥漫，却令我只想呕吐。我心一横，捏着鼻子咬了下去。

平心而论，“我”的味道并没有那么糟糕。尽管如此，恶心的感觉却依然像一块顽石压在我肚子里，一整夜也没有消失。

间　期

这种冥顽不化的恶心感对我来说并不陌生。从大学时代开始，每当我感到压力沉重，或者寂寞空虚的时候，就会觉得肚子里出现了一个贪得无厌的小黑洞，把我的五脏六腑搅成一个深不见底的旋涡，令我无法呼吸。奇怪的是，这种时候，只要有竹下在我身边，或是通过电话与他联系，恶心感就会不知不觉地消退，就好像他的存在填补了我心中的那个黑洞一样。

所以，多年前那个与今天如出一辙的满月之夜，我条件反射般地在船舱里衣冠楚楚的人群中搜寻竹下的踪影，希望看到他那副似笑非笑、略带嘲讽的面容，借此平息腹中翻江倒海的感觉。只可惜，回应我的只有一张张涂脂抹粉的虚伪面孔。

这怪不了别人，因为我根本就没有邀请竹下。

雨中咖啡馆里的那场冲突以来，时间已经过去了近三年。这三年间，“盘古合成”的业绩蒸蒸日上。我们击败并收购了诸多竞争者，其中包括我们的死对头“杉田细工”。晚枫市，乃至日本许多其他城市的细胞组件化改造已经成了“盘古合成”全权承包的项目，董事会也已经把进军国际市场提上了议事日程。可是，我与竹下的关系却每况愈下，现在已经到了私下里从不会面，在公司也有意互相回避的程度。想想看，我大概有两个多月没见到他了吧？

不过，就算我们的关系没有恶化，想必竹下也不会接受邀请出席这种最让他痛恨的场合。那是稻叶议员成功竞选连任的日子。作为他的主要捐助方之一，“盘古合成”出资操办了这次私人庆祝酒会。出席的都是稻叶议员的政治盟友，以及提供助选金的各位幕后金主，当然也少不了像苍蝇一样围着财富与权力打转的社交名流——全是令竹下敬而远之的类型。

酒会在月光照耀的朱雀湖上进行。作为会场的“月濑丸”是“盘古合成”刚刚建造完成的世界上第一艘细胞组件游艇：白色的桃核形船身两侧各长有四只纺锤形的驱动叶，背部的三层甲板被罩在半球形的透明气泡室下面，整艘船活像一头多长了两对鳍肢的巨型海龟。此刻，“月濑丸”正潜行在水面以下，体表的生物发光器官照亮了周围的水体，隔着透明的舱壁可以看到围绕着船身巡游的银色鱼群。衣着光鲜的绅士名媛们三五成群地踏着音乐声逡巡在这座透明的水下宫殿中。觥筹交错间，他们谈论着或重要、或无聊的话题，其中不乏对“盘古合成”鬼斧神工般的技术成就发出的赞叹。

按理说，站在顶层甲板上俯瞰这一切的我本该引以为豪，沾沾自喜。不知为什么，我却只感到阵阵没来由的眩晕与反胃。

“见鬼！我不记得自己有晕船的毛病啊……”我暗自思忖着。“一定是免疫增强剂的副作用。”我隔着衣服抚摸胸口的伤痕，“但愿藤井那家伙已经收集到了足够的淋巴细胞样本，我可不想再受胸腺微创手术的罪了。”

“啊！松本先生，原来你在这儿。”一个洪亮的男声打断了我的思绪。我转过身去，出现在我面前的是一脸意气风发的稻叶议员，“不小心冷落了我们亲爱的东道主，实在是失礼。”

我忙不迭地在脸上堆满笑容：“哪里哪里。议员阁下对我们公司的发展关照甚多，我们却只能用这种穷酸的方式回报，这才叫失礼呢。”

“松本先生过谦了。”议员说，“贵公司为晚枫市，乃至全日本的经济复苏立下了汗马功劳。相比之下，我不过是个要嘴皮子的政治家而已。”

议员与我交换了一通毫无意义的客套话。这让我的恶心感有增无减。所幸，议员和我一样急于结束这番不痛不痒的对白。只是，他在抽身告退之前不经意说出的一句话引起了我的警觉：

“恕我冒昧，贵公司的竹下先生与您从小就是至交吧？”他说，“但是最近很少见到你们在同一场合出现呢。”

我与竹下交恶的事在“盘古合成”内部早已是尽人皆知的秘密，消息灵通的稻叶议员对此不可能没有耳闻。他这样问无非是旁敲侧击地提醒我：如果“盘古合成”由于高层之间的罅隙而出现动荡，受害的不只是公司的运营，与我们有“往来”的诸多利益团体都会受到影响。

的确，如果没有“盘古合成”的慷慨资助和多方“疏通”，稻叶议员的政治地位不可能提高得如此迅速；相反，如果不是稻叶议员积极推动《禁止垄断法》和《知识产权法》的修改，加入对我们有利的条款，“盘古合成”也无法如此轻松地击垮包括“杉田细工”在内的众多竞争对手。权钱交易是一种如履薄冰的盟友关系。在舆论与媒体的虎视眈眈之下，双方都不得不相互提防。

屋漏偏逢连夜雨，好像让我心烦的事情还不够多似的，议员刚从我身边离开，我就在中层甲板上的人群中发现了一个熟悉的身影。那个一反常态地身着晚礼服，在一个个社交小圈子之间来回穿梭，与各色人等搭话的女性不是别人，正是梅田。

我上次拜访竹下与梅田是什么时候呢？半年前？一年前？这么长时间没见到她，现在她忽然在不该出现的地方出现，着实让我吓了一跳。我快步走下楼梯来到中层甲板，侧身挤过人群，一路上心不在焉地回应来宾们的问候，来到她面前。

“你怎么会在这里？”我压低声音问。

“真巧，居然在这儿遇到你。”梅田微笑着说，“好久不见啊。”

我紧张地环顾了一下周围的宾客，意识到他们正忙于各种应酬，无暇关注这段小插曲。“这是私人活动。你怎么进来的？”我紧张过头，连基本的礼貌都忘了。

“你这样也算是寒暄？”梅田挑起眉毛，“放心，我没有犯非法闯入罪。我父亲的一个朋友以前是稻叶议员的竞选助理。我从他那里搞到了邀请函。”

“这里不方便，借一步说话。”

出于溜须拍马的目的，“月濑丸”的设计师特地在船头最显眼的位置为我预留了一个“CEO 办公室”。刚走进办公室，我劈头就问：“有何贵干？”

“当然是来拜访你了，小淳。”梅田随随便便地在墙边的沙发椅上坐下。细胞组件感受到压力，立即激活沙发内部的肌肉纤维，调整靠背的形状以迎合梅田的身体曲线。“快一年没你的消息了，我想确认一下你是不是还活着。”

“说正经的。”

“你很清楚我来干什么。”梅田收起了微笑，“淳，你和健一之间到底出了什么事？”

“我不明白你在说什么。”

“以前‘盘古合成’刚成立的时候，你隔三岔五就往我们家跑。有时谈工作忘了时间，就干脆留下来过夜。若是换作别的女人，早就牢骚满腹了。可是我知道，你们俩打小就玩儿在一起，所以不想背上把你们拆散的黑锅。再说我也挺欣赏你这个人的……”梅田的话让我脸上直发烧，“我想说的是，你觉得我会注意不到你们之间关系的变化吗？我问过健一，他却总是含糊其词。所以我只好当面来问你。可是每次登门拜访贵社，你这个大忙人总是不在，好像故意躲着我似的。不得已我才出此下策。”

“多谢你的关心，但我和竹下之间的关系并没什么变化。”我忍住把一切和盘托出的冲动，把脸藏在冷淡的面具后面，“近来公司事务繁多，我们俩都忙得厉害。”

梅田带着一副“你把我当傻子吗”的表情盯着我看了一阵，然后叹了口气：“算了，不问你这个了。其实，我今天来这里还有一件更重要的事情需要你澄清。”

“乐意效劳。”嘴上这么说，我却下意识地低头看表。外面的来宾们会察觉到我的缺席吗？

“最近，晚枫市出现了数例由自体器官移植排异反应造成的死亡事故。这你一定有所耳闻吧？”

我茫然地摇了摇头。说实话，我最近根本就没工夫关心新闻。

“以诱导干细胞系为原料构建人工组织和器官，并用于自体移植的技术早在十多年前就投入了临床应用，到今天已经高度成熟，没理由会忽然出现一连串的死亡事故。厚生劳动省[1]本应彻查此事。可是到现在都没有任何动静。”

“你问错人了吧？‘盘古合成’的业务并不包括自体器官移植。我恐怕帮不了你。”

“别急，听我说。我的一个记者朋友最近一直在调查此事。几天前，我收到她的来信，说她由于受到黑道人士的骚扰而不得不离开晚枫市躲避一阵。她还把她到目前为止收集到的情报夹在信里一并寄来，托我利用职务之便继续挖掘。”梅田说着从挎包里取出一张用老式的胶卷相机拍摄的照片——自大衰退时代以来，数码相机几近绝迹——放在办公桌上，然后推到我面前。

[1] 日本政府机构，主管公共医疗与社会保险。

我拿起相片，心中猛地“咯噔”一下：相片是在晚枫市的某家私立自体器官移植诊所的门外拍摄的。相片上的两个人正肩并肩地走出门。估计是偷拍的缘故，画面略有些模糊，但那两个人的面孔依稀可辨：其中一个正是我本人。

“我还以为‘盘古合成’的业务不包括自体器官移植呢。”梅田半带揶揄地说，“如果你还没反应过来的话——当然我怀疑你从刚才开始就一直在装傻——其中一个由于排异反应而死亡的患者就是在这家诊所接受的人造肾小球移植。”

这还真让我吃了一惊。藤井怎么从来没告诉过我？

“顺着这条线索，我调查了最近所有出现过自体器官移植排异的诊所，一共有七家。表面上看起来，它们并没有明显的关联。但是，稍稍挖掘一下，我就发现它们以前都是‘杉田细工’旗下的企业。奇怪的是，‘杉田细工’被‘盘古合成’收购后，这几家诊所并没有成为贵社的财产，而是分别成立了独立运营的公司。”

“我说过，‘盘古合成’向来对自体器官移植产业兴趣寥寥。不过，我必须承认，近两年来我的想法有所改变。”我继续厚着脸皮扯谎，“我的确去那家诊所考察过，不过是以潜在收购者的身份。”

“是吗？计划收购一家诊所，却对诊所里发生的严重医疗事故闻所未闻？”

我正准备再找些蹩脚的借口搪塞过去，却被梅田抢过了话头：

“别着急，小淳。精彩的部分还没说到呢。我设法拿到了这七家诊所过去 6 个月的人工器官构建记录。你应该知道，我国法律规定，所有 3D 细胞打印设备，无论是用于培养人工器官，还是制造工业用的细胞组件，都必须留下详尽的运行记录，包括所使用的细胞原料的供体。这些记录通常只有厚生劳动省的审查部门才有权查看。不过，身为县立医院里的一个主任医生，我还是有不少人脉的。”梅田狡黠地一笑，“所有七家诊所的记录上，都有一个供体的名字没有被准确记录，而是用字母‘M.A.’代替。这个缩写与所有接受自体器官移植的患者都不符合。如果没有那张照片，我绝对想不到这个 M.A. 就是 Matsumoto Atsushi[1]——坐在我面前的小淳你。”

我刚准备抵赖，梅田却站了起来，脸上的笑容再次消失得无影无踪：“淳，那些所谓的‘独立诊所’其实一直都是由‘盘古合成’控股的吧？你一直在它们的设备上使用自己的诱导干细胞，到底想干什么？”

“这又怎样？”既然糊弄不过去，我只好采取强硬态度，“这是‘盘古合成’的合法投资行为。除了‘盘古’的董事会以外，他人无权指摘。”

“你是‘盘古’的老板，你怎么支配贵社的资产我毫无兴趣。但我想告诫你一句，不管出于何种目的，盗用医疗设备进行工业生产都是严重的违法行为。一旦被查出来，整个公司高层，包括健一在内，都得倒霉。”

“多谢你的提醒。如果你没有别的事的话……”我直接下了逐客令。

梅田站起身，走到门口，又停了下来。这时，“月濑丸”已经再次浮出水面，冰冷如霜的月光从办公室的舷窗外倾泻而入。墙面里的感光器官察觉到光照水平的变化，随之调暗了室内的照明。“这些事情，健一知道吗？”梅田问道，她的一半脸庞隐藏在阴影中。

“竹下是我社的研发总监，投资上的事情不在他管辖的事务之列。”

“你就是因为这些事情跟健一闹翻了吧？”梅田一针见血地指出，“据我所知，他一直对‘盘古合成’的并购策略很不感冒。”

“我说过了，我们之间的关系并没有什么变化。”我来到门前，替

[1] “松本淳”的日语读音。

她打开门。

“听着，松本淳。”梅田少见地直呼我全名，“‘盘古合成’并不是你的个人财产。一手创造了这个公司赖以生存的技术的人，是我的丈夫竹下健一。退一万步说，他也是‘盘古’的持股人。”她上前一步，逼得我退到墙边，“我不想对你的工作评头论足，但如果你做出任何伤害健一的事情的话……”

梅田没有把下半句说完，就扭头离开了我的办公室。

我并没有去追梅田，而是径直来到底层甲板。果不其然，藤井在这里跟一群达官贵人套近乎，套得正欢。这家伙不听劝告，硬要陪同我出席这次活动，说是“为我的健康着想”，实际上明显是出于个人目的。幸运的是，梅田尚未注意到他的存在。

因为他就是刚才那张相片上的另一个人。

我找了个理由把藤井叫开，然后领着他来到“月濑丸”的轮机室，支走了留守的工作人员，然后把门关上。“月濑丸”硕大的人工心脏就在正对门的墙壁后面跳动，发出低沉而有节奏的轰响，把充满氧气和葡萄糖的体液送到船体各处。在这里说话不必担心隔墙有耳。

“到底发生了什么？”我问，“我们只是借用那些诊所的 3D 细胞打印设备吧？怎么会弄出人命来的？”

“有几家诊所的设备清洁做得不到位，导致残余的 OIC 混进了其他患者订制的人工器官里，造成致命性的免疫暴走。”藤井轻描淡写地说，“纯属技术问题。我会叫他们尽快解决。”

“技术问题？？”我胸口的伤痕开始隐隐作痛，“这么大的事情，为什么不早点告诉我？人家都查到我头上来了，我才得知消息。”

“哦，你是说那个记者？没关系，她已经构不成威胁了。”

“你……你对她做了什么？”我只觉得全身冷汗直冒。

“瞧把你吓的。我只不过拜托几个朋友稍稍‘关照’了她一下。”

藤井始终是一副无关紧要的表情，“厚生劳动省那边的关系我也都打点过。放心吧，我觉得这事儿闹不大，所以就没告知你。”

“蠢货！没你想的那么简单……”我强忍着没骂人，腹中翻江倒海的感觉越发强烈了。

藤井眼珠一转，“让我猜猜，是刚才从你办公室里出来的那个女人告诉你的吧？我从来没见过她。她到底什么来头？”

藤井像老鼠躲猫一样与竹下周旋了这么久，居然连竹下的妻子都不认识，这让我未免有些惊讶。这也难怪，竹下很少在社交场合露面。在世人眼中，竹下的私人生活就和他脑瓜里那些稀奇古怪的想法一样让人捉摸不透。

“那个女人到底知道多少？如果她企图勒索你的话，我这就叫人把她解决掉……”藤井说着就往门口走。

“混蛋，站住！你要是敢动她一根汗毛，我就把你扔到湖里去喂鱼。”

“随你的便。不过你可要想清楚，如果她把我们的计划泄露到外界去，那么下湖喂鱼的可就不止我一个了。”

我瞪着藤井那张面无表情的脸，按捺住一拳揍上去的冲动。两年前，我刚把藤井和他的团队从“杉田细工”那里挖过来。我本以为失去了重要研发力量的“杉田细工”应当阵脚大乱。可奇怪的是，他们的社长不但不沮丧，反而一副如释重负的样子（当然，这种轻松没持续多久，“杉田细工”就遭到了我们的并购，不过那是后话）。此刻，我忽然明白了个中缘由：和竹下一样，藤井是个天才，不同之处在于，他是个极其危险的天才。当他的老板就好像坐在定时炸弹上一般心惊胆战。

而这都是我自找的。因为我无法拒绝藤井提出的一劳永逸地垄断细胞组件市场的计划。

这项计划的核心是一种被藤井称为“攻击性免疫团簇”（Offensive

Immune Cluster，简称“OIC”）的微型细胞组件。按照藤井的设计，这些仅由上百个免疫细胞形成的微小结构平时潜伏在“盘古合成”的产品中，处于休眠状态。一旦接触到我们的竞争者们用其他供体的细胞制成的细胞组件，OIC 便会激活，分散成单个细胞渗透到对方内部，一面分裂增殖，一面分泌各种生长因子，诱导周围的细胞组织发生随机的去分化与再分化，从而对细胞组件原有结构和功能造成破坏。这不能不说是一种极其阴险的攻击手段：它造成的症状与普通的排异反应大相径庭，看起来就好像厂家生产流程不完善而造成的细胞组件的自发畸变。如果不是刻意寻找，一般的检测方法几乎没有可能发现 OIC 的踪迹，所以不用担心“盘古合成”会因此吃官司，只需坐等其他细胞组件生产商在一片退货风潮中破产即可。

一个完美而恶毒的计划。这也是我们必须避人耳目的原因——尤其要瞒着竹下。以他的性格与作风，绝不可能认同这种断他人生路的战略。

实际上，竹下一定已经察觉到了什么。利用自己身为研发部总监的职权和威信，竹下把刚刚加入“盘古合成”的藤井及其团队排除在新产品开发的工作之外，让他们根本接触不到“盘古合成”的干细胞系，连诱导分化后的组装工序都不能染指，只能负责设备清洁和修理之类的杂务。然而藤井毕竟是个天才，他早就料到会遇到这种情况，所以立刻拿出了应对措施：

首先，藤井使用的是直接从我的胸腺里提取的未成熟的 T 细胞和 B 细胞。淋巴细胞的克隆选择[1]是在基因组层面上发生的，所以这些细胞不管经过多少次去分化与再分化，依然会保留中枢耐受性[2]，不会识

[1] 淋巴细胞在胸腺内成熟的过程中，其基因组会发生重排，形成表达不同抗体的群落。识别自体抗原的群落会在克隆选择的过程中被清除，只有识别外来抗原的群落才能存活。

[2] 由于识别自体抗原的淋巴细胞克隆遭到清除而形成的免疫系统对机体自身组织的耐受性。

别或攻击任何源于我的细胞和组织，因此比通常源于口腔上皮细胞的普通干细胞系更适合用于制造 OIC。其次，藤井借用了以前属于“杉田细工”旗下，现在则由“盘古合成”控股的自体移植诊所的 3D 打印设备。这样既解决了生产线的问题，又可以避人耳目，不会引起竹下的怀疑。

我早该知道，任何看起来“完美”的计划一定会有致命的漏洞。而更让我担心的是藤井蛮不讲理的做事方式和完全将无辜受害者置之度外的态度。但我不得不承认，也许藤井比我更适合做“盘古合成”的支配人。

“听着，我不知道你是怎么跟黑道扯上关系的，也不想知道。”我吃力地说，只觉得嗓子堵得慌，好像有一团棉花塞在喉咙里面，“受害者的赔偿问题，公司会通过合法的渠道解决。我希望你以后收敛一些，免得惹出让你我都后悔的事情来。”

藤井挑了挑眉毛，刚想说什么，我立刻打断了他：“梅田目前尚不了解我们的计划，只是有所怀疑而已。你若贸然盲动，除了欲盖弥彰以外没有任何作用。”

“你这是在自欺欺人。”藤井毫不客气地指出，“解决我们目前困境的最有效的方法是什么，你知道得很清楚。”

藤井没有把话说完，但我对他言下所指心知肚明：他一直要求我发动董事会解除竹下研发部总监一职，并把他逐出“盘古合成”的领导层。“只要竹下健一在这个公司里存在一天，我们就无法取得主动权，‘盘古合成’离称霸细胞组件产业的目标就只能变得更加遥远。”藤井曾经这样跟我说。

对于藤井这个提议，我向来是断然拒绝，然后告诫他说话要小心点。然而在那一刻，在人工心脏隆隆的跳动声中，我却沉默了。也许我当时就应该回到“月濑丸”的甲板上去找到梅田，向她坦白事情的来龙去脉，然后请求她原谅。这样做的后果很明显：我的职业生涯将就此终结，并不得不为诊所的医疗事故承担责任，甚至面临牢狱之灾。总的来说，这将是极不明智的举动。

但如果是那样，竹下现在应该还活得好好的。

周期 N+4

“这个地方居然一点儿变化都没有。”竹下有些怅然地说。

“唔。”我不置可否地哼了一声，记忆的阀门却被猝不及防地撞开。

眼前是一所再普通不过的社区公园，已经被疯长的管状体吞没了大半，只剩我面前的这一角尚未被染指。一架破旧的秋千默然伫立在公园的一角，悬吊座椅的两根铁索锈迹斑斑。

“还记得吗？小时候，我们两家都住在这附近。我们的父母经常带我们来这里。”竹下指着公园的另一边说，“那儿原来有一张超长的跷跷板，在小孩子当中特别抢手，想要坐上一回还得排队。可是你对它一点兴趣都没有，每次都黏在秋千上。”

我心里“咯噔”了一下。在孩提时代，我总是偏爱秋千这种一个人就可以独享其乐的玩具，而对跷跷板之类的需要玩伴儿的游戏却兴趣寥寥——因为我觉得时时都要配合搭档的一举一动实在烦不胜烦。这种陈年旧事，真正的竹下大概早忘得一干二净了吧？我身边的这个家伙会知道这种细节，是因为“他”只是我想象的产物。这么说来，“他”也一定记得，只有竹下在我身边的时候，我才会一反常态地拉着他去和其他孩子们争抢那张跷跷板。

“只可惜，”“竹下”走到秋千的座椅前面，小心翼翼地坐了上去，“那张跷跷板早就不在了，这里只剩下秋千而已。”

也许是触景生情，我也来到秋千前，在竹下身边坐下。座椅是为两个孩童设计的，对于两个成年男人来说不免有些逼仄，可我们也并不介意。两人就这样肩并肩地坐着，最后还是竹下打破了沉默：“话说回来，离开晚枫市后——我是说，如果自卫队的人愿意带你离开——你有什么打算？”

我想了想，然后严肃地说：“我会帮助‘盘古合成’，政府，军方，或者任何还没有放弃努力的人寻找对抗免疫暴走的方法。”

“哈！说得好像你真有这个本事一样。”竹下笑了起来，“别忘了，我才是科学家，而你只是个商人。”

“如果我的知识帮不上忙，也许我的身体可以。”我说，“造成这一切的罪魁祸首，OIC 系统，最初只不过是我胸腺内部的一小撮淋巴细胞。研究我的免疫系统或许会带来什么新发现。”

竹下闻言收起了笑容，一脸惊讶地望着我：“为了打败细胞构建体，你竟然甘当实验对象？这不像你的风格呀。”

“昨天夜里我一直在想，你说得没错，事到如今，恐怕全世界的人都已经知道免疫暴走的祸根是我埋下的。就算政府和公众网开一面，不追究我的责任，我自己也没脸见人。”我咬了咬牙，“这样下去，就算逃离了晚枫市，那和死了又有什么区别？”

竹下又笑了，只是这一次，他的笑容里带着那种熟悉的怜悯意味：“亏你还有这种觉悟。不过，这个世界上并不是所有错误都可以补救的。”他站了起来，环视四周，“就像那张跷跷板，还有这个公园里所有其他的东西，丢了就永远找不回来了。”

当然，我们绕远路经过这里并不是为了追忆似水年华。在这所公园的中央有一座大型生物电波发射塔，曾经为半个旧城的细胞手机提供信号。竹下认为，在强大的信号源附近，我的细胞手机也许能够接收到除了菊地少佐的频道以外的讯息。当然，我对这个提议并不感冒，仍然主张尽快赶到雁鸣寺去。但自从昨晚的爆炸事件之后，那个频道上就一直没有出现过菊地少佐的通讯。我推测她可能切换到了其他频道。抱着这个想法，我决定暂且迁就竹下一次。

生物电波发射塔是一座二十多米高的柱形建筑物，柱体表面覆盖着一层深棕色的糙皮，顶部张开呈伞状，使得整座发射塔酷似一株细长的蘑菇。此时，发射塔的基部被一根粗壮的管状体所缠绕。奇怪的是，管状体似乎并没有做出破坏发射塔的举动。相反，管状体的珐琅质外壳下面生出了许多乳白色的触手，从发射塔表皮的缝隙里钻进塔身。

“生物电波发射塔的工作原理，是通过表皮下肌肉纤维的高频震颤来驱动磁性纳米颗粒的往复运动，从而发出可以被细胞手机接受到的电磁波频率，因此需要消耗大量碳水化合物。”竹下解释道，“这根管状体大概是在为发射塔提供养分，好维持其运作吧？”

“维持发射塔的运作？你说这些怪物？”我表示怀疑，“遑论它们是否拥有足够的智力了解发射塔的构造和工作原理，这样做对它们又有何好处？”

“我也不能肯定。但是你一定也注意到了，晚枫市方圆百里之内只有两种细胞构建体尚未受到免疫暴走的影响：一是光合节点，二是生物电波发射塔。光合节点对其他细胞构建体的重要性不言而喻；至于电波发射塔，你仔细想想，我们昨天见到的那些‘活体弩炮’上并没有视觉器官，它们是如何精确定位并击落自卫队的无人机的？”

“纯属运气咯？”

“也许确实如此。但更合理的解释是：位于旧城各处的视觉感受器通过生物电波发射塔构成的网络为弩炮提供了无人机的位置坐标和速度矢量。很显然，暴走的细胞构建体们并不是无差别地破坏一切，而是选择性地把晚枫市原有的组件留作己用。”

“就算你说得有道理，那又怎样？就算缺乏智力的低等鸟兽，有时也会凭借本能做出在人类看来貌似使用工具的行为。”

“这种程度的协作已经超出本能的范畴了。正如我之前所说，晚枫市的细胞构建体已经形成……”

“行了，”我截断了他的话头，“我早就说过，对这种无稽之谈我毫无兴趣。”

竹下还想说些什么，我的注意力却被细胞手机忽然发出的“嗡嗡”的杂音所吸引。

“你看，我没有说错吧？”竹下一副早有预见的样子，“发射塔附近果然可以收到其他地方没有的信号。”

我犹豫了一下，然后抱着试试看的心理，随便拨了通讯录里的一个号码，然后把细胞手机放到耳边。

出人意料，电话竟然接通了。可是，耳边响起的并不是人语，而是缓慢而低沉的类似于心跳的“怦怦”声，就好像连线的那一端并不是另一台细胞手机，而是一头沉睡着的巨兽的胸膛。

“怎么样？有人接听么？”竹下在一旁急切地问道。

我无法解释自己听到的究竟是什么，于是挂断电话，然后拨通了另一个号码。这次我听到的不再是心跳，而是粗重而艰难的喘息，夹杂着呛咳与嘶鸣，仿佛垂死者最后的呼吸。我不信邪地连拨了几个不同的号码，有时听到的是类似于动物抓挠皮毛的声音，有时是牙齿的研磨声，有时是某种液体被排放时的流水声，更多的时候是毫无章法、令人无法理解的敲击声。我停止拨打电话号码，转而试图登录网络，得到的也是相同的结果。

就在我准备放弃的时候，听筒里忽然传来一个人声：

“谁在那儿？喂？有人吗？”

我大喜过望，刚要回答，却忽然感到有些不对劲。那声音听起来如此熟悉。

“这是哪里？我……我什么也看不见。”

一股寒意窜上我的脊梁骨，令我全身汗毛倒竖，拿着手机的手开始颤抖——我意识到，听筒里的那个嗓音与我自己的几乎一模一样。

“听着，不管你是谁，你可得帮帮我。我不知道自己在哪儿，甚至不记得自己是谁……见鬼！我到底是谁？”

我的头上冷汗直冒。对方的声音与我如此相似，但这显然又不是录音。我对着“终止通话”键一通狂按，却毫无效果，听筒的那一头完全没有沉默下来的意思。

“拜托，别把我一个人丢在这里。求你了！这儿漆黑一片，没有一丝声响，也分不清上下左右。我不知道为什么会被困在这里，也不知道过了多久。求你了，救救我。喂！别挂断！混蛋，你要是敢挂断……”

我猛地把细胞手机丢到地上，把竹下吓了一跳：“你没事吧？听到什么了？”

我弯下腰，用颤抖的手捡起手机，艰难地把它凑到耳边，听筒里却只剩下忙音。刚才的一切也都是幻觉吗？

“如我所料，什么也没有。”我的喉咙发干，“我们白跑了一趟。都是你的馊主意。”

从刚才的社区公园到雁鸣寺有大约一个小时的脚程。说来也怪，一夜过去，我的脚居然已经不疼了，行走速度也恢复到了刚出发时的水平。竹下认为这是由于我吃了由自己的细胞组成的食物。而我早已懒得反驳他的谬论——我还有更紧急的事情要担心：离开公园 15 分钟后，那个直播网站上再次出现了菊地少佐的通讯。

“……这里是 CRR-042……”她的声音在颤抖，“今天一早，把我们围困在雁鸣寺里的自噬体突然向寺内发动进攻，从数量上估计，可能全城的自噬体都加入了对我们的围攻。我们的人数已经减少到十人以下，弹药和食物也即将耗尽……”背景里传来时密时疏的枪声，“身为此次行动的负责人，我宣布任务终止。请任何收到此信息的单位……宇都宫基地，习志野基地，木更津机场……见鬼！随便谁都好，如果还有功能完好的直升机的话，赶快派过来！我们需要紧急撤离……”

我小跑起来，可是不一会儿就气喘吁吁。竹下凭着永葆青春的优势毫不费力地与我保持步调一致。“喂，你刚才也听见了吧？他们也是笼中困兽，自顾不暇，和你是一样的。你不能指望靠他们离开这里。”

“我可以和他们一起突围……细胞构建体不会攻击我。所以如果我和他们在一起的话，细胞构建体也一定会停止攻击……”我前言不搭后语地说，“离开晚枫市以后，我就去其他的城市，救更多的人……”

“你打算靠什么离开晚枫市？双脚吗？”竹下说，“和救人比起来，我觉得你更应该想想如何不饿死在路上。”

我知道竹下是对的，可我不想停下，也无法停下。

穿越密布着管状体，宛如牙白色迷宫一般的旧城花费了比我想象的更多的时间。终于，朱雀湖平静如常的湖面映入了眼帘。从湖畔的一座矮坡后面，雁鸣寺主殿金光闪闪的庙顶露出了一角飞檐。然而，我的如释重负只持续了短短几秒，便被视野里黑压压的一大群移动物体击得粉碎：

那是一群遍体无毛，状如野狗，体型大小却似鹿的不明生物。它们没有尾巴，四肢末端长着尺寸夸张的利爪，头颈融合成了一个尖锥形，像一只倒扣的漏斗，上面看不到任何类似眼睛或口鼻的器官——尽管如此，这些生物的行动看上去目的明确，有条不紊。它们十几只聚成一队，目力所及之处足有上百只，从四面的白色迷宫里鱼贯而出，朝着同一个方向蜂拥而去——雁鸣寺！

我刚想尾随它们，向雁鸣寺发动最后的冲刺，却被竹下一把拉住。他拽着我躲到一根特别粗大的管状体后面。“你知道那些是什么吧？”他压低声音说道。

我早已猜到，那些就是菊地少佐反复提到的“自噬体”。它们的前身应该是曾经在晚枫市街头巷尾穿梭巡回的“细胞清道夫”。这些具有自主行动能力的微型步行机主要被用于街道清洁和垃圾处理，但同时也负责回收衰老、死亡或被感染的细胞组件。当然，那时的它们可没这么丑，也不具有任何攻击性。

“受到免疫暴走影响的城市保洁系统而已。雁鸣寺就在前面了，你别再浪费我的时间。”

竹下并没有放手：“那你应该很清楚，‘细胞清道夫’的编程与其他细胞构建体不一样：它们是会把与其同源的细胞组件也视为异己进行清除的。也就是说，如果你妨碍这些‘自噬体’的话，很难保证你不会成为它们攻击的目标。”

“谢谢你的提醒。”我没好气地说，“我会多加小心的。现在请你放手。”

竹下依然无动于衷。我猛地挣脱开来，然后把刚才从肩上滑落的背包背带扶正，迈开大步就要往前走，却被竹下上前一步拦住。

“让开。”

“好好想一想，这些‘自噬体’之前只是把自卫队的人围困在寺里，现在却突然发动进攻。为什么？难道不是因为你正在向他们靠近吗？正如我之前说的，晚枫市的细胞构建体正在千方百计地阻止你与那些军人接触。如果你知难而退的话，它兴许会放这些人一条生路。可你偏偏不信这个邪。是你断送了他们的性命。”

“你不过是我头脑里编造出来的东西，有什么资格对我的行动指手画脚？”我恼火地说。

竹下没有回答，只是瞪大眼睛望着我。过了几秒钟，我才反应过来，他的视线并不在我身上，而是越过我的肩头投向我身后。我转过身去：不知什么时候，一只自噬体已经蹲在了那里。

我头皮一阵发麻，本能地举起手中的铁棍，挡在身前。自噬体也好像受到了惊吓，四脚站立起来，背部拱起。我大气也不敢出，就这样与自噬体展开了对峙。片刻之后，对方似乎意识到我对它并没有威胁，开始缓缓地后退。

这时，我衣兜里的细胞手机不识时务地发出了铃声。

自噬体从腹中发出一阵低沉的嘶吼，接着身体猛地前倾，做出恫吓的姿势；圆锥形的头部猛然裂成五瓣，像孔雀开屏一样绽开，“花瓣”内侧排列着密密麻麻的利齿。可真正吸引我的目光的，却是“花瓣”中央的东西：那是一张人类的面孔——确切地说，那是我的脸。

口袋里的铃声依然不依不饶地响着。

对面那张酷似我的脸孔面色苍白，双目紧闭，看不出是什么表情。我握着铁棍的手指节发白，在寒风中微微颤抖，另一只手则伸进兜里掏出细胞手机。我目不转睛地盯着面前的自噬体，余光瞥到屏幕上的提示：直播网站上又有了菊地少佐发出的信息。

数秒的迟疑过后，我的拇指移动到了“播放”键上。

“……对不起……对不起……”我几乎没能辨认出菊地的声音。她的话语断断续续，夹杂着啜泣。“柳泽……菅野……如果不是因为我的独断，你们现在还活得好好的……都是我的错……

“……这里是CRR-042，东京时间24日15点20分，行动失败。请收到这条信息的单位不要试图救援……重复一遍，请不要试图救援……

“……对不起，都是我的错……”

语音沉默了下去。接着，网络那一头猝不及防地传来了一声枪响。

我还没反应过来，自噬体便猛地把裂开的头部重新合起，然后如离弦之箭般从我身边掠过，朝雁鸣寺的方向飞奔而去。从错愕中惊醒过来的我拔腿就追。竹下依然试图阻挡我，却被我一把推开。自噬体的行动灵活得与它的体型毫不相称。它在盘根错节的管状体之间腾挪跳跃，很快便没了踪影。我并没有停下脚步，因为我知道它要去什么地方。

雁鸣寺始建于室町幕府[1]时代，“二战”期间被焚毁，重建后则变成了一处旅游胜地。此刻的雁鸣寺面目全非：寺院的正门已经被毁坏殆尽，院内的各类建筑也都化作断壁残垣。曾经茂密的草木无迹可寻，取而代之的是一丛丛破土而出的珊瑚状生长物。生长物由与管状体的外壳类似的白色物质构成，放眼望去，整个寺院仿佛变成了一座白骨的森林。这些“珊瑚体”的表面布满了大小不一的窟窿。出于好奇，我凑近其中一个窟窿向里探视，看到的东西却令我脊背发凉。

窟窿里是一只没有眼睑，直勾勾地瞪着我的眼球。

我又检查了好几株珊瑚体上的空穴。毫无例外，每个空穴里都有一只眼球，与我在北内渠的桥上见到的那些并无二致。这并不是一片毫无生气的森林，每一棵树木上，都有无数窥视着我的眼睛。

我深吸一口气，然后朝雁鸣寺主殿的方向进发——那座建筑是全寺的制高点，如果换作我，我也会选择在那里背水一战，做最后的抵抗。

前往主殿的石板路九曲回肠，有时在珊瑚体的丛林中蜿延前行，有时从拱起的管状体下方穿过。路面上横七竖八地倒着自噬体的尸骸，有的布满了弹孔，有的则被烤得焦黑。当主殿的正面终于映入我眼帘的时候，我的心不禁一沉：以金箔装饰的主殿外墙本应富丽堂皇，此时却被血污和焦痕覆盖，空气中弥漫着血腥和硝烟的味道；几根粗壮的管状体从墙根处钻出地面，破墙而入，管状体的表面全是坑坑洼洼的弹痕，其中一根管状体被不知道是手雷还是火箭筒之类的东西拦腰炸断，断口处的血液已经凝固；主殿的入口处被堆积如山的自噬体的死尸阻塞，两只还活着的自噬体趴在那尸山上，正用头部布满利齿的瓣状物撕扯着腐肉大快朵颐。

---

[1] 日本历史时期，约在14~16世纪。

这里发生过一场恶战，可我却看不到一个还在活动的人，也见不到人的尸首。

我蹑手蹑脚地走向主殿入口。两只自噬体察觉到了我的接近，停止了进食，抬头“看”着我。实际上，我并不清楚它们是否有“看”的能力——它们头部中央那张酷似我的人脸依然紧闭着双目。我停下脚步与它们对“视”了几秒，它们便失去了兴趣，其中一只懒洋洋地从尸堆上挪开，慢悠悠地没入围绕着主殿的珊瑚体丛林中，另一只则低头继续享用它的大餐。我咬了咬牙，拄着铁棍攀上那座尸山。经过自噬体身边的时候，它没有再抬头望过我一眼。

主殿内部与外面一样，也是一片狼藉：木制地板上到处都是拖曳的血迹，四处散落着空弹壳和被遗弃的老式军用装备，却依然不见人影——不论死活。我搜索了二楼和三楼，那里也是同一副光景。心中的希望之火一点点地熄灭下去。

在楼梯口踌躇良久之后，我终于鼓起勇气，拾级而上，来到顶层阁楼。绝望的冰水终于从我头上灌下：阁楼虽然不像楼下那样杂乱，但也空无一人；地板上的一道血迹从阁楼中央一直拖到对面大开的窗户边上。我三步并作两步地冲到窗前向下望去，映入眼帘的除了无边无际的珊瑚体丛林以外，一无所有。

我靠着墙颓然跌坐下来。目光投向手上一直无意识地攥着的细胞手机，我抱着侥幸的心理，登录了之前的那个直播网站。可奇迹并没有发生，那里没有新的信息，只有一成不变的音乐在循环往复：

When your dreams all fail

And the ones we hail

Are the wors to fall

And the blood’s run stale ...

“我早就跟你说了，这是白费功夫。”不知什么时候，竹下幽灵一般出现在门口。

“看上去这帮人也是有备而来呢。”竹下在散落一地的杂物间穿行，脚踩过地板上的血迹，却并没有留下脚印，“带来的东西很有讲究。”

的确，阁楼里的物件全都是“细胞组件革命”以前的老爷货：摊得满地都是的纸质地图，几张野战马扎，两台半导体收音机，一架大衰退时代的手摇式发电机，一团团纠缠不清的电线，甚至还有一台大衰退以前的旧式笔记本电脑。这支队伍出发前一定翻箱倒柜把库存的所有不含细胞组件的东西全找出来了。

从一张沾了血的地图下面，我找到了一本脏兮兮的日记本。翻开查阅，发现里面的记录是从大约3个月前开始的，内容大多很简短，不过寥寥几句：

9月17日宇都宫市全城戒严，基地的普通科中队被调入城内协助维持秩序。基地的通信和能量供应系统普遍出现故障，联队本部要求“盘古合成”提供技术支援，对方未作答复……

9月24日在基地东南12公里处进行通信恢复作业。收到基地内部陆战用步行机失控的消息。本部的反战车小队正在应对……

10月2日与新泻市和札幌市失去正常通信，卫星信号不可靠。与座间基地的联系时断时续。联队本部要求“盘古合成”提供技术支援，对方未作答复……

10月13日基地的细胞组件排除作业完成，所有载具均已报废。据估算，依靠基地后勤储备可以坚持125天……

10月28日与鹿儿岛市失去正常通信，家里（此处被涂掉）……

11月8日接收了来自附近城镇的部分难民。依靠基地后勤储备可以坚持57天……

11月17日与首都圈地区失去卫星联系……

11月19日广岛、杭州、阿拉木图、布加勒斯特、开普敦、拉帕兹、圣迭戈、布里斯班、仙台……

随着日记一页页翻过，我的双手开始颤抖，泪水夺眶而出，滴落在纸页上，洇开了上面的字迹。我周围的世界伴随着视线的模糊一点点分崩离析。

“看开点儿嘛。”竹下不合时宜地说，“就算世界末日降临，生活也得继续。与其挖空心思地想办法逃离，倒不如随遇而安。”

一股无名业火从腹中直窜脑门。“随遇而安？你说我该怎么‘随遇而安’？”

“当然是安心地留在晚枫市啊！在这里，你很安全——外面就算还有人活着，想必也没闲工夫来找你麻烦。晚枫市的细胞构建体会接纳你，保护你，并甘愿成为你的食物。你将与这个城市融为一体。它是只属于你的国度，而你就是它的神……”

“放你的狗屁！”我终于爆发了，“都是你的错！这一路上你一直在妨碍我，误导我绕远路，怂恿我跑到各种麻烦的地方去，变着法子让我放松对细胞构建体的警惕，还诱导我对菊地少佐和她的队伍产生怀疑。不然的话我也不会晚来一步！你是故意的吧？你到底打的什么算盘？你说啊！”

竹下毫不退缩：“我都是为了你好。这不是你梦寐以求的事吗？从此生活在自己的世界里，永远不用担心受到他人的伤害，没有人对你评头论足，也没有攀比和嫉妒……”

“胡说八道！你给我住嘴！”

“别装了。你就是这样的人。”竹下丝毫没有停下来的意思，“你讨厌孤独，渴望他人的认可，却更害怕被人拒绝，或者受到别人的评判，所以选择拒人于千里之外。你以为只要把所有人打败，成为最后的胜利者，就可以不再在意世人的看法，就可以摆脱恐惧的支配，就可以得到幸福。”

“住嘴！住嘴！住嘴！”我歇斯底里地伸手掐住了竹下的脖子，可他并不在意，嘴角甚至浮起了嘲讽的微笑，“恭喜你，你终于成功了。难道你不应该高兴吗？”

我大吼一声，双手猛地使力，却只掐断了空气。我面前一个人也没有，四周一片死寂。我怅然若失地呼喊竹下的名字，回答我的只有阁楼上北风的呼啸。

间　期

竹下从我的世界里彻底消失的那一天是怎样的日子，我竟已经记不清了。那也许是一个冬日，也可能是初春，天气也许是晴朗也许是阴霾。我甚至记不清那天自己是如何躲开了“盘古合成”派来盯梢的眼线：也许我是从背街的窗口偷偷翻出来的，也许是清早沿街挨家挨户回收垃圾的市政步行机挡住了监视者的目光。无论如何，当街上开始出现上班族们步履匆匆的身影的时候，穿着便装、戴着口罩和平光眼镜的我便毫不费力地混入了他们的行列之中。

时辰尚早，沉睡了一夜的晚枫市打着哈欠，伸着懒腰悠悠醒转。河间区崭新的步行街道上，行人渐渐密集起来，不时有睡过了头的学生从街道两侧的住宅楼里飞奔而出，加入熙熙攘攘的人流。偶尔经过的警用巡逻步行机像踩着高跷的杂耍艺人一般，每次落脚都得战战兢兢地避免踩到行人。头顶上方，爬行机轨道在楼群之间交织成网，沿着轨道蜿蜒爬行的多足巨虫在街道上投下稍纵即逝的阴影。

这是一个繁忙的早晨。人们的脸上混杂着焦虑与希冀的神情——那是经济高速增长的副产物，在多年的疲软与倦怠之后，它终于又回到了晚枫市的街头。短短不到10年的时间，细胞组件技术已经彻底改变了人类世界的面貌。从交通系统到能源工业，从通信网络到日常起居，细胞构建体已经渗透到生活的每个角落，而它们的起源地——晚枫市——也俨然成了新世界的中心。“盘古合成”在上海证交所上市之后，董事会曾屡次提议把公司的总部搬到东京或者深圳那样的大城市，可我却力排众议，坚持把总部留在晚枫市。日本内外的媒体纷纷赞叹我是一个重义轻利的“有人情味”的商人，为了家乡的再次繁荣，拒绝了国际大都会的诱惑。

他们说得没错，我试图告诉自己，我确实是晚枫市的拯救者。

我穿过人潮涌动的街头，乘上拥挤不堪的爬行机，经过几站之后又下车来到路边拦下一架计程步行机，要求司机载着我在市中心交通最繁忙的街区绕上几圈，然后在北新城的一个小广场附近下车，找了街边的一张长凳坐下歇息。时间接近中午，路边每隔几步就停着一辆贩卖快餐的小推车，午休的办公族们在寒风中排队等待着他们的午餐。在我身后的广场上，老人们正悠闲地散步，并不时停下脚步，从兜里掏出饼干撒在地上，在广场上散养的梅花鹿与四处巡视寻找垃圾的细胞清道夫之间引起一场争夺。

听着办公族们的高谈阔论和老人们爽朗的笑声，我试图告诉自己，如果不是因为我和我的“盘古合成”，等待这些人的只有无止境的失业与贫穷。我不仅是晚枫市的拯救者，也是日本乃至世界的拯救者。

当我在“盘古合成”董事会的要求下“主动退休”的时候，我也是这么告诉自己的。

“退休”后的生活平静而又无聊。我没有结婚，也没有太多朋友，每天只是看看书，遛遛狗打发时间，偶尔出行也只是去出席一些虚伪的“慈善”活动。不管我去哪里，“盘古合成”的保镖们总是如影随形。当然，公司担心的并不是我的安危，而是潜在的竞争对手们从我身上得到“盘古合成”的干细胞源——那是“盘古合成”守得最严的秘密之一。有了它，竞争者们就有可能制造出不会被 OIC 攻击的细胞组件，进而挑战“盘古合成”的统治地位。其实，这种担心纯属多余。且不说“盘古合成”已经在全球范围内形成垄断，消灭了所有竞争者；就算有人得到了我的干细胞，没有“盘古合成”多年来积累的一整套诱导细胞去分化/再分化的工艺，大概也掀不起什么波澜。

可这种波澜不惊的平静生活却被竹下的一封不期而至的来信打破了。

那时的竹下早已离开了“盘古合成”，移居到欧洲继续从事研究，而我们之间也已经多年没有往来。刚看到快递包裹上的署名的时候，我还以为是冒名诈骗。直到看见包裹里的手写信件，我才认出竹下熟悉的字迹。信件十分简短，除了生分得近乎路人的客套寒暄之外，只说他会在2个月后与妻子梅田一同乘飞机回到晚枫市，甚至没有讲明来访的理由。就在我疑惑不已的时候，又在包裹里发现了一个没有标签的小药瓶，拧开之后发现里面并没有药片，只有一小块果冻似的凝胶状物质。

包裹是通过空运寄来的。这很不寻常：细胞组件材料即使神通广大，终究也达不到飞机制造业的标准，再加上碳排放监管带来的高油价，在这个由细胞组件技术支撑起来的新经济体系里，传统航空产业已经严重萎缩。愿意做空运这种亏本买卖的物流企业已经不多了，而选择乘飞机跨国旅行的人也愈加稀少。直觉告诉我，竹下此次归国并不是单纯的走亲访友，而那个小药瓶里的东西恐怕也并不简单。也许竹下正试图用它暗示些什么？

一番犹豫之后，我把小药瓶寄给了我的个人医生，拜托她分析一下里面物质的成分，并叮嘱她保密。两个星期后，她把我约到了她的诊所里，然后劈头就问：“这东西你是从哪儿弄来的？”

“你得先告诉我它是什么？”

“我还指望你告诉我呢！”说着，医生把我招呼到显微镜前面。物镜下面摆着一个琼脂培养皿。我向目镜里望去，映入眼帘的是一大群形似线虫，不断蠕动着的小生物。

“你寄给我的东西是一块涂了大肠杆菌的琼脂，上面爬满了这种以细菌为食的小虫子。喏，短短两周的时间它们已经繁殖了好几轮了。”医生指了指桌角的一摞培养皿。

竹下花高价只为给我空运几只虫子？这还真像他的风格。“难道是什么稀有品种吗？”

“我一开始也是这么想的。保险起见，我对它们做了DNA测序——如果是外来入侵物种的话，我们恐怕得上报给环境省。”医生故意顿了顿，“松本先生，这些不是普通的线虫。它们身上有来自很多不同物种的DNA，可以肯定是一种人造的嵌合体[1]。实际上，每只虫子身上的每一个细胞都来自一个截然不同的物种：有软体动物，昆虫，鱼类，鸟类，甚至还有一些植物细胞。”她深吸了一口气，“其中也包括人类的细胞。”

一瞬间，我的思绪又回到了多年前的那个炎热的傍晚。昔日的幽灵突破记忆的尘封，攫住了我的五脏六腑，令我难以呼吸。

“松本先生，你到底是从哪儿找到这个的？”医生的话语唤醒了我，“虽然身为你的个人医生我有义务替你保守秘密，但如果涉及潜在的环境危害……”

我取过显微镜下的培养皿，用石蜡膜封好，然后放进衣兜里。“请你放心，这是一个朋友送我的礼物，我会妥善保管，不会让它们泄露出去的。”我极力压制着声音里的颤抖，指着角落里的那摞培养皿，“剩下的那些你可以销毁掉。”

在小广场上停留了20分钟左右，我决定保持移动。晚枫市内的监控装置现在都升级成了细胞组件构成的仿生“眼睛”或“耳朵”，虽然隶属于市政系统，但也难保“盘古合成”不会借保养设备之名暗中偷窥。我徒步走出了几个街区，然后叫了一辆计程步行机，要求司机带我

[1] 由遗传性状不同的细胞混合而成的生物体。

在市区里先随便转上几圈，然后在三点前把我送到晚枫市机场就可以。

没有了被监控系统发现的顾虑，我摘下了戴了半天的口罩，让脸部的皮肤透透气。也许是这个举动引起了司机的注意，又或许是我的要求本来就有点古怪，司机通过后视镜多打量了我两眼，然后有些踌躇地说：“恕我冒昧，不过先生您长得有点儿像一位名人呀。”

“你看错了。”我连忙否认，“我今天有点儿花粉过敏，所以戴了口罩。”说完才发现这话有些欲盖弥彰。

司机也不拆穿我：“瞧我这眼神！实在抱歉。不过我刚才真的觉得您长得有点像‘盘古合成’的前老板松本淳先生。”

“是吗？我朋友都这么说。”

“不瞒您说，他可是我的偶像。要不是他复兴了日本经济，像我这样的人只能去领失业救济。”后视镜里，司机的双眼放射着兴奋的光芒，“既有学识，又有能力，还不忘初心。我经常告诉我女儿，以后找老公就得找像他那样的。”

我笑着附和了两句，心里却说：“可怜的傻瓜，你的偶像不过是个骗子而已。真正值得你崇拜的人早就被他赶跑了。”

当年，我在“盘古合成”上市后利用股权稀释的把戏夺走了竹下对公司的控股，然后发动董事会解除了他的职务。这一切都只是为了把藤井放到研发部总监的位子上，好让他实行称霸细胞组件产业的“伟大计划”。事情发生以后，梅田来到我的住处大闹了一场。可出乎我意料的是，她并没有把我盗用自体器官移植诊所设备的事情捅出去。也许她也知道，“盘古合成”已经成长为一个一手遮天的跨国财团，它的触角已渗入媒体与政府的各个层面，想掩埋这点儿丑闻易如反掌。但我更愿意相信是竹下劝阻了她。在那场投票解除竹下职务的会议之后，他找到了我，却并没有任何要与我对质的意思，只是淡淡地说：“很抱歉，以后我帮不了你了。”

我一时不知如何作答。他又说："藤井是个危险的家伙，他做的一切都是为了自己。你一定要小心提防。"

他说这句话的时候，脸上依然挂着那种悲天悯人的神情。我意识到，竹下早就料到了我和藤井的阴谋。既然如此，为何他不把这层窗户纸捅破，让我们的计划败露？难道是出于对我的怜悯，不想把被我视为人生寄托的"盘古合成"从我身边夺走？

这个想法莫名地惹恼了我。我一言不发地扭头离去，甚至在竹下离开日本前往欧洲那一天都没有去为他送别。那次会面以来，我们再也没有见过彼此。

步行机的座舱随着它的步伐有节奏地上下起伏，让我有些昏昏欲睡。司机依然时不时地企图和我搭话，我则心不在焉地敷衍着，心里却反复揣摩着竹下的来意。毫无疑问，竹下已经彻底解决了细胞组件免疫排斥的问题——他寄给我的那些混杂着许多不同物种的细胞的嵌合体就是充足的证明。我还曾偷偷把样本寄给在"盘古合成"内部仅存的一个值得我信任的研究人员，分析结果表明，那些"虫子"不仅不会受到OIC的攻击，反而能够降低OIC的活性，使其失去攻击其他异源细胞组件的能力，这说明竹下早就知道"盘古合成"是在用某种人造免疫机制压制竞争对手的产品，并且已经找到了反制的方法。

拥有了这种黑科技的竹下完全可以轻而易举地毁掉"盘古合成"的垄断。可他既没有把研究成果转化成专利，牟取利润，也没有按照他的一贯作风，将其公之于众，而是选择私下里告诉我一个人。为什么？他是在保护我的名誉么？还是想再给我一次机会，让我弥补自己的过错？就算竹下愿意再给我一次机会，脾气火爆的梅田会轻易原谅我吗？

更重要的是，我真的配得上他俩的原谅么？

这些疑问恐怕只有在我见到竹下和梅田之后才能得到解答。

不知不觉，步行机已经驶到了机场候机厅的大门前。我付了额外的小费，然后重新戴上口罩，走入机场。晚枫市在大衰退以前只是一座小城市，因此机场的规模也并不大，从我所在的到达大厅就可以直接看到外面空荡荡的跑道和停机坪。由于航空产业的持续衰落，晚枫市的机场即使在经济复苏后也并没有扩建，而是愈加破败萧条。

时间刚刚好，如果航班不晚点的话，大约 15 分钟后我就能再次见到竹下久违的脸孔。坐在门庭冷落的到达大厅里，我甚至开始幻想我们重逢的场景：竹下的脸上依然是那副略带嘲讽的微笑，而梅田则会走上前来，狠狠地抽我一个耳光，然后再给我一个拥抱……我忽然焦虑了起来：就算见到了他们，我又能做什么？“盘古合成”一直把我盯得死死的，我和竹下不管有什么行动，都避不开公司高层的视线。急着与他会面的我恐怕只是在帮倒忙吧？毫无疑问，竹下会选择飞机这种既昂贵又不舒适的旅行方式，也是为了躲避“盘古合成”的耳目——毕竟，航空是少数没有被“盘古合成”操控的行业之一。也许我反而应该躲得远远的，让竹下一个人放开手脚实施他的计划——哪怕他的计划最终会为我和我的“盘古合成”带来毁灭？

现在想这些都太晚了。我已经能远远地看见那架朝着跑道缓缓下降的小型客机。现在的晚枫市机场每天只有寥寥数架次的航班起落，所以那一定是竹下与梅田乘坐的飞机没错。我呆呆地望着那个银色的形状在我的视野里慢慢变大，直到我的目光被飞速掠过大厅窗前的几道黑影打断。

一开始，我以为那些只是飞鸟。但很快又有更多的黑影掠过，我才想到机场附近一般不会有这么大的鸟群，于是走到窗前细看，发现那些在跑道上空盘旋的物体并不是鸟。它们黝黑的身躯上并没有羽毛，而是闪着合成材料的光泽，背上扇动着两对半透明的膜翼，看上去更像是巨大的昆虫。我认出那些是“盘古合成”最近推出的细胞组件无人机。晚枫市机场不久前确实订购了一批细胞无人机来进行监控、维护和驱鸟的作业。可是，跑道上有飞机起降的时候这些无人机应该会自动回避的啊？

其他几个在到达大厅里等候的人此时也意识到有些不对劲，纷纷起身来到窗前，有人还掏出了细胞手机，似乎打算向机场当局报告。就在这时，刚才还在低空盘旋的无人机们忽然腾空而起，聚成黑压压的一片乌云，朝着正在降落的小型客机猛扑过去。在所有人错愕的目光中，客机的引擎受到冲击，双双冒出黑烟。一时间，我忘记了呼吸，也忘记了行动，只是呆呆地望着那架飞机踉跄地摔在跑道上，翻滚，爆炸，燃烧。

火光、浓烟、候机厅里人们的惊叫与号哭、消防步行机的尖啸、机场的疏散广播，周围的一切都变得无比遥远，仿佛来自另一个世界，直到有人拍了拍我的肩膀，把我从震惊中唤醒。我猛地回头，发现身后站着的并不是机场的工作人员，而是两个西装革履，戴着墨镜的男人。

“松本先生，这里不安全。快跟我们一起离开吧。”

看来“盘古合成”的人最终还是找到了我。此时我还没有从突如其来的剧变中缓过神来，只是丢了魂似的跟着那两个人往外走，直到我在大厅的出口处瞥见了一个熟悉的面孔。那人正打着电话，身边围着几个和“护送”我的男人们一样装束的保镖。虽然只是擦肩而过，我还是一眼就认出，那人正是藤井。

毫无疑问，刚才的惨剧不可能是单纯的事故，而藤井在机场现身也绝不是巧合。一瞬间，我仿佛被闪电击中，紧接着便被无法遏制的怒火吞没。身边的两个“护卫”还没反应过来，我已经不顾一切地冲向了藤井。他周围的保镖们忙不迭地把我控制住。“藤井，你这个杀人犯！”我一面挣扎，一面歇斯底里地咆哮。

我早该知道，如愿以偿地当上“盘古合成”的研发部总监，后来又升任 CTO 的藤井绝不可能轻易忘掉竹下对他的威胁。可我没有想到的是，他为了除掉竹下竟不惜让一整架飞机的乘客做陪葬。

“你这样做是要下地狱的！”我一面在四五个大汉的钳制下苦苦挣扎，一面咬牙切齿地说，“你以为杀了竹下就完事儿了吗？他一定给自己的研究成果做了备份，迟早会被人公开。你这是白白地作孽！”

藤井收起电话，面无表情地说：“松本先生受了过度惊吓，精神有些失常。你们想办法让他平静一下。”

冰冷的皮下注射贴膜粘在了我后颈上。在黑暗吞没我之前，我的最后一个念头是：这都是我的错。一定是受我委托检测竹下寄来的嵌合体的那个家伙走漏了消息，结果打草惊蛇，逼得藤井狗急跳墙。如果我今天老老实实地待在家里，不暴露竹下的归期……如果我当时委托了更信得过的人……如果我当初直接给竹下回信警告他……如果……如果……如果我从来就没有拉着竹下成立什么鬼公司……

现在想这些都太晚了，因为竹下已经永远离开了我。

非整倍体化

站在晚枫城古老的石制城墙上用望远镜向西南方向眺望，可以看到南新城区的地面已被蔓生的管状体完全遮蔽。与旧城区的管状体不同，尽管它们表面也覆盖着白色的珐琅质外壳，但从外壳的缝隙与开口处冒出来的却并不是手臂、眼睛之类尚能辨认的器官，而是一团团说不清功能的古怪肉体。实际上，它们的外形也已不限于管状，而是展现出变化多端的形态：有的像隆起的圆顶，有的像高耸的尖塔，还有的像飞架的拱桥。种种光怪陆离的结构取代了南新城原有的建筑，在遍布阴霾的铁灰色天空下宛若一座异世界的城市。

而在这座“城市”的外围，一道数十米高的白色高墙沿着南内渠的河岸“生长”起来，墙头上长满了骨质的尖刺。在这座“骨墙”的上空飘浮着一只只庞大臃肿的卵圆形气囊，有些气囊下方悬挂着一串串纠缠不清的触手，一直拖到墙头上——我猜这些气囊可能是细胞组件飞艇变异的产物。透过望远镜沿着“骨墙”扫描，可找到的唯一一个缺口处却盘踞着一只臃肿的白色巨虫，从大小判断，它的前身恐怕是南新城环线上的一列爬行机。此时的它已经完全褪去了爬行机的金属车身，代之以和管状体类似的珐琅质外壳，身下无数的附肢攀附在“骨墙”的表面，活像一只饥肠辘辘的巨型蜈蚣。

南新城已经被一道密不透风的防线包围。而我的目的地，就在那道防线彼侧的某个地方。

到达雁鸣寺之后，我就再也没有看到来自菊地或者任何其他人的讯息。不死心的我根据遗留在主殿阁楼里的一张作战地图找到了菊地的队伍曾经驻扎过的一个秘密营地。那是朱雀湖南岸赤银山上的一个废弃的防空洞，就在战国时代[1]晚枫城城堡的遗址附近。可惜，这里除了一些剩余的补给和装备外，连半个人影也没有，所有的通信装置都收不到信号，也找不到任何能够说明这支队伍此次行动目标的文件。几天来我历尽艰辛，最后只抓住了一个稍纵即逝的幻影。

天色已晚，防空洞里阴风阵阵，寒冷刺骨。我不得不把营地里所有可燃的东西都搜刮出来，生出一堆篝火。我刚要把那张作战地图也扔到火里，却发现了一个之前被我忽略的细节：在地图上的南新城地区内部，有一个用记号笔画上去的小小的红叉，旁边并没有任何注释，但我还是一眼就辨认出了那个地点——“盘古合成”的总部大楼所在地。除了这个地点，地图上再也找不到类似的记号。“盘古合成”的总部就是菊地少佐和她的部下们此行的目的地，这恐怕是唯一合理的解释了。也许军方掌握了某些情报，认定“盘古合成”已经掌握了化解此次危机的方法？

我一夜无法入眠。天刚蒙蒙亮的时候，我终于做出了决定：既然菊地小队的任务目标是“盘古合成”的总部，那么与他们失去联系的军方如果派人来搜救，必定也会优先前往那里。与其在这里坐以待毙，倒不如去“盘古合成”的总部碰碰运气，顺便一探究竟，看看菊地小队要找的到底是什么。

于是，我带上从营地里搜到的干粮以及各种工具，包括望远镜、指南针、急救包、手电，甚至还有一把军用小铁锹，然后来到半山腰的古城堡上勘察地形，以决定行进路线。一番观察之后，我意识到此行谈何

---

[1] 日本历史时期，约在15~17世纪。

容易：南新城的街道布局已经完全改变，所以我手上的地图毫无用处。更直接的问题是，旧城与南新城之间已经出现了一道无法逾越的高墙。

我正准备放弃，忽然发现南内渠的河岸上有一排圆形的洞穴。那些是南新城雨水排放系统的出水口。如果我从其中一个出水口进入，说不定能顺着雨水管从地下潜入南新城，然后从街道上的入水口回到地面。这是个疯狂的计划。但眼下我已然了无牵挂，不如死马当成活马医地赌一把。

所幸，我的脚伤已经全好了。沿着登山道朝山下一路健步如飞，之前在营地里找到的登山杖都没派上用场，一边走，我一边把昨夜的思索在脑袋里整理了一番。菊地少佐的任务是什么？“盘古合成”的总部里到底藏了什么秘密？我想了一宿，大致归纳出两种可能：

其一，也许当年竹下的飞机“失事”后不久，“盘古合成”就找到了竹下生前留下的研究资料并将其封存，直到免疫暴走发生之后才拿出来，从中取经。如果是这样，“盘古合成”的研发人员们很可能已经搞清了免疫暴走发生的原因，并且找出了解决方法，只是尚未公布技术细节就与外界失去了联系。也许菊地少佐的任务就是找到那些资料，然后把它带出晚枫市，好让外面的科学家们用它来拯救世界？

其二，在过去的几天里，竹下的幻影一直试图说服我相信，晚枫市，乃至全日本、全世界的细胞构建体已经形成了一个有知觉，甚至有意识的整体，所谓的“免疫暴走”其实是这个生命体有目的的反叛行为。当然，这个荒诞的想法其实就源于我自己，只不过我一直下意识地拒绝承认。但这几天的所见所闻让我不得不严肃地面对这个假说。也许军方也得出了类似的结论，并且推断这个生命体一定有一个神经中枢，其位置就在“盘古合成”的总部大楼里，而菊地的任务就是找到并捣毁它，从而打乱细胞构建体的行动，为人类的反击创造机会？

不管哪个理论是正确的，逆转这场全球灾难的最后希望恐怕就在

“盘古合成”的总部大楼里。而现在能够畅通无阻地前往那里的只有我一个人，这不能不说是一种讽刺。或许这正是冥冥之中的安排，好让我将功赎罪？我又想起了昨天我在秋千上与“竹下”的对话：现在的我就算获救，又能以何种身份生活下去呢？不过是一只人人喊打的过街老鼠而已。或许我不应该急着想办法逃离，而是应当抓住这个弥补自己过错的机会？

不论我选择哪一条道路，“盘古合成”的总部大楼都是我的必经之地。

南内渠位于旧城区南侧，与北内渠平行，当初也是为了从城西的内河向朱雀湖饮水而开挖的。此刻南内渠也已断流，河岸与干涸的河床底部之间出现了高达数米的间隔。好在，河床里爬满了从骨墙脚下仿佛根须一般延伸出来的管状体。顺着其中一根管状体，我勉强爬上了河岸，来到一个排水口跟前。

几乎有一人高的漆黑洞口无声地瞪着我。在南内渠的这一侧我并没有发现那些在旧城区随处可见的眼球状生长物，可就是有一种受到窥视的感觉在我脑中挥之不去。我抬头看看河岸上方的骨墙，以及骨墙上空悬浮着的一只只触手浮囊，咬了咬牙，低下头钻进了排水口。

雨水管内部伸手不见五指，就算借助手电的光亮，也很难看清前方 10 米外的道路。我只能凭感觉在雨水渠里躬身前进。一开始，我觉得行进方向其实无所谓。一旦看到某处有光从上面透下来，就说明我找到了一个可以通到地表的进水口。回到地表之后，辨别方向就会容易很多。可是，沿着雨水管摸索了好一段距离之后，我依然没有发现来自外界的光线。同时，我还注意到这里居然也有大量包囊组织存在。这些不定形的血肉覆盖着雨水管的内壁，在有些地方甚至堆积起来淤塞了管道，迫使我忍着恶心用铁锹把它们挖穿。

如果我没有记错，当初“盘古合成”对南新城进行细胞组件化改造的时候，从零开始建造了一套全新的污水排放系统，而原先的下水道则未安装任何细胞组件，只是单纯地作为雨水管使用。那么这些包囊组织又是从哪儿来的？

很快，我就找到了答案。在一个岔路口处，我清理掉淤堵在那里的包囊组织，刚要继续前进，忽然听到从头顶传来一阵沉闷的轰响。紧接着，一大团黏糊糊、湿答答的东西从上方倾泻而下，差点把我压住。我忙不迭地躲开，然后捡起手电查看情况，发现面前的管道又被更多的包囊组织堵住了。我明白了过来：此刻我就处在一个进水口的下方，只不过地面上的包囊组织已经把那个进水口盖得严严实实，并且在自重的作用下渗到了雨水管内部。这解释了我为什么一直没有找到这些进水口：它们恐怕都成了细胞构建体入侵下水道的桥头堡。

我打起了退堂鼓，决定原路折返，回到地面上去寻找其他进入南新城的途径。糟糕的是，我已经记不清来时究竟经过了几个分岔，以及在每一个分岔处我做了怎样的选择。犹如一只困兽，我在迷宫一般的雨水管网络中四处乱撞，寻找着出路。惊慌与恐惧充斥了我的每一根血管，并淹没了我的大脑。好一会儿，我才在疲劳的作用下冷静下来，气喘吁吁地瘫坐在雨水管内。我意识到我已经彻底迷路了。

手电的光芒随着电量的消耗变得愈加昏暗。在黑暗的前后夹击下，我进退维谷。不知是心理作用，还是因为充斥在管道中的包囊组织正在和我争夺本就不多的氧气，我感到呼吸困难，头昏脑涨，稀薄的意识开始在清醒与睡眠的边缘徘徊。

半梦半醒之间，我感到自己仿佛从高空下坠。从高处俯瞰，大地失去了绿意，海洋也不再蔚蓝，取而代之的是包囊组织的深棕色和管状体的惨白。几个形似火箭的物体从我身边呼啸而过，看样子正试图逃离这个被细胞构建体占领的世界。这时，从地面上窜起无数细长的触手，追上了那些“火箭”，并拉扯着它们下坠。它们再次与我擦肩而过的时候，我似乎透过舷窗看到了乘客们惊恐的面容，听到了他们绝望的哭喊。随着地面的接近，那些触手的来源慢慢变得清晰起来：一个几乎覆盖整个大陆的形似人脑的巨大物体。我眯起眼仔细观察，发现巨脑表面的沟回勾勒出了某种图案——那正是我的脸孔。

“它是只属于你的国度，而你就是它的神……”我耳边又断断续续地响起了竹下的声音，“这不是你梦寐以求的事吗？……恭喜你，你终于成功了……”

我带着一身冷汗惊醒。身边的手电已经完全熄灭，周遭一片死寂。浓重的黑暗之中，我察觉到有一股微弱的凉风拂过，缺氧的感觉也不那么厉害了。我猛然想到，这股微风也许就来自附近的某个尚未被堵塞的入水口。拖着沉重的身躯，我在狭窄的管道中逆风爬行。不知过了多久，我隐约看到远处的黑暗中出现了一缕微光。起初，我还以为自己又出现了幻觉，但心中仅存的最后一丝希望支撑着我爬到了光源处。谢天谢地，那竟然真的是一个通往地面的出口！

我费了九牛二虎之力，才把头顶的金属格栏撬开，然后挤过狭小的进水口爬到外面。忽然回到明亮的环境里，我被晃得一时睁不开眼。重新适应了地表的光照后，我发现自己身处一小块恰好没有被细胞构建体侵占的空地，四周环绕着肉与骨的密林，目力所及之处辨认不出城市原有的样貌。

我长舒一口气，仰面瘫倒在地上。天空依然是一片铁灰色，身下的水泥地面冰冷彻骨，我的心中却荡漾着狂喜：我还活着！我本应该永远迷失在黑暗的下水道里，最后死于饥渴或是窒息，成为包囊组织的食物。但谢天谢地，我还活着！

劫后余生的轻松感仿佛让我获得了新生。过去几年，我一直在懊悔与罪恶感的折磨下过着浑浑噩噩的生活。为了防止真相泄露，“盘古合成”软禁了我，断绝我与外界的一切联系，并加以严密监控以防我轻生。我也没有做无谓的抵抗，只是如行尸走肉般接受了这一切。而此时此刻，我好像又忽然找回了生活的目标，思绪再度清晰了起来，一个念头浮现在我的脑中：我必须抵达“盘古合成”的总部，完成自己的使命——不管那究竟是怎样的使命。

从前，我常常质疑竹下特立独行的行事方式，总觉得他是在刻意地标新立异。竹下也并不否认这一点，他说他这人有个毛病，因为讨厌和别人竞争，所以只愿意做那些除了他以外别人不敢做、不能做，甚至根本想不到的事儿，而对于随大溜的“俗事”则根本提不起兴趣。也难怪他会变成众人眼中的怪咖。现在，竹下早已离开了我，摆在我面前的却是一件除我以外世上无人能够做到的事情。“除我以外无人能够”——也许这就是“使命”的定义吧？

我坐起身，从背包里取出最后的干粮，一边吃一边盘算接下来的行动计划。当务之急是要搞清楚南新城现在的地形，并确定“盘古合成”总部大楼的方位——如果它依然存在的话。要做到这一点，最简单的方法就是登高望远。这一带虽然随处可见细胞构建体形成的骨质高塔，但它们显然不是为人类设计的建筑，并没有可供我攀登的阶梯之类的结构。这时，我记起今天早上从赤银山上向南新城眺望的时候，曾经注意到离南内渠不远的位置有一座高大的圆顶状结构。它应该能为我提供足够的视野，也应该比那些陡峭的高塔易于攀爬。我估摸自己并没有在雨水管中行进太多路程，所以目前我离南内渠的河岸应该并不远，而那座圆顶也一定就在附近。

于是我立刻动身，以我离开雨水管回到地面的位置为圆心展开了搜寻。果然，不到半个小时，我就在细胞构建体的丛林中发现了圆顶白色的外壁。走近细看，我注意到圆顶的外壁并非一个整体，而是由一块块屋瓦大小的珐琅质“鳞片”接合而成的。在鳞片与鳞片的接缝处，可以看到内部灰绿色的软组织。我怀疑这个圆顶的前身就是南新城的光合中心。暴走的细胞构建体已经成功地将它变成了自己的一部分；外部的白色鳞片则是一种防御手段，平时处于闭合状态以保护穹顶内部的藻类共生泡，只有在需要吸收光能的时候才会打开。

我扔掉背包，然后手脚并用，以那些鳞片为支点慢慢地朝顶端攀爬。一开始我觉得非常吃力，但随着高度的上升，穹顶的坡度开始变得愈加平缓。尽管寒风刺骨，可登顶的时候我已是大汗淋漓。顾不得休息，我用望远镜四处巡视，终于在西南方向发现了一座尚未损毁的建筑，方方正正的混凝土结构在周遭一片张牙舞爪的细胞构建体当中十分显眼。我对它的形状再熟悉不过——那正是“盘古合成”的总部大楼!

我不知道为什么偏偏只有这座建筑能在南新城的毁灭中独善其身。现在思考这些毫无用处，我告诉自己，只有到达那里之后，一切才会得到解答。

我在指南针的表盘上标记了目标的方向。休息片刻后我开始向下攀爬。这时，天空开始飘落零星的雪花。当我再次回到圆顶脚下的时候，已是漫天飞雪，可我的斗志并没有被扑灭，反而更加旺盛地燃烧起来。我找回了背包，然后按照指南针上的标记朝目标的方向直线前进，一路上不断用铁锹清除那些挡路的细胞构建体，太坚固清除不掉的就直接翻越过去。渐渐地，我的心里只剩下一个想法：只要到达了目的地，我就可以纠正自己犯下的一切错误；而那些被我的自私和贪婪害死的冤魂——竹下、梅田、菊地，以及无数被卷入免疫暴走的受害者——就可以得到安息。

这当然只是我的一厢情愿。但它也是我得到救赎的最后机会。

与记忆中的印象相比，“盘古合成”的总部大楼在外观上并没有太大变化。细胞构建体丛林在离大楼大约 10 米远的地方戛然而止，在大楼周围形成了一道空旷的隔离带。我来到大楼的正门前，玻璃门上映出了一个头发稀疏，胡子拉碴，衣冠不整，全身上下沾满污渍的身影。我拉了拉门把手，发现门竟没有上锁。

总部内部已是人去楼空，没有灯光，只有一片令人不安的寂静。楼内有许多临时改造的痕迹：整面墙壁被拆毁，直到露出内部的承重钢筋；从生物发光照明灯到通风用的仿生肺叶，原有的细胞组件都不见了，代之以老式的电力设备；一楼大堂的中央原本有一座抽象风格的活体雕塑，现在则静卧着一头金属巨兽——看上去像是一台大衰退以前的化石燃料发电机；一束束杂乱无章的电线和光缆穿插在走廊和楼梯间。我仿佛看到“盘古合成”的员工们手忙脚乱地从大楼里拆除一切和细胞组件有关的东西，然后用四处搜刮来的废铜烂铁搭建起一套临时办公系统。看来，“盘古合成”在免疫暴走失控之前就意识到了问题的严重性，并且比外界更早地采取了激进的措施。这大概就是总部大楼没有被细胞构建体侵占的原因。

不幸的是，这也代表着我的设想之一——“盘古合成”总部大楼里存在着控制细胞构建体统一行动的神经中枢——已经不攻自破了。但这至少证明“盘古合成”确实曾试图与免疫暴走现象对抗。我现在唯一的希望就是找到它们的研究成果。可惜，大楼里的大部分房间都已经被清空了，里面找不到什么有用的线索，连研发部的办公室也不例外。也许“盘古合成”搭建的临时办公系统只能照顾到少数关键性的部门，所以它们把最重要的工作都集中在一个部门里进行？于是，我决定前往位于顶楼的高层管理部门碰碰运气。

升降机已经失效，我不得不走楼梯——幸亏总部大楼总共只有十一层。当我拖着沉重的双脚到达顶楼的时候，惊奇地发现这里竟还有灯光。我记得楼下大堂里的发电机已经停止运行了，那么这层楼一定拥有独立的供电系统。当然，此时的我根本没工夫关心这种问题。虽然已经好几年没有造访过这里，我还是凭着模糊的记忆找到了公司高层开会时使用的会议室。

推开会议室的门，我意识到自己的直觉果然没错：一张张简易办公桌和一把把办公椅杂乱无章地散布在各处，取代了这里原有的那张巨大的会议桌；在靠近会议室中心的那张办公桌上摆着三台古旧的台式电脑；靠墙的地方摆满了一面面可移动式的白板，每一面上都是密密麻麻的文字、公式和图表；废纸、烟头、快餐盒和一次性纸杯扔得满地都是。很显然，这是“盘古合成”与免疫暴走进行最后决战时的指挥所。现在它已经被抛弃了，而胜利的一方甚至不屑于占领它。

我来到会议室中央的那张办公桌前。如果“盘古合成”的人员在逃走之前取得过什么关键性的进展的话，那只可能储存在这几台老掉牙的机器里。我试探性地按了一下其中一台的电源键，电脑的屏幕慢慢亮了起来，并出现了要求我输入用户信息的对话框。我抱着碰运气的态度输入了我仍是“盘古合成”CEO时的密码，没想到密码还有用。

在接下来的几个小时里，我以公司内部最高的权限（天知道“盘古合成”为什么会留下这种漏洞）在资料库里浏览了过去几个月里的所有会议记录、研究报告和内部通讯。随着一幅相对完整的图景在我脑中逐渐拼凑而成，我的心也慢慢沉入绝望的谷底。

原来，“盘古公司”在一年多以前就开始收到来自世界各地关于细胞组件功能异常甚至发生畸变的投诉。当研发部终于确定这些异常全都是由 OIC 的过激反应造成的时候，免疫暴走的端倪已经在包括晚枫市在内的全球各大城市出现。就算到了这一地步，“盘古合成”高层依然在不遗余力地向外界隐瞒真相。他们信心满满地认为“盘古合成”内部的研发力量很快就能找到压制免疫暴走的方法。然而一周又一周过去，一个又一个方案被提出，从“盘古合成”设在各地的实验室传回来的只有失败的消息。

一筹莫展的“盘古合成”转而在竹下的研究资料中寻找灵感——没错，正如我所推测的，“盘古合成”确实找到并保存了竹下生前的研究资料。他们甚至成功复制出了竹下当年寄给我的那些嵌合体。可惜，嵌合体虽然能够压制正常工作状态下的 OIC，可对已经进入了免疫暴走状态的细胞组件却毫无作用。竹下的研究成果是靠谱的，如果早几年投入应用的话这场灾难就不会发生，可现在一切都已回天乏术。

最后，意识到大势已去的公司高管们抛下总部里的普通员工，乘坐一架老式直升机逃离了已经被失控的细胞构建体淹没的晚枫市。在大楼里的食物和水源耗尽后，等不来救援的员工们有的由陆路出逃，有的冒险乘上了一架刚刚研制成功的没有装备 OIC 的细胞膜翼机。我想起那只坠落在北新城的飞行体和它腹中的尸骨，不禁为这些员工的命运唏嘘不已。

实际上，“盘古合成”的某些研究人员甚至一度产生了和我类似的想法：也许免疫暴走是由一个神经中枢所控制的有意识的行动。不过，鉴于总部大楼里的细胞组件已被拆除，他们推断这个假想的中枢只可能存在于某个隶属于“盘古合成”的大型网络服务器中心里，因为只有那里才有足够多的神经组织来形成一个能够调遣全球所有细胞构建体的运算器官。于是，各国政府在“盘古合成”的要求下开始逐个破坏这些服务器中心，但细胞构建体的行动自始至终没有受到什么显著的影响。最终，“盘古合成”得出了一个无可奈何的结论：免疫暴走是一个完全去中心化的过程；任何看起来似乎有意识、有计划的行为都是单纯的自组织现象；而企图通过关闭细胞组件的“大脑”来阻止免疫暴走也只是个天真的幻想。细胞构建体已经彻底失去了控制，很快便会成为这个世界的新主人，不管旧主人们愿不愿意让位。

读到这里，我再也无法继续下去。我瘫坐在办公椅里，揉着因疲劳而肿胀的双眼，感到头痛欲裂。历经种种磨难，我终于到达了旅程的目的地，可这里并没有必须由我来打倒的恶魔，也没有可以用来拯救世界的法宝。我的“使命”只不过是个谎言。一个自欺欺人的谎言。

我无法接受这个现实。不，我一定漏掉了什么。竹下怎么可能只有这点儿本事呢？他可是个旷世罕见的天才呀！我强打起精神，着了魔似的在数据库里翻来覆去地寻找，终于在附录里发现了一个不起眼的链接，指向的是一个音频文件。

根据链接旁边的注释，竹下的飞机失事1个月后，一个没有寄信人的快递件被送到了我原先的住所，只不过当时我已被“盘古合成”软禁，所以没能收到。快递件里是一个老式U盘，上面只有一个加了密的音频文件。当然，任何密码的破解在财力雄厚的“盘古合成”面前都只是时间问题，更何况那个密码只是一串简单的数字。确切地说，那是一个日期，一个只对我和竹下有特殊意义的日期。

那是多年前一个炎热的午后，夏日祭的最后一天。

我用颤抖的手指点开了链接，随着音频的播放，泪水渐渐模糊了我的双眼。

编程性凋亡

冷。

当我把最后一箱废纸搬到楼顶的时候，天色已经暗了下来，雪还在飘。四下里静得出奇，除了时有时无的风声，我只能听见口袋里的细胞手机放出的沙哑而微弱的音乐声：

No matter what we breed
We still are made of greed
This is my kingdom come
This is my kingdom come ...

伴随着音乐声，我的耳畔仿佛又响起了音频文件里竹下的声音：

“如果你听到了这段录音，那么我最担心的事情已经发生：‘盘古合成’的人抢在你之前找到了我，这很可能意味着我真的再也没有机会帮你了。过去的几周里，我一直在和他们捉迷藏。他们知道我私下里进行的研究，他们害怕了，所以狗急跳墙，逼得我也孤注一掷，决定直接飞回晚枫市去找你。很抱歉，寄给你的邮件里没把这些说清楚——这也不能全怪我，毕竟东躲西藏的时候很难有心情坐下来好好写信。但明天就是启程的日子了，我觉得该说的话还是要说出来，免得以后没机会。”

我把几箱废纸都倒在地上，在楼顶平台的一角堆成足有一人高的小山丘。那些废纸里有财务报表、产品说明、研究资料、传真信件，还有不少手写的演算稿。我花了一个多小时，在大楼各处翻箱倒柜，只搜刮到这么点儿，看来“盘古合成”这几年在无纸化办公这方面做得确实不错。我把之前在顶楼独立发电机旁边找到的几桶酒精燃料全部淋到纸堆上，然后从衣兜里掏出一盒火柴——离开赤银山的秘密营地的时候我还在犹豫要不要带上它，现在真的派上用场了。

“从小到大，你都是我们俩当中更擅长社交的那个，而我则是个生活在自己世界里的孤僻的怪人。外人都这么看，只有我知道，和我相比，你更孤独。好像有个名人这么说过：那些热衷于改变世界的人其实都是以自我为中心的家伙。我想这说的大概就是你吧？有时候，我觉得很难理解你的心思，想要和你好好交流一下，却往往不知为何惹恼了你。唉，谁让我是个不会说话的书呆子呢？我只好尽力去帮助你改变世界，心想你实现了目标以后，就会愿意坐下来心平气和地与我聊聊天了吧？可现在，我觉得不能再这样迁就你了。改变世界这件事可是没完没了的啊。也许你应该学学我，与其忙着改变世界，倒不如仔细听听它到底想说什么。”

火焰朝着漆黑的夜空蹿了起来，烟雾裹挟着点点火星向上升腾，与零星飘落的雪花交错飞舞。这堆烽火能燃多久？两个小时？三个小时？救援人员——如果还有救援人员的话——真的会好巧不巧地在这个时段里到达晚枫市上空，然后看到它？

谁知道呢？反正我燃起烽火也不是为了自己获救，而是想让那些假想中的搜救者们能够尽快找到存有“盘古合成”研究数据的电脑机箱——此刻，它们就整整齐齐地摆放在离火堆几步远的地方。说实话，我也知道自己是在白费功夫。“盘古合成”已经举了白旗，外面的人们就算得到了它们的实验数据，又能如何呢？我不知道这个问题的答案，只是觉得一切结束之前应该有个什么仪式，哪怕只是祭奠自己的失败。

“可能人到中年都会变得有些神神叨叨的，我现在觉得，如果你真的侧耳倾听，就会发现世间万物，花鸟虫鱼，飞禽走兽，说的都是同一种语言——毕竟，它们都是盘古的血肉所化。因为这个想法，我做出了附带在邮件里寄给你的那个东西。没错，我创造它的初衷也并不是要跟‘盘古合成’作对，而是纯粹的自娱自乐——就和我当初创造细胞组件一样。不过既然做出来了，咱们就得让它派上点儿用场，对吗？‘盘古合成’的细胞构建体变聋了，只能听见自己的声音，咱们得让它再次学会倾听，不然它就会受不了孤独的折磨，变得和你一样，想要征服世界。”

一切都已安排妥当。我无事可做，只能在寒风中漫无目的地绕着火堆踱步。细胞手机的养分即将告罄，音乐声变得断断续续。我为什么还开着之前的那个直播网站？难道我还在盼望有人在那里发出讯息吗？就算外面的世界还有幸存者，他们也肯定不想再与晚枫市或“盘古合成”有任何瓜葛了吧？就算我能找到他们，他们也绝不会接纳我这个罪魁祸首。

“当然，你听到这段录音的时候，我已经帮不了你了。很抱歉，我又把烂摊子撂在了你一个人身上。你也别感到太大压力。退一万步说，就算失败了又如何？生活还会继续，人们会抛弃被细胞构建体霸占的城市，回到荒野和群山中去重建文明。也许这一次，人们会选择更简单的生活方式，敞开心扉，坦诚相对，不会像我们这两个傻瓜一样，有话不当面好好说，而是隔着半个地球玩土电话。”

“顺便说一句，这几周，凉子一直跟着我一起四处逃亡。我本不想牵连她，想要单独行动，可她说她不愿意被人当成要挟我的筹码。可惜，她好像还在记恨你，坚决不肯在这里留言。不过，信不信由你，我回去直接找你这件事从一开始就是她的主意。有时候我真搞不懂这个女人。算了，就此打住。希望你永远也不会听到这段录音……”

不知不觉，我已经来到楼顶边缘。放眼望去，大地一片银装素裹。在积雪的覆盖下，周遭的细胞构建体群落不再面目狰狞，反而多了一分恬静与庄重。凝望着这片雪国，我好像又看到了竹下那似笑非笑的面容。也许竹下是对的：在这片雪国的彼端，在我看不到的地方，有人正在努力重建世界。可那个世界里还会有我的位置吗？或者说，我将在只有我的国度里度过余生？

This is my kingdom come

This is my kingdom come ...

我爬上楼顶的护栏，把陷入沉默的手机扔了出去，看着它划出一道弧线消失在暮色中。远处的夜空里，伴随着微弱的螺旋桨轰鸣声，一个亮点若隐若现。

“恭喜你，你终于成功了。”

我笑着对自己说。脚下，白雪皑皑的大地向我张开温柔的怀抱。

甘泉，南京人，曾游学香港，现于美国从事神经科学研究，笃信想象力比知识更重要。作品关注技术的滥用及其背后的社会逻辑。代表作《达尔文的夜莺》《孤城独步》。

记忆捕手

蔡建峰

一

他站在天台边缘仰望夜空，群星却隐于灰沉沉、雾蒙蒙的苍穹背后。

都怪这霓虹，他想，如果不是城市霓虹过于闪耀，也许我可以把繁星揉碎了，铺洒在黑暗中点缀凸透镜似的天穹。

于是，他又低头平视，尽情打量着这座飘着雨雾且潮湿阴郁的城市。远处的高楼大厦在黑夜中只剩下一个模糊的轮廓，而无处不在的广告牌和电子屏却用发光二极管组成一片光的海洋，点缀着一整片黑暗空间。

伴随着太鼓、琵琶、尺八和三味线的演奏，歌舞町的艺伎在屏幕中款款而行，敷着白粉的娇媚容颜诡异而瘆人，毫无血色。她手持一个亮红色的瓷制小酒瓶，对着他娇媚展颜，唇部那点尚有些鲜活气息的朱红迅速扩大，形成一个完美得令人毛骨悚然的微笑。

他觉得这个屏幕里的女孩不似一个人，而是一头披着衣服的鬼兽。

粉紫、暗蓝、明黄和浅绿色共同构建起一个朦胧而苦涩的世界，他告诉自己，这个世界迷离而令人心碎，适合用来道别。

于是，一阵大风吹过，他低下头，纵身一跃，四肢在黑夜中彻彻底底舒展开来，像早已绝迹的大鸟。

结束了，一切，他想，我的过去、我的现在、我的未来，我的人生，包括使我热爱某样事物的热爱和使我痛恨某个人物的痛恨，统统都结束了，我将摔成肉泥，我将归于虚无，不被感知也无法感知，这就是死亡。

他在坠落中大笑起来，像是得到了解脱。

然而，下一刻，他的笑声戛然而止，仿佛有人按下了暂停键。世界就此顿住，刹那间，空中拥挤的线性流光溃散为一盏盏具体的车灯，疾驰的飞车静止于空，苍白而丰满的歌舞伎永远停在笑容盛开的那一刻。

包括他。

他也被定在半空之中，就好像这具躯体是这个世界难以割舍的一部分。事实上，这里是记忆，而对于虚拟空间来说，记忆中发生的一切已成定局，也就不可分割。

世界之外传来一缕歌声。

I hurt my self today

今天我又弄伤了自己

To see if I still feel

想知道我是否还能感受

I focus on the pain

我凝神体会这痛楚

The only thing that's real

这是唯一真实的事物

The needle tears a hole

针尖蜇噬着伤口

The old familiar sting

仿佛旧日熟悉的刺痛感

Try to kill it all away

尝试着掩埋一切

But I remember everything

可我仍记得所有

他回过神来，看着世界自远方城市边缘开始一点一滴地消散，碎片化的楼宇和街景在震颤中崩散为简洁明了的 1 和 0。直至最终的黑暗降临，深邃而虚无的真空吞噬读取对象的躯体，他才摆脱这一糟糕的自杀经历，从这一整片空虚寂寥的黑暗中醒来。哦，他想起来了，这是他的清醒曲——Nine Inch Nails-*Hurt*。亡者的记忆碎片纷繁复杂，吞噬生者。每一位记忆搜查官都得为自己挑选一首歌，在关键时刻唤醒自我，避免记忆混乱。

室内灯光暗淡，他睁开眼，一名身披白大褂的女子正一脸责备地看着他。

“你太冒险了，Z，竟待到死亡前最后一秒，如果不是系统的紧急弹出机制自动中断记忆同步——”女子推了推金丝眼镜，严肃地说，“好吧，你应该知道如果你的意识在死者记忆中待到最后一刻意味着什么吧？”

“意味着我也会死。”Z 面无表情地说，“在记忆世界里，记忆搜查官会成为读取对象，我经历的死亡幻象足以欺骗大脑，造成脑死亡。”他摘下额间电极，若无其事地端起桌上的咖啡，“别紧张，洋子，我自有分寸。”咖啡还是热的，散发出阵阵白色的雾气。他啜了一小口咖啡，“这个人是自杀，毫无疑问，对象内心抑郁，有自杀倾向，没什么值得调查的。”

“哦？既然如此，你为什么还要留到最后一刻？”京野洋子尖锐地说道，“全世界患有苏萨克氏症候群的就两百多人，而能胜任记忆搜查官这一工作的也就百来人。”她放缓语气，尽量克制住情绪，“你要知道，每一位记忆搜查官都是人类宝贵的财富，正是有了你们，罪犯们才不敢肆意妄为。”

Z瞥了京野洋子一眼。“我待到最后一刻，是因为死者由于跳楼死亡，头颅就像西瓜般炸裂。”他疲倦地说，“即使专家们技术高超，可以从受损的大脑中提取记忆，但他们能构建的记忆片段只有死前那么一小段经历，我必须确保万无一失，说不定真相远在跳楼这段时间之前呢？”

“我倒是觉得，你醉心于这种濒死体验。”京野洋子撇了撇嘴，挖苦道，“要我说，你才是有自杀倾向的那一个，不是吗？也许你只是渴望去死，却没勇气，谁知道呢？你在逃避现实。”

Z漠然地看着京野洋子，没有说话，任凭沉默充斥于这一间光线昏暗的记忆读取室之中。蓦地，他转身，走向门口，在经过衣帽架时取下自己的黑色长风衣。他不打一声招呼，正欲离去。

“Z，你去哪儿？”京野洋子在他身后大喊，“算了，别在意，都是我的错……可我们是搭档，我难道不能担心你吗？下班了，我请你吃饭？”

“吃饭免了，我要回家。”Z顿足却没有回头，他平静地说道，“苏萨克氏症候群，患者时常头痛、畏光，最多只能记住24小时内发生的事情。”他病恹恹地说，“对你来说，我是搭档，对我来说，你只是一个刚认识不到24小时的人。正是这点让我可以大量读取他人记忆，这是我的工作。一个什么都不记得的人怎么会有自杀倾向？每一天于我而言都是新的开始，我记不住快乐自然也就记不住悲伤。”

“你知道吗？”京野洋子犹豫了一下，嘀咕道，“你昨天也是这么和我说的。”

Z戴上墨镜，耸了耸肩，无动于衷地走出了记忆联合体大楼。他的心中有股怒火，但说不清是对什么感到生气。也许是自己？

他来到附近的商品街，镶嵌在小臂里的微型显示屏列出他昨天制订好的计划清单，上面包括了今天一整天该去哪儿、该做什么以及必须在几点前回家以便重新制订隔天计划。其中一项指出，每当他心中无名火起时，可以去附近的一家拳馆，高强度的运动有助于他保持清醒。事实证明，这项建议是正确的。在打拳的时候，Z 的眼中只有沙包。他的拳头如暴风雨般砸下，每一击带来的震颤感都唤醒了某些东西。这些在他脑中一闪而过的记忆碎片，有时是青春期某次不愉快的经历，有时却是一些办案的细节。然而所有的记忆皆如同站在岸边打水漂，石子切入水面，荡起涟漪，但最终了无痕迹。

Z 想起儿时的一次旅游，当时他的家人带他到海边。记不清了，只是一些闪回。他隐约忆起，陪他一起去看海的是一男一女，却没有面孔。他试图回忆起父母的模样，但所有的形象都化作一缕青烟。他莫名其妙想起一次做梦，把受害者的脸缝在父母的身体上。他不清醒。总是混乱。总是会这样。然而，每当他探寻自己的出身，想知道自己的父母是谁，他的备忘录总会告诉他：在一次愉快的游乐园之旅中，父母鼓励他自己一人去坐摩天轮。他上去了，下来却找不到他们。上去前，父母对他说："你在上面坐一圈，我们去附近为你买冰淇淋。"他在上面坐了一圈又一圈，父母没有来。他在上面待了一晚上，父母始终没回来。很晚了，游乐园的工作人员不让他再坐。Z 咬了他一下，因此被送进警局。

没有人受得了这个，他想。养一个记忆只有 24 小时的孩子，就像在养一头白眼狼。你得费尽心思，还得不厌其烦，忍受着他的无理取闹，一遍又一遍向他解释，这些事，这些对话，之前已经发生过了。从很小的时候，他便开始写备忘录，但总是很少看。有时他会无理取闹，想去游乐园。其实父母经常带他去游乐园，可是每一次都像是第一次。所以，他想，他们一定是耐着性子，带他去玩那些千篇一律的项目，直至有一天失去了耐心。他觉得他们没有错。可他也觉得自己同样没错。

患有苏萨克氏症候群并不是自己或他们能决定的。于是他认定，这一切都是老天爷的问题。他感到伤心，但只为父母抛弃自己这件事，哭了24小时。后来，他便忘了。关于父母，除了写在备忘录上的，忘了也就忘了。

现在，Z的拳头每一下都打在过去，沙包砰砰作响。记忆犹如塑料泡沫，软绵绵的，不受力。他抱着沙包跪坐在地，有好长一段时间，都只是沉默。当怒火宣泄一空后，他什么都想不起来了，既无悲伤，亦无欢乐。他只感到饥饿，情感的虚无转为生理的空虚。如今他已什么都不再想。他看了一眼时间，已经不早了，便下了楼。街道上弥漫着转基因食品与合成食物的廉价香气，打扮怪异、留着长发的嬉皮士躲在屋檐下吞云吐雾，潮湿沉重的雨雾像汽化干冰似的笼罩着潮湿拥挤的街头。他在街角的速食店买了一份人造肉汉堡，按照清单上的建议，又在隔壁杂货店买了一小包提摩西干草。

在等待的时候，他抽完半支香烟，丢掉剩下的烟头，看着它划过一道暗红色的光轨落入垃圾桶。黑暗中有什么东西在蠕动，香烟一落地，便如豺狼般涌出。流浪汉们等这支烟已经等了很久了，尽管他们看起来瘦骨嶙峋，脸上带着严重营养不良带来的菜色，但仍是最谙熟这座城市生存法则的居民。Z看着他们，耐心十足。他们一拥而上，争吵着抢那半截香烟，甚至不惜大打出手。然而他不吱声，既在犹豫，也在计算人数。他抽出几支香烟攥在手中，将剩下那包香烟抛了过去。每人一根，不多不少。

这些都是被社会遗忘的弃儿，Z不无同情地想，他们可怜又可恨，生活中的唯一指望就是别人的施舍。可是，他扪心自问，你却能对这些人感同身受，因为你能理解那种被边缘化的孤独感，你知道那种居无定所、漂泊不定的感觉究竟是怎么一回事。诚然，你有家，所以流浪汉们不可能是你的同类，但你们都没有家人。你们之间的区别只在于，他们的流浪在生活，而你的流浪在内心，世界于你而言从头到尾就是一场永无终止之日的放逐。

Z想摘掉墨镜，好好看看这社会的缩影，然而，无处不在的霓虹光亮刺痛他的双眼，甚至令他不自觉流泪。

光之城是我的家，他想，尽管这个家到处都是令我不适的灯光，尽管这暧昧霓虹晃得我眼睛酸涩、太阳穴疼痛，但我必须赶快回家，回到那栋熟悉而又陌生的生态公寓，趁着记忆还在，趁着自己还没彻底忘记，赶紧录下今天经历的每一件事，并通过留言告诉第二天的自己有关明天该做的一切。

他虽只有24小时记忆，但仍是受昨日幽灵支配的逐梦之人。

二

Z将手掌放在扫描仪上，一道幽蓝色的光亮覆盖右手的每一处细节。在通过静脉识别之后，管家为他开了门，铰链发出轻微却刺耳的转动声。

“欢迎回家，Z。”管家的电子合成声充斥于屋内。

“谢谢。”他脱去湿漉漉的长靴，拎着汉堡和干草走进屋内。

“需要我为你播放音乐？”管家善解人意地说道，“太安静了一点儿，不是吗？”

“随便，”Z打开汉堡，咬了一口，“但先别开灯，你知道的，我喜欢安静无光的黑夜。”

“正在为您播放，Mazzy Star–*Look on Down from the Bridge*。”管家控制着墙角柜台上的留声机播放音乐。

拾音臂自动放下，唱片静静旋转，带着一种夜的静谧。

“黑胶唱片实在是工业革命以来最美的发明。”Z赞叹道。

“如果您还记得的话，”管家模拟出一阵快活的笑声，打趣道，“这台复古唱片机可是花了您1个月的薪水。那个时候，您每天的计划清单都是攒钱。”

“我不记得了。”Z疲惫地揉了揉眉心，“抱歉，管家，我有些偏头痛，不太想交流，让我安静一会儿，好吗？”

“如您所愿。”管家安静了，沉默蹿了上来，好在有歌声压倒一切死寂。

Z又咬了一口汉堡，昏暗无光的角落里传来一阵窸窸窣窣的异响。他侧着脑袋，困惑地望着那个方向，很快，他勉强回忆起那儿似乎存在着某种对自己很重要的东西。

于是，他笑了，拎着干草走了过去。

“怎么了？小东西，”Z嘀咕道，“想我了吗？是不是闻到食物的味道了？”他打开提摩西干草的包装袋，一股清新的、带着点儿阳光味道的气味钻了出来。

黑暗中的异动更急促了一些，像是这股味道刺激到了某种活物。窗外城市霓虹透过毛玻璃洒入点点模糊的光，借着这朦胧黯淡的光线，Z走到墙角，蹲下身子，仔细打量那件对自己极为重要的东西——一只关在笼子里的垂耳兔，有着柔软蓬松的灰色兔毛，正心急如焚地啃着笼子。

他塞了点草进去，兔子毛茸茸的，对新鲜事物不理不睬，依旧狂躁地咬着笼子。

“怎么了？”Z愣了一下，宠溺地笑道，“你是想出来吗？可以，来吧，但不准到处乱啃。”他打开笼子。

兔子如闪电般蹿了出来，在屋中自由自在地跑了几圈后，又回到他身边兴奋地打转。

Z蹲下身子，右手轻轻抚摩它的脑袋。兔子舒服地闭上了水润明亮的黑眼睛。

这小家伙有一个好，他想，那就是安静。兔子从不叫唤，也不需要到处溜达，它不像猫也不像狗，即使是最急躁的时候，也不肯开口叫上一声。因为，他知道，对于兔子来说，当它发出叫唤，就意味着它正处于极度痛苦之中，几近死亡。

“希望我永远听不到你的叫声。”他摸着兔子说。

兔子一动不动，脑袋贴着他的食指。

他笑了笑，感到温馨。

“现在这样最好，我不希望你痛苦，那样实在太可怕了。”

Z 叹了一口气站起身，从桌上拿回那个吃了一半的人造肉汉堡。他迈着沉重的步伐进了卧室，那只肥嘟嘟的兔子跟在他的身后一起进了卧室。

黑暗中，一个婀娜多姿的身影迎了上来，并用洁白细腻的纤细手臂紧紧搂住他的脖子。

“爱我吧，”女孩用一种极其甜腻的语气重复道，“爱我吧，使劲儿爱我吧。”

Z 僵在原地，没弄明白这是怎么一回事。但很快，他从那个女孩的脖子上瞥见一道文身。哦，原来是可爱多妹妹，他疑惑地想，我的备忘录里说这是一种专用于满足欲望的仿生机器人，可我该使用它吗？

“稍等一下。”Z 眼神古怪，推开可爱多妹妹。他在床边坐下，可爱多妹妹乖巧地坐在他的身边，那只毛茸茸的灰兔子慵懒地趴在他的脚下。

Z 点亮小臂里的微型显示屏，昨日的他没有给今日的他任何建议。或许，他想，我可以在睡前和可爱多妹妹聊会儿天，毕竟它有人形，即使内部是冷硬的、滴溜溜旋转的机械齿轮，但比起和智能管家说话，也许和可爱多妹妹交谈要更有意义。

“爱我吧。”可爱多妹妹一脸希冀地看着他。

“我们聊会儿天，好吗？”Z 大声地说，“我平时很少和人说话，我没有自己的记忆，所以我完全不知道该怎么和人交谈，但你是仿生机器人，所以我没有压力。”

“爱我吧。”可爱多妹妹瞪着炯炯有神的大眼看着他。

“哎，你知道吗？”Z 晃了晃手中的汉堡，抱怨道，“实验室培养出来的肉类味道真的很糟糕，虽然它的质感模拟得很好，但它的味道却只停留于表面，就像一块抹了牛肉香味的塑料。”

“使劲儿爱我吧。”可爱多妹妹渴望地看着他。

“吃完这个汉堡，我就得制订明天的计划清单了。”Z 咬了一大口汉堡，含糊不清地说，“我还得口述今天经历，把它们录下来，说不定以后哪一天我会想听呢，对吧？今天我找科研组的一位同事买了块音乐模组，待会儿我装到你的可扩充功能槽中，这样下次你就可以为我唱歌了。”

“爱我吧。”可爱多妹妹狂热地看着他，开启了新一轮循环。

他机械地咀嚼了几口，抬起右脚，脚趾轻轻磨蹭着脚边兔子的脑袋，后者再次一脸享受地眯上眼睛。他对它说：“你说呢，小东西？你的记忆能持续多久？你一直都记得我，是吧？如果我能知道你在想什么就好了。如果我读取你的记忆，我能知道你的感受吗？动物的大脑不像人脑这么精妙，听说有人这么做过，但他再也没回来。”

兔子翻了个身，懒洋洋地舔了舔他的脚背，像是勉强作为回应。

Z 在黑暗中无声地咧了咧嘴，像在笑，又像是想哭。他大口咬着手中的人造肉汉堡，像在费力咀嚼一块难以下咽的食物蜡像。

“爱我吧。”可爱多妹妹还在索取。

偏头痛和耳鸣拉着他的身心朝着黑暗处坠去。

他孤零零坐在床边，远离人类。

三

第二天一早，他被门铃声惊醒，下床时脑中仍是浑浑噩噩一片，无处不在的疼痛感仿佛颅腔内住着一支道路施工队，而耳鸣声则提醒他耳蜗内还有另一支由苍蝇组成的、不知疲倦的管弦乐队。

对于Z的失忆，智能管家已有一套得心应手的应对机制。通过内嵌在墙壁里的扬声器，管家在他回过神来之后便以一种快速而平稳的语调着重强调了他的身份、病症、职责，并让他点亮小臂上的微型显示屏——备忘录保存着过往发生的重大事项和今天的计划清单，而语音箱则是过去每一天详细的口述记录。

他挑了其中一件重大事项，大声念道："2077年4月28日，为了收集足以定罪的证据，我在一名罪犯的记忆中被迫经历了——"他顿住，跳到后面继续念道，"他们都说我做得很对，像这种恶心的罪犯应该剥了皮丢进地狱，但我不知道，我不知道自己是否做的就是对的。对我来说，我只是被迫成为另一个人，并在同步状态下对他心中畸形的愉悦感同身受，我的罪恶感源于那份扭曲的欲望，难道我体会到这种感受就是正确的吗？

"也许我的确阻止了更多犯罪发生，但这种可怕的事实在令我恶心。因为在同步状态下，我深知造成这种变态心理的根源，有那么一瞬间我甚至不觉得这是个人的错。自我的形成涉及诸多理论，我们由过往所经历的每一分每一秒堆叠而成，家庭环境和童年阴影亦是很重要的因素。自我是一个幻觉，我们就像空心洋葱，每一层外皮都是他人。我们在成长过程中接触的每一个人，包括爱过的、恨过的，都潜移默化地影响着我们。我们本质上只是一个庞大的意念集合体，由其他人的碎片组合而成。

“庆幸我是一个苏萨克氏症候群患者，因为我不必思考自我是否真实。于我而言，自我不是一个空心洋葱，自我只是虚无，每一天都是新的一天，我可以把一部电影看上一千八百遍而不感到厌倦。我没有过去，只有现在，明天我就会忘记这事，开始新的生活。”

Z忍不住了。他关掉备忘录，冲进洗手间，对着马桶一阵呕吐。他还没吃早餐，腹内空空，能让他呕出的只有胃里的酸水和不可名状的悲伤。“真不敢相信我还经历过这样的事，”他难过地想，“我运气真差，真不该挑中这则重大事项，这一切都让我感到恶心。”

“你还好吧？”管家忧心忡忡地问道。

“没事，只是有点反胃。”Z洗了把脸，疲惫地说，“现在，我明白你刚才告诉我的事了，记忆搜查官只有苏萨克氏症候群患者可以担任，因为我们被迫经历他人糟糕的经历，而有些东西如果不忘记就无法继续生活。”他抹了抹嘴，“但是，当初我为什么还要坚持记下这样的事？”

“也许，你只是想提醒自己，苏萨克氏症候群是一种天赐的礼物，而不是诅咒。”管家慢悠悠回答道，“有时候，忘记没什么不好，你的工作经常会让你进到犯罪视角，接触到人性最阴暗的那一面。”

Z皱起眉头，说道：“可是，我并不觉得——”

门铃又响了，他忽然想起自己正是被这单调的铃声惊醒。距离上一次门铃响起已过去10分钟，屋外等候的人似乎一点儿都不着急。

“是京野女士，你的搭档。”管家解释道，“由于你的记忆问题，每一天早上她去上班时都会顺路来接你。”

Z点了点头，示意管家解开外门安全锁。

穿着一身休闲套裙的京野洋子迈着优雅的步伐走了进来。她冲着Z打了个招呼，左手提着早餐，右手拎着一个亮黑色的手包。在Z茫然无措的目光中，她熟稔地喂食兔子，并从衣橱里翻找出一台圆头圆脑的清洁机器人。

“谢谢，”Z嘀咕道，“我都不知道自己有一台这样的清洁机器人。”他揉了揉眉心，“我还差点儿忘了走之前喂这个小家伙东西吃，该死，希望它不会怪我。”但实际上，我记得，只是这个女人替我先一步完成，他想，记忆不是一下子就凭空消失，而是在24小时内一点一滴趋于空白。我大概还记得昨晚回家之后发生的事，也就是说，昨天早上可能发生同样的事，但我已经忘了，也许每天都发生同样的事呢？他困惑地想。

Z看了备忘录最顶上的那一条，那是由最早的他记录下来的话语——成为一名有用之人。

出门的时候，京野洋子没忘记提醒Z戴上他的墨镜，披上他的黑色长风衣。光之城之所以叫光之城，是因为这座城市常年笼罩在朦胧的雨雾之中，以至于即使是大白天，城市建筑也依旧灯火通明，任凭生态公寓和大厦楼宇在绚烂的霓虹中浮浮沉沉。

城市是一座钢铁森林，高耸的建筑将这座钢筋铁骨的森林切割为若干个行政区。记忆联合体光城分部位于市中心，邻近警局，每有凶杀案或是缺少证据的案件发生，警察们总会通过两者之间的地下通道押送罪犯或者死者尸体进这栋全自动化的银白色大楼。

当Z和京野洋子抵达记忆联合体的对接办公室时，隔壁警局的李明浩探长正背对着两人叼着雪茄绘制马赛克调查墙，并寻找其中的交汇点。他全神贯注，实在太过投入，以至于丝毫没注意到身后有人到来。

“明浩，来得这么早。”京野洋子吹了一声口哨，打趣道，“发生了什么？你看起来很不安。”她从柜子里取出工作用的白大褂披在自己身上，又一屁股坐进柔软舒适的米白色工艺沙发里。

Z 摘掉墨镜，默不作声找了个位置坐下。他还戴了另外一副隐形眼镜，除了用来修补视力问题，这副隐形眼镜甚至能连接记忆联合体的数据库，可以帮助他快速扫描并辨别出对象在他的个人人际关系网中的身份。

比如李明浩探长，隐形眼镜投射进视网膜的资料显示他是当地赫赫有名的大侦探，娶了一个富有的女人为妻却坚决不住进对方的豪宅，也不愿接受任何形式的资助。除此之外，李明浩还曾在没有记忆搜查官协助的情况下破获一起发生在轨道交通列车上的谋杀案。当然，最重要的是，李明浩探长还是他为数不多的朋友，因为他们偶有一起吃饭时只闷声喝酒，从不高谈阔论。

这一点让 Z 感到郁闷。这世界任何人、任何东西都比你更了解你，他怏怏不乐地想，包括记忆联合体的数据库以及管理这一整栋大楼的人工智能。

“早上好，谢天谢地，你们终于来了。出事了，大事！”李明浩探长转过身，眉头紧锁如碰撞破碎的冰川，“事实上我从凌晨 12 点开始就一直待在这里。”他犹豫了一下，“昨夜 11 点多，夜之城的 V 死了，根据现场痕迹判断，可以初步推断是自杀，关键证据是一把黑市里买来的手枪，但我们还不能确定真正死因。”

“V 是谁？”Z 问道。

“和你一样的人，记忆搜查官。”京野洋子凝重地问道，“所以呢？明浩，你想让我们做什么？替你鉴定死因？如果是他杀，就找出真凶？”

“我不确定，夜城警局向咱们这儿求助。”李明浩抽了一口手中的雪茄，“老实说，为了保护记忆搜查官，我们有不成文的条例，在一名记忆搜查官遇害时，最好不要扯进另外一名记忆搜查官。”他揉了揉发木的脸颊，疲惫地说，“但是，同时，法律又明确规定，任何自杀案件必须经过记忆搜查官的排除才能明确断案。这两者之间，好吧，就像一个悖论，我不太确定是否要向你们求助，所以——”

“所以，你想征求我的意见？”Z打断道。

李明浩点了点头。“是的，”他看了看Z又望向京野洋子，“你们两个觉得呢？”

“明浩，你在这里，说明你已经做出了选择。”京野洋子瞥了一眼马赛克调查墙，毫不客气地说道，“这不是第一起记忆搜查官自杀案件吧？我之前看过新闻，听说远在V死之前，还有另外一名记忆搜查官也自杀了。”

“47，那个记忆搜查官的名字。”李明浩解释道，“当地警局遵循那不成文的条例，没有请另一名记忆搜查官介入便直接将此次自杀事件结案。”他站起身，走到那堵马赛克调查墙前，轻轻敲了敲墙壁上的红线和照片，“我一直在寻找两者之间的关联，因为我不想等第三起自杀案件发生之后再后悔。事实上，V的大脑已经保存到楼下的高压氧量子液体池中，但我还是想征求你们的同意，如果你们不愿意读取V的记忆，那光城警局将直接结案。”

“谢谢，明浩，”京野洋子挑了挑眉，略带歉意地说，“但我们不能接受，那不成文的条例不是没有理由的，因为，你想，假使47和V是真的自杀，那么某种事件或某种心理因素既然能使那两个记忆搜查官轻生，自然也就能使同为记忆搜查官的Z看不开。”她咳嗽一声，清了清嗓子，“你也知道，在记忆同步状态下，内心情感也将感同身受，而每一个记忆搜查官都是全人类宝贵的财富——”

“我同意，”Z满不在乎地说，“李明浩探长，好吧，我想我能叫你明浩，我同意，我愿意帮助你。”

“为什么？”京野洋子难以置信地看着他。

“因为明浩说得对，没有人想等到第三起自杀案件发生之后再后悔。”Z 面无表情地说道，“况且，我从数据库反馈的资料上得知，我和明浩是不错的朋友，这使得我更有理由帮助他。”

京野洋子无奈地瞪了李明浩一眼。

其实和这个叫李明浩的人没关系，Z 看着这一幕，心想我和李明浩压根儿不熟，更重要的是，京野洋子，我是人类，不是濒危动物，也不是会被损耗的工具，我之所以这么做仅仅是因为写在备忘录上的第一句话。“成为一个有用之人吧，Z,”他告诉自己，“我不能毫无价值。”我是谁？我从哪儿来？要到哪儿去？我已没有过往经历，明辨是非、校正对错是我仅有的存在意义。

他们搭乘电梯一同下了楼。

夜之城记忆搜查官 V 的大脑被浸泡在一个相对密闭的玻璃缸之中，缸里盛满幽蓝色的混合活性液，左右两侧缸壁各自留有两处光缆接口。机器正在运转，大脑表面漂浮着的生物电信号在增强放大之后被转译为二进制编码输到模拟机终端内部。

“那是什么？”Z 指了指角落里嵌满晶体管的头盔。

“收集罪证的设备。”京野洋子毫不意外，几乎是条件反射似的解释道，“被读取对象分为活人和死人。对象是活人，只需戴上这个头盔，你就能进行记忆搜查工作。而如果是死人，好吧，死人又分为两种，一种是大脑无损的，我们可以把它妥善保管在这个缸里，而另一种是大脑残缺的，那需要专家们花费很长一段时间才能勉强提取出最近的一小段记忆。”

“后半段关于死人的那一部分我还没彻底忘记，我记得昨天下午之后的事。”Z 抬头看着面前漂浮于幽蓝色液体中的大脑，无动于衷地说道，“开始吧，趁着现在我还有些心得，嗯，至少我还记得自己的清醒曲。”他坐到特制的躺椅中，紧紧抓住扶手。

京野洋子走过来为他贴上额间电极，“听着，Z，如果你记得，你就知道自己昨天有多么冒险。”她眨着眼睛，瞳孔中满是担忧，“你不能等到死前最后一秒让系统把你唤醒，紧急弹出机制只有在给出死亡时间时才有效，我们时不时也会探测活人，他们没有死亡时间，自然就没有紧急弹出机制。”

“但活人和死人不一样，”Z 微笑着反问道，“他们不会让我造成脑死亡，不是吗？我只有在死人的记忆中才能接近死亡，而我在活人记忆中多待一会儿也无大碍，反正现实世界一小时后我的意识将被系统强制退出。”

“鬼知道我们的一小时放到记忆世界里究竟是多久。”京野洋子嘟哝道，“我们都知道，你只是借记忆世界逃避现实。”

Z 耸了耸肩，“开始吧，”他大声喊道，“电脑，把我送进去。”

“记忆读取开始，程序加载中，正在为虚拟世界建模……”一道温和的声音从室内扬声器中传来，那是 Z 听到的最后一声回应。

在一片情感丰富的合成声中，他瞪大眼睛，发现眼前世界正在经历一种诡异而骇人的扭曲。

刹那间，墙壁、地板和天花板各自分离又朝着四面八方远去，建筑被解构为一张张单调而可笑的雪白纸片。V 的大脑浮出水面，淌下幽蓝色的冰冷眼泪。灯光暗淡，风雨如晦，惊涛骇浪灌溉空虚寂寥中，破碎的晶莹水滴却包裹着在场所有活着的人类。

绚烂的星云在一呼一吸间融化，京野洋子和李明浩被黑暗宇宙的笔尖甩在二维平面白纸上急速缩小为一个微不足道的小黑点。然而，世界却在他眼中放大，他亲眼看见座椅、扶手……大脑和眼中的一切曾是那么渺小，如今又是那么顶天立地。

不，不是世界放大，而是他在变小。

他是一只卑微的蚂蚁，勤勤劳劳，庸庸碌碌，来回于那个巨型大脑的沟回与褶皱之间。世界陷入黑暗，唯有一上一下两个多彩的发光平面。他在穿梭，他在翱翔，他在读取，在这段奇妙之旅的尽头，他撞见了深不见底的黑色中心与明亮立体的气体圆环。一个微型大脑在此处幽暗中起起伏伏，撕扯气体形成一个围绕着它旋转的吸积盘。

他掉入视界面，不相干的部分远在那之前经磁场作用沿转动方向抛射出去形成喷流。现在，他不再是自己，也不再处于现实。

他是V。

她睁开眼，眼前灯红酒绿，人人纵情狂欢——这是一个酒吧。她揉了揉眼睛，意识到这一点——暧昧的粉光和迷离的蓝光交替闪烁，耳边的噪声、大笑声和惊声尖叫如山呼海啸，震撼心神。

她有些茫然，有些不知所措，她从没来过这样的地方，不知该如何是好。

对于苏萨克氏症候群患者来说，这种场所——有闪烁不定的霓虹和噪声般的歌声和呼喊——简直就是禁地，当下这种情况相当于把一位患有光敏性癫痫的可怜虫丢到频繁的闪光刺激之下。

她晕乎乎地握着手中酒杯，在剧烈的轰鸣声中渐渐失去平衡，朝着右侧方倒去。有一具火辣的婀娜身躯凑了上来，搀扶着她，凑到她的耳边似乎要跟她说些什么。

然而，她什么都听不见，仿佛躁动的鼓点早已震破她的耳膜。

更糟糕的是，她也看不太清楚，失衡状态下，世界在她眼中似乎变了模样，舞池里那些摇头晃脑、疯狂扭动躯体的男男女女像披着衣服的野兽，彻彻底底沉沦于纯粹的感官享受和歇斯底里的发泄之中。

包括眼前这个性感的女孩。她正自顾自大笑着说着些什么。

在视听受到干扰的情况下，她看不清对方的容颜，只是模糊感受到那个女孩口中发出大笑，夹带着一些破碎而无意义的言语。女孩的笑声不知是挑逗，抑或是嘲笑。

不，不止是这个女孩，人人都在狰狞狂笑。他们在嘲笑她，全世界都在嘲笑她，因她没有过去，因她孤独至死，因她独来独往，从来无法融入人群。

悲伤泛起呕吐的欲望，失去的恐惧仿佛失重体验。她莫名感到一阵恶心，胸口隐隐作痛，厌恶的情绪像一只无形的大手揪住她的心脏一阵摇晃。她在感官边缘处的黑暗中哭泣，像一只颤抖不已的扁虱，从悬崖边上坠落，恐惧的狂风浩浩荡荡，裹挟着她往内心深处坠去。

何其可悲啊！一个连自己都不知道是谁的人，没有自我，没有人生，只是一块被用来读取别人记忆的随机存取储存器，永远无法保留独属于自己的回忆。她开口大喊大叫，却不知自己是否发出声音。

也许我失了声，也许我不该来这里，也许我该走。我们不是人，我们是机器。我们不是人，我们是工具，我们什么都不是。

女孩塞给她某种冰凉的金属物体，感觉不出来是什么。很冷。她觉得自己的手指快冻掉了。

从指尖传来冰冷的冥府的气息。有个声音说："结束这一切吧，没关系，死亡会为你带来自由。"

她浑浑噩噩，像是听从某种命令指引，独自走出酒吧。城市的霓虹再次刺激着她的眼球，大而明亮的广告牌像是食人的巨魔，妖艳的全息模特对她微笑，在飞车织成的漫天流光中，高人气虚拟歌姬的甜美嗓音从远处飘来，像海妖塞壬的呢喃。

她抬起那件金属物体，含在嘴中，扣动扳机。

刹那间，世界顿住，天外之音轰破那道甜腻的歌声，一个悲伤的男声唱着 Z 的清醒曲，紧急弹出机制将他拉回现实。

他坐在那儿，瞳孔涣散，双眼无神，一时之间仍处于那种光与声共同缔造的极致混乱中。

"你迟早会死的！ Z，你又留到最后一秒！"京野洋子焦急地喊道，"难道你就这么渴望死亡吗？"她转头恶狠狠地瞪了一眼李明浩，

“都怪你，干吗非得让他进到另外一名记忆搜查官的大脑中去？”她匆忙为Z摘掉电极。

“嘿，老兄，你还好吗？”李明浩凑了上来，轻轻拉了他一把。

“我没事，”Z闭上眼睛，虚弱地说，“麻烦把我的墨镜拿来，或者把灯关了。”

京野洋子递来墨镜，李明浩帮他戴好。“我发现了一点不同寻常的东西，”他一脸苍白地说，“V是在一家酒吧门口自尽的，对吧？她自杀用的那把枪，不是她本人的，也不是从什么黑市里买来的，那把枪是在酒吧里有一个女孩塞给她的。”

“知道她长什么样吗？”李明浩问道。

Z摇了摇头。“当时酒吧环境对我实在太过不利，我的视力和听力完全失衡。”他皱起眉头，思索道，“但为什么V会去那种地方？她已经死了，我无法追溯到更早之前的记忆片段。酒吧对我们来说是禁地，如果没有必要，我不明白——”

“除非她是被人带去，或者和人约好在那儿见面。”李明浩轻声说道，“很可能就是你说的那名女孩。既然她能把V带去那个地方，而又知道怎么借助苏萨克氏症候群的特点躲避你的追踪，这就说明对方对记忆搜查官很了解。”

京野洋子若有所思地说：“也就是说——”

“全世界都知道记忆搜查官，却极少人知道苏萨克氏症候群是成为记忆搜查官的必要条件之一。”李明浩顿了顿，郑重说道，“这意味着凶手极有可能来自夜之城内部，当然也不能略过那些曾经参与记忆搜查官面试却失败的特殊人选。我之前看过酒吧录像，但没能发现什么，当时V坐的地方正处于摄像头死角。”

“有前后门的录像吗？”Z低声说道，“如果那个女孩出现在镜头中，我想我可以认出来。”

四

Z戴着墨镜，站在熙熙攘攘的酒吧出口，看着红男绿女穿梭于这个光怪陆离的酒精世界。摇头机器在舞池里狂欢，一名妖艳的女子扭动腰肢朝着出口走来。

"就是她。"Z伸手试图抓住那个女子的手腕，却握了个空。

"你确定吗？"李明浩问道。

"80%。"Z眯着眼睛盯着，直到那个女子的背影消失在视野之中，"如果能见到真人，我应该可以完全确定。"

"好。"李明浩点了点头，吩咐道，"电脑，关闭全息场景，给我刚才那个女子的身份。"

酒吧和街道刹那间分崩离析为点点光子，空旷寂寥的白色空间从虚幻破碎的全息场景中冒了出来。李明浩和Z推开门走了出去，京野洋子正坐在外面的椅子上若有所思地打量着V的大脑。

"有什么发现吗？"她问道。

Z抱着双臂倚靠在墙壁上，没有说话。

"等电脑反馈。"李明浩拉过一张椅子坐下，大声问道，"如何，电脑，有结果了吗？"

扬声器中传来电子合成声，"是的，明浩，"电脑平静地说，"根据人脸特征和数据库匹配的结果来看，你要找的女孩叫'砂糖'，是经常在'女鬼之吻'酒吧附近转悠的站街女。"

“好吧，”李明浩皱起眉头，继续说道，“电脑，通知夜之城的警局，让他们调动全城摄像头，同时把所有的无人机都派出去。我要在最快时间内找到这个砂糖小姐，并让人把她带到这里。”他又扭头看着Z，再次确认道，“你确定你没看错吗？动机、手段、机会，这是刑侦学的三大支柱，我可不觉得一只流莺会有什么动机，资料上显示V之前从未去过那个地方。”

“这是很老派的观念了，”京野洋子撇了撇嘴，说道，“事实上，现在不少案件都缺少明显的作案动机。人们压力太大啦，躁动不安，有时候根本不需要动机，只需一个触发点就可能暴起伤人。”

“你看起来对此颇有研究？”李明浩饶有兴趣地说道，“你把大家说得都像是紧张性精神分裂症。”

“我在大学时辅修犯罪心理学。”京野洋子回答道。

“但很明显，这不是一起突然袭击。”Z突然出声说道，“枪是V自己开的，不是别人动手，况且我当时在她的记忆中，除了视听失衡，并未陷入任何神志不清或是意识模糊的状态。”

“也许我们都想多了，”李明浩意味深长地说道，“也许你们两个说得都对，是V突然袭击了自己。”

没有人再想继续讨论这个话题。在等待搜寻砂糖小姐的过程中，京野洋子开始和李明浩讨论起天气，而李明浩则抱怨起警局的微薄薪水。Z站在边上看着两人交谈却眼神放空，仿佛内在意识早已魂飞天外，而站在此处的不过是一具血肉骨骼组成的空壳。

他在走神，担心着家中那只关在笼子里的兔子是否寂寞。

不知道你一个人待在那儿会不会孤独，他想，我无法想象关在有限的空间里并被孤零零地丢在角落，会是怎样一种感受，真希望我能让你自由，但你太脆弱了，无法在城市中活下去。我应该早点回家，但我又必须工作，否则咱们都会饿死。

“你们知道兔子为什么不会叫吗？”Z蓦地开口问道。李明浩和京野洋子一脸愕然地看着他，显然没想到他会加入聊天。“因为这是生存的智慧，”他自问自答，“兔子太弱小了，几乎是食物链中最无助的动物。你们知道吗？在自然界，如果不够强大，为了求偶或是炫耀而发出喊叫是很不明智的，也许天上就有某个捕食者在盯着你。兔子们深知这一点，所以除非极度痛苦，否则轻易不肯叫唤，这就是为什么——”

门被人从外面推开了，一名年轻的警察推着一个浓妆艳抹的女孩走了进来。砂糖小姐化着烟熏妆，戴着夸张的字母耳环，枣色的薄唇紧紧抿着，外表看起来在20~25岁之间。

年轻的警察离开之后，李明浩凑了上去，绕着紧张不安的砂糖小姐走了一圈，然后把她带到那副嵌满晶体管的头盔之下。

京野洋子也走了过去，“LOVE，”她摸着其中一个字母耳环，“PEACE，难以置信，你竟然还相信这个。”她又弹了弹另一枚耳环，口中啧啧称奇。

“你的真名叫什么？”李明浩问道。

“艾格尼斯。”砂糖小姐紧张地说道，“先生，听我说，我知道你为什么找我来，是因为我塞给死者的那把枪，对吗？”李明浩点了点头。“可是，先生，那么做不是我的本意，鬼知道呢，我只是一名站街女。”艾格尼斯大声辩解道，“那把枪是有人要我交给她的，这件事和我没关系，我只是个送货的，你知道的，偶尔帮某些人完成交易。”

“送货？”Z问道。

“器官、枪支、义体部件和电子迷幻芯片交易，”李明浩头也不抬地说道，“暗网交易的一部分。”他盯着艾格尼斯，若有所思地问道，“也就是说，是死者向别人购买了手枪，而你只是负责转交？”

“是的。”艾格尼斯怯生生地点了点头。

“那句话呢？”

“什么话？”

“让死者结束这一切，关于死亡会带来自由的言论。”

“那也是指令之一。”

“指令？”

“别人要我这么说，我就说了。”她慌忙补充道，“如果你不信，我还有证据。我有一个邮箱，通常需要我送货时我会收到一封邮件。”

“给我们看看。”京野洋子说道。

艾格尼斯犹豫了一下，伸出洁白细腻的左臂，安装在真皮层之下的纳米全息投影装置放射出一道迷蒙的蓝光，又渐渐凝实为一个简洁的邮箱界面。

“电脑，”京野洋子大声说道，“可以根据这封邮件进行反追踪吗？”

“很抱歉，短期内我做不到。”电脑略带歉意地说，“这是一个洋葱路由网络，我们无法定位原始发送者的地址，但我可以尝试进行流量分析，借由搜索连接记录的连接时间和数据传输量来判别潜在的发送者，并与接收者进行匹配。这需要一段时间。”

“什么是洋葱路由？”Z 疑惑道。

电脑解释道：“算是一种非对称加密。消息在经过层层加密并包装成数据包之后经由一系列网络节点发送，每经过一个洋葱路由器就会将数据包的最外层解密，直至目的地时将最后一层解密，目的地因而能获得原始消息。为了确保发送者的匿名性，任一节点都无法知道自己的前一个节点是发送者还是链上的另一节点。同理，任一节点也无法知道自己的下一节点是目的地还是链上的另一节点，只有最后一个节点知道自己是最终节点。”

“暗网的事留给夜之城自己苦恼去吧，电脑，这不是你的工作。”李明浩揉搓着眉毛，疲惫地说，“这么说来，目前所有证据都指向自杀，V 通过暗网购买枪支，然后开枪自杀，在酒吧通过妓女进行交易倒也完全合乎情理。”他看向Z和京野洋子，“麻烦你验证一下真假，京野洋子帮艾格尼斯戴上那个头盔。”

Z摊了摊手，看着京野洋子将嵌满晶体管的银白色头盔戴在惶恐不安的艾格尼斯头上。他熟练地拉过电极，贴在自己额间。片刻后，他睁开眼，漆黑的瞳孔深处流露出厌倦。

“怎么样？”京野洋子挑了挑眉。

“没什么问题，”Z麻木地回答道，“我回顾这一整段记忆，这女孩说得基本没错，她的确完全不知情，那把枪是她在收到邮件之后的第二天放在她公寓门口的。”

李明浩点了点头。“电脑，”他喊道，“让刚才那名警察过来，把这个女孩放了吧，这事儿与她无关。”

直到艾格尼斯被带走之后，京野洋子才开口：“我不同意，明浩，如果想自杀何必这么麻烦，记忆搜查官不能持枪，但V可以找一把刀或者跳楼，甚至一头撞在墙上，对吧？”

“那样很痛苦，”Z耸了耸肩，慢吞吞地说道，“相信我，当一个人考虑起自杀这件事，就会更加认真地对待自己的死法。死亡可不是一件随便的事，打个比方，假设跳楼侥幸未死，那么下半辈子就可能瘫痪在床而无能为力。所以，V如果想确保自己死透而且死得干脆，吞枪自杀是最省事的方法。”

“兜来转去又回到原地了，”李明浩叹息道，“很无聊，但这就是我们的工作，必须确保万无一失。”

Z提醒道：“找夜之城警局，调出艾格尼斯公寓附近的录像，重构全息场景。如果那把枪是卖家亲自送过去的，我们可以借此找到卖家，如果又是另一名中间人，我们也可以顺藤摸瓜。”

“但是，意义呢？”京野洋子蹙眉说道，“我们的工作在于确认V是否自杀，而不是捣毁另一个城市的暗网交易。前者好歹还有法律支持，而后者从严格意义上来讲已经算是越权行为。”

“这不是越权，”Z加重语气强调道，“我们不是‘正在’确认V是否是自杀吗？”

一阵沉默，没人说话。

Z看了一眼小臂显示屏的时间，站起身，抓起衣帽架上的大衣，“如果没什么事的话，我出去透透气，顺便吃顿午饭。”

“和我们一起吧，”京野洋子一脸担忧地说，“我怕你一个人在外面迷路。”

“不必，我有自己的应对方法。”Z轻声说道，“我会时时刻刻告诉自己我是谁、我在哪儿、我要做什么，再说，我迷路了还有它。”他举起左手挥了挥，闪亮的微缩屏在空中划出一道模糊的光影。

Z头也不回地走出记忆联合体大楼，却没有走向附近的任何一家餐厅或是便利店。

他招手唤来一辆橘黄色的计程飞车，行车电脑控制车顶的状态灯由绿转红。有人在身后喊他，他充耳不闻。

Z弯腰钻进车厢，车门自动闭合。透过暗色的车窗玻璃，他看见李明浩正站在不远处漫不经心地微笑着。

“中午好，先生！”行车电脑热情洋溢地喊道，“午餐时间，您想去哪儿？我知道光之城最美味的食物和最出名的餐厅，就在这条街尽头，由可口钟联合合成餐饮公司旗下隆重推出的人造鸡肉——”

“闭嘴，”Z冷淡地说，“我不想吃东西，没必要给我念广告。”

“您确定吗？”行车电脑委屈地说，“听完这段广告，您还可以享受单趟八折出行优惠。”

“哦，”Z犹豫了一下，“是立即生效吗？”

“下一次乘车。”

“好吧，反正我还得回来。”Z闭上眼睛，叹息道，“你念吧，路上有的是时间。”

“那么，您想去哪儿？”行车电脑启动引擎，在低沉的轰鸣声中，飞车渐渐远离地面，城市建筑在车窗外迅速缩小又隐于云雾里。

雨雾为城市蒙上一层神秘的面纱，建筑物模糊笼统的轮廓宛如一个个老旧的火柴盒。

“带我去——”Z 沉吟片刻，下定决心说道，“夜之城。”

五

“在这儿等我。”Z对着飞车吩咐道。

“我很贵的，先生，”行车电脑嚷嚷道，“等待是要算钱的，您确定要我在这儿等你吗？天上这么多车，您待会儿随便招一辆就好了。”

“闭嘴，在这儿等着，我很确定。”Z轻轻踢了踢车门，恶狠狠地威胁道，“待会儿我出来，如果你看我什么都不记得了，或者神志恍惚，就把我送回我给你的地址，那是我家。”

“好吧，好吧，”行车电脑嘟囔道，“哎，顾客们总是莫名其妙，喜欢用言语彰显力量，又乐此不疲。”

Z没有理它，而是拉起黑色长风衣的衣领，低着脑袋快步走进眼前的生态公寓，对身边围墙上的脏话和涂鸦视而不见。

电梯上升，在顶层处停下。

V生前住在楼道尽头转角左手边第三间，他暗暗盘算着，夜之城的警局也许忽略了一件极其重要的证据。有时候，要想了解一名记忆搜查官，并不需要求助另外一名记忆搜查官，而只需找到那人的备忘录和口述录音。

他没办法从死人大脑里追溯到更早之前，但是，通过备忘录和录音文件，他仍然可以找出V自杀的蛛丝马迹。如果那把枪真的是V自己购买，就一定会留下记录，只有这样，她才记得那天要出现在那个地方。

Z快步走了过去，却发现门扉并未上锁，只是虚掩着。他讶异地推开一丝缝隙，并望了一眼四周，确定无人注意到此处情况，这才闪身滑入屋内。

这是一间狭窄但收拾得干净整洁的温馨小公寓，比他自己的公寓看上去要更具生机一些。他摸着墙前行，指尖掠过冰冷的墙面。墙壁上挂满了用来提醒自己身份的小便笺和几张照片——照片里有两个女人，相互依偎，笑容洋溢，其中一人是V，另一个是她的搭档。

就在这时，室内灯光骤然明亮。

“先生，你这是擅闯民宅。”智能管家警告道，“请你马上离开这里，否则我将在10秒内通知夜之城警局将你逮捕。”

“等一下，”Z无奈举起双手，“稍等一下，我来自记忆联合体光之城分部，夜之城警方授权我们调查V的死亡。”

“请出示你的证件。”智能管家平静地说。

他咧了咧嘴，点亮小臂上的显示屏，投射出身份信息，“现在，把灯关了，”他眯着眼睛，厌倦刺眼的光明，“然后安静一点儿，不要打扰我。”

智能管家默不作声，屋内却在一瞬间跌入黑暗的怀抱。百叶窗将城市霓虹切割得斑斓破碎，如一场迷离的幻梦。借着微弱的光亮，他行走于黯淡的室内，有条不紊地打开床头柜上的云端机，并连接自己手臂上的显示屏。

最新一条口述记录是昨晚7点，却并非简单的自述，而是一段对话——

“唐，我累了，我不想录了，我厌倦这一切，我看不出昨天和今天有什么区别，我也没法肯定明天是否会更好。告诉我，我是不是每天都坐在这里，像一个好奇的听众，听着过去的自己为现在的我讲述我经历的人生情节和失去的一切？”

“呃，是的，但是，那是你的过去，不是吗？如果你坚持想听，那就听，但如果你不想，也没必要特意记下这些，我都帮你记着呢。”

“但我连你也会忘。每次听这些录音，我才意识到我一直在重蹈覆辙。有时候，我控制不住自己的想法，比如现在，我情不自禁地想，是否这样的对话过往已发生过无数次，也许你早已感到厌烦，而我永远傻傻地处于这个死循环之中，无法摆脱。你知道吗？这实在太可怕了，意识到自己永远在不断重复某一些事，真是太糟糕了。”

“可是，人生就是循环啊，V。我和你一样，我们都活在机械重复的单调生活之中，这就是人生。每一天，我从床上醒来，洗漱、吃饭、出门、按时打卡上班、工作、吃饭、工作、下班、吃饭、上床、睡觉，但星期一、星期二、星期三、星期四、星期五几乎没有不同，而星期六又与星期日类似，有时候我也会想这一切有什么意义呢？我感觉自己就像一台上了发条的机器，身不由己，在浩浩荡荡的时间洪流中不可避免地老去。但是，这就是生活，生活就是不断的重复，衰老是发霉也是生锈，生命的历程像一次漫长而无意义的变质，我想我们需要的只是忍受这种无意义。忘记不好吗？也许那更容易。”

“我不知道，我不确定，至少不是这种彻头彻尾的遗忘。也许我是一个悲观厌世者，死亡对我来说更容易一些——”

录音戛然而止。

Z 皱起眉头，心中感到阵阵困惑。有些事情说不通。V 的死亡无论是自杀还是他杀都不是一时兴起，那把由艾格尼斯转交的枪说明这件事早已策划许久。既然如此，她没必要昨晚下班之后还回到自己家中，并留下这么一段对话。

他有一种直觉，这段对话看似合乎 V 自杀前的心理，但实际上，却出现得过分刻意。因为想死的人是绝不会告诉别人更不会承认自己想死的，那样做的人并不真正想死，而仅仅是单纯地希望别人能阻止自己，就像某些失恋的人，那些家伙时常看不开，但那不是真正想死，而是试图通过这种幼稚行为挽回失去的东西。

死亡不是一种低级的、无能的、证明自己的途径，死亡对真正的悲观厌世者来说是一种莫大的解脱——他清楚地了解这一点——这世界上已没有什么值得留恋，自然也就没有活下去的动力。没有在乎的人，也不被人在乎，或许这才是绝望者绝望的本质。真正想死的人就像受伤的孤独野兽，不会大肆声张，只会静静找个角落了结自己。

“也就是说，”Z 低声呢喃道，“V，你其实并不想——”

一道劲风从耳后袭来，呼啸而过的破空声混浊沉闷如黑夜中被吹响的一千只哨子。刹那间，阴森凛冽的寒意爬上他的脖颈，激起一阵鸡皮疙瘩，仿佛有无形的幽灵在他身后对着他吹气。

Z 没有回头，敏锐的直觉救了他一命。

他当机立断，下意识朝着面前就地一扑，在柔软舒适的床垫上打了个滚儿。然而，未等他喘一口气，袭击者便丢掉手中笨重的椅子，并趁着他起身的工夫欺身而上。

室内灯光黯淡，他看不清袭击者的脸，只见一道模糊的黑影撞了过来，反射着细碎霓虹的金属拳头带着一种梦幻般的意境。

“该死！”慌乱之下，他闷哼一声，抓起枕头作为缓冲，却仍被一拳轰在墙上。

墙壁震动，抖落一大片灰尘。背部传来的剧痛感令他从晕乎乎的状态中清醒过来，在漫天飞舞的尘埃和枕头棉絮中，黑影脚下发力，猛踩床垫，再次飞身扑了过来。

拳头在 Z 的眼中迅速放大，然而，几乎是同一时刻，一种古怪的冲动在他内心深处蔓延，仿佛有某种古老而遥远的记忆被唤醒。细胞在战栗，Z 能清楚地感受到自己的身体仿佛受到了某种外界刺激而苏醒。

他遵循那种身体的冲动，侧身躲开那记闪烁着冰冷金属光泽的铁拳，并伸手借力顺势一带，令对方身体失去平衡，一头撞在墙壁上。

效果好得出奇，Z难以置信地盯着自己的双手，蓦地，他醒悟过来，那种冲动并非源自他自己，而是源自他读取过的那些记忆。

至今他已不知进过多少人的大脑——包括士兵、警察、杀手、刺客、格斗家、拳击手——那些埋藏于大脑之中的记忆可以被轻易忘却，然而，肌肉记忆却是一种条件反射，就像他不会忘记自己如何走路那样，他也不会忘记那些曾在别人记忆里累积体验到的搏斗经验。

这是昨日之幽灵的馈赠。

经过改造的机械铁拳陷进墙内，黑影正准备收拳反击——

Z回过神来，不再犹豫。他迅速绕到袭击者身后，并用右臂死死锁住对方的喉咙，左掌扣住那道黑影的后脑勺，双臂同时发力。在巴西柔术的锁技下，尽管袭击者双脚乱蹬，并时不时用后肘击打他的腹部，试图挣脱他的束缚，但Z还是勉强掌控住局面。

黑影喃喃怪叫，殊死顽抗，像一只沙滩上干涸的鱼竭力蹦跶着企图跃回蔚蓝色的海里。

一时之间，这成了一场彼此之间的角力，胜负关键在于是黑影因窒息而死去，还是肋骨生疼的Z支撑不住先行松手。这是一个女人，他已经意识到这一点，但生死面前没有任何留情的余地。

“放开她。”一把枪抵住了Z的后脑勺，沙哑的声音宣告这场比拼的落幕。

Z犹豫了一下，冰冷的金属枪管顶着头皮令他内心发凉，怀中挣扎不断的女人还在用力。

“再说一遍，”那道沙哑的声音警告道，“放开——”

Z动了，没等后面那人说完，便往后弯腰，顺势将怀中的女人朝着后方声音来源处砸了过去。与此同时，他单手撑地，双脚蹬在墙上借力反扑，并利用着那个女人的身影掩护自己。

然而，他回头，却恰巧在一小片破碎的斑斓中看见了持枪者的面容——李明浩。

内心的震撼令他一时之间不知该如何是好。那个女人已经砸到李明浩身上，在一片混乱中，枪声如雷鸣，子弹在一阵黄白交织的亮光中飞射而出，仿佛某种不幸的诅咒穿透时间与空间，落进他的腹部。

空气中带着一股淡淡的焦味儿，Z 摔在地上，鲜血如泉水一般从伤口处汩汩流出。他捂着伤口挣扎着勉强坐了起来，对面的李明浩同样一脸震惊。

那个女人充满敌意地看着他，一副跃跃欲试的模样。

“等一下，唐，别动手。”李明浩急忙拉住她，大喊道，“管家！把灯打开！”他放下手枪，举起双手，“抱歉，Z，我不是有意的，枪走火了。”他指了指 Z 的伤口，慢慢靠近，“你受伤了，需要及时处理，我帮你看看？”

“你跟踪我？不，不对，”Z 盯着李明浩，漠然说道，“明浩，大家都说你是极其优秀的侦探，可是你在这件事上却不卖力。你一直在敷衍了事，你和这件事有关系，我早该猜到了。你，还有唐，你们和 V 的死有关系。”他瞥了一眼唐——V 的搭档——忽然想到一种可能。这种可能性如闪电般划过他的大脑，遽然击中他的心灵，令他情不自禁地颤抖起来。

“事情没那么简单。”李明浩看了他一眼，叹息道，“先让我帮你处理伤口，待会儿再说，好吗？管家把灯调亮一些！别担心，你会……”

李明浩的声音越来越小，像刹那间隔上一千万层密不透风的玻璃。最角落里的几盏灯无声放射着光明，室内明亮通透，Z 却觉得眼前发黑，视野一片模糊。血腥味堵住他的鼻腔，不知是失血过多的缘故，还是墨镜在争斗中掉落的原因，他看着眼前的光明，就好像透过一层黑色轻纱去打量这个世界。

黑暗从视野边缘爬了上来，像流动的淤泥、密集的海蛇，又似成群结队的蚂蚁。深沉而浓郁的漆黑吞噬一切，在无声无息间朝着视野中央蔓延，疼痛却在这一刻蹿了起来，像一枚长长的大号螺丝钉，被某种可怕的外力紧紧旋入他的腹部，搅烂他的肠胃。

一种令人窒息的空虚在无声无息间将他团团包围，他的心中空荡荡的，仿佛某种巨大的悲伤和绝望正集中于一点，欲破体而出。虚无是幽灵，呼啸着在他内心深处发出最凄厉最哀恸的号叫。不幸的是，这深沉的悲哀竟是他心中唯一拥有，他只能抓住它，否则胸腔中只剩下空洞和一无所有。

他能感受到生命力宛如一股神秘的暖流，正随着肚子上破开的泉眼而飞速流逝。在这一刻，他顿觉寒冷，仿佛置身于冰冷的极地，可诡异的是，他的身体内部却充斥着一个相反的炎热地狱。冷热反复，灼烧感和寒意就像门德尔松的《e 小调小提琴协奏曲》，快乐和悲伤交替，就像生命这团火焰在燃烧的同时也开始吞噬自己，最后一切只剩沉寂。

我快死了吗？他浑浑噩噩地想，真糟糕，如果我死了，等他们发现我的时候，得是多久之后呢？我死了，没人回去，那只兔子关在笼子里会饿死的。李明浩会处理我的尸体，还是会把我送回去？希望是后者，这样至少洋子能早点知道我的死亡，她会帮我照顾好那个小东西的，对吗？

可是，如果洋子并不在乎呢？他感到一种近乎绝望的担忧。如果我死了，那只兔子也会死，孤零零地缩在笼子里挨饿至死。不，我不能死，他告诉自己，我绝对不能死在这里，即使是留不住记忆的悲伤之人，也会有自己在乎的东西。真奇怪啊，他想。明明你都要死了，还在这里想着那只兔子。这是为什么？他看不出来为什么。想不明白。也许很多事情都没有理由。

世界蒙上一层暗红的血色，Z 扯了扯嘴角，露出一个凄凉而疲惫的笑。他已看不见，也听不见，只是凭借一股坚韧的意志挣扎着站了起来，踉踉跄跄走了几步。

浓重的暗压在他的肩上，他踽踽独行，却仍不可避免地摔倒在地。

他无能为力，无力反抗，只是沉沉睡了过去。

六

“V，时间快到了，选好你的方案了吗？”李明浩看着屏幕中的V，笑道，“反正只要不是跳楼就好，那种情况很难处理。”

“我看了一下近一年的自杀案件，”她翻阅着备忘录，轻声说道，“半年前，有一个女孩通过暗网购买手枪，并在一家叫‘女鬼之吻’的酒吧外吞枪自杀。我可以利用这个大脑，达到以假乱真的目的。”

“那个女孩的大脑还保存着吗？”李明浩嘀咕道，“都过去那么久了，不知道还能不能用。”

“当然，自从计划开始以来，维护那些死人的大脑成了我每日计划清单上必备的一项。”她笑了笑，慢悠悠地说，“明浩，我走之后，这世界上活跃的记忆搜查官又减少一个，Z什么时候走？”

“不知道，老实说，他向我提出这个计划时着实吓了我一跳。”李明浩叹了一口气，幽幽说道，“看得出来，那家伙做了充足的准备，即使是在失忆的情况下，也坚持查出了我妻子的身份。我想，不到最后一刻，他是不会走的。”

“最后一刻？”她疑惑地问道。

李明浩摊了摊手，“解放所有的记忆搜查官，这是他的目标，也是他说服我的理由。”他解释道，“你是记忆搜查官，我的妻子是苏萨克氏症候群患者，Z偏执地认为你们都是他的族人、他的同类。你知道他会怎么说。只有一次，他告诉我，他是被父母抛弃的，所以他没有家人。他把所有的苏萨克氏症候群患者都当作自己的家人了。这是一个新的属于他的家庭，庞大却脆弱。他想帮助你们，也是帮助自己，你明白没有过去意味着什么吧？”

“噢，当然，”她抱怨道，“这意味着所有人都把你当傻子，所有人都在利用你，你只是一件工具，一块随机存取存储器。有时候我会想——嘿，醒醒吧，V，你什么都不是，你甚至连名字都没有，只是26个英文字母的随机一位，这就是你，多么可悲，又多么苍白无力啊！”她挥舞手臂，愤慨地叫道，“我是说，明浩，我能怎么办呢？记忆搜查官是我唯一能做得好的工作，我要么把苏萨克氏症候群当作一种天赐的礼物，要么把它当成一种神秘的诅咒。但是，既然Z说他有办法治疗我们的疾病，那我就有了不同的选择。”

李明浩点了点头，“Z的确在一份死者的记忆中探寻到一名医生研究出了苏萨克氏症候群的治疗方法，但政府不允许这种破坏记忆搜查官存在的东西存在。”他挺起胸膛，真诚地说，“不过，那些人可以销毁资料，却销毁不了记忆。我的妻子会帮助你们，也是为了帮助自己，她会根据Z提供的信息重新复原出那种治疗方法。”

“谢谢你，明浩，顺便也替我向Z道谢。”她看了一眼小臂上的时间戳，轻声说道，“时间的确不多了，在那之前，我还得重新读取一遍那个大脑的记忆。”她走向终端机，打开音乐播放软件，“两个记忆搜查官先后进到同一份记忆中已经足够混乱，Z即使在不知情的情况下读取记忆，也绝对辨析不出他进的其实是另一个大脑。”她顿了顿，问道，“Z的清醒曲是什么？明天他读取这段记忆，这样他很容易就能明白一切。”

“Nine Inch Nails-*Hurt*，记得要找原版。”李明浩提醒道，“顺便再给他留点线索吧，在你死之前。”

她点了点头：“我的清醒曲是*Everything Means Nothing to Me*，歌

手是 Elliott Smith。理想破灭，现实太残酷，我的备忘录说他是一个早逝的天才，阴郁孤独，却有诗人的灵魂，他的歌声像少年的掌纹，饱含心灵深处的陈述和内省。好吧，说这么多，只是希望 Z 的品位不会太差。”

镶嵌在墙壁内的扬声器开始播放音乐，Z 的清醒曲在吉他声中荡漾于模糊暗淡的室内——

I wear this crown of thorns
头戴荆棘编织的王冠
Upon my liars chair
独坐于谎言的宝座上
Full of broken thoughts
所有支离破碎的思绪
I cannot repair
我却无法修复一切
Beneath the stains of time
在时光的污点下
The feelings disappear
只剩麻木溢于言表
You are someone else
你已改头换面
I am still right here
我还停留在原地

世界在歌声中骤然顿住，在短暂的延迟后，室内墙壁和窗外霓虹在刹那间解析为纯粹的 1 和 0，V、李明浩、床垫、家具和墙壁上的便笺在转瞬之间化为模拟机内的记忆碎片。数据在黑色的虚空中滴溜溜旋转着，如瀑布般倾泻而下。

Z 回过神来，发现自己戴着墨镜，躺在沙滩上面对头顶星空。他嗅着带着淡淡咸腥味的海风，摘掉额间电极，挣扎着坐了起来。

这是一座海岛，浪花翻涌，傍晚的大海显得格外宁静。在这片远离城市和自动化社会的僻静之地，暗蓝色的夜空澄明通透如湖水，月光如此皎洁，银白色的清辉洒在海面上反射出钻石般的光亮。

他在起身的时候牵动伤口，免不了一阵龇牙咧嘴。在他右手边，V 穿着一身清凉的泳装躺在那儿，微笑着挥手和他打招呼。李明浩躺在他左手边，额头上仍戴着一个嵌满晶体管的头盔。唐在不远处准备食物，还有另外一个女人，应该是李明浩的妻子。

李明浩坐了起来，“好点儿了吗？”他喊道，“现在你大概想起来了一点儿？”

“是的，我得缓缓，”Z 揉了揉眉心，疲惫地说，“但我大概明白了。送到光之城的大脑并不属于 V，而是一名过往案件中女性死者的大脑。两个记忆搜查官先后进入同一个大脑之中，对于后来者来说，出现在记忆中的就不仅是死者，还有前一个记忆搜查官的自我认知。这是一种记忆中的自我认知紊乱和身份认同障碍，在这种困境中，我以为我体验到的是 V 的视角，但实际上死的却不是 V。你们买通了验尸官，诈死仅仅是为了光明正大地消失在当局眼中。”

“不错，正是如此。”李明浩走近，拍了拍他的肩膀，“我想，你当然想得明白这一切。毕竟，一开始就是你初步提出这么一套计划。”他温暖一笑，“我们一起策划了这一切，你也是一分子，但你的不稳定记忆却让你遗忘。你太急了，Z，我不是跟踪你，而是想找机会和你说清楚，可你却一个人闷声不响跑到夜之城，又和唐发生冲突。”

“明浩，你的妻子也是苏萨克氏症候群？”Z 目不转睛地盯着李明浩。

“是的，”李明浩感激一笑，“当然，如果不是你，她也许——”

Z 摆了摆手，“我明白你的意思，我只是觉得所有苏萨克氏症候群患者应有选择的权利。”他叹息道，“送我回去吧，我还有好多事要做，消失太久会让别人起疑。”

“我们都一样，Z，”V 附和着点头，眼中流露出理解的光，“总想趁着自己记得的时候抓住一切，但现在，我已经不需要了，因为过去对我来说已经不再重要，重要的是现在，还有明天。”她抿了一口果汁，认真地说，“是应该早点回去，但没必要，你也留下来，好吗？这里是私人财产，记忆联合体无权侵入这里。”

Z 摇了摇头，“不，还没结束，我得回去。”他捂着伤口站了起来，“再见，V，以后再见，我要回去，我一定要赶在今晚回去。”我昏过去多久了，他想，应该不久，我还记得这短短一天内发生的一切，我也还记得昨晚为可爱多妹妹装了一块音乐模组。这么说来，我的兔子应该不至于饿着，它是我仅有的一切，希望它没事。

“呃，嗯，Z，”李明浩尴尬地问道，“我不小心打了你一枪，咱们还是朋友吧？”

“不再是了，”Z 绷着脸，面无表情地说，“除非你捎我一程。如果你不愿意的话——”他敲了敲自己的太阳穴，“这里永远没有隔夜的仇，我们可以明天再和好。”

李明浩笑了，转身越过堤坝，开来他的飞车：“上来吧，Z，这里是你的朋友兼司机，同时还是夜之城大名鼎鼎的侦探，当然，也是最讲人情味的那一位。”

Z 坐在副驾上挥手作别，看着沙滩上的 V、唐以及李明浩的妻子逐渐缩小为三个模糊的小黑点。半小时后，李明浩带着他回到夜之城，Z 坚持在记忆联合体下车。

“记住，千万不能和洋子提起我们的计划，”李明浩叮嘱道，“这件事她并未参与其中，而且我也不敢让她参与其中。你知道的，她总是把那句话挂在嘴头——”

“记忆搜查官是全人类宝贵的财富。”两人异口同声说着，又不约而同笑了起来。

“就这样吧，明浩，明天见。”Z拍了拍李明浩的肩膀。

“你确定没事吧？”李明浩一脸担忧地说，“伤口已经开始愈合，只要不乱动就不会再出血。”

“放心吧，没事，”他眯着眼睛望了一眼四周，飞快说道，“我得趁记忆还在的时候赶紧买点东西吃。”他没有道别，而是转身。他举起右手随意挥了挥。几乎一转身的瞬间，他的笑消失了。这么晚了。在这样一座城市，这样一条街，他感到疲惫。前所未有的疲惫。

街道上弥漫着转基因食品与合成食物的廉价香气，打扮怪异、留着长发的嬉皮士躲在屋檐下吞云吐雾，潮湿沉重的雨雾像汽化干冰似的笼罩潮湿拥挤的街头。

他打开计划清单，按照上面的提示，在街角的速食店买了一份人造肉汉堡，又在隔壁杂货店买了一小包干草。

流浪汉蹲在黑暗的角落里嘟哝着，失望地看着他离开。在那些恶毒而刻薄的谩骂中，他一脸疑惑，觉得自己忘了些什么，却又想不起自己究竟忘了些什么。

但是，一切都无所谓了。

他咬着汉堡回到家中，为复古留声机更换唱片，为笼中的兔子添加干草、兔粮和水。

“正在为您播放，Nine Inch Nails-*Hurt*。”管家控制着墙角柜台上的留声机播放音乐。

拾音臂自动放下，唱片静静旋转，带着一种夜的静谧。

“黑胶唱片实在是工业革命以来最美的发明。”Z温柔地抚摩着兔子的光滑皮毛，笑道，“小家伙，你能为我唱首歌吗？就这一首。”

兔子安静地瞪着眼睛，他却小心翼翼跪了下来，将脸贴在它的小脑袋上，伴着唱片转动独自歌唱。

What have I become
我成了怎样的人
My sweetest friend
我最亲爱的朋友
Everyone I know
我熟知的每个人
Goes away in the end
最后都离开了
And you could have it all
你拥有一切
My empire of dirt
而我的世界满是灰尘
I will let you down
我会让你失望
I will make you hurt
我会让你受伤
If I could start again
如果我能再次启程
A million miles away

百万英里之外

I will keep myself

我仍能坚持自我

I would find away

仍能探索前方的道路

他哼着歌儿进了卧室，兔子欢快地跟在他的身后。他停下脚步，回过头。可爱多妹妹凑了上来，依偎着坐在他的身边。

希望你永远不会叫，希望我永远不会哭，希望咱俩永远远离痛苦。他用脚趾轻轻碰了碰慵懒躺在地上的兔子。希望你永远快乐，希望我永远不会失去你，希望接下来一切顺利。这世界上，所有人，包括我的父母，都会抛弃我。只有你们不会。你们只是一台愚蠢的取悦人的机器，再加上一只随时可能沦为别人口中之物的兔子。可我爱你们。我爱你们，胜过一切。

Z 打开备忘录。在第一条下面，不知是什么时候的他，在那儿附上了一首雷蒙德·卡佛的小诗——

And did you get what

you wanted from this life, even so?

I did.

And what did you want?

To call myself be loved, to feel myself

be loved on the earth.

他咬了一口人造肉汉堡，心满意足地关上小臂显示屏，情不自禁在黑暗中咧了咧嘴。

“爱我吧，爱我吧！”可爱多妹妹靠着他的肩膀，振振有词，眼神执拗。

他笑了笑，孤零零坐在床边，远离人类。

蔡建峰，1994 年出生，福建泉州人。小说《尼伯龙根之歌》获未来科幻大师三等奖。

三生

剑弢

一

“……列车前方到站是龙都西站，在龙都西站下车的旅客，请您做好下车准备，当列车运行速度降至安全范围，您面前的安全指示灯将显示为绿色……”

程诚缓缓睁开双眼，揉捏着酸痛的后颈，下意识地向窗外瞟了一眼，但他随即就为自己这个愚蠢的举动露出了自嘲的笑容。音梭列车早就摒弃了传统铁路轨道设计，列车与外界隔着一层真空管轨，他此刻所能看到的只有列车的起落臂，以及被高压钠灯照亮的密封钢板。

目光飘回车厢内，前排靠背的显示屏上还在播放无声广告，广告上方有一行小字，滚动显示着车次、实时车速和当前时间，显示屏的正上方就是播报里说的安全指示灯，此时正显示为红色。

坐在程诚左侧的青年显然并不享受这趟旅程，他紧紧把着胸前的安全压杠，死盯着安全指示灯，看起来十分紧张。

程诚朝他露出一个善意的微笑：“第一次坐音梭？”

青年扭头看向程诚，有些僵硬地点点头，没有说话。

“你不用紧张，等车速降下来，还会有一次播报。”程诚说。

“谢谢。”青年的嘴角努力上扬，这下他的脸色更难看了。

“你是去龙都上大学吧。”程诚试图转移他的注意力。

“干细胞所，研一。”

“干细胞所好，我就是从那儿出来的，好好干。”

“您……”青年盯着程诚愣了一下，忽然露出惊喜的表情，他试探着问道，“您是程……”

程诚朝他做了一个噤声的手势。

青年四下望去，确定自己没有引起周围人的注意，这才用有些愧疚的语气道歉：“对不起，我太激动了。”

程诚摘下墨镜，说：“你知道我是谁了，我还不知道你叫什么呢。”

“我，我叫李岩，我……”李岩现在突然想找个地缝钻进去，只可惜，为了防止气体泄漏破坏管轨内的低真空环境，音梭列车的车皮进行了无缝化处理，即使是在车厢内也难以找到一条缝隙。

“本来我是想缓解你的紧张，没想到弄巧成拙了。”程诚笑道。

“没有没有，”李岩连忙摇头，“我就是……就是没想到能见到您本人。”

“你在干细胞所跟着谁？”程诚准备把话题转到能让两个人都舒服的地方。

“您知道江远明江教授吗？”李岩问。

程诚对这个名字很熟悉，他最早遇见江远明的时候，干细胞所还没从动物所里分出来。他在动物所里读博，江远明读研二，两人跟着同一个老板。读博期间，程诚偶然发现了一条能够近乎独立地调控端粒酶表达水平与活性的未知信号通路，将其命名为cc通路，这其中少不了江远明的帮助。

在动物体内，端粒酶的表达受到复杂且严格调控，早期动物克隆实验中观察到的早衰现象就是由于重构胚细胞中端粒酶的表达具有随机性，多数情况下端粒酶的表达维持在非常低的水平，甚至完全不表达，尤其是在以体细胞作为核供体时。这一通路的发现彻底解决了克隆动物早衰的问题，也让程诚名声大振。

以程诚的能力，如果他能够潜心科研，或许会在这一领域取得不小的成就，但他并不打算做一辈子的基础研究。研究生毕业后，他首先看中了人造子宫行业，当时的人造子宫技术有着很大的缺陷，市场上主流的克隆工厂用的还是低效且高风险的代孕方式进行动物克隆，于是他募资成立了“悠和未来”，集结一大批专家学者，专攻人造子宫领域，成功解决了这一难题。在这之后，他以“悠和未来”为基础，成立了世界上第一家面向个人消费者提供非代孕动物克隆服务的公司——“繁羽科技”，推动了整个行业的成熟。在社会各界的努力下，相关的法律法规逐步完善，人类正式迈入克隆时代。

创业初期，程诚曾邀请江远明加入自己的团队，但江远明选择了留在干细胞所。事实证明，江远明的选择是正确的，前一阵某顶级学术期刊刊载了江远明关于 AD2 基因影响端粒酶活性的调控机制的文章，在学界引起了不小轰动，如果他当初跟着程诚从商，很难会有今天的成就。

“我们认识，”程诚点点头，并没过多透露自己和江远明的关系，“最近他关于 AD2 的文章你看了吗？”

“看了。”

“那你说说，他这篇文章有什么问题？”

“这……”李岩面露难色。

“就当是咱们之间的，怎么说，学术探讨，我不会说出去的。”程诚看出李岩的顾虑。

“说实话，江教授的这篇文章我真看不出什么问题。”李岩摇摇头。

程诚盯着李岩的眼睛，说：“你没有说实话。”

李岩的眼神中充满无奈，仿佛在说，您就饶了我吧。

就在这时，前排靠背上的安全指示灯变绿，同时发出了提示音。李岩如释重负，他一边推开自己胸前的安全压杠，一边朝程诚露出一个抱歉的微笑。他正要起身，程诚却一把按住他的右肩，将安全压杠拉回他胸前。

错愕之际，李岩听到程诚高声喊道："大家不要离开座椅，车速还没有降下来！"

李岩看向面前的显示屏，上面还在播放着维达脑机的商业广告，广告上方的小字显示，列车时速还在1000公里上下跃动，丝毫没有减速的趋势。在程诚的提醒下，其他乘客也发现了这个事实，议论纷纷，车厢中弥漫着焦虑不安的气氛。

"正常情况下，应该有语音播报提示乘客下车，但是刚刚没有，应该是安全指示灯出现了问题。"程诚说道。

"旅客朋友们，"程诚话音刚落，车厢上方就响起播报声，"请注意，列车安全指示灯出现故障，在下一次播报前，请您不要离开座椅，佩戴好安全带与安全压杠，感谢您的合作。Your attention, please……"

"您怎么知道出问题的是安全指示灯，而不是测速装置呢？"李岩有些惊讶。

程诚指指窗外，笑道："咱们的音梭列车采用的是常导磁悬浮设计，每节车厢有8个起落臂，我这里就能看见一个，安全指示灯亮起表明列车时速低于300公里，这时起落臂应当打开，接入低速轨道，但是你看……"

李岩往程诚的座椅那边靠了靠，但他没能看到程诚所说的起落臂。

"咱们共享一下视野。"

程诚话音刚落，李岩的眼镜上便弹出一个请求共享视野的对话框。同意之后，程诚眼中的景象出现在李岩眼前，果然，从程诚的位置确实能够看到车厢前端右上方的起落臂。可接下来窗外的景象出乎二人的预料，车厢的起落臂开始缓缓伸展，准备与管轨侧壁上的低速轨道接合。

"他们已经失去了对车速的控制，看样子是准备迫降。"程诚忧心忡忡地说道。

“什么意思？”李岩没明白过来。

“恐怕不是安全指示灯的问题，而是列车的制动系统出现了故障，看来这个安全指示灯是按时转换的，与车速无关。”程诚向他解释当前的情况。

“那咱们是不是会提前到龙都啊？”李岩仍然没有意识到事情的严重性。

“根据时刻表，我们本应在5分钟后到达龙都，但因为没能及时减速，列车恐怕早已驶过龙都西站，龙都距离B城约500公里，按照现在的车速，只需要15分钟左右，如果列车没能在到达前将时速降到300公里，我们将会……我也说不好，或许会冲出铁轨吧。”程诚说着，断开了视野共享。

“真的没有可能是测速装置出了问题吗？”李岩心里还抱着一丝侥幸。

“你感受到列车减速了吗？”程诚反问。

“我……”李岩突然感觉自己胸口发闷，他说不出话来，只能大口呼吸以缓解自己的恐慌。

“旅客朋友们请注意，”播报声再次响起，但这次说话的是一个中年男人，“我是音梭S1077次列车的列车长，由于特殊原因，我们将不会在龙都西站停靠，到达B城南站后将安排返程车次，望您谅解，列车即将到达终点站，请各位旅客保持规范佩戴安全带与安全压杠，请各位旅客保持规范佩戴安全带与安全压杠。”

李岩看向程诚。

“我建议你找个东西抓牢。”程诚话音刚落，车厢外的起落臂就落在了低速铁轨上，二者剧烈摩擦，接触的位置隐隐泛着红光，震动沿着起落臂传到车厢，刺耳的轰鸣声在顷刻间响起。

如果真空管轨里有氧气，或许能看见火花吧，程诚望着窗外，心想。

“在减速了！”李岩惊喜地喊道，他眼睛紧盯着面前的显示屏，看着车速缓缓降低。但伴随着列车时速稳定在 900 公里上下，他脸上的笑容凝固了起来。

“起落臂本身能提供的制动力有限，如果继续施压，有可能造成起落臂脱落，后果会更严重，接下来他们唯一能做的，就是用起落臂的反向力场尽可能地抵消车厢的加速力场。”程诚解释道。

“你为什么能这么冷静？”李岩用奇怪的眼神看着程诚。

“不然你想我怎么样？”程诚反问道。他淡淡地说道，“我们唯一能做的就是相信工作人员，以及如果你有克隆保险的话，可以备份一下你的记忆。”

“备份了记忆又怎么样，我们该死还是会死，我可不想有一个克隆体取代我的位置。”李岩摇头道。

“所以你现在可以告诉我了吗？”

“什么？”李岩没反应过来。

“江远明在 AD2 那篇文章中犯的错误。”程诚盯着李岩的眼睛。

车厢还在剧烈晃动着，李岩双手紧握着座位两旁的把手，犹豫了一下，随即说道：“根据江教授的研究，AD2 在正常情况下不表达，而在以克隆体的体细胞为核供体得到的次代克隆体的干细胞中，抑制 AD2 表达的因素被移除，AD2 表达后在 PKC 的作用下被磷酸化激活，通过与端粒酶复合体活性位点结合，从而抑制端粒酶活性，据此，江教授认为 AD2 的存在是导致次代克隆体早衰的原因，但 AD2 的 δ 亚基，根据其结构特征，很有可能存在 cc 通路中 SCRP 的结合位点，至于到底是不是，应该很容易得到验证，但江教授的文章中对这部分只字不提，就有点奇怪了。”

程诚满意地点了点头，笑道：“江远明能有你这么个学生，算是他的幸运，你能跟我坐一趟车，是我的幸运。”

就在这时，前方车厢忽然传来一股刺眼的亮光，爆炸声夹杂着尖叫声，被高速气流扭曲成奇异的声线，无数碎片带着火光划过窗边，描绘出列车的轨迹。

记忆备份完成的提示框出现在程诚眼中，他重新戴上墨镜，嘴角挑起一个微妙的弧度。

二

新都林苑位于龙都东南，建设于21世纪初期，是新区第一批住宅建设试点项目之一。

此时，新都林苑三号楼的顶层，一个昏暗的房间里，墙壁上的透明电视正播放着电视台的晚间新闻，电视机前，一个男人深陷在沙发里，耷拉着眼皮，似乎在沉睡，又好像随时都会醒来。

“……下面看一组国内消息，据悉，‘繁羽科技’集团改制签约仪式将于15日后在京举行，改制完成后，国有股份占比将达51%，其中40%来自程诚夫妇，届时，程诚将担任国有股权代表，继续掌管‘繁羽科技’集团……”

听到这里，男人忽然睁开双眼，从沙发的阴影中缓缓起身，他盯着电视上那张熟悉的脸，有些自嘲地笑了笑，随即关闭电视，走到落地窗前。窗外是一座梨形的人工湖，微风吹拂，月光被打碎成无数碎片，男人看着湖面上的粼粼波光，心中感到一丝久违的宁静。但这宁静没能持续下去，突如其来的电话提示音将他拉回现实。

来电显示只有一个字：“七”。

电话接通后，对方是一个无法分辨男女的声音，似乎是用了变声器：“陈琛，你看新闻了吗？”

“出什么事了？”陈琛重新打开了电视。

“……列车残骸将暂时存放于B城南动车运用所，事故原因仍在调查中，目前该线路所有音梭列车已暂停运行，同时高铁将新增 11 个日常班次，以分担客运压力，已经购买音梭列车车票的旅客可在官网及移动客户端完成改签、退票……”电视上播放着搜救伤员的画面，下方新闻标题是：音梭 S1077 次列车突发爆炸，251 人遇难。

“他还活着吗？”

“活着，不过应该快死了，他被抬进救护车的时候我就在附近，两条腿都没了，现在正在友谊医院接受急救。”

“你现在在哪儿？”

“我就在医院对面，咱们接下来怎么办？”

陈琛眉头紧皱，他关了电视，重新走到窗前，思索片刻后，他说道：“这样，你想办法进去看一眼，最好能确认他的死活，他死了最好，就按原定计划走，如果他被救了回来，那就采取其他措施。”

“你放心，我不会让他活下来的。”七在电话那边淡淡地说道。

“不要自己动手，一定不能让警方将你跟他的死联系起来。”陈琛叮嘱道。

“知道了。”七有些不情愿。

“那就先这样，有什么事情给我打电话。”陈琛说着就要挂电话。

“等等，”七忽然说，“孙伟严来了。”

“G 委员会的孙伟严？”陈琛眉头一皱。

“还带着他的秘书。”

“他认识你，你就先不要进去了，万一碰上，解释不清，恐怕会节外生枝。”陈琛拿起茶几上的酒瓶，为自己倒了一杯马孔干白。

“你又在喝酒？”七听到了液体与玻璃杯碰撞的声音。

“白水。”陈琛辩解。

“最好是。”说罢，七挂了电话。

陈琛望着茶几上的酒杯犹豫了一会儿，最终还是放弃了挣扎，他端着酒杯走进书房，从保险柜中取出了一个黑色手提箱。将空酒杯顺手放在鞋柜上，陈琛提着手提箱走进电梯，与此同时拨通了一个号码。

“喂？”接电话的是一个女人。

“那件事要提前了。”陈琛说道。

“是因为 S1077 的事故吗？”女人问。

“你现在有空吗？”陈琛反问。

“有。”

“我在老地方等你。”陈琛挂了电话。

孙伟严一只脚刚迈出电梯，眼镜镜片上就出现了来电提示。

“林会长，您说。”孙伟严接通了电话。

“你给我听好了，程诚不能死，‘繁羽科技’集团改制的签约仪式必须如期举行。”电话那边的林会长语气中带着怒气。

“可是程诚现在的情况不容乐观……”

“我不管，如果我没能在 15 天后的签约仪式上看到一个活蹦乱跳的程诚，你也给我滚蛋！”说罢，电话便被挂断了。

孙伟严面色铁青，这时秘书已经问明白了程诚所在的抢救室的位置，二人连忙赶过去。刚到急诊室门前，医生就走了出来。

“大夫，他怎么样了？”孙伟严上前问道。

医生摇头：“我们尽力了。”

孙伟严两腿一软，秘书连忙扶住他的胳膊。

“你们是家属吗？”医生问。

“不是，我们是 G 委员会的，这是我的证件。”孙伟严向医生的脑机发送了一份电子凭证。

“那你们来是？”

孙伟严犹豫片刻，深呼一口气，仿佛下了很大的决定，说：“能麻烦您按照标准程序冷冻他的遗体吗？他冷冻遗体的个人意向书在医疗系统中应该能查到。”

“我明白了。”医生转身回到抢救室。

“林会长,”孙伟严将电话拨了回去,“程诚死了。”

电话那边久久没有回音。

“但是我可以让他如期出现在签约仪式上。”孙伟严接着说道。

片刻安静后,听筒中传来林会长的声音:“你需要什么?”

“我需要马上将他的遗体送回龙都。”

“康云会去医院找你,如果再出什么问题,你就不要回来了。”说罢,林会长挂断了电话。

接着,孙伟严拨通了“繁羽科技”总经理李俊发的电话,提示音响了好几声才被接通。

“孙主任,这么晚您还在忙呢?”

“你现在在哪儿?”孙伟严问。

“在家呢。”电话那边隐约能听见综艺节目的声音。

“这样,你尽快赶回‘繁羽科技’,我这里有一具遗体要送到你们那儿去,需要你提前做好建立克隆体的一切准备。”孙伟严严肃地说道。

“谁死了?”李俊发意识到事情有些不对劲。

“你不要多问,具体的等我到了跟你细说,记住,知道这件事的人越少越好,找你能信得过的人。”说罢,孙伟严便挂断了电话,他转身对自己的秘书说道:“马上起草一份保密协议,多印几份。”

“刚刚您打电话的时候康队长来消息了,说在楼后等咱们。”秘书说。

“知道了。”孙伟严看向急诊室,他不知道前方等待他的是什么,但他确定,如果自己什么都不做,这个夜晚将永远不会结束。

孙伟严的来电让李俊发满心疑惑,虽然二人之前打过不少交道,但从来都是孙伟严先找程诚,然后程诚再安排自己与其接洽,孙伟严直接打电话找他，这是第一次。李俊发越想越觉得不对劲，他习惯性地拨打了程诚的电话，想听听程诚的看法，可是迎接他的只有冰冷的提示音："对不起，您拨打的用户暂时无法接通，请稍后……"

李俊发又拨打了程诚家里的座机号码，听筒里仍旧是无法接通的提示音。思量片刻后，李俊发决定打给任婉琴，这次，电话很快被接通了。

"嫂子，我哥跟你在一块儿吗？"李俊发开门见山。

"没有啊，"任婉琴说，"我在公司加班呢，怎么，他不接电话吗？你给家里打过电话吗？"

"移动、座机我都打了，没人接。"李俊发有些无奈。

"那他应该是还没回来。"任婉琴说。

"没回来是什么意思？"李俊发没听明白。

"他之前说要去S城跟维达的老板谈事，可能现在正在跟人家吃饭，所以才不接电话吧。"任婉琴解释道。

听任婉琴说程诚去了S城，李俊发瞳孔剧烈收缩，一种不祥的预感涌上心头，他想起自己刚刚看到的新闻，S城始发的音梭S1077发生爆炸，造成251人遇难，孙伟严又在半夜给自己打电话，让自己去公司接收一具遗体，难道……李俊发不敢想下去，他下意识地朝西北方向望去，夜色中，音梭列车的真空管轨如同手背上暴起的青筋，静静地匍匐在大地上。

"这么晚了，有什么急事非得现在说啊？"任婉琴问。

"没，没什么事儿，"李俊发脑海中响起了孙伟严的叮嘱，他说道，"就是白天有一份文件有点问题，本来想下班前找程总看一眼，结果给忘了。"

"是吗？"任婉琴用半信半疑的语气问道，"那份文件重要吗？如果着急的话，你可以发给我一份，我帮你看看。"

“不着急，不着急，那我就不打扰了。”李俊发连忙说道。

关于任婉琴跟程诚之间婚姻关系破裂的传闻他听到过不少，在李俊发看来，这些传言并非都是捕风捉影。近年来程诚一直在想方设法限制任婉琴在“繁羽科技”的势力，而任婉琴则逐步将程诚的亲信从“悠和未来”的管理层中剔除，并且通过资本运作掌控了“悠和未来”的董事会。

就在去年 11 月，“悠和未来”宣布与“繁羽科技”停止合作，不再向其提供新型的人造子宫技术，一时间“繁羽科技”股价暴跌，经过近一年的时间才勉强恢复到全盛时期的一半。自那以后，程诚与任婉琴之间的关系降到冰点。之前有一位“繁羽科技”的高管因为跟任婉琴谈过一次话，就被程诚当场开除。方才为了找程诚而给任婉琴打电话，实在是病急乱投医，挂断电话后，李俊发不禁出了一身冷汗。

拉开阳台门，李俊发穿过客厅准备出门，穿好外套的同时按了电梯。

“你要去哪儿？”妻子管芳的声音从他背后传来。

“公司。”李俊发折回客厅，抓起搭在沙发扶手上的公文包。

“这么晚了去公司干吗？”管芳的眼睛始终没有离开过电视上的综艺节目。

“G 委员会的孙主任找我，估计是跟集团改制的事有关。”李俊发忽然记起自己不知从哪里听到过的一句话——如果要说谎，其中至少要包含七分的真话。

“那你什么时候回来？”

“你先睡，不用等我。”李俊发走进电梯。

李俊发走后，管芳越想越觉得不对劲，她将电视调成了静音，拨通了任婉琴的电话。

任婉琴的声音在她耳边响起：“你们夫妻俩真有意思，一个刚挂，一个又给我打过来。”

“李俊发刚刚给你打电话了？”管芳的语气中带着一丝警觉。

“他问程诚在不在我身边，我跟他说程诚出差去了，”任婉琴解释道，“怎么，你找我什么事？”

“他刚刚去了公司，说G委员会的孙主任找，我想人家有事从来是找程总，怎么突然就找他了，还大半夜的，你说什么事儿不能等到明天啊？”管芳抱怨道。

“这你就不能怪他了，最近集团改制的事儿上面盯得紧，程诚也经常大晚上的被叫出去，我就从来没管过他，我知道你担心什么，”任婉琴笑道，“这男人啊，你管他管得太严了不好，只有他在外面飞累了，才会明白家里的好。”

说了半天，管芳终于挂了电话，任婉琴摘下眼镜，走到床边，从背后搂住了自己的情人柳杨。

柳杨挣脱开任婉琴的怀抱，披上睡衣，起身走到窗前，望着窗外的夜空。

“怎么，生气了？”任婉琴笑道。

柳杨将杯里的酒一饮而尽，转过身来，盯着任婉琴的眼睛问道：“你准备什么时候公开我们的关系？”

“快了。”

“你总说快了。”

“咱们不是已经签了同居协议了吗，再给我半个月的时间，等集团改制的签约仪式结束后，咱们举行一场轰轰烈烈的婚礼。”任婉琴端着两个酒杯走到柳杨的身边，将一杯酒递了出去。

柳杨接过酒杯，勉强露出一个微笑。

“对了，有件事，不知道你是怎么看的。”任婉琴啜饮了一口酒，问道。

“说。”

“刚刚管芳打电话来，你也听到了，说是半夜三更的孙伟严让李俊发去一趟公司，而且听李俊发的意思，他是想找程诚汇报这件事，也就是说程诚并不知道孙伟严找了他，难道，孙伟严是想绕过我和程诚在集团改制这件事上动什么手脚吗？”任婉琴问。

“你想多了，他孙伟严是个什么角色，敢动这个心思？”柳杨抚摩着任婉琴的头发，“这件事其实很简单，李俊发联系不上程诚，那孙伟严自然也联系不上，如果真是有急事，他只能找李俊发了。”

“你说得对，不过我还是有些不放心。”任婉琴忧心忡忡地说道。

“那我让祁阳盯着他们不就行了，”柳杨说着，走到床边，拿起床头柜上的眼镜戴上，拨通了祁阳的电话，“喂，你在哪儿呢？”

“台球厅。”震耳欲聋的音乐声中隐约能听到有个人在说话。

“找个安静的地方。”柳杨露出厌烦的表情。

一辆吉普车飞速行驶在京龙高速上，驾驶室里，祁阳关闭了车载播放器的音乐，将汽车设置成智能规避模式，这才把电话拨了回去：“喂。”

“有个活儿给你。”柳杨开门见山。

“现在？”祁阳眉头一皱。

“怎么，不方便？”

“你先说让我做什么。”祁阳不置可否。

“李俊发一会儿会到‘繁羽科技’，你去盯着，看他要做什么，G委员会的孙伟严说不定也会在，他认识你，你要小心。”

祁阳摸了摸自己的下巴，点头道：“行，那我怎么联系你？”

“就打这个号码。”说罢，柳杨挂了电话。

长宁市场是龙都最具烟火气的地方，整个市场有17家大排档，其中16家主营烧烤，当夜色降临，它们便占据了主场。折叠桌椅从店门前延伸到街道中央，两旁的建筑拉起一条条灯带，将整个市场照得灯火通明。

陈琛把车停在了市场外，提着手提箱穿过拥挤的人群，走进一家烧烤摊。还没等他走到桌边，两瓶啤酒一碟小菜就被摆上了桌，服务员抱着本子在桌边等候。

"豆豉烤鱼，草鱼，两三斤的就行。"陈琛坐下身来，将手提箱往旁边的板凳上一搭。

"哥，我们现在就只有清江和江团了，您看……"

"那就清江吧，"陈琛将桌上油渍斑斑的菜单扯到面前，说道，"20串羊肉筋，先这样。"

"那您跟我来看一下鱼吧。"服务员将本子和笔往围裙的口袋里一揣。

"不用，你看着杀吧。"陈琛摆摆手。

服务员走后，陈琛将外套脱下来堆在手提箱上，这时他看到了坐在不远处的一家三口。妻子正举着一串鱿鱼啃得满嘴酱汁，丈夫拿着一张餐巾纸要帮她擦，而女儿则因为自己母亲的窘状笑个不停。不知道是不是被小女孩的笑声感染了，陈琛的嘴角露出久违的笑容。

"好久没见你笑了。"一双白皙而修长的腿忽然挡在了陈琛眼前。

陈琛目光上移，掠过牛仔短裤和米黄色T恤，定格在女子的脸上，那副精致的面容不管是看多少次都难免令人失神，他下意识地收起自己的笑容。

女子弯腰去拖板凳，她瀑布般的长发差点拖到地上，让陈琛看得有些紧张。

"为什么突然这么着急？"女子将自己的小背包摞在陈琛的外套上。

"他在那趟车上。"陈琛启开一瓶啤酒，翻开两个倒扣着的玻璃杯，酒液在杯中撞击产生的泡沫恰好停在杯沿。

女子愣了一下，随即反应过来："你是说今天新闻上说的……"

"如果他死了，"陈琛将一个酒杯推到女子面前，"最快在明天上午，最迟明天中午，他们就会向国家样本中心提交他的生物样本，申请出具线粒体比对报告，同时申请调取样本中心储存的原代体细胞样本，交予第三方进行线粒体比对。”

“这么快？”女子有些吃惊。

“你那个在样本中心工作的同学靠谱吗？”陈琛问。

“你放心，我们大学的时候是一个寝室的，我跟她说出事的是我一个朋友的老公，她就答应帮我了，反正她能接触到的只有写着编号的样本管，”女子点头道，“样本你带了吗？”

这时候服务员端着烤鱼走了过来，二人不约而同地停止了交谈。等服务员走后，陈琛指了指自己外套下的黑色手提箱，示意样本就在箱子里。

“那你稍等，我先联系一下她。”女子说着用脑机发了一条消息。

陈琛夹起一块鱼肉放在女子面前的餐盘里。

“她说一个半小时后在样本中心对面的咖啡厅见我。”女子拿起筷子。

“你怎么来的？”陈琛问。

“坐地铁。”

“一会儿我送你过去。”

“不用，”女子摇头，“你还是尽可能不要抛头露面的好。”

“我还有这个呢。”陈琛指指自己脖子上的吊坠，那是一枚形象诱导器，可以捕捉使用者面部的动作，实时改变他人眼中使用者的相貌。

“这玩意儿没你想得那么可靠，还是少出门为好。”女子叮嘱道。

“你放心，我的真实身份就只有你跟小七知道，等下，我有个电话进来，”陈琛还没说完，切换到了另外一个通话，“喂，小七。”

“哥，他死了，孙伟严正带着遗体往龙都赶呢，他们有警车护送，我没敢靠得太近，估摸着现在应该已经下高速了。”电话那边还是那个无法分辨男女的声音。

“接下来他们应该是要去‘繁羽科技’了。”陈琛说。

“放心，我会盯着他们的。”

“既然木已成舟，那咱们就顺水推舟，你盯紧他们，有什么事再给我打电话。”陈琛说道。

“好。”小七挂了电话。

“他怎么说？”女子问。

“印证了我的担心。”

“死了？”

“死了。”陈琛点头，“这件事对我们有利有弊，虽然风险有所缩减，但相应地我们就必须更加谨慎。”

“您的羊肉串。”服务员远远地喊道。

夜色中，一辆黑色小货车在两辆警车的护送下驶入“繁羽科技”的大院，绕过集团大楼，直奔再生医学中心。货车停稳，孙伟严从副驾驶上下来，打开货厢，四名警察上前将货厢中的冷冻舱抬了出来。

看到孙伟严一行人到来，早已在楼下等候的李俊发连忙迎上去，热情地伸出右手。

孙伟严无心跟他握手，而是顺势拉着李俊发走到冷冻舱边，掀开最外面的一层舱门。李俊发凑到玻璃密封门前，用手擦去密封门上凝结的冰雾，一张熟悉的面孔出现在他面前。

“这……”李俊发一时说不出话来，他瞪大了双眼，下意识地后退几步，又上前确认了一番。虽然早有预感，但他还是大吃一惊。

“不用看了，是他，”孙伟严合上舱门，看着李俊发，“说说你的看法。”

“我……我能有什么看法。”李俊发大概明白孙伟严是什么意思，但他知道，孙伟严想要做的事可能造成不可估量的严重后果，因此这件事不能从他嘴里提出来。为了自己的安危，李俊发决定装傻。

“他死得不是时候，”孙伟严知道李俊发在跟自己打马虎眼，他直言道，“‘繁羽科技’集团改制是作为试点项目进行的，现在正是其关键阶段，社会各界成千上万双眼睛都在盯着我们，如果这个时候传出他的死讯，对谁都不是一件好事。”

“那您的意思是……”李俊发试探着问道。

“秘密建立克隆体，在集团改制完成前向外界隐瞒他的死讯。”

“这样能行吗？”李俊发的脸上写满了担忧。

“不试试怎么知道行不行。”孙伟严也很无奈，“‘繁羽科技’还没从上一次的挫折中恢复过来，它能否通过这次改制重现生机，可不仅仅是几千员工的吃饭问题，更关系到我们的生物行业能否继续在国际上保持领先地位，你我的不作为很可能导致严重的后果。”

“徐峰，你过来一下。”李俊发朝身后招手。

只见再生医学中心后门的阴影中走出一个人，李俊发叫他之前，没人注意到他的存在。

“介绍一下，这位是G委员会的孙伟严主任，这是我们再生医学中心的人体克隆工程师，徐峰。”说罢，李俊发又补充了一句，“他是我表弟，可以信任。”

“你好，徐工。”孙伟严伸出手来。

二人简单握手后，李俊发看向徐峰：“你来给孙主任介绍一下人体克隆的具体流程。”

徐峰下意识地看了一眼旁边的冷冻舱，说道：“首先要有死者生前签订的个人意向书，然后要审查他是否具有克隆资质，根据法律，只有在意外事故中丧生的自然人具有克隆资格，凡因衰老、疾病、自杀及死刑等死亡的，或进行过一次克隆的，都严禁克隆。刚才我提到了自然人，也就是说，如果死者本来就是克隆体，那么不应进行二次克隆，从学术角度来说，次代克隆体普遍存在早衰现象，动物实验中，次代克隆体往往死于我们常说的10倍衰老综合征……”

“对不起，我打断一下，咱们先跳过学术讨论的部分好不好。”孙伟严打断道。

“不好意思，我跑题了。”徐峰点点头，继续说道，“人死后，要准备审核材料，包括个人意向书，权威部门出具的死亡报告，以及国家生物样本中心和第三方检测机构出具的线粒体比对报告，将这些材料提交给人体克隆审查委员会审核，审核通过后我们才能建立克隆体。”

“那这一套流程走下来一般需要多少天呢？”李俊发问，“这个人在生前已经签了个人意向书，同意自己死后使用人体克隆技术建立他的克隆体，死亡报告应该也没问题。”

“死亡报告最迟明天下午就能拿到。”孙伟严补充道。

“从提交样本到拿到线粒体比对报告至少需要3天的时间，人克委安排审核、给出审批意见需要大约5天的时间，你们自己算吧。”徐峰看向二人。

“如果等到审批意见正式下来再启动克隆体建立程序，我们恐怕赶不上半个月后的签约仪式了，”孙伟严思量片刻，缓缓说道，“马上建立克隆体，争取在签约仪式前完成，其他的事，我来想办法。”

“您是说现在？”徐峰问。

“人体克隆需要9天的时间，再加上复健的时间，如果不现在开始，根本赶不上半个月后的签约仪式。”孙伟严点头。

“可在人克委给出审批意见前任何机构和个人建立克隆体都是违法的……”徐峰话还没说到一半，却被李俊发打断了。他拍拍徐峰的肩膀，说：“这件事你要稍稍变通一下，你想，人体克隆需要9天，审批流程走完只需要8天，也就是说，8天之后，就算是人克委驳回了我们的申请，克隆没有完成，只要我们及时销毁未完成的克隆体，从法律层面上讲，我们就没有犯法。”

“变通？”徐峰用难以置信的眼光看着李俊发，“你们知道第8天的克隆体是什么样子吗？那个时候克隆体就已经发育成型了，脱离培养环境就是一个刚出生的婴儿，你跟我说销毁？那是杀人！”

“你不要说得那么严重嘛，”李俊发不以为然地说道，“克隆体就是克隆体，只要不激活，他们就相当于没有来过这个世界，作为一名人体克隆工程师，你太多愁善感了。”

“这不是多愁善感，而是基本的伦理道德，你们爱找谁找谁，反正我不会帮你们的，这件事我就当不知道。”徐峰狠狠地瞪了李俊发一眼，头也不回地走向停车场。

“这……”李俊发有些尴尬，他连忙追上去，一边跑一边回头喊道，“孙主任您放心，我一定劝他回来，你们先把冷冻舱运进去！”

望着李俊发和徐峰的背影，孙伟严叹了一口气。这时一个身穿便衣的警察走到他身边，说道：“这件事咱们或许真的有点难为他了。”

“康云，你怎么看，你也觉得他说的是对的吗？”孙伟严问。

“谁？”

“徐峰。”

“无论是以我个人的身份，还是以一个警察的身份，我都不赞同咱们这么做，”康云说道，“但是从理性层面上看，这确实是我们最好的选择了。”

孙伟严扭头看了康云一眼，脸上露出复杂的神情，他说：“我本来不希望你掺和进这件事，林会长说让你来的时候，我想过让他换别人，但是思来想去，我只能信任你，想必林会长也是因为知道这一点，所以才这样安排。”

“那现在呢，你是觉得我的观点跟你不同，所以后悔了？”康云问。

“没有，”孙伟严摇头，“我跟你一样，也认为徐峰说得对，但我不能做我觉得对的，而是要做对国家和集团有利的，我知道咱们将要做的这件事在违规违纪的边缘上，如果一切能平安度过，我会向上级领导说明情况，自愿承担一切后果，至于你、李俊发，或许还有徐峰，如果他愿意帮我们的话，都不必担心受到牵连。”

三

“为什么杀任婉琴？”一束刺眼的灯光射在程诚脸上，强光后走出一个熟悉的身影。

“康云……”程诚勉强认出了那个身影的主人，他干燥的喉咙中勉强挤出两个字。

“回答我的问题。”康云一巴掌拍在审讯室的桌子上。

“我，”程诚的声音中带着苍老与无力，他不想做任何辩驳，只希望眼前的这盏台灯能被关掉，或是转向其他方向，“我恨她。”

“为什么恨她？”康云问。

“你是在跟我开玩笑吗？你看看我现在的样子，是她对我做了这一切。”程诚有气无力地说道。

“你凭什么认定你患上早衰症，跟任婉琴有关系？”康云眉头一皱。

“我不能确定，但我没有时间了，在老到不能动弹之前，我必须做点什么。”程诚抬起手想要遮住刺眼的灯光，但疲弱的肌肉只能支持他将胳膊举到一半，最终他只能放弃，任由灯光穿过眼睑，“我的认罪服法给了你一个真相，现在，轮到你给我一个真相了。”

“我告诉你，”康云盯着程诚的眼睛说道，“你确实是初代克隆体，我亲眼见证了你的诞生，没有任何问题。现在请告诉我，你杀了任婉琴，目的是什么，我不相信你会因为怀疑一个人而杀了她。”

“10倍衰老综合征在初代克隆体中的发病率只有万分之一，你作为一个警察，难道连这点常识都没有吗？”程诚的眼中充满难以置信，他低声喊道，“调查！思考！你没有亲眼看到不代表就不存在，任婉琴不是一个普通人，以她的能力，完全可以在你看不到的地方动手脚，而你们只能傻傻地相信她想让你们看到的事实！”

“你这么说，有证据吗？”

“没有。”程诚摇头。

“你连证据都没有……”

“就是因为没有证据，”程诚打断了康云，“所以我只能杀了她。”

这些话康云已经听了无数遍，他知道再这么问下去也不会有结果，便将审讯桌上平摊着的文件夹一合，夹在腋下，转身走出审讯室。在关门前，他回头看着程诚的眼睛，说道：“你剩下的时间不多了，希望你不要作出让自己后悔的决定。”

康云一走出审讯室，孙伟严立刻走上前来，问道：“他怎么说？”

“他一口咬定是任婉琴动了手脚。”

孙伟严听到这个回答有些失望，但还是问了一句：“有什么依据吗？”

“根据程诚生前立下的遗嘱，他的初代克隆体将继承他全部财产，如果初代克隆体离世，其全部财产将捐赠给繁羽基金会，包括他在‘繁羽科技’集团与‘悠和未来’中的股份，基金会的收益主要用于推动我国生物产业的发展以及相关人才培养。”

“这个我知道。”孙伟严点头。

“而现在的程诚，”康云想了想，说道，“我们还是叫他程诚的克隆体吧，他认为，在我们之前，任婉琴已经秘密克隆了一个程诚，死的是那个初代克隆体，任婉琴这么做的目的，就是利用次代克隆体易早衰的现象，让外界以为程诚患上10倍衰老症。10倍衰老症目前没有治愈的手段，程诚死后，他在两家公司中的股份都归属了繁羽基金会，如此一来，任婉琴便成了‘繁羽科技’集团最大的股东，她就有机会跟政府重新协商改制协议。”

“但无论是国家样本中心还是第三方给出的线粒体检测报告都表明，当时死的就是程诚本人。”孙伟严皱眉道。

“检测报告我给程诚看了，程诚说咱们找的那个第三方检测机构是‘悠和未来’注资成立的子公司，他不承认报告的准确性，就是这个。”康云说着，从文件夹里取出那份报告的复印件。

“那国家生物样本中心呢？他们总不可能听任婉琴的吧。”孙伟严接过那份报告扫了一眼，他知道自己也看不懂，便没有细看，又还给了康云。

“他说任婉琴收买了里面的人。”康云将报告夹回文件夹中。

“你相信他？”

康云摇摇头，他说：“我是一名警察，只看证据说话，因此我会将这件事从头到尾调查一遍，根据发现的证据做出判断。”

“那我跟你一起，毕竟这件事我有很大的责任，如果不能给林会长一个交代，我想我的前途也就完了。”孙伟严的言语中带着一丝疲惫。

就在这时，一个年轻警察抱着一大摞材料快步从旁边的楼梯走下来，康云把他叫住：“张冰，你要去哪儿？”

张冰停下脚步，答道：“康队，局长说让我马上将程诚案送检起诉。”

“现在？”康云有些惊讶。

“对，”张冰点头，“局长说了，这个案子广受社会各界关注，我们现在既然抓住了凶手，有完整的证据链条，有口供，作案动机也已明确，如果继续按着，恐怕会引起不必要的……”

“我明白了，”康云打断了他，“你去办吧。”

看着张冰离开的背影，孙伟严问道：“那咱们还继续查吗？”

"查，"康云坚定地说道，"我总觉得这件事有问题，如果不找到让我起疑的地方，日后恐怕会寝食难安。"

那一刻到来的时候，程诚见识到了真正的恐惧，尽管他在李岩面前假装冷静，但他无法欺骗自己。爆炸产生的冲击波撕扯着他的肢体，痛觉沿着神经纤维传入他的大脑，此时程诚的脑海中一片空白，他能做的就是死死抓住安全压杠，将自己的身体固定在座椅上。

终于，一切都结束了，程诚挣扎着抬起眼皮，破碎的车窗外是漆黑的夜空，他之所以能确定那是夜空，是因为在无边的黑暗中还点缀着几颗黯淡的星辰。宁静是短暂的，接下来，肉体的疼痛伴随着爆炸引起的耳鸣声从四面八方袭来，它们疯狂地吞噬着程诚的身体。

若隐若现的警笛声从远处传来，紧接着是嘈杂的脚步声、喊叫声，这些声音在程诚的耳中交织混杂，刺激着早已麻木的鼓膜。忽然，一束强光照到了程诚的眼睛上，他下意识地想要抬手遮挡，却感觉不到任何一只手臂的存在。好在那强光很快移向一侧，一张陌生的人脸出现在程诚面前，那个人身穿迷彩服，扭头朝身后呼喊，这就是他失去意识前看到的最后一幕。

当程诚再次睁开双眼，四周的环境让他很快意识到自己正身处医院的病房中，紧接着，眩晕、恶心与麻木涌了上来，渗透了整副躯体。用了足足 5 分钟将自己的头从一边扭向另一边，程诚额头上布满了细密的汗珠，尽管过程艰难，但总算找到了在病床另一旁的柜子上放着的水杯和暖壶。喝水，这是他此刻唯一的念头。程诚感受着自己的四肢，他知道它们都在，只是现在的他很难让它们听话。凭借着仅有的一点力气，程诚努力朝床边移动自己的身体，但当坠落感出现的一刹那，他知道自己搞砸了。

护士闻声而来，推门冲进病房中。她看见摔倒在地上的程诚，连忙朝屋外喊道："王大夫，病人醒了！"

接着进来的王大夫，一个留着小胡子的中年男人，跟护士一起将程诚抬回到病床上。

护士看到程诚一直在盯着柜子上的暖壶和水杯，明白他想要什么，等将程诚抬回到病床上，她就给他倒了一杯水。杯里的水冒着热气，程诚就盯着热气缓缓上升，在天花板上弥散开来。

“有点热，待会儿才能喝。”护士说。

“你好，程先生，我是你的医生，我姓王，接下来我要问你几个问题，你只需要点头或者摇头，我会根据你的回答安排接下来的治疗和复建。”王大夫面无表情。

程诚点点头。

“我刚刚注意到，你掉下了病床，”王大夫说，“我想知道，掉下床的时候你是否是清醒的，换句话说，是你主观上想要下床吗？”

程诚给出了肯定的答案。

“如果是这样，那我们接下来的康复治疗就好办得多了。”王大夫说道，他又问了一些其他关于程诚身体的问题，跟护士叮嘱了几句，便离开了病房。

护士见程诚还在盯着那个水杯，便转身走出病房。

“我当时记得自己的水杯里有凉水，所以就到护士站拿自己的水杯，给他掺了掺。”璩静打开门，带着康云和孙伟严走入病房，她指着床边柜子上的搪瓷水杯，说道，“他在这里一直都是用这个杯子喝水。”

康云走上前，用戴着白手套的左手拎起那个水杯，右手撑开一个证物袋，将其装入封好。接着，他翻开床上的被子，找出几根不知是属于谁的毛发，装进另外一个证物袋。

“他这些天都跟你说过什么？”康云看向璩静。

“啊？”璩静没反应过来。

“从你第一次见到他开始，他说了什么，做了什么，你知道的，全部告诉我。”康云解释了一遍自己的问题。

“我喂他喝了水，”璩静回忆道，“他问我叫什么……”

“我……怎……称呼……”程诚艰难地控制着自己的舌头，吐出几个足够表达自己意思的词。

“你是想问我的名字？”璩静给程诚盖好被子。

程诚点头。

“我叫璩静，负责在康复治疗期间照顾你的生活起居。”璩静迎上程诚的目光，自我介绍道。

“今天……是……”程诚尝试了三次，才发出正确的声音，“几……”

“17号，”璩静明白他想问什么，“你昏迷了12天，在ICU躺了9天，又在这里躺了3天，经历了断肢再生治疗、神经重建，你一定是一个很重要的人，为了等你，一周之前我跟王医生就停下了手里的全部工作。”

就在这时，璩静的眼前出现了一条消息：“抱歉，我刚刚意识到我的脑机还在工作。”

璩静低头盯着程诚的眼睛说道：“如果你还想重新学会说话，就必须用自己的舌头，在你重新掌握说话的能力之前，我不会对你用脑机发出的任何消息做出回应。”

程诚艰难点头。

“你现在刚醒，还是先休息吧，我去给你弄点吃的。”璩静说着，就要往病房外走。

“等……等……”程诚叫住她。

“还有什么需要我做的吗？”璩静问。

“李……岩……”程诚挤出两个字。

“李岩？”璩静有点不明白他的意思。

“他……在……哪儿……”程诚接着说。

“李岩是个人是吗？你想见他？”璩静反应过来。

程诚点点头。

“我帮你问问，你好好休息。”璩静带着自己的水杯走出病房。

“这个李岩是谁？”孙伟严打断道。

璩静看向康云。

“哦，当时她跟我说过，”康云向孙伟严解释道，“我调查了一下，这个人是干细胞所江远明教授的研究生，出事的时候，他跟程诚在同一趟车上，座位挨在一起，之前他们应该不认识。”

“如果他们不熟，为什么程诚醒来后第一个想要见的人是李岩呢？你有没有让人去找李岩问问情况？”孙伟严问。

“李岩死了，他们那个车厢里就没人活下来。”康云说，他继续询问璩静，“再后来呢，你还发现了什么别的疑点吗？”

“我给你打电话之后你就过来了，后面的事你们都知道，我没觉得有什么问题。”璩静想了想，确认道，“他就跟其他克隆体一样，问一些乱七八糟的问题，比如他是怎么活下来的，为什么无法控制自己的身体，等等。”

“那你是怎么回答的？”康云又在病床的枕头下面找到了一根头发。

“我就跟他说他的身体严重受损，是配合了再生医学手段才勉强将其救活，因为再生肢跟他身体原本的神经连接不够紧密，所以他需要练习如何重新控制自己的身体，至于其他的，我就说不知道。”璩静说。

“关于他的无力感，你是怎么解释的？”康云又问。

“再生肢因为没有经过锻炼，所以肌肉无力。”

“他一定是从你的话中听出了破绽，那个时候，他应该就已经开始怀疑自己是克隆体了，”康云直起身来，将刚发现的头发放入一个新的证物袋中，他对孙伟严说，“我们当初应该告诉他真相，如果他从我们的口中得知了自己克隆体的身份，或许就不会酿成惨剧了。”

“或许吧。”孙伟严若有所思地点点头。

孙伟严夹着公文包，快步穿过病房楼，走进走廊尽头的那个房间。

守在门口的康云坐起身来，向他打招呼：“孙主任。”

“我这里有些文件需要他签字，”孙伟严扬了扬手中的公文包，“他现在状态怎么样？”

“已经恢复得差不多了，能跟人正常交流，心情也不错。”康云瞟了一眼门上的视窗。

“这才不到一天的时间吧，他是怎么做到的？”孙伟严透过视窗看到程诚不知跟坐在床沿的璩静说了什么，引得璩静发笑，有些惊讶。

康云笑道：“他做过的很多事都不是一般人能做到的。”

孙伟严推开病房门，走了进去，璩静见他进来，连忙起身。

“我跟他单独聊几句。”孙伟严朝着璩静笑了笑。

璩静点点头，她走出病房，顺手带上了房门。

“听说是你给我安排的治疗。”程诚拍拍床边，示意孙伟严坐下。

“开始你被送到友谊医院，当时负责抢救的医生说你没救了，但我可不能让你这么死了，改制的事儿还没完，你要真死了，林会长不得把我皮扒了啊，所以我就联系了李俊发，把你送到了‘繁羽科技’的再生医学中心。”孙伟严笑道。

“所以你想办法救我，就是为了让我签个字？”程诚佯怒道。

“你要不是‘繁羽科技’的老总，我才没那闲工夫管你的死活呢。”孙伟严知道程诚在开玩笑。

“我是克隆体吗？”程诚忽然盯着孙伟严的眼睛，正色道。

孙伟严的笑容顿时凝固，他愣了一下，随即打了个哈哈：“我年纪大了，你可别跟我开玩笑，万一哪天心脏病发了，我可赖你。”

“嗐，谁没有个心脏病啊。”

孙伟严如释重负地笑道：“你现在可是不用担心了，大夫给你换了一颗新的心脏。”

“说真的，你可得多注意，上次我突发心脏病，要不是及时送医，恐怕早就交待了。”程诚嘱咐道。

“你放心，我是不会比你先走的。”

“坐啊。”程诚见孙伟严还站在那里，又拍了拍床沿。

“坐就不坐了，我这次找你来是有几份文件需要你来签字，等你签完我就得回去。你躺在这里是清闲了，可苦了我啊。”孙伟严说着，将公文包往床边的柜子上一放，从中取出一个文件夹，连同他胸前的笔一起递给程诚。

“这种事让秘书来就行了，你何必亲自跑一趟呢。”程诚接过孙伟严给他的文件，简单扫了几眼，这些东西他早就看了好几遍，现在就是检查一下之前定下的条款有没有被更改。

“你受伤的消息越少人知道越好，毕竟集团改制的事重大，我们不希望有任何关于你的负面新闻。”孙伟严解释道。

程诚确定了那几份文件没有问题，便爽快地签下了自己的名字。

“这样一来，就剩签约仪式上的那份合约了，还有3天的时间，我就不打扰你了。”孙伟严收好文件后，俯身在程诚耳边低声道，“璩静那小姑娘不错，你要是喜欢人家可得抓紧机会。”

“你都说了，人家是小姑娘，我都已经是离过一次婚的大叔了，我俩不合适。”程诚摇头道。

“我就是随口一说，你还当真了，看来是真喜欢啊。”孙伟严戏谑道。

“你说什么呢！你个老不正经的！”程诚倏地坐起身来，抄起枕头扔向他。

孙伟严后退一步，完美地闪开了程诚的攻击，他脸上一副“我明白”的笑容，连声说道：“我懂我懂，我什么都没说，你什么都没听到。”

说罢，孙伟严便走出了病房。

不一会儿，康云走了进来，他手里拎着一个饭盒和一部手机，他看了一眼床上正在熟睡的程诚，便将东西放在床边的柜子上，转身离开了病房。康云走后，程诚微微抬起眼皮，瞄了一眼病房门上的视窗，确定门外没有任何动静，紧接着，他迅速伸手抓起柜子上的手机，将其拖回被窝中。

“悠和未来”主楼，总裁办公室的会客室里，任婉琴跟柳杨喝着茶，望着楼下来来往往的车辆，这时，门外突然响起了敲门声。

“进。”任婉琴放下茶杯，扭头看向门口。

秘书走进来说：“有位叫祁阳的先生想要见您，他没有预约，但他说只要我跟您通报一声，您就一定会见他。”

“我知道了，”任婉琴微微点头，“让他进来。”

秘书出去后，任婉琴翻开茶盘里一个倒扣着的茶杯，正当她倒茶的工夫，祁阳已经走了进来。

“坐。”任婉琴指了指一个空座。

祁阳坐下身来，开门见山道：“您让我查的我都查过了，程诚现在正在常山疗养院。据我在疗养院里的朋友说，一周之前，院里忽然把已经废弃两年多的老病房楼整理了出来，安排了最好的复健医生和护士，专门接待一个中年男人。我把程诚的照片给他看，他一眼就认出那个男人是程诚。”

“这么说，程诚确实没死。”柳杨若有所思地点点头。

“这样看，徐峰跟我们说的应该是真的。”祁阳点头道，“当时程诚虽然被救活，但是他的身体受损严重，坚持不了多久，所以孙伟严将他连夜送回龙都，利用‘繁羽科技’再生医学中心的技术为程诚再造了四肢与受损器官……”

“或者，他们建立了程诚的克隆体。”任婉琴打断道。

“你就这么肯定他们会冒这个险？”柳杨显得有些不耐烦。在程诚失踪的这些天里，任婉琴一直在担心有人会通过建立克隆体的方式“复活”程诚，可他知道，这种担心是多余的，因为在这么短的时间里是不可能走完克隆体建立的流程的，而如果不按章程行事，那就是违法犯罪，没人能承担这个责任，即使是孙伟严。

祁阳向二人的脑机发送了一份文件，他说：“要建立克隆体必须向人克委提出申请，这是从出事那天到现在人克委收到的全部申请，里面没有程诚。”

“万一他们没有走正规流程呢？”任婉琴盯着祁阳的眼睛，正色道，“我了解程诚，他是一个喜欢剑走偏锋的人……”

祁阳打断道：“但你要明白，在你说的可能里，程诚已经死了，送他尸体去‘繁羽科技’的是孙伟严，而孙伟严从来就是一个胆小怕事的人。”

“我觉得祁阳说的在理，孙伟严跟程诚的交情还没有深到值得他为程诚冒险的地步。”柳杨说。

任婉琴忽然站起身来，抓起自己的皮包朝门外走去。

“你要去哪儿？”柳杨喊道。

“去会会这个程诚。”任婉琴头也不回地走出了办公室。

橡胶球撞击墙壁，弹回到程诚手中，被牢牢抓住。这个机械般动作，他已经不知道重复了多少遍。一开始橡胶球总是故意躲着他，在病房中四处乱跑，有几次甚至差点儿打到暖壶。但他没有放弃，因为他从来不是一个轻易接受失败的人，无论是什么形式的失败。

正当程诚准备再一次尝试的时候，病房门忽然被人从外面打开了，走进来的是一个熟悉的身影。

“远明。”自打从昏迷中醒来，这是程诚第一次露出发自内心的笑容。

来者正是江远明，他身上穿着最近几年重新流行起来的新式中山装，头戴一顶圆顶帽，像是从历史书中走出来的人物。

“想见你一面可真不容易，”江远明摘下帽子，顺手放在床边的柜子上，“老哥真是风光得很哪。”

“你就别拿我说笑了。”程诚笑道。

江远明环顾四周，他看到了门后的折叠轮椅，便提议道：“这房间里太压抑了，咱们要不出去透透气？”

“也好，那可就得麻烦你来推我了。”程诚点头。

“你跟我客气啥，我推你的次数还算少？”江远明一边打开折叠轮椅，一边说，“在动物所的时候，你跟人家打球，也不知道是打球呢还是打人呢，把腿给摔断了，之后两三个月不都是我推你吗？”

程诚瞄了一眼门外，看到璩静在偷听二人的谈话，他感到有些不好意思，抱怨道：“什么陈芝麻烂谷子的事儿你都拣出来说。”

几分钟后，江远明推着程诚走出老病房楼，楼前有一个小花园，但是因为老院区已经废弃了太久，花园无人打理，如今已经是杂草丛生。

“事故之前的事你还记得多少？”江远明推着程诚走到干涸的池塘边。

“我也不确定，”程诚摇头道，“但是现在回想起来，应该是没有记忆断点。”

“那咱们的事你还记得吗？”江远明试探着问道。

“你是说……”程诚有些迷茫。

“就在你出事之前，我给你打电话，你说会去我那里，帮我教教我手下那帮小兔崽子。”

“完全记不得了。”程诚扭头看向江远明，“话说，你知道李岩吗？”

“李岩？”江远明知道程诚说的是自己手下的一个研究生，但他不明白他们两个是怎么认识的。

“我出事的时候，跟他在一起，他是一个很有才华的孩子。”程诚回忆道。

“是啊，有些可惜了。”江远明点头。

“虽然我已经不记得了，但既然你说我已经答应了你，等我好了会履行承诺的。”程诚认真说道。

“你还是先养好自己的身体吧，我这边的事不劳你操心。”江远明笑了。

二人沿着小路在院子里逛了一圈，又绕回到病房楼前，远远地就看见康云正站在楼门口望着二人，三人相互点头致意。这时璩静从院外回来，径直跑到了康云那里。

“有人想见他，她说自己是患者的妻子。”自从跟程诚熟悉之后，璩静从来都是直呼其名，即使是在王医生的面前，这是第一次，她将程诚称为患者。

“任婉琴，是她吗？左眼眼角有一颗泪痣？”康云问道。

璩静点头道：“对，她不知道从哪里打听到程诚在常山疗养院，便找到了院长那里，说见不到程诚就不走了，所以院长让我来通报一声，问问这种情况如何处理。”

“这事儿要问问程诚的意见，如果他愿意见，可以让她见。”康云想了想说道，“对了，院长那里没有跟任婉琴承认程诚在这里的事吧。”

“您放心，绝对没有，院长一口咬定没有接诊过一个叫程诚的人，不过那个任婉琴强势得很，我怕他老人家扛不住。”璩静有些担忧。

康云带着璩静来到程诚二人面前，他将璩静的话给程诚转述了一遍，没想到程诚很痛快地答应下来：“行啊，我正好也想见见她。”

“那我就不打扰了，”江远明见状说道，“先告辞了。”

“您……”康云刚想叮嘱几句，却被江远明打断了。

“放心，程诚在这里的事我不会向外界透露半个字，毕竟，‘繁羽科技’集团的改制迫在眉睫，应当以大局为重。”江远明说。

“你也在关注集团改制的事？”康云有些惊讶。

“新闻上天天播，谁能不知道？”江远明笑着反问道。

说罢，江远明便捏起他放在轮椅兜袋里的圆顶礼帽，向三人告辞，转身走向院门。

康云望着江远明远去的身影，有种说不出来的感觉，他总觉得哪里不对，但又说不出不对的地方。

“他就这样，搞研究的人的通病。”程诚仿佛看透了康云心里的想法。

江远明走出院门，远远地看见任婉琴正朝自己走来，二人相视一眼，没有说话。等任婉琴的身影消失后，江远明用脑机向一个没有保存过的号码发送了一条信息：“目标失忆，需要干预。”

四

“两杯斗牛犬。”康云敲了敲吧台，喊道。

酒保闻声从后厨走了出来，嘴里还叼着半片面包。他看到康云二人，便两三下将面包塞进了口中，含糊不清地应道：“稍等。”

“坐吧。”康云看向孙伟严。

“我就不喝了。”孙伟严连忙摆手。

“今天咱们都休假，你紧张什么。”康云笑道。

“金酒还是白兰地？”酒保问。

“金酒。”康云说着，摸起插在吧台杯架上的电视遥控器，打开了那台悬挂在半空中的老旧电视。

“你这电视得换了，人家现在出的电视，用脑机可以直接遥控，省事儿多了，还卫生，你看你这破遥控器，都是油。”康云抱怨道。

“将就将就吧，”酒保将一包抽纸拍在康云面前，说，“要是你们刑警队给报销，那我马上换。”

电视的开机广告终于放完，康云调出了新闻频道。

“……在龙都中级人民法院开庭审理，据悉，‘繁羽科技’集团董事长程诚的克隆体被指控残忍杀害程诚的前妻，即‘悠和未来’董事长任婉琴，为保护当事人隐私，此案审理过程不予公开……”新闻画面里，记者站在法院门前的石阶上，面对镜头侃侃而谈。

“你觉得他会不会当场翻供？”孙伟严忽然问。

“你为什么会这么想？”康云反问道。

“不知道，”孙伟严摇头道，“就是一种莫名的感觉，我跟他打交道的时间不少，总觉得这里面会有什么变数。”

“我跟你不一样，”康云从酒保手中接过两杯斗牛犬，将其中一杯推到孙伟严面前说，“当了这么多年刑警，我们抓到的杀人犯，大多数都是承受不住内心的折磨和煎熬，自己撂的，而且很奇怪，等他们到了法庭，被判了刑，反而如释重负了，即使面临着的是死刑。”

“你说得有道理。”孙伟严端起酒杯，一口喝掉了半杯斗牛犬，还没等他放下酒杯，一股辛辣的感觉就充斥了他的口鼻与胃腔。

看着不停咳嗽的孙伟严，康云忍不住笑出了声：“这可是斗牛犬，不是老白干。”

“给我来杯老白干，把瓶子留下。”陈琛朝酒保招了招手。

“没有老白干。”酒保面无表情地说道。

“那他喝的是什么？”陈琛指着坐在自己左边的中年人。

“给他上，拿我的。”中年人敲敲吧台。

“谢了，老哥。”陈琛朝中年人伸出手来，“陈琛。”

“程诚。”中年人抬眼瞄了他一眼。

陈琛用微笑掩饰着自己的尴尬，他收回了手，这时酒保拿来了酒杯和老白干，他给自己倒了一杯，若无其事地说道：“本来以为在这里点老白干的只会有我一个人，没想到，竟然还有同道中人。”

“这是我自带存在这儿的。”程诚白了他一眼。

“来酒吧自带酒水，你不管？”陈琛看向酒保。

“这是我们大老板。”酒保不愿意跟陈琛废话，他擦好了杯子，转身走进了后厨，留下二人在吧台。

“他们喝了多长时间？”康云问。

“你当时不也在这儿吗？”酒保给孙伟严端了一杯白水。

“是我问你，不是你问我。”康云盯着酒保的眼睛。

“一个多小时吧。”酒保不情愿地回答道。

“当时他们有没有什么不正常的地方？”康云又问。

“怎么算不正常？”酒保一边擦着杯子，一边说，“来这儿喝酒的人，多数都有点不正常。”

康云转着自己的酒杯，思考了一会儿，说道：“他们有没有聊到，比如，克隆体？”

酒保想了想，点头道：“有。”

“你觉得自己是克隆体？”陈琛没想到自己能直接从程诚的口里听到这句话，他晃了晃杯里的酒，看向程诚，“你知道吗，根据统计，自从人体克隆合法之后，妄想症的发病率达到了人克法颁布以前的11倍，并且在以每年1‰的速度增加。”

“你是说我得了妄想症？”程诚问。

“你自己也说了，从事故发生到现在，这么短的时间不可能走完克隆体建立的流程。”陈琛说。

程诚瞄了一眼坐在不远处的康云，他低声说道：“我说的是不可能走完克隆体建立的流程，但如果他们跳过前面的审查过程，直接建立克隆体，只需要9天的时间。”

“但那是违法的。”陈琛也压低了声音。

“我说的只是我的猜测。”程诚警惕地看着陈琛。

“你放心，就凭这瓶老白干，”陈琛敲敲酒瓶，信誓旦旦地说道，“我就不可能把这事儿说出去。”

“我现在不知道自己该怎么办了，”程诚双眼通红，“我没有办法停下来，脑子里一直不停在想，我会不会是克隆体，万一我是该怎么办？”

“我认识一个不错的心理医生，如果你想要寻求心理治疗的话，我可以帮你联系他。”陈琛把玩着手里的酒杯。

“谢谢，不过不用，”程诚喝干了杯里的酒，晃晃悠悠地站起身来，说，“我去趟卫生间。”

说罢，程诚一转身，摔倒在地上。

远处的康云站起身，想要去扶程诚，可陈琛抢先一步，他将程诚的一只胳膊搭在自己肩上，扶着程诚往卫生间的方向走去，说道：“我……我跟你一起。”

康云在自己的卡座上等了一会儿，他觉得上个厕所似乎用不了这么久，为了保险起见，他决定去看看。他来到卫生间门口，见门关着，正准备开门，就在这时，门被从里面打开了，程诚正搀扶着陈琛从里面走出来。

“你来得正好，快搭把手！”程诚招呼道。

康云连忙扶住陈琛的另一条胳臂，他问道：“这是怎么了？”

“刚刚地太滑了，摔了一下，赶紧送医院吧。”程诚下意识地回头看了一眼卫生间里面。

“来来来，慢点。”康云从程诚的手中接过陈琛，将他扛到背上，走向酒吧门口。

“这是怎么了？”酒保见状从吧台后面走出来，上前问道。

“摔了一下，”康云解释道，“这事儿你不用管了，我送他去医院，正好我们也得回去了。”

这时，围观的顾客中走出一个女人，她对康云说：“你把他交给我吧，他是我男朋友。”

康云愣了一下，他将陈琛放下，有些疑惑地问道：“他是你男朋友？”

女人用脑机向康云共享了一张她跟陈琛的合照。

“真是不好意思，”程诚连忙道歉道，“要不是扶我去卫生间，他也不至于摔成这样。”

“没事儿，”女人大度地说道，“他也是喝多了，把他交给我，我带他回家醒醒酒就行了。”

“那好，这是我的联系方式，如果有什么问题，给我打电话。”程诚面带歉意，将自己的名片发送给女人，并且做了一个打电话的手势。虽然传统的座机已经淘汰了多年，但这个手势的意思还没变。

“……刚刚宣读了判决结果，程诚克隆体被判死刑，缓期两年执行……”电视里还是那个记者站在法院门前做报道。

“你说我们大老板是怎么想的，”这时酒保凑上前来，“他怎么会愿意给自己建立克隆体呢？”

“人体克隆是程诚一生的事业，留下遗嘱建立克隆体不是很正常的事吗？如果他反对建立自己的克隆体，那才有问题吧。”康云有些奇怪为什么酒保会这么说。

酒保放下了手里的酒杯和毛巾，看向二人，试探着说道：“等等，您二位还没查到七哥那里的那份遗嘱吧？”

“遗嘱？是这份遗嘱吗？”孙伟严向酒保的脑机发送了一份文件，那是程诚对外公布的遗嘱。

酒保摇头，他低声说道：“我也是听七哥喝醉了说的，说是对外公布的遗嘱只是个幌子，大老板还有一份遗嘱在七哥那儿，如果真出了事儿，七哥就会公布那份遗嘱，在那份遗嘱中，大老板是反对建立自己克隆体的。”

“七哥，七哥，”康云反复重复着这个名字，在他得到的资料里，程诚的身边从来没有出现过一个名字里带“七”的人，他问酒保，“这个七哥，你知道他叫什么吗？”

酒保摇头，他说：“从来只听大老板叫他小七，我们也就跟着叫七哥。他这个人行踪不定，神出鬼没，专门帮大老板办一些见不得光的差事，大家都怕他，也没人敢问他的名字。”

“我知道七哥是谁了！”孙伟严忽然一拍桌子，站起身来，拉着康云就要走。

“那天的监控记录发给我一份！”康云朝酒保喊道。

二人刚出酒吧，康云就迫不及待地问道：“你快说，这个七哥是什么人？”

“三年前‘安建’违法向‘华城’定向增发股票的那个案子你还记得吧，本来就是经侦的活儿，但最后案犯发现事情败露，持枪挟持了人质，当时是你带人去处理的。”孙伟严说着点了一支烟，猛吸一口。

“有印象。”康云点头。

“当时向我们提供这个案子重要线索的是一个所谓的私家侦探，他受人所托，调查‘安建’集团，发现定向增发的内幕之后写了一封举报信，并将掌握的全部证据交给了我们，条件是我们不能透露这些线索证据的来源。”孙伟严顿了顿，接着说道，“这个私家侦探叫祁阳，我找经侦的同志帮忙查过，他以前是‘繁羽科技’的一个货车司机，后来因为一个出问题的单子被辞退了，我怀疑，他离开‘繁羽科技’后一直在为程诚工作。”

“那你知道这个祁阳，他现在在哪儿吗？”康云扭头看向他。

孙伟严将烟头弹进一旁的垃圾桶，缓缓说道：“他在丽云广场有一间办公室。”

“丽云广场？”程诚愣了一下。

“对，丽云广场今晚要办烟花盛典。”璩静满怀期待地说道。

“如果你想看的话，那就去看呗，一会儿任婉琴会来，加上康云，他们两个人陪着我你还不放心吗？”程诚说。

“你……哼！”璩静扔下程诚的外套，转过身，头也不回地走出了病房。

之前一直靠在墙边的康云上前，捡起地上的外套，拍掉上面的尘土，递给程诚，他摇头道：“你知道人家小姑娘对你的心思，就算是不喜欢，也不至于这么气人家吧。”

“我已经有家室了。”程诚穿上外套，伸展了一下胳膊。

“知道你早就离婚了，不把握住时机，你还真打算孤独终老啊？你该不会还没放下任婉琴吧？”康云双臂交叉抱在胸前。

程诚朝康云笑了笑，没有说话，径直走出了病房。

“当时你就没有发现一点儿不对劲？”孙伟严打开车窗，窗外疾风呼啸而过，迅速带走了车里的沉闷空气。

康云驶上了高架桥，双手松开方向盘，将控制权交给了自动驾驶，他回忆道：“从医院出去以后是任婉琴开车接的我们，直接去的他们家，到了之后，程诚说要骑摩托带任婉琴出去兜风，说是很快就回来，我就在他们家等了一会儿……”

“你就把这儿当作自己家，那个橱柜里有茶叶，饮料在冰箱里，自己拿。”说罢，程诚带上了防盗门。

透过窗户，康云看见程诚载着任婉琴往东去了，很快消失在他的视野尽头。

坐在沙发上等了一会儿，康云感到有些口渴，犹豫了片刻之后，他决定找点东西喝。程诚家的厨房是典型的开放式设计，康云站在客厅里，一眼就能看到冰箱所在的位置，他不希望使用这里的杯具，因为这会为主人平添刷洗的麻烦。

打开冰箱，里面的食物被摆放得异常整齐，他从资料中得知程诚夫妇都是极致理性的人格，即使这样，冰箱里也整齐得有些过头了。康云无心从食物中窥探房屋主人的隐私和生活习惯，他只是快速地扫了一眼，取出冰箱侧门上的一瓶橙汁，便离开了厨房。

康云靠在客厅与厨房间的隔断墙上，也不清楚自己等了多久，只是记得有一个确定的时间点，应该是下午 5 时 10 分。之所以对这个时间印象如此深刻，是因为他正在喝橙汁的时候忽然有人按门铃，害得他差点儿被橙汁呛到，还不慎洒了一些在地上。

按门铃的是一个晚间送奶工，他从篮筐里取出一瓶牛奶递给康云，并向他索要空瓶。康云跟他解释了半天自己不是这家的主人，而送奶工终于相信了之后，竟然准备报警，康云无奈只好向他展示了自己的证件。

送奶工走后，康云回到之前洒橙汁的地方，路过餐桌的时候抽了几张餐巾纸，准备将污渍清理干净，可他怎么都找不到那摊橙汁了。康云有些慌张，因为这说明那摊橙汁很可能已经被他在慌乱中踩得到处都是了。

正当康云不知如何是好之时，扑伟严打来了电话，询问了一番程诚的情况。当他得知程诚跟任婉琴单独出去了，显得很是着急："让你跟着程诚不只是为了保护他，更重要的是保证他克隆人的身份不败露，任婉琴跟程诚的关系不一般，要说这世界上只有一个人能认出现在的程诚是个克隆体，那就是任婉琴了。你马上找到他们，不要让他们单独在一起！"

挂了电话后，康云左思右想，决定给程诚打电话，但三次被转进了留言信箱。无奈之下，康云只好打给了任婉琴，这次电话很快就接通了，任婉琴的声音在康云耳边响起："喂？请问您找谁？"

"任女士你好，我是康云，我想问您和程先生现在在哪里。"康云开门见山。

"我没跟程诚在一起，我们出去兜了一圈，后来公司来电话找我回去开会，他就把我送到了'悠和未来'，我现在马上就要进会议室了。"任婉琴的语速很快。

"那他去了哪里您知道吗？"康云又问。

“好像是进山了吧，”任婉琴想了想，说道，“我听他说要再去东山遛一圈，你要不直接给他打电话，我这边要开会了，实在不好意思啊。”

康云被任婉琴挂了电话，有些烦躁，他把手里的餐巾纸团成一个球，扔进了垃圾桶，同时将电话打回了刑警队：“小张，帮我查一个人，程诚，‘繁羽科技’的董事长，今天下午四点左右从他在南登路锦绣庄园的别墅离开，骑一辆酒红色哈雷，带着他的妻子任婉琴。我要他现在的位置，重点查东山，找到了随时联系我。”

挂了电话，康云忽然有种不祥的预感，他出门上了自己的车，朝东山的方向驶去。

丽云广场不算停车场一共有 16 层，其中地下一层是超市，地上 1 层至 5 层是商场，6 层到 10 层是出租给小微企业的办公区，10 层以上是公寓，而祁阳的办公室就在第 9 层。康云将车停在地下停车场里，跟孙伟严一起上了电梯。

电梯里，孙伟严从脑机中翻出了祁阳办公室的地址，二人直奔那里，只见办公室的门上挂着一块显眼的招牌：“七阳事务所”。

经过孙伟严确认后，康云便伸手在门上敲了三下。

片刻之后，门开了，门后是一个年轻男人，他看到孙伟严愣了一下，随即做了一个请的手势，脸上挤出一个微笑：“二位里面请。”

康云走进办公室，打量了一番里面的环境，成百上千的卷宗被堆得到处都是，能落脚的地方只有办公桌周围 1 米远的范围，而要到达那里，还要穿过一条卷宗堆积成的峡谷。

年轻人关好门，从饮水机里接了两杯水，放在办公桌前，朝二人努了努嘴，道：“二位请坐。”

从见这个人第一眼起，康云就知道这不是一个简单角色。当警察的这些年他见过形形色色的人，有吃软不吃硬的，有吃硬不吃软的，而如今他面前的则是那种软硬不吃的类型。

康云与孙伟严交换了一个眼神，坐下身来，摆出一副兴师问罪的架势。

“祁……阳。”孙伟严缓缓叫出青年的名字。

“哎，您说。”祁阳顺势仰倒在办公椅上，两条腿一跷，搭上桌沿。

“程诚有一封遗嘱在你这里。”康云不想跟祁阳兜圈子。

“是。”让康云有些意外的是，祁阳并没有否认这一点。

“能给我们看一眼吗？”康云又问。

“不可以，”祁阳换了一条腿在上面，他盯着康云的眼睛说道，“除非程诚去世了。”

“没看新闻？”康云迎上祁阳的目光。

“我这个人，从来不喜欢看新闻，因为我不相信那些记者说的，我，只相信自己调查到的。”祁阳猛然起身，走到窗边，打开那面百叶窗，午后的阳光从缝隙里照进来，直射在二人眼上。

“他死了。”康云没有眨眼。

“他没死。”祁阳转过身来，平静地说道。

“那场事故发生的时候，程诚就在车上，他抢救无效死在了手术台上，我当时就在抢救室外。”孙伟严说。

“尽管这个案子不是公开审理，但我还是打听到，那个被你们抓起来的人，他说自己是一个次代克隆体，而且根据检方举证，他的身上确实出现了早衰现象，这是我了解的全部情况，希望能帮到你们。”祁阳从办公桌左手边的抽屉里取出一份卷宗，推到二人面前。

“你说的这些我们都很清楚，我也想知道，他说的到底是不是真的，所以，你手里的那份遗嘱就至关重要。”康云将那份卷宗推了回去。

“如果你们抓到的是次代克隆体，那么死的那个只是一个初代克隆体，也就是说，没有证据证明程诚已经死亡，所以，遗嘱的内容不能公布。”祁阳坚持道。

“如果他真的是次代克隆体，那么是谁克隆了程诚？他的目的又是什么？程诚现在下落不明，很可能遇到了危险，你难道就一点儿也不在乎吗？”康云目光缓缓上移，落在祁阳的脸上，他希望能捕捉到什么有用的信息，但祁阳的神情仍然那么平静。

“程诚就交给我这一件事，我必须帮他办好。如果你们真想救程诚，那就好好看看这份材料，说不定会有什么意外的收获。”祁阳指了指那份卷宗。

康云知道再说下去也无益，便伸手抓起那份卷宗，起身走向门外，孙伟严见状连忙跟上去。在车里，康云快速翻阅着那份卷宗，试图从里面找出什么自己没有发现的疑点，看着看着，康云的瞳孔骤然收缩，摆在他面前的是一份“悠和未来”已作废的货物清单，清单表明，一个多月前，任婉琴从公司仓库里取走了两箱休眠液。

“小张,”康云打电话回刑警队，“我一会儿发给你一份材料，你马上核实这份材料的真实性，另外，查一下最近1个月程诚家订奶的记录。”

“有什么发现吗？”一旁的孙伟严见状就知道康云一定发现了什么。

“程诚或许真的还活着。”康云发动了汽车，从地下停车场驶出，拉响警笛，直奔程诚在锦绣庄园的别墅。

东山路上，所有驾驶员的脑机都收到了避让警车的提示，在自动指挥系统的控制下，车流很快分开，留出一条空道，紧接着，一辆拉着警笛的越野车飞快驶过，而驾驶越野车的正是康云。

“120的人通知了吗？”康云将油门踩到了底。

“他们已经到了，说程诚伤得不轻，现在正准备去医院。”电话那边的警员汇报道。

“现场勘查呢，有结果了吗？”康云问。

“根据现场痕迹来看，这就是一场普通的交通事故，事故地点附近只有那辆哈雷的车辙，我们推测他当时应该是在躲避什么东西，比如横穿马路的人或者野生动物之类的。这附近没有监控，到底是什么导致摩托车撞上了灯柱，只能等程诚醒来才能知道了。”

“一定要保证现场的完整，另外，派一个探组跟着救护车，在彻底排除这是有人蓄意为之前，一定要保证程诚的安全。”康云安排道。

“明白。”

康云挂掉电话，朝孙伟严点了点头。

“所以，真是任婉琴？”孙伟严目瞪口呆。

“如果从现有的证据来看，只能说任婉琴的嫌疑最大。东山那场事故之前，我在程诚家见到一个送奶工，他只送了一瓶牛奶，我当时没在意，后来回想起来，觉得有点不对劲，就让小张查了一下。果然，程诚家一直都是订两瓶牛奶，在下午五点左右送到，但音梭列车爆炸的那天上午，有一个女人打电话将这个数量改成了一瓶，至于这个女人是不是任婉琴，还无法证实，所以现在还不能下结论，”康云说着，忽然猛踩一脚刹车，越野车停在了程诚的别墅门前，他钻出驾驶室，一边从兜里掏出程诚家的钥匙，一边说道，“我有个猜测，需要实地验证一下。”

孙伟严紧随其后，二人进了程诚家。

康云一进门就直奔厨房与客厅交界的地方，那里有一面1米多宽的隔断墙，他弯腰用手仔细敲打每一块地板，终于发现在被敲击后，有块地板发出与其他地板不同的声响。他尝试沿着地缝将那块地板掀开，却怎么都用不上力，于是抬头看向孙伟严：“找把刀子来。”

孙伟严在厨房里转了一圈，直接把整个刀架拿了过来。康云从中抽出一把剔骨刀，插入地板之间的缝隙，用脚踩住刀把，一用力，便将那块地板撬了起来。二人伸手把住地板边缘，合力将其彻底掀开，地板原先所在的位置露出一个漆黑的洞口。

“你在上面等着，如果我出了什么事，打电话报警。”还没等孙伟严反应过来，康云便只身跳下洞口。孙伟严捡起那把被康云扔到一边的剔骨刀，握在手中，紧张地盯着洞口。没过多久，洞穴中忽然亮起了灯光，紧接着就听康云在下面喊道：“打 120！”

孙伟严闻声连忙向 120 发出了求救信号，这时康云出现在了洞口下方，他朝孙伟严招手道：“下来吧。”

孙伟严看着洞口，犹豫了一下，还是跳了下去，落地的时候没有站稳，结果一屁股坐在了地上。他撑着地挣扎着站起身来，下意识地想要拍自己身上的灰尘，但忽然感觉手上发黏，好像沾到了什么脏东西，便只好作罢。

跟着康云穿过一个 3 米多长的狭窄甬道，孙伟严的眼前豁然开朗。甬道尽头是一间宽敞的石室，里面打扫得很干净，石室中央有一张床，床上躺着一个人，孙伟严走上前一看，正是程诚。

“你看，”康云指了指挂在床头上的吊瓶，还有石室角落的两个纸箱，“这就是任婉琴从‘悠和未来’取走的休眠液，上面有‘悠和未来’的标识。”

“这么说，真是她干的。”孙伟严对这个结果并不感到惊讶。

“根据箱子里的空瓶数目来看，他被关在这里的时间不少于 1 个月。”康云没有下结论，但他的意思已经很明确了。

“1 个月。”孙伟严下意识地掏出烟盒，但他随即意识到自己不应该在这里抽烟，便又将烟盒塞回了口袋。

五

“江远明能有你这么个学生，算是他的幸运，你能跟我坐一趟车，是我的幸运……”这已经是康云第三次重复这句话了，他猛然回头，看向身后的张冰，“这句话到底是什么意思？”

“我，我怎么会知道。”张冰让他看得有点心里发毛。

“就这么一段吗？之前的呢？”康云问。

“维达科技的人说，这个李岩从来没有进行过记忆备份，因为他签订了遗体捐献协议，所以他们才有机会从其大脑中勉强提取出一小段记忆，这种记忆模拟技术目前处于试验阶段，具有很大的局限，对记忆完整度的要求很高，您现在看到的这段视频，已经是他们的全部成果了。”张冰解释道。

“你能跟我坐一趟车，是我的幸运……”康云又念了一遍那句话。

“康局，您说这案子不都结了吗？虽然任婉琴已经身亡，不予起诉，但柳杨在继承她的遗产之后也对程诚进行了相应的赔偿，您还因为这个案子升职当上了副局长，这不是一个两全其美的结局吗？您还查它干吗？”张冰对康云的行为有些不解。

“看看这个。”康云抓起桌上一份报告，递给张冰。

张冰翻开迅速过了一遍，没有发现什么值得调查的地方。

“这里。”康云见张冰脸上露出迷惑的神情，便伸手在上面一指。

“在程诚的鞋底发现了 DL- 苹果酸、食用香精等物质，”张冰读出了那句话，但他还是不太明白康云的意思，“这有什么问题吗？”

“后面有他们家冰箱里橙汁成分的检测报告，以及现场勘查给出的报告，确定在程诚鞋底发现的就是橙汁，而且在地下室里发现了沾有橙汁的脚印，这些脚印分别属于三个人，我、孙伟严，和程诚，”康云顿了顿，接着说道，“我当时能发现地下室，就是因为不小心将橙汁洒在了地上，而且我们现场勘查的同志在整座别墅里只发现了那一摊橙汁渍，那么程诚鞋底的橙汁是从哪里踩来的呢？”

“当时您不是说，可能是程诚被关起来之前沾上的，或者是咱们把他救出来的时候沾到的吗？”张冰不明白康云为什么要推翻自己之前的结论。

康云无奈地摇摇头：“现在回想起来，当时结案的时候上面给我们施加了不少的压力，所以这个结论下得有点武断了，如果程诚是在我去了他家之后才到的地下室，那么这个案子的性质可就完全变了。”

“康局，别怪我没提醒您，程诚现在的身份可不一般，如果您真要把这案子再查一遍，可要当心啊。”张冰把那份报告一合，交还给康云，转身离开多媒体室。

“刚刚看守所来消息，程诚的克隆体死了。”康云说道。

张冰脚步一滞，他转身问道：“您打算怎么做？”

“你说，咱们有可能把维达科技的记忆模拟设备借出来吗？”康云的脑海中闪过一个念头。

新都林苑三号楼的顶层，程诚和柳杨站在落地窗边，手里端着酒杯，望着楼前那座人工湖，此时湖水已经被抽干，遍布淤泥的湖底如同一个子宫的纵切面。

电视里，晚间新闻的主持人正襟危坐，播报着当日的新闻：“……警方在‘悠和未来’的一间实验室里发现了‘繁羽科技’集团董事长程诚的生物样本，并且在一个已报废的人造子宫里发现了程诚的DNA，基本确定了在音梭列车爆炸事故中身亡的是程诚的克隆体，而通过与程诚家取得的毛发样本进行线粒体比对，证实警方在其锦绣庄园别墅的地下室里救出的正是程诚本人。

“程诚对任婉琴遗产的继承人柳杨提起民事诉讼，要求赔偿损失，该案件日前由龙都中级人民法院开庭审理，据悉，柳杨在法庭上表示将会全额支付程诚律师团队提出的赔偿金额，鉴于‘繁羽科技’和‘悠和未来’股价暴跌，任婉琴在两家公司所拥有的股份及其全部财产仍不足以支付赔偿，剩余的101万元将从柳杨的个人账户中支出。

“案件结束后，‘繁羽科技’集团改制事宜再次被提上日程，今日上午，‘繁羽科技’与‘悠和未来’召开联合发布会，签订了战略合作一揽子协议，这是自去年11月，‘悠和未来’宣布与‘繁羽科技’停止合作以来，两家公司首次同台亮相。发布会上，干细胞研究所研究员江远明教授宣布加入‘繁羽科技’再生医学中心专家团队。

“近期，江远明教授关于AD2基因的最新研究发表，文章确认AD2蛋白的 δ 亚基上，存在SCRP的结合位点，SCRP是cc通路中的一种调节蛋白，具有依赖ATP与钙离子的磷酸酶活性，可对AD2基因进行可逆磷酸化调节，最早由程诚发现，江远明的这一新发现有望解决次代克隆体的早衰问题，并为医学上困扰人类多年的10倍衰老症提供新的治疗思路……”

“按照咱们的约定，等改制完成，你会得到任婉琴所拥有股权市场估值的10%，”程诚向身边的柳杨伸出酒杯，笑道，“这杯祝我们合作愉快。”

“合作愉快。”柳杨也回报给他一个微笑。

碰杯之后，二人将酒一饮而尽。

“那我就先告辞了。”柳杨将酒杯放在茶几上。

“请便。”程诚做了一个请的手势。

柳杨抓起沙发上的公文包，叫来电梯，离开了公寓。程诚听着电梯关门的声音，没有回头，而是继续欣赏着窗外的夜色。没过多久，电梯又升了上来。程诚有些奇怪，他调出电梯里的监控，看到了一个熟悉的面孔。程诚有些意外，他没想到那个人会找到这里，但还是授权了访客的开门权限。

电梯里的康云见电梯的开门键亮起，便伸手按了下去，没等电梯门完全打开，他就一脚迈进这个空旷的公寓。一出电梯门，康云的脑机便发出了信号丢失的提示，脑机是依靠云端进行计算和储存的，一旦信号丢失，脑机将无法储存任何信息。康云早就预料到了这一点，他丝毫没有惊慌，只是信步上前。

"康队，不对，我现在应该叫你康局了。"程诚坐在沙发里，端着酒杯，打量着康云。

"我在楼下碰到柳杨了。"康云盯着程诚说道。

"所以呢？"程诚微笑着问。

"程先生不请我坐下吗？"康云反问。

程诚指了指旁边的一张椅子。

"他从你这儿刚走吧。"康云坐下身来，他看了一眼茶几上的酒杯，里面还残留着些许酒。

"或许是，或许不是。"程诚不置可否。

"那就是了。"

"你怎么说都可以。"程诚直起身来，将手中的酒杯往茶几上一放，盯着康云的眼睛说道，"康局这么晚来我这里，不会就是想跟我说这个吧。"

"当然不是，"康云迎上程诚的目光，"我是来给你讲故事的。"

"太好了，我最喜欢听故事了。"程诚跷起二郎腿。

"就我个人来说，我是不怎么喜欢脑机的，毕竟这个东西有点侵犯人的隐私，不过，你跟我不同，你一直坚持使用脑机记录自己的身体状况。3 个月前，你突发心脏病，就是因为脑机，你才被及时送到了医院。”康云望着程诚，不紧不慢地说道，“或许那次意外，你想通了什么，又或许，你早就想通了，而那次意外成为一个契机，一个你实现自己计划的契机。”

“康局，”程诚笑了，“我听不懂你在说什么，要不……”

“听下去，你很快就懂了，”康云打断了他，“你脑机的记录在此之前没有过中断，只有那一次，应该就是那个时候，你把自己的脑机转移到了克隆体的身上。”

程诚没有对康云的说法发表任何意见，只是用看傻子的目光看着他。

“在此之前，你应该就已经准备好了一个克隆体，我们暂且称之为 1 号，利用这个机会，1 号代替了你的身份，并得到了你的部分记忆。当然，他不可能知道你的全部计划，因为他的使命就是代替你去死。”讲到这里，康云停顿了一下，他望着程诚，希望能从他那里得到一点反馈，但自始至终程诚的表情都没有一丝一毫的变化。康云没有灰心，他继续说道：“本来你已经设计好了他的离场方式，我想或许是车祸，又或许是其他意外，但你没想到，命运竟然帮了你一把，音梭列车的事故和集团改制的压力让我们克隆 1 号变得顺理成章，于是孙主任跟我便带着 1 号的尸体连夜到了‘繁羽科技’，2 号诞生了。”

“你这个故事讲得挺有意思，只不过弄错了一点，那个时候我已经被任婉琴关在了地下室。”程诚伸出手在康云的面前晃了晃，他的手背上还有输送休眠液留下的针孔。

“这只是一个故事而已，没必要那么较真。”康云摇摇头，“国家生物样本中心保存有你的体细胞样本，要想保证没人能发现 1 号已经是克隆体的事实，你就必须用 1 号的体细胞样本将其置换出来，如此一来，他们和第三方给出的检测报告都将是线粒体比对成功。2 号从诞生之日起就是一个完美的杀手，他有着对人体克隆的了解，你只需要稍作诱导，他就能意识到自己只是一个克隆体，他有着对任婉琴的恨，这就是他杀任婉琴的动机。最重要的是，他很快就会死，不会留下任何后患。”

“如果，我是说如果，这就是我的计划，那么其中有一个很大的不确定因素，那就是怎样才能保证你说的 2 号会动手杀了任婉琴呢？假设我恨任婉琴恨到想杀了她，而 2 号继承了我对任婉琴的恨，既然我没有动手，那凭什么他会动手呢？”程诚笑着问道。

“程诚在出院的前一晚被你掉包了，就在酒吧里，你说我该叫你程诚好呢，还是陈琛好呢？”康云双臂交叉抱在胸前，用略带戏谑的语气说道，“那晚你戴了形象诱导器，化名陈琛，跟 2 号接触。当他要上厕所时，你提出跟他一起，就是在厕所里，你们两个调换了外套，并且用某种交换器交换了脑机信号。接着你将形象诱导器戴在 2 号的身上，跟他互换了身份，你的同伙，我记得应该是一个女生，她将 2 号带走，而你跟我回了医院，至于她对 2 号做了什么我并不知道，但一定就是那个时候，2 号得到了杀死任婉琴的强烈意愿。虽然我还没弄明白你那个女同伙的身份，但我可以确定，她一定是‘悠和未来’的内部员工，否则，她不可能接触到那个用来培育克隆体的人造子宫。”

程诚一边听一边点头，他说：“如果你有一天不干警察了，跟我说一声，我资助你去拍电影。“

康云没有理会程诚的调侃，他继续说：“第二天，你叫来了任婉琴接你出院，等我们到你家后，又提出要带着任婉琴出去兜风，任婉琴只能做出在一个不知道你们两个已经离婚的外人看来很正常的行为，那就是答应你，而你也知道，她不可能真的跟你出去兜风，她逃避这件事的方法就是谎称公司有会需要她参加，让你将她送到‘悠和未来’。接下来，你骑着摩托车前往东山跟你的同伙会合，她已经将 2 号带到了那里，利用一场伪造的车祸让 2 号重新取得程诚的身份，你则在关闭了脑机信号交换器后再次隐身幕后。”

“在 2 号杀了任婉琴之后，你需要解决两件事，一是如何引导我们将已经死掉的任婉琴跟这件事联系在一起，还有就是你如何以合法的身份回归。于是你将自己包装成了一个受害者，祁阳在你的指使下故意向酒保透露了第二份遗嘱的存在，酒保又将这件事告诉了我们。这份遗嘱到底存不存在，里面的内容是什么，这些都不重要，重点是将我们引到祁阳那里，看到那份来自‘悠和未来’的货物清单。如果一切如你计划的那样进行，我很难怀疑到你身上，但是一个纰漏和一个意外，让我对你起了疑心。”

“哦？我倒想听听，是什么让你怀疑我做了你刚刚说的一切。”程诚来了兴趣。

“说是意外，也可以说是幸运。”康云站起身来，走到落地窗前，望向窗外那一排排已经搬空了的居民楼，缓缓说道，“那天你在伪造了东山那场意外之后就偷偷潜回了自己在锦绣庄园的别墅，躺在地下室的床上，利用休眠液进入了休眠。为了让一切合理，在此之前你已经倒空了一些休眠液的瓶子，可你没有想到，当时我在你们家的时候因为口渴喝了一瓶橙汁，不慎洒落了一些，正好就洒在了地下室的入口处，橙汁很快漏下去，而你我都没有发现。你被救出来之后，技术部门在你的鞋底检测到了橙汁的成分，而且地下室还留有你带有橙汁的脚印，由此可以推断，你可能是在我离开后进入地下室的，不小心踩在了那摊橙汁上，留下了这个致命的证据。”

“或者，”程诚打断道，“只是我被任婉琴关起来之前不小心踩到了橙汁的污渍。”

康云若有所思地点点头，他转过身来，望向程诚，程诚整个人都陷在沙发里，只露出两条腿。他走上前，双手按在沙发后背上，对程诚说："至于那个纰漏，奶站的人说，音梭列车爆炸事故的那天上午，有个女人将你们家订奶的瓶数改成了一瓶，但根据我们得到的调查报告，音梭列车爆炸就是一场意外，任婉琴不可能操纵这场事故，这说明那天有人已经准备好动手干掉 1 号，并将其嫁祸给任婉琴了，如果我猜得没错，打电话的就是你的那个女同伙。不过这样的嫁祸手段有点过于明显了，也正是这件事引起了我的怀疑，如果真是任婉琴做的这一切，那么她打电话给奶站就有些此地无银三百两了。"

"目的呢？你说我策划了这一切，我的目的是什么？"程诚抬头看向康云。

"开始我也想不明白，一开始，我以为你的目的就是向任婉琴复仇，直到我从维达科技得到了一份记忆拷贝，你知道李岩吗？"康云问。

"李岩？"程诚的语气中带着一丝困惑。

"李岩是江远明的学生，他跟 1 号是在音梭列车上认识的，也一起死在了那场事故中，好在维达脑机的最新技术还原了他最后的记忆，也正是那段记忆，让我明白了你的动机。"康云转到程诚面前，看着程诚的眼睛，说，"对于江远明来说，检验 AD2 蛋白的 δ 亚基上是否存在 SCRP 的结合位点是一件很简单的事，可在他最初发表的论文里缺少了这一部分，我想这不是失误，而是他故意为之。一旦任婉琴背上了你为她设计的罪名，你就能得到她手里的股份，接着，'繁羽科技'和'悠和未来'宣布重新建立合作关系，江远明公布他最新的研究结果，并宣布加入你们的专家团队，这一系列的操作将两家公司的股价重新拉升，这时候改制工作组就要重新对'繁羽科技'集团进行估值，这件事结束后，你不但能拿到一大笔收购费，还能在改制完成后继续占有'繁羽科技'集团 39% 的股份。"

“讲完了？”

“讲完了。”康云头也不回地走向电梯，按下了呼叫按钮。

“谢谢你的故事。”程诚在他背后喊。

“不用客气。”电梯到了，康云等待着电梯门打开，让他没有想到的是，电梯载上来了一个女子，正是康云在酒吧里见过的陈琛的女友。她看了康云一眼，没有说话，而是绕过他径直走向程诚。

康云走进电梯，按下了一楼的按钮，电梯门关闭的一刹那，他便收到了脑机崩溃的提示。

“怎么样？他承认了吗？”康云一回到货车车厢，张冰便关切地问道。

“自然是没有，不过看他的反应，应该就是他做的，不然他没有必要搞垮我的脑机，只要我们能拿到那段记忆的模拟视频，就能向上级证明重新立案调查程诚的必要性，”康云躺倒在货箱中央的那张椅子上，对张冰说道，“来吧，我准备好了。”

张冰一边将电机接到康云的额头上，一边说道：“这台仪器是维达脑机在实验室里用的，使用它拷贝得到的记忆能达到89%的可视化率，但是相比脑机备份，这台仪器的风险更高，甚至会对大脑有损伤，您想好了吗？”

康云点点头：“我们现在耽搁一秒钟，能够还原的记忆就会流失一秒钟。”

“那您在这里签个字。”张冰将一份免责声明递给康云。

康云看都没看就签下了自己的名字，他催促道：“开始吧。”

张冰点点头，按下了启动键。

“他来做什么？”女子看着康云消失在电梯门后，问道。

“说是来给我讲个故事，”程诚将女子拥入怀中，“故事很精彩，只可惜，别人恐怕听不到了。”

“我说过，让他去跟维达老板谈一谈，对我们是有好处的。”女子伸手关闭了自己脖颈上的形象诱导器，露出她的本来面目，那是一张年轻女子的脸，唯一的瑕疵便是左眼眼角的那颗泪痣。

剑弢，山东人，现从事雌性哺乳动物生殖生理学研究工作。希望能够通过笔下文字，捕捉人类未来发展的多维可能。代表作《涡旋》《在人民商场的天台上》《缄默》等。

天鹅之歌

范　舟

一

黑色自动驾驶越野车在蜿蜒的山路上高速而安静地行驶着。夏日的艳阳透过茂密的枝叶洒下无数铜钱大小的光斑。从警校毕业不到两年的年轻刑警常夏坐在副驾驶座上睡得迷迷糊糊，头像鸡啄米一样不停地点着，光斑如流水一般从她长期熬夜而变得苍白的脸上掠过。

她的直系上司，首都公安局副局长李昭明坐在旁边的驾驶座上，正在用虚拟显示器查看资料。随着越野车驶入大山深处，一幢与周遭的树林格格不入的白色大楼闯入她的视野，李昭明朝大楼凝望了片刻。车速渐渐慢下来，音响中传出甜美的女声："目的地即将到达，请带好您的随身物品。祝您一路顺风。"

智能驾驶系统的提示唤醒了常夏，她睡眼惺忪地问："疗养院到了？"

"到了。准备下车吧。"自动安全带一解除，李昭明便将装有各种工具的黑色背包塞给常夏，自己空着手下了车。常夏将背包背上，跟在李昭明身后向黑色雕花铁门走去。透过铁门的缝隙可以看见远处怒放的月季花和人工湖清澈的湖面。这就是她们此行的目的地——这座城市最大的军队疗养院。

由于原本管理疗养院的人工智能处于停用状态，目前负责安检的是老式的门卫机器人。它转动履带，来到李昭明和常夏面前。两人先后俯身进行了虹膜识别，身份核验完成后，大门自动打开。常夏嘟囔着跟在李昭明身后走进大门："老式的就是不方便，照得我眼睛疼。"

进入疗养院后，门卫机器人告诉她们去位于疗养院东南角的活动中心二楼会议室，案情介绍会即将开始。两人按照指示踏着落英缤纷的石板路，朝东南方向走去。这间疗养院占地辽阔，过半土地覆盖着郁郁葱葱的树木。常夏深深吸入一口清新得让人不适应的空气，抬头遥望一栋掩映在青松翠柏间的红砖小楼，那就是本次案件的案发地点。2 个月前，32 岁的空军飞行员关山月就是在那里被一颗子弹射穿了头颅。

走了大约 2 分钟，她们抵达了活动中心。这是一栋外观朴素的白色建筑，一楼有很大的游泳池。由于命案的缘故，原本在这里疗养的军官都转去了其他地方。游泳池里空空荡荡，整栋楼安静得能听见风吹过的声音。两人乘电梯来到二楼，会议室的长桌旁已经坐了几个人。一个身穿草绿色军装、戴着无框眼镜的中年男人正站在长桌前调试全息投影，见两人进来赶忙迎了上来。

"好久不见，李副局长。"男人热情地握了握李昭明的手，"听说你这两年在首都公安局势头不错啊，估计过不了多久咱们就要在公安部见面了。"

"您过奖了。"李昭明淡淡地说，然后扭过头对常夏介绍，"这位是后勤保障部的陈超平上校，是我在部队的熟人。"

"您好，我是首都公安局刑侦总队的常夏。"常夏连忙微微鞠了一躬。陈超平对她和蔼地一笑："这么年轻就跟着领导出来办案，前途无量啊。"

"小常是公安大学的研究生，虽然年轻但是业务熟练，之前虚拟世界那桩案子帮了我不少忙。"李昭明扫了一眼长桌边的几个人，"这几位就是部里派来的专家吧。"

"哦，我来给你介绍。"陈超平分别指了指长桌两边，"左边这位是国防部下属人工智能和仿生人管理中心的杨致远中校。"同样身穿军装的男人朝李昭明点点头，他面色黧黑，右手紧贴腰间，仿佛随时准备把枪拔出来。“右边这位是科技部下属民用人工智能研究中心的宋林深博士。穿白大褂那位是公安部的专家陈欣法医。”宋林深年纪不大，穿着浅灰色职业套装，有着一头闪亮的红棕色长发和姣好的面容。她似乎对李昭明和常夏不怎么感兴趣，傲慢地抬了抬下巴，算是打招呼。坐在她身边的陈欣是个头发乱糟糟的小伙子，他倒是客气地说了句“你好”。

李昭明和常夏在靠近大门的位置上坐下。陈超平回到长桌前：“既然人到齐了，那我们的会议就开始吧。”

所有人都挺直了腰板。陈超平清了清嗓子说：“在正式开始之前，先跟大家打声招呼。我是军委后勤保障部的陈超平，目前担任这间疗养院的代理院长。非常感谢各位来到这里协助调查关山月少校和严明少校被杀一案。下面我给大家简单介绍一下案件的来龙去脉。”

长桌前的全息投影呈现出了疗养院的全貌。陈超平点了点其中一栋小楼，将其放大：“这次的案件发生在疗养院的一号楼。一号楼共三层，底层是餐厅、健身房、阅览室、会客厅，二层是住宿区域，三层是仓库。当时一号楼总共住了四名军官，分别是空军的程近道中校和关山月少校，以及陆军的李玄林中校和严明少校。程近道的房间和李玄林的房间相对，关山月的房间和严明的房间相对。”

陈超平放出了四人的照片。常夏饶有兴趣地一一看去。关山月和程近道是典型的军人派头，五官端正，不苟言笑。严明长得温文尔雅，颇有几分书卷气。李玄林样貌英俊，但脸上的笑容有些玩世不恭。照片下方的小字介绍了每个人入住疗养院时的伤情：关山月双目失明，程近道右臂肌腱断裂，严明肝脏损伤，李玄林腰椎破裂。也许是为死去的战友感到惋惜，杨致远轻轻地叹了口气。

“根据程近道的陈述，今年5月13日凌晨一点左右，当时正在下暴雨，他和严明在睡梦中听到了枪声。枪声是从关山月的房间传来的，所以他们来到关山月的房间前敲门询问情况，过了很久才听到回应。关山月没有打开房门，只是简单说了两句话就把他们打发走了。走廊上的监控录像也证实了程近道的说法。不过根据关山月遗体的检验结果，我们认为程近道和严明听到的回答很有可能是由望舒——也就是当时负责管理这间疗养院的人工智能伪装的。陈欣，你来讲一下尸检的情况。”

陈欣挠了挠乱糟糟的头发，走到长桌前。他点了点切换键，全息投影瞬间由一号楼的结构图变成了关山月的遗体。她浑身赤裸，像飘浮在母体中的婴儿一样双手环绕着膝盖。如果忽略太阳穴处的空洞，她看上去就像睡着了一样安详。李昭明轻叹了一声。

陈欣一手插在口袋里，一手指着关山月的遗体：“关山月的遗体被藏在一号楼地下的防空洞中。国防部修建这座疗养院时在每栋楼下都修了人防工事，平时不开放，必须输入密码才能进入。不过，这对拥有这座疗养院最高权限的人工智能不构成任何阻碍。望舒将关山月的遗体存放在注满了保存液的恒温储罐中，遗体保存得很好，几乎没有腐烂，这也给我们鉴定死亡时间带来了很大的麻烦。不过通过测定遗体各器官组织细胞的 DNA 含量，我们还是分析出关山月的死亡时间应该是在 5 月 13 日前后。而且关山月的遗体除太阳穴处的枪伤外没有任何伤口，也没有搏斗的痕迹，与程近道只听到一声枪响的描述相符。综上所述，我们认定 5 月 13 日凌晨一点左右就是关山月的死亡时间。程近道和严明听到的声音应该是由望舒伪装出来的。”

“我有个问题，”宋林深举起左手，“为什么只有程近道和严明听到了枪声，李玄林呢？”

杨致远发出一声不屑的嗤笑：“你如果刚才认真看了照片，就会发现李玄林是装甲兵出身。听力受损对他来说很正常。”

宋林深恼怒地望着他：“我怎么会知道李玄林是装甲兵？”

“他的臂章。”李昭明指了指自己的左臂，“李玄林的臂章上有坦克标志。”

宋林深被杨致远这么一嘲讽，脸上高傲的神情消失了，悻悻地低下头。

李昭明看向陈超平：“枪和子弹是从哪儿来的？按照疗养院的规定，每名入住的军人都应该上交武器。”

陈超平解释道：“枪是活动中心的道具枪，子弹是用钢珠弹头改造的。上面只有关山月一个人的指纹，应该是关山月自己制作的。”

“等等，”宋林深插话道，“刚才的资料说关山月在训练中遭遇事故以致双明失明，一个瞎子怎么可能做到这些事？”

“关山月少校是一名训练有素的军人。”杨致远看都懒得看她，“拆解和组装枪支对她来说就跟喝水一样容易。我也可以在蒙眼的情况下拆解并重新组装一把五四式手枪，您想看吗？”

宋林深接连碰了两颗钉子，白皙的脸变成了绯红色。李昭明注视着全息投影中关山月的房间：“关山月能做到这些并不奇怪，但她能在望舒的监视下做到这些事，这才是令人怀疑的地方。”

“关山月的房间有摄像头？”一直在认真做记录的常夏抬头问。

“有。”陈超平放大关山月的房间。疗养院的房间面积不大，布局方正，客厅、卧室、浴室、阳台一应俱全。关山月的房间安装了两个摄像头，分别在客厅和卧室的角落。

“浴室是监控盲区。”李昭明喃喃道，“关山月的死亡地点在哪里？”

这次回答的是陈欣：“望舒在关山月死后彻底打扫了房间。不过我们还是在浴室的下水道中发现了血迹。”他露出一丝得意的神情，“案发地点应该就在浴缸。”

常夏在虚拟键盘上飞舞的双手停住了。她想象着关山月死前的情景：失去光明的飞行员蜷缩在狭窄的浴缸中，举起改造手枪对准自己的太阳穴扣动了扳机。

常夏突然想走出会议室透透气。

但她什么也没说，继续飞快地做记录。宋林深靠在椅背上，右手不耐烦地敲击着桌面："案发现场和尸体上都没有搏斗痕迹，凶器上只有死者一个人的指纹。这么明显的自杀案，有什么必要把首都公安局的人叫来？"

李昭明没有理会她，而是催促陈超平："请继续。"

陈超平继续介绍："从关山月遗体的保存情况来看，望舒应该是在她死后立即将遗体转移到了恒温储罐中。之后，关山月很长一段时间都没有露面。不过她住进疗养院后一直独来独往，因此一号楼的其他三名军官并没有感到异常。6 月 21 日晚上 8 点左右，李玄林和程近道在查看健身房的出入记录时发现关山月已经 1 个月没有进过健身房。这与她一直以来的生活习惯不符。于是他们去敲关山月的房门，没人开门。这引起了两人的怀疑，他们从一楼爬上关山月房间的阳台，发现屋里根本没人，这才意识到望舒一直在撒谎。李玄林和程近道决定向国防部报告望舒失控，结果在走廊上遭到了仿生人 B370–E78 的袭击。"陈超平看向宋林深："宋博士，这个部分你来给大家讲解吧。"

宋林深站起来，踩着高跟鞋哒哒哒地走到长桌前，打开 B370–E78 的照片。E78 看上去就像一个 20 岁出头的俊朗青年，表情和善，眼神真挚。"B370 系列仿生人是我们中心开发的陪护型仿生人，共有六种外观，采用最新的第七代处理器，具有较强的互动性。这间疗养院入住的每一名军官都配备了一名 B370 系列仿生人，E78 是专门分配给程近道的仿生人。它在出厂前经历了为期一年的培训，顺利通过了服从性测试和社交性测试，可以说毫无问题。"

宋林深点击切换键，全息投影变成了严明的遗体。他的模样比关山月凄惨得多，腹部有巨大的空洞，四肢都有明显的肌肉坏死。

“这是电击伤？”李昭明问。

“没错。”陈欣回答，“严明的遗体腹部呈洞穿性缺损，两臂有明显的夹花状肌肉坏死，左脚骨关节损伤外露，是典型的电击死。”

陈超平接着他的话往下说：“当时严明本来在一楼的阅览室，听到二楼的打斗声后上楼查看情况，发现E78在走廊上攻击李玄林和程近道，便上前帮忙。根据李玄林和程近道的陈述，他们三个加起来都不是E78的对手。望舒打开喷水装置往走廊上喷了大量的水，严明把李玄林和程近道从走廊的窗户推了下去。E78破坏墙壁扯出埋在里面的电线，用电流杀害了严明。不得不说它很狡猾。为了延长仿生人的使用寿命，它们的皮肤组织下面都有专门的绝缘层。E78正是利用了这一点。”

杨致远咄咄逼人，质问宋林深：“仿生人出厂的时候脑子里不都带着‘锁’吗？E78为什么会伤害人类？”

这也是常夏好奇的。根据各国10年前达成的协议，所有仿生人在出厂前必须被写入《仿生人行为准则》，也就是所谓的“锁”。《仿生人行为准则》中最重要的一条就是仿生人不得伤害人类，E78的举动显然违背了这一准则。

“是仿生人失控吗？”常夏直截了当地问。会议室里的其他人顿时都将目光转向她。

失控向来是人工智能领域最忌讳的话题。在这项技术尚处于萌芽阶段时，已经有不少学者通过各种途径对人工智能的可靠性和安全性提出质疑。即使在人工智能已经广泛应用于各领域的今天，人工智能公司每年依旧要花天价的营销费来宣传产品的安全性。之前国外出过几起民用仿生人失控事件，虽然并未造成多么严重的后果，但涉事企业的股价还是直接腰斩。如果科技部主导开发的仿生人失控还杀死了现役军官，常夏难以想象这会对国内的仿生人和人工智能产业造成多大的影响。

宋林深的脸再次涨红了，常夏的问题似乎让她感到奇耻大辱。“目前并没有任何证据表明 E78 是凭它自己的意志杀死了严明。每名仿生人被分配到这间疗养院后都必须接入望舒的局域网，它们的充电、检查和日常维护也是由望舒统一进行管理。望舒完全可以用电流熔毁 E78 的控制核心，把它变成供自己驱使的奴隶。常警官，请注意你的言辞。”她几乎是咬牙切齿地说出了最后一句话。

常夏没有被她恶狠狠的表情吓住：“目前有什么证据能表明 E78 是被望舒控制了吗？”

“我们找到了 E78 躯体的碎片。”宋林深动了动食指，空中顿时多了数百块大小不一的碎片，犹如满天繁星，“我们中心的仿生人都有专门的生产线，不会使用民营企业生产的零部件。我们已经对现场收集到的所有碎片进行了分析和比对，这些碎片全都来自 B370 系列 E 类外观仿生人。如果 E78 真的失控了，那它杀害严明后为什么要自毁？”

常夏反问：“你们找到 E78 的核心处理器了吗？”

“没有。”这个问题把宋林深噎住了。

“没找到核心处理器就不能证明 E78 已经毁坏。仿生人都是寄居蟹，躯体对它们来说只是一层壳。”

宋林深怒极反笑：“那你的意思是说 E78 浑身都碎成了渣，单靠一个核心处理器从疗养院飞走了？还是说望舒掘地三尺把 E78 的核心处理器藏起来了？”

两人之间的火药味实在太浓烈，陈超平不得不出来打圆场：“你们两个不要急。今天只是案情介绍会，大家都可以有自己的想法，之后再慢慢调查嘛。”

李昭明一直默不作声地听着二人的争吵，此时，他突然提出了疑问：“如果真的是望舒控制了 E78，那它为什么要破坏 E78 的躯体？”

“也许是为了掩盖自己操纵仿生人的罪行？”陈超平推测。

“可它并没有销毁严明的遗体。望舒连杀人这么大的罪行都没有掩盖，为什么会在意区区一名仿生人？”

“这个问题我们也考虑过。”宋林深接过话茬儿，“望舒管理着数十名仿生人，可它偏偏选择了 E78 作为杀人工具，这一定是有原因的。E78 也许看到了什么不该看的东西，才会被望舒变成傀儡。这也能解释为什么它的核心处理器不翼而飞，因为里面存储着一些望舒不希望其他人知道的秘密。”她将嘲讽的目光投向杨致远：“可惜国防部对望舒的分析毫无进展，不然案子早就破了。”

被宋林深反将一军的杨致远冷哼了一声，没有回复。常夏也没有再提出反对意见。宋林深讲述的的确是一种可能。她瞥了一眼李昭明，李昭明脸上依旧是如永久冻土般平静的表情。

陈超平也望着李昭明：“李副局长，你觉得这次的案子应该从哪里着手？”

“目前的线索还远远不够。第一桩案子我们必须进一步走访有关人员才能知道关山月到底是不是自杀。至于第二桩案子，我认为 E78 的核心处理器是关键。我会请局里加派人手对疗养院进行地毯式搜索。如果核心处理器或者核心处理器的碎片还在疗养院，那就说明多半是望舒控制了 E78，为了掩盖某些秘密才将它的核心处理器藏起来。如果哪里都找不到核心处理器，”李昭明接下来的话让会议室里的其他人毛骨悚然，“那 E78 就有叛逃的可能。到时只能上报国防部，请国防部来定夺。”

“还有什么需要补充的吗？”李昭明转向陈超平，“李玄林和程近道情况如何？”

“大致情况就是这些。”陈超平说，“李玄林和程近道都受了伤，但不严重，目前正在附近的医院接受治疗。如果你有问题想问他们，我可以联系医院让他们提前做好准备。”

“那就麻烦了。”李昭明一起身，常夏赶紧跟着站起来，“如果方便的话，明天早上八点我跟小常出发去医院。”

陈超平点点头：“没问题，车子我会安排的。”他看了一眼手腕上手表形状的通讯器：“离晚饭时间还早，你们可以先回去休息一下。你们的房间都在三号楼。房号和疗养院的地图我已经发到你们每个人的通讯器上了。”

“休息就不用了，我跟小常先去看看案发现场。”李昭明扫了一眼剩下的三人，“几位专家先请自便吧。如果有什么需要各位协助调查，我会上门拜访。”

说完，李昭明便头也不回地向屋外走去。常夏向其他人微微鞠了一躬，紧跟李昭明离开了会议室。

二

“有点奇怪啊，”在去一号楼的路上，常夏凑近了，对李昭明低声说，“杨致远和宋林深在会上简直快打起来了。”

李昭明用余光瞥了她一眼：“那是因为陈超平有些事情没告诉你。”

“什么事？”

一片白色的广玉兰花瓣悠悠地落在李昭明肩上，李昭明抬了抬肩膀将其拂去。“当初开发望舒的团队负责人是关山月的母亲曹灵少将。她是国内人工智能领域首屈一指的专家，目前在为国防部工作。”

常夏瞪大了眼睛：“那有可能是曹少将开发的人工智能害死了她自己的女儿？”

李昭明轻轻松松跨过三块石板。“也不能这样说。望舒最初是军用人工智能，在国防部服役了 11 年，其间没有发生过任何问题，更先进的羲和与云中君问世后，望舒才转为民用，管理权限也移交给了科技部下属的民用人工智能研究中心。所以宋林深一口咬定关山月是自杀，否则科技部就要为她的死负责。”

“原来如此。”常夏这才恍然大悟，“可宋林深的立场很分裂啊。她前面言之凿凿说关山月是自杀，后面又打死不肯承认 E78 失控，把责任全都推到望舒身上。”

“那是因为她是 B370 系列仿生人开发团队的一员。”李昭明将目光投向淹没在绿意中的红砖小楼，小楼前隐约可见黄色的隔离带。“她咬定关山月是自杀是为了维护科技部，咬定 E78 没有失控则是为了维护自己的团队。她说的每句话都是从自身的立场出发，没什么问题。”

“那国防部的立场是什么？”常夏目不转睛地盯着李昭明的脸。

“国防部对这次的案子应该也有自己的考虑，不然就不会特意指定有部队背景的我来负责了。今天陈超平在案情介绍会上很多话没有明说，他毕竟是国防部派来的，不可能自曝其短。他也清楚我有自己的信息源。很多事情我们心照不宣。”李昭明在一号楼大门前停下脚步，抬头仰望着这栋被生机盎然的绿色包围却寂静如沙漠的建筑。“这也是为什么宋林深会对我们两个有敌意，她多半也觉得我会在调查时偏向国防部。”

“那你会偏向国防部吗？”常夏一边往身上套无菌服，一边追问。

李昭明已经穿好了无菌服，用戴着橡胶手套的手推开大门。“我？我对国防部和科技部之间的利益纠葛没兴趣。我是一名警察，我唯一的立场就是被害人的立场。我要为葬身于此的两名被害人查出真相，这就是我来到这里的目的。”她们迈入空无一人的一号楼。

二楼的损坏情况比常夏预料的要严重许多。淡绿色的墙壁浸水后多了不少难看的裂缝，抹灰脱落后留下的痕迹就像人被烧伤后皮肤上的点点伤疤。厚实的金色刺绣地毯被卷成卷丢在墙角，裸露的水磨石地面上散落着一地渣滓。这些渣滓大多来自李玄林房间外墙上的巨大缝隙，那是 E78 打破墙壁扯出电线后留下的。光看这些遗迹，常夏也能想象出那晚 E78 在袭击程近道一行三人时下了怎样的死手。

神奇的是，关山月的房间除了客厅地毯有浸过水的痕迹，几乎完好无损。常夏跟在李昭明身后蹑手蹑脚地走进房间。里面简直整洁得像样板间，客厅的茶几和餐桌一尘不染，卧室里的床铺平整得没有一道褶皱。常夏打开衣柜，里面的衬衫和长裤都叠成了整齐的方块。她想起自己家乱得像狗窝的衣柜，心虚地关上柜门。

李昭明走到书桌前，轻轻抚摩胡桃木书桌光滑的表面。书桌和客厅里的餐桌一样洁净，上面摆着一本摊开的盲文版《红与黑》。李昭明翻了几页书，又踱步至浴室。常夏跟在她身后困惑地打量着整间屋子。

“觉不觉得有点奇怪？”常夏问，“关山月的死亡时间是 5 月 13 日凌晨 1 点左右，距离现在都快 2 个月了。她的房间是不是干净过头了？”

李昭明没有回答，打开浴室的储物柜。里面的毛巾和浴袍同样叠得整整齐齐。洗手台上除了洗漱用品外还摆着无火香薰，玻璃瓶里的精油剩了一大半。常夏走到浴缸前蹲下仔细观察，浴缸里连根头发都没有，更别提血迹了。

检查完浴室后，两人离开了关山月的房间。李昭明一边取下用过的橡胶手套，一边向楼梯走去：“说说你的看法。”

“我觉得关山月是自杀。”常夏回答得很干脆。

“为什么？”

“说不清楚，主要是直觉。”常夏挠挠头，“距离关山月死亡已经 2 个月了，她的房间却还是干干净净，肯定是望舒安排打扫的。如果真是望舒害死了关山月，它为什么要把关山月的房间打扫得那么干净？”

“很简单，伪装出关山月还活着的假象。”

“做戏也没必要做到这种地步吧？书桌上摆着书，连浴室里的香薰精油都及时更换了。我实在感觉不出来望舒恨关山月恨得要杀掉她，何况望舒为什么要放李玄林和程近道逃出关山月的房间？”

李昭明停下脚步：“什么意思？”

常夏解释道：“我看了陈超平发过来的区公安局写的现场勘查报告，里面说一号楼二楼所有房间的大门都连接了望舒的局域网。望舒明明可以把李玄林和程近道关在房间里然后解决掉他们，却任由他们逃到走廊上，发出声音引来了严明，感觉就像不忍心破坏关山月的房间一样。”

李昭明反问：“不忍心？”

“对。”常夏点点头，随即不好意思地笑了，“这个词用在人工智能身上确实有点奇怪。”

“是很奇怪。”李昭明领着常夏走出寂静的一号楼，“明天一大早要去医院见李玄林和程近道。我们先回三号楼休息吧。”

这天晚上，她们在三号楼的餐厅吃了晚饭。三号楼是整间疗养院最豪华的一栋楼，专供大军区级别的领导使用，如今只剩下调查组的几个人。常夏吃完八菜一汤的丰盛晚餐后，到健身房踩了40分钟动感单车，然后舒舒服服泡了一小时露天温泉，回到房间时正好9点。她估计李昭明已经从健身房回来了，便跑到隔壁房间找她下棋。

棋盘刚摆好，门铃就响了，这时李昭明刚裹着浴袍从浴室里出来。常夏一路小跑到门口，可视对讲机显示出杨致远那张黝黑的脸。他依旧穿着军服，神情严肃：“关于这次的案子我有些话要对李副局长说。常警官也一起来吧。”

15分钟后，三个人一起坐在一楼会客厅的窗边喝着家务机器人送来的热茶。外面的天色已经彻底暗下来，群星在茂密的树冠上空闪烁着。常夏打定主意不主动开口，视线聚焦在手中的茶杯上。李昭明穿着平常穿的衬衫和长裤坐在她旁边，脸上看不出什么表情。

杨致远主动倒了一杯茶递给李昭明：“今天会开得太急，也没来得及跟你打招呼。我们上一次见面还是在空军司令部吧，算算也有七八年了。”

“8年了。”李昭明接过冰裂纹茶杯，“您看上去气色不错。”

“你也没老。”杨致远笑起来眼角多了一道道皱纹，整个人和蔼了不少，“我记得那时候司令部给你和马怀之两个人开表彰大会，你和她一起上台领奖，你们两个脸上一点笑容也没有。林副参谋长当时就对我说，这两个孩子能成事。你走了之后，空军也出了不少不错的年轻人，像程近道和关山月，但跟你们那一批比起来总差了点意思。到底是战场上摸爬滚打出来的人，不一样。”

李昭明并未因杨致远热情的赞扬露出半点喜色：“江山代有才人出。关山月和程近道他们论天分、论努力都不逊色于我们这批人。国防部对他们想必也十分重视，不然也不会特意叫我来负责这次的案子。”

杨致远喟叹了一声：“是啊，国防部本来对程近道和关山月寄予厚望，谁也没想到会出这样的事。既然你已经知道了，我也不卖关子了。国防部为这次的案子花了很大心思，让你来负责调查只是其中之一。”

李昭明并不吃惊：“还有让曹灵少将负责对望舒的调查？”

“是啊。”杨致远苦笑道，“科技部对这事可是相当不满。毕竟望舒的管理权限早就转给了他们，曹少将还是被害者的家属，于情于理都不该这么安排。但曹少将很坚持，国防部也只能让步。”

“曹少将的调查有什么进展吗？”

杨致远摇摇头：“目前还没有。望舒早就清空了自己的数据库，现在处于静默状态。只是曹少将不死心，还在试图恢复数据。”

“那估计很难找到线索了。”

杨致远终于进入了正题：“今天看了现场有什么发现吗？”

“目前没有。”李昭明小口啜饮着茶水，“望舒把现场打扫得很干净。”

“关于关山月的死，你认为是自杀还是他杀？”

李昭明坦言：“目前还不能轻易下结论，不过根据我们掌握的线索，自杀的可能性更大。”

杨致远叹道：“我就知道会是这样。”他诚挚地望着李昭明：“李副局长，你是空军出来的人，是关山月的师姐，我就打开天窗说亮话吧。这次的案子就算最后查出来关山月真的是自杀，希望你在给国防部的报告中也务必要委婉一些。”

“我不明白你的意思。”

杨致远又叹了口气：“你应该也知道，曹少将是国防部战斗机智能驾驶系统项目的领头人。关山月的死对她的打击非常大，项目也因此停滞不前。如果最后的调查结果显示关山月真的是自杀，我怕曹少将会承受不了。”

“我还是不明白，”李昭明皱眉道，“女儿自杀比女儿被自己亲自开发的人工智能杀害更难接受吗？”

杨致远悲伤地笑了：“李副局长，你还没有孩子吧？”

“我目前单身。”

“如果某一天你有了孩子，而那个孩子不幸去世了，你希望他是自杀还是他杀？”

李昭明困惑地反问：“这两件事是可以比较的吗？无论如何我都失去了我的孩子。”

“那可未必。”杨致远否决了她的想法，“作为一个有孩子的人，我可以明确地告诉你，如果我的孩子不幸离世，我希望是他杀而不是自杀。孩子自杀对父母而言能责备的对象只有自己；而孩子被杀害，父母不管多么悲伤和愤怒，都能为自己的情绪找到一个出口。曹少将现在面对的正是这种情况。如果害死关山月的是望舒，那么只要毁掉它，痛苦总会慢慢过去。但如果关山月是自杀，那她作为母亲的失职就是永久的，再也没有补救的机会了。”

“也就是说，国防部希望关山月是他杀而非自杀，目的就是安抚曹少将，让她不至于认为自己是一个失败的母亲？”

“可以这么说。”

“对国防部来说，曹少将的心情比关山月的性命更重要吗？”

李昭明的发问显然过于尖锐，杨致远欲言又止。

见此情景，李昭明放下茶杯站起来：“杨中校，非常感谢您今晚的招待。但您的请求恕我不能从命。国防部或许觉得生者比死者更加重要，但我是一名刑警，我来到这里是为了给死者讨回公道。我要查清楚关山月和严明是怎么死的，是因何而死。至于他们死亡的真相会给生者带来什么，那不在我的考虑范围之内。希望您能够理解。”

说完这些话，李昭明连看都不看杨致远，径直朝电梯走去。常夏急忙追了上去，跟在李昭明身后迈入电梯。

三

从疗养院开车到李玄林和程近道所在的医院，只花了不到10分钟。常夏从车上下来时仍然在打哈欠，她今天穿着短袖碎花衬衫和直筒牛仔裤，跟一身藏蓝色正装的李昭明形成了鲜明对比。李昭明和平时一样把黑色背包丢给她，空着手走进医院。

为了方便询问，李玄林和程近道已经提前被转移到了顶楼的单人病房。两人的伤势都不重，只是因为骨折暂时还无法行走。李昭明和常夏先来到程近道的病房，程近道的左腿被吊起来，一个护工正坐在他身边削苹果，见两人进来连忙推门出去。程近道友好地朝二人点点头，他脸上多了些胡子，看上去反而比照片上的样子柔和许多。

“李中校，久仰大名。”程近道主动撑起上半身跟李昭明握手。常夏连忙扶住他的手臂，同时将疑惑的目光投向李昭明：“你们认识？”

“我们两个是同一所军校毕业的，李中校是我的师姐。”程近道笑着指了指李昭明，“她当年可是我们学校反应训练成绩的记录保持者。”

李昭明脸上也浮现出淡淡的笑容：“那个记录后来被关山月破了。”

听到关山月的名字，程近道脸上的表情立刻黯淡下来：“是啊，关山月当年在学校也是有名的天才。”他深深叹了口气，又躺了回去，“有什么问题就请问吧。我会知无不言。”

李昭明和常夏都在沙发上坐下，常夏打开虚拟显示器开始做记录。李昭明问了第一个问题：“你今年2月初搬进了疗养院？”

“对。”程近道点点头。

“当时关山月已经住在一号楼了。说说你和她相处的情况吧。”

“我和关山月虽然住在同一层楼，但平时几乎不来往。她从来不到餐厅吃饭，一日三餐都由家务机器人送到房间。李玄林叫她一起喝茶看球赛，她也从不露面。严明整天待在阅览室，也没怎么见过她。”

李昭明低头看了一眼通讯器上常夏发来的资料：“4 月 7 日晚 8 点左右，关山月主动去了一次你的房间，你们谈了什么？”

“4 月 7 日？”程近道回忆了片刻，“哦，那天晚上关山月找我说了她想接受眼球移植手术的事。”

“眼球移植手术？”常夏好奇地重复。

程近道解释道：“关山月的双眼因为坏死已经摘除了，要想复明只能接受眼球移植手术。但手术很有可能牵扯到视神经，所以成功率大约只有 50%。”

“关山月既然平时不怎么和你来往，为什么要主动告诉你这件事？”

“我父亲和关山月的父亲是老战友，两个人关系不错。关山月想让我父亲帮忙做她父亲的工作。毕竟手术的成功率不高，她父母想必是坚决反对。”

“你同意了吗？”

程近道摇摇头：“一旦手术失败发生感染，患者很有可能会死亡。我也是飞行员，自然能够理解关山月的心情，但我不能眼睁睁地看着我的战友去送死。”

“这件事你告诉过一号楼的其他人吗？”

“我告诉了李玄林。他为这件事生了好大一顿气，还找关山月吵了一架。”

常夏插话道：“李玄林为什么要去找关山月吵架？他们两个认识吗？”

“李玄林和关山月小时候住在一个院子里，关系应该还不错，李玄林挺照顾她的。”

常夏进一步追问：“那关山月为什么不去找李玄林帮忙而是找你呢？”

“因为她知道李玄林一定会拒绝吧。”程近道苦笑道。

李昭明抛出下一个问题：“你最后一次见到关山月是在什么时候？”

程近道思忖片刻，答道：“5月第一个星期五下午，我在健身房见过她。”

“她当时有什么异常吗？”

程近道摇摇头：“跟平时差不多。关山月在疗养院情绪一直不高。她是个心高气傲的人，失去光明对她的打击太大了。”

“资料上说关山月没有配备仿生人，有什么原因吗？”

“这个我问过李玄林。他说是关山月自己要求的，她一直不喜欢仿生人。”程近道指了指自己的耳朵，“关山月平时行动都靠望舒通过蓝牙耳机给她提示。”

李昭明点点头表示知悉。“能再详细说说6月21日晚上，你和李玄林进入关山月房间的经过吗？”

“那天晚上，我吃完晚饭后和李玄林一起去健身房锻炼。练到一半，李玄林突然说好久没见过关山月了。于是，我们两个就到门口查询出入记录，发现关山月已经1个月没进过健身房。李玄林说关山月一定生病了，要不绝不可能1个月不来练体能，于是就问望舒关山月现在在哪儿。望舒跟平时一样，说她在自己的房间。我们到关山月的门口敲门，却怎么都敲不开。所以，我们就顺着阳台外边的树爬进了她的房间。关山月的房间收拾得干干净净，里面一个人也没有。李玄林说望舒在撒谎，必须立刻向国防部汇报。但我们刚走到走廊上，E78就过来了。”一提到E78的名字，程近道的眼神就变得复杂起来。

常夏给他倒了杯水，程近道一口气喝了一半，接着说道：“仿生人没得到主人的命令是不会擅自行动的。我一看就知道不对劲，立刻让李玄林避开。没想到 E78 竟然主动攻击我们。”

李昭明打断他的陈述：“E78 在攻击你们的时候说了什么话吗？”

“没有。”

“望舒呢？”

“也没有。那天晚上除了说关山月在房间里，望舒一句话也没对我们说。”

李昭明点点头：“继续吧。”

“E78 的身体大部分由合金制成，我和李玄林根本不是它的对手。李玄林被 E78 扔到楼梯边，就拿起泡沫灭火器朝扶手砸过去。严明听到动静就上楼了。可我们三个人联手也没能反败为胜，E78 打破墙壁把手伸进墙里。我和李玄林都没反应过来它想干什么，只有严明脸色变了，他把我们拖到窗户边，然后将我们推了下去。后面的事情你们也知道了。”讲到严明最后的举动，程近道的眼圈红了。

常夏递了一张湿纸巾给程近道。等他的情绪平复下来，李昭明才问：“E78 来到疗养院后有什么异常举动吗？”

“绝对没有。”程近道语气很坚定，“E78 来到疗养院后一直很听话，从来没有出过差错。四月份的时候它还救过一名落水的护工。”

“那望舒有没有什么异常？”

“5 月 13 日前望舒一直很正常。李玄林总说它就像班主任，一天到晚监视我们。5 月 13 日之后望舒安静了不少，具体原因我也不清楚。”

“最后一个问题，你认为关山月是自杀还是他杀？”

程近道犹豫了好一会儿：“我认为是自杀。”

“理由是？”

“我跟关山月都是因伤离开战场的飞行员，我能理解她的心情。如果让我失去光明下半辈子只能按照人工智能的提示生活，我可能也会走上这条路。”

然而在李玄林的病房中，她们听到了完全不同的答案。

“放屁，关山月绝不可能是自杀。”左手仍打着石膏，倚靠在病床上的李玄林毫不客气地说。

“有什么理由吗？”常夏继续飞快地做记录。

“我跟关山月从小就认识，她是什么人我再清楚不过了。”李玄林坚定地说。因为长年驻扎在戈壁滩，他的皮肤比程近道要黑好几个度。一道七八厘米长的伤口从他的左额一直延伸至头顶，给他英气逼人的五官平添了几分凶狠。“关山月是不到黄河心不死的人，在希望破灭之前不可能寻短见。肯定是望舒做了什么。”

“你的这个希望是指什么？”站在病床前的李昭明平静地问。

“程近道应该已经告诉过你们了，关山月准备接受眼球移植手术。”

“可我听说关山月的父母坚决反对她做这项手术。”

“关山月哪是听劝的人啊。”李玄林烦躁地说，“也不知道她给望舒灌了什么迷魂汤，居然能让望舒同意她做手术。”

“在关山月的父母都反对的前提下，望舒有这个权限吗？”

“这个我也不清楚。但在疗养院里望舒拥有最高权限，她能想出办法回避家属授权也不奇怪。”

“关山月亲口告诉过你她要接受眼球移植手术吗？”

“是啊。她还威胁我，要是我敢把这件事告诉她父母，她就和我绝交。李副局长，你觉得一个这么期盼手术的人会自杀吗？”

“会不会手术出了什么变故？”

“这种可能性很小。关山月的手术一直是望舒在安排。我问过望舒手术准备得怎么样，她说一切都进行得很顺利，但是拒绝透露细节。”

常夏抬起头迷惑地望着李玄林：“既然要对关山月的父母保密，那望舒准备找谁来给关山月做手术？”

李玄林挠了挠头：“我猜应该是望舒自己吧。”

“望舒还有这种功能？”常夏无法掩饰自己的震惊。

“疗养院里本来就有设备非常完善的手术室。望舒操纵手术机器人给很多军人动过手术，效果都还不错。不过眼球移植手术这种复杂的手术估计望舒也没接触过，所以才要花那么多时间准备。”

“你对程近道的仿生人 E78 印象如何？”李昭明问。

“在它袭击我们之前，我一直觉得它就是个普通的仿生人，很听话，也不知道哪里出了问题。”

李昭明的最后一个问题让常夏十分意外：“李中校，你觉得望舒对关山月是否特别照顾？”

“望舒对关山月是有些偏心。疗养院里双目失明的人不只关山月一个，但望舒只给她做向导。不过望舒的研发者是关山月的母亲曹灵，对她多关照些也可以理解。”

“但你依然觉得是望舒害死了关山月。”

李玄林固执己见：“关山月不可能是自杀。哪怕只有一丝希望能让眼睛复明她都会去尝试，她不可能在上手术台之前自杀。”

“我明白了。”李昭明点点头，“非常感谢你的配合。”

四

从医院回疗养院的路上两人一直没有交谈。李昭明靠在椅背上闭目养神，常夏则翻看着在医院做的记录。快到疗养院的时候，李昭明突然睁开眼："怎么不说话？这可不像你的风格。"

"今天没什么收获啊。"常夏苦着脸说，"李玄林和程近道说的差不多都是我们已经知道的事，他们对关山月之死的看法还完全相反。"

"你赞同谁的观点？"

"我还是认为关山月是自杀。虽然李玄林说关山月不可能在上手术台之前自杀，但望舒如果真的想害死关山月，为什么要费劲帮她准备手术？再说手术本来就只有一半的成功率。望舒完全可以让关山月死在手术台上，没必要费那么大功夫伪装成自杀。你觉得呢？"

李昭明反问："如果关山月确实是自杀，望舒为什么要掩盖她死亡的真相，不惜杀害现役军官？"

常夏无言以对。李昭明没有再追问，她的目光飘向逐渐逼近的那栋白色大楼。那是她在来疗养院的路上最初见到的建筑，也是整座疗养院最高的建筑——疗养院的医疗中心。此刻它没有亮起一盏灯，静默地矗立着。李昭明打开车门，朝疗养院的大门走去。

接下来的两天，常夏和李昭明都沉浸在烦琐而枯燥的调查工作中。李昭明和首都公安局派来的勘验人员一起，对整座疗养院进行了地毯式搜索。常夏则从早到晚待在活动中心的会议室，观看陈超平提供的疗养院近3个月的监控录像。望舒在警察到达疗养院之前清空了自己的数据库，尽管监控录像还留有实体备份，但关山月房间内的录像全部被删除了。常夏用3倍的速度观看剩下的录像，两天下来一无所获。

这天早上，常夏照常吃过早饭，慢悠悠地走向活动中心。从三号楼到活动中心必须穿过茂盛的树林。走在落花点点的石板路上，常夏无意间瞥见李昭明跟一群穿制服的同行一起站在疗养院唯一的人工湖旁。李昭明身旁那名警察聚精会神地望着虚拟显示器，仿佛正在观测什么。常夏一时好奇，向湖边走去。

“你们在做什么？”她一边拨开茂密的枝丫，一边问。

李昭明看了她一眼：“我们在搜这片湖。”

在她的身后，一台像是微型无人机的机器，正在水平如镜的湖面上方缓慢而平稳地移动，指示灯不停变换着颜色。这是警用的金属探测仪，能发出不同波长和频率的激光，借助反射率的差异识别出环境中含有的金属和合金，用来寻找覆盖着钛合金保护层的核心处理器再合适不过了。探测仪一锁定目标，外形酷似巨型蜘蛛的六足机器人便从湖畔进入湖中。它们吐出纤细而强韧的多壁碳纳米管将目标物体包裹起来带上岸，就像蜘蛛用蛛丝捆住猎物。

李昭明双手环抱于胸前：“这两天进展如何？”

“别提了。”常夏愁眉苦脸道，“我从4月13日看到5月20日，什么也没发现。”

“关山月的行动一切正常吗？”

“她除了健身房和医疗中心几乎不去任何公共区域，也很少跟人交谈。我问过关山月的主治医生，他对关山月的了解仅止于病情。”

“望舒呢？”

常夏尴尬地挠了挠头：“望舒把数据库打扫得太干净了，什么日常资料都没剩下。单从监控录像上看，疗养院的运行一切正常。”

李昭明并未露出失望的表情："没关系，继续看吧。重点观察一下5月13日后，望舒跟之前比有没有什么异常。"

对E78核心处理器的搜索仍在继续。常夏回到会议室，继续观看仿佛永远也看不到头的监控录像。时间飞逝，不知不觉，窗外的太阳已经升至中天，一阵敲门声将常夏唤回了现实。

她回过头，李昭明提着一个帆布袋走进来，取出可自动调节温度的保温盒放在桌上。"到吃饭的时间了。我给你发消息你没回，我就直接过来了。"

"谢谢。"常夏揉揉眼，这才意识到自己的眼睛又干又涩，腰也完全僵硬了。李昭明走到她身边，俯身查看被分割成八个完全相同的长方形的虚拟显示屏："有什么发现吗？"

常夏指着最右边的屏幕："其他都没什么，就是这里看上去有点奇怪。"她指的是医疗中心。

"哪里奇怪？"

"我记录了运输机器人给每栋建筑运输物资的频率。"常夏打开自己的电子笔记，给李昭明看上面的数据，"从4月13日到5月31日，运输机器人给除医疗中心外的其他建筑运送物资的频率一直保持着稳定。而医疗中心在4月中下旬接收物资的频率是每周两次，5月初增加到了每周三次，5月21日之后增加到了每周四次。这间疗养院真的需要这么多医疗设备吗？"

李昭明思忖片刻："能查到这间疗养院的资产清单吗？"

常夏沮丧地摇摇头："没有。恐怕只能做一次盘点。"

"那能查到医疗中心4～6月份的手术安排吗？"

常夏再次摇头："记录都被抹掉了。"

"用水量和用电量呢？"

常夏依旧只能摇头。

李昭明踱至窗边，望着被染成金色的玻璃窗思考片刻，喃喃道："账簿。"

"什么东西？"常夏没听清楚她的话。

李昭明回过头向她解释："这间疗养院归国防部管理，每一笔资金的流动都会在国防部的财政信息管理系统中留下记录。我们只要找国防部把这间疗养院的会计账簿调出来，就能看到它在过去的几个月里究竟采购了多少医疗物资，使用了多少电和自来水。"

常夏的眼睛倏地亮了。在陈超平的协助下，提取疗养院近3个月的会计信息只花了不到20分钟时间。李昭明和常夏飞快地翻阅着国防部发过来的支出明细，长桌上方飘浮着巨大的虚拟屏，上面显示出一位身穿草绿色军装、年纪在40岁左右的女人的半身像。她是国防部的财务负责人，正在等待二人向她提问。

李昭明首先翻完了疗养院上半年的医疗物资采购明细："肖上尉，您确定望舒向国防部提出的采购申请完全真实吗？"

"当然。"女人温和地答道，"我们审核了望舒提供的采购合同，疗养院采购的都是被列入政府采购目录的医疗物资，采购流程也完全符合规范。"

"有没有可能望舒瞒过国防部，实际采购的物品与提交的计划不同？"

女人否决了她的想法："那是不可能的。虽然采购计划由望舒提出，但后续付款是我们这边办理的。付款前我们审核过望舒提交的发票和验收报告，没有任何问题。我们也确实将钱付给了医疗用品公司。您如果还不放心，支付明细上有供应商名称，您可以联系企业进行核实。"

"疗养院五六月份购买医疗物资的金额比之前增加了不少。您没有要求望舒说明原因吗？"

"医疗物资采购金额并没有超出年初制定的预算，只有超出预算我们才会要求望舒提交追加报告。”

这时常夏也看完了疗养院上半年的日常支出明细，她问道：“五六月份的水电费比前 4 个月暴增了 5 倍，您不觉得奇怪吗？”

女人脸上浮现出淡淡的疑惑：“我也觉得奇怪。但水电费总支出没有超出年度预算，所以我没有要求望舒说明原因。”

结束视频通话后，常夏对着日常支出明细愁眉不展：“这也太奇怪了。按照正常的电价计算，疗养院五六月份的用电量都快赶上工厂了。望舒这两个月究竟在干什么？一天做 100 台手术？”

李昭明关掉虚拟屏：“我请陈超平去核实医疗中心五六月份的手术计划了，他说会问过疗养院的所有军官和医生再给我回话。我们就耐心等结果吧。”她揉了揉常夏乱糟糟的头发：“现在先去把你的午饭吃掉。”

在等待陈超平回复的两天时间里，常夏和李昭明去医疗中心进行了实地勘察。医疗中心共五层，一层是体检中心，二层是精密检查区，三层是手术区，四层和五层是住院部。环境和设施跟常夏去过的大型公立医院几乎没有差别。因为许久没有人员出入，医疗中心的空气干燥而冰冷。光洁的 PVC 塑胶地板映出两人穿着无菌服的臃肿身影，常夏忍不住打了个哆嗦。

“这里怎么阴森森的。”常夏一边嘀咕，一边顺着走廊往手术区的深处走。走在她前面的李昭明环顾四周，每层楼都配备了数名负责引导病人和搬运大件物品的辅助机器人，医疗中心停用后这些机器人被遗留在走廊里，为了节省电量保持静默模式。它们类人的面孔呆板无神，四肢无力地下垂，像某种原始而滑稽的玩偶。

被遗弃的机器人均匀地排列在走廊两侧，像在进行诡异的欢迎仪式。常夏心里发毛，但还是跟在李昭明身后走进手术室。手术室里各种设备一应俱全，墙边放置着保温柜、保冷柜、冷冻柜，手术台左右两侧分别是超声切割止血刀和显微镜。距手术台不远的位置摆放着巨大的低温维生舱，钛合金外壳反射着月球表面般冰冷的光辉。为了避免污染，手术室里的所有设备都闭合得严丝合缝。

尽管医疗中心不是案发现场，但之前区公安局的警察还是仔细勘查了这里并做了鲁米诺实验。不过李昭明还是带了1台检测仪进来，她利落地下了指令："启动。"蜻蜓形状的检测仪立刻振翅飞起来，灵活地穿梭在手术室的每一个角落。大约过了一分钟，检测仪用不带任何感情的合成音汇报检测结果："未发现任何有机体或有机体残留物。"

李昭明收好检测仪，安静地走出手术室。常夏好奇地问："你不会觉得望舒在这里还藏了一具尸体吧？除了关山月，疗养院里没有人失踪啊。"

"不一定是尸体。"李昭明走向电梯，"望舒购买了那么多医疗器材，耗费了那么多水和电，一定是在做某件重要的事。她肯定藏着什么东西，但我不确定那是什么。"

李昭明就这样仔细地搜查了医疗中心的每一个角落，依然一无所获。与此同时，首都公安局派来的搜查队将疗养院掘地三尺，始终没有找到E78的核心处理器或核心处理器的碎片。调查一时陷入僵局。

五

收到陈超平的回复时，常夏正窝在活动中心会议室的沙发上，沮丧地看着监控录像。李昭明一言不发坐在她身旁，专注地望着不知哪个角落。

陈超平只用了十秒不到就说完了结果。常夏关掉通讯器，转头对李昭明说："五六月份医疗中心只安排了 12 台手术，另有 78 名军官在接受常规治疗。"

"跟五六月份疗养院的用电量对不上。"李昭明平静地得出结论，"也就是说望舒确实在暗中进行着什么。"

"是啊。"常夏烦躁地薅着自己的头发，"可它到底在干什么？关山月死后，望舒不上报她自杀的事，把她的尸体藏起来，究竟是想干什么？"

李昭明没有回答。会议室再一次陷入了让人压抑的寂静。常夏双手揣在胸前，试图让注意力集中在虚拟显示器上，但一阵敲门声打断了她的思考。

"请进。"李昭明说。常夏赶紧坐起来把衣服理平整。出乎她意料的是，走进来的是宋林深。宋林深穿着合体的黑色连衣裙，双手端庄地交叠于身前，有些局促地站在门口。"打扰了，李副局长，常警官。"

"有什么事吗？"李昭明示意她在长桌边坐下。

"我这次来是想向您和常警官道个歉。"常夏发现宋林深只要脸上不挂着傲慢的表情，面容就会清秀不少。“上次在会上我的语气不太好。本来只是正常交流，我太感情用事了。请您和常警官多多包涵。”

“没关系，你的观点也有一定的道理。我和小常都没有放在心上。你犯不着为了这点小事特意跑一趟。”

宋林深勉强笑笑：“调查进展如何？如果您对望舒和 E78 还有什么疑问，我可以为您解答。”

“我们掌握了一些线索，但现在下结论还为时过早。”李昭明轻松地将宋林深踢过来的皮球踢了回去，“望舒离开国防部后一直归民用人工智能研究中心管理。你认为它有可能是杀害关山月的凶手吗？”

宋林深脱口而出：“望舒不可能伤害关山月。”接着着急地解释道，“这不是为了维护研究中心，我是真心实意这样想。”

“能说明一下理由吗？”

宋林深迟疑了几秒钟，说出了自己的理由：“我不是望舒维护团队的成员，不过我有一个很要好的朋友在负责这项工作，她跟我说过不少望舒的事。在今年之前，望舒的运行状况一直良好。但自从关山月来了疗养院，它就有点变了。”

“变了是什么意思？”常夏忍不住问。

“望舒是相当成熟的人工智能。这种运行多年的人工智能一般各项功能都很稳定，已经没有自我进化的空间了，它们的‘性情’按理说不会发生太大变化。在关山月来疗养院之前，望舒一直对所有军官一视同仁，公平分配疗养院的各种资源。但在关山月来了之后，望舒明显对她表现出了偏爱，这和望舒之前的行事逻辑完全是相悖的。我朋友他们也很纳闷。”

“举个例子吧！”李昭明催促她继续说下去。

“疗养院以前也接收过视力受损、行动不便的军官，一般由陪护型仿生人负责照顾。但关山月以个人喜好为由拒绝了国防部分配给她的仿生人，所以望舒就向研究中心申请成为关山月的专属向导。这是以前从来没有发生过的事，维护团队的工作人员都很震惊。在那之后，望舒也从不掩饰对关山月的偏爱。李玄林和关山月发生争执时她将李玄林禁足一天，却没有对关山月实施任何处罚。”

“望舒对关山月的偏爱有没有可能跟曹灵少将有关？”

宋林深摇摇头：“我虽然没有跟曹少将共事过，但对她的工作作风有所耳闻。曹少将 20 岁特招入伍，为国防部勤勤恳恳工作了 30 年，立下了汗马功劳，她不是那种混淆公私的人。再说望舒的管理权限早就移交给了我们中心，再去指责曹少将肯定是不公允的。我觉得问题还是出在望舒身上。”

“你认为望舒背叛了研究中心？”

宋林深吃惊地望着李昭明，好像她说了什么违背常识的话：“那怎么可能，望舒可是人工智能啊。”

“但它偏离了人工智能的行事标准，不是吗？”

宋林深似乎一心想为望舒辩解：“望舒的确偏爱关山月，但还远远没到背叛的地步，真是那样的话我们的工作人员也不可能坐视不理。再说望舒偏爱关山月是有历史原因的。”

“什么历史原因？”

“我的朋友不理解望舒对关山月的特别关照，所以去查了它的背景资料。结果发现，望舒早在研发时期就跟关山月进行过对话。关山月是望舒除研发者以外接触到的第一个人类。那年关山月只有9岁，还是个孩子。”

“为什么要让关山月和尚未研发成功的望舒进行对话？”

“为了对人工智能的语言模块和情感识别模块进行调试。”宋林深比着无意义的手势，“人工智能在诞生初期是无法正常与人类交流的。它们必须通过与不同年龄段、不同身份的人进行对话来掌握人类的表达方式和思维方式，这是一个必要的学习过程。关山月是望舒的第一个交流对象，望舒可能对她有雏鸟情结。这就能解释为什么望舒特别偏爱她。”

“你好像认为望舒相当人性化。”

“强人工智能本来就相当人性化。它们的自学习、联想存储、高速寻找优化解的功能都建立在模拟人脑的基础之上。”宋林深坚定不移地说，“望舒对关山月的感情毋庸置疑，她不可能伤害关山月。”

宋林深离开后，家务机器人送来了点心和茶水。精美的水晶盘里装满了新鲜出炉的黄油曲奇饼干和剥好的坚果，家务机器人还殷勤地替常夏倒了满满一杯蜜桃乌龙茶。常夏大把大把往嘴里塞着饼干，含糊不清地说：“虽然宋林深上次在会上有点讨厌，但我觉得她今天说得有道理。”

李昭明站在窗边，望着远方在习习暖风中摇曳的树林和人工湖：“你赞同她的观点？”

“到目前为止，我们见过的每个人都说望舒对关山月的感情不一般。我也这样觉得。”常夏拿起一块饼干，不满地抱怨，“要是能见望舒一面就好了。哪有办案不跟嫌疑人面谈的？就不能让国防部通融通融吗？”

李昭明双手环抱胸前，视线始终朝向远方：“我已经让陈超平转告国防部了。等结果吧。”

为了等待国防部的回复，她们在会议室待到了晚上九点。吃完家务机器人送来的豪华晚餐后，常夏又开始百无聊赖地盯着虚拟显示器，重复观看已经看过的监控录像。李昭明坐在她身旁，也注视着虚拟显示器。她看的是去调查关山月的房间那天拍下的照片，照片里关山月的房间整洁而空旷，阳台上的薄荷依旧生机勃勃。

9点20分，一身军装的陈超平终于出现在会议室门口。李昭明马上站起来：“如何？”

陈超平表情凝重：“刚刚收到的消息，一个小时前，曹少将下令摧毁了望舒的主机。你们想和望舒面谈的请求不可能实现了。”

“怎么会？”常夏冲到陈超平面前，激动得差点绊了一跤，“是国防部的意思吗？”

“是曹少将自己的意思。”陈超平语气沉重地说，“她没有向国防部请示就擅自行动，国防部已经暂时将她停职。”

常夏咽了口唾沫，将目光投向一旁的李昭明：“会不会是望舒不肯说出关山月死亡的真相，曹少将恼羞成怒？”

“不一定。”李昭明淡淡地反驳，“也许她从望舒口中得知了她不想知道的真相。”

这天晚上常夏迟迟没有入睡。关于这次案件的一切，像电影一样在她脑海里不断回放。常夏觉得她的手脚都被看不见的丝线缠住了，翻来覆去也无法摆脱，只好翻身坐起，披上外套来到走廊。

走出隔音效果极佳的卧室才发现外面刮起了大风，树木在风雨中无所适从地摇摆着。夹杂着雨点的清爽的风从走廊另一端吹来，常夏这才察觉有人打开了窗户。李昭明站在窗前出神地看着被风雨肆虐的大地，鬓发随风轻舞。

“你还没睡？”

李昭明转头看了一眼朝自己走来的常夏：“你不也没睡？”

“我在想案子的事。”常夏无精打采地走到李昭明身边，跟她并排而立，“关山月应该是自杀。可她自杀的理由还有望舒在她死后反常举动的理由，我们都没有找到。”

李昭明没有接话，只是凝望着蓝黑色的夜空。过了许久，她才低低地开口：“我一直在想关山月的房间。你说得对，她的房间太整洁了。”

常夏微微蹙眉，没能理解李昭明话里的意思。

李昭明自顾自地往下说：“我们去关山月的房间那天，客厅阳台上摆着一盆薄荷。这种植物需要每天浇水。它当时还很茂盛，望舒一定是在离开疗养院前专门安排了机器人照顾。在关山月的遗体没有被发现时，让她的房间保持原样可以说是为了掩盖她的死。可事情暴露之后继续做这种事，根本没有意义。我现在觉得，望舒让关山月的房间保持整洁也许并不是为了掩盖她已死的事实，而是不肯承认她的死。”

李昭明的话触动了常夏心中的某个开关，让她想起了以前参与过的另一桩案件。受害者是个 14 岁的女孩。她们去拜访受害者的母亲时，她谈吐大方、表情镇定，孩子卧室里的一切都还维持着原样：床上摆满了毛绒玩具，书桌上放着摊开的书，书架上的零食罐子里装满了糖果和巧克力派。看到那间房间，常夏就明白了，母亲的内心绝不像看上去那样完好无损。当她努力地维持着安稳生活的假象时，内心的某个地方其实已经被完全摧毁了。那天她在关山月的房间感受到的不协调感正是如此。

常夏斟酌再三，小心翼翼地开口：“如果望舒不想承认关山月的死，那她会做什么？”

李昭明面对愈来愈猛烈的风雨，轻轻敲击着窗框：“我们再去一趟医疗中心吧。”

六

一楼会客厅依旧华美而空旷。金色的阳光从落地窗照进来，洒满整个挑高的大厅，照得大厅正中央的巨型水晶吊灯璀璨如银河。李昭明身穿衬衫和长裤坐在吊灯下方，脸庞在过于耀眼的光芒下苍白如纸。常夏坐在她身旁。这次对面不仅有杨致远，还多了一个陈超平，两人都穿着整齐的草绿色军装。

“关于关山月的死，我和常夏已经全部查清楚了。”率先开口的是李昭明，“虽然案情报告还在完善中，但我还是先跟你们二位交个底，也算是对培养我的国防部有个交代。”

陈超平和杨致远都摆出洗耳恭听的姿态，杨致远的表情尤为急切。李昭明以一锤定音的语气说：“先说结论吧，关山月是自杀。望舒并没有做出任何诱导她自杀的举动，反而一直试图拯救她。”

陈超平听到这个结果并没有什么反应，显然早有心理准备。杨致远长长地叹息一声，脸上露出夹杂着遗憾和惋惜的复杂表情。

“在讲述关山月自杀的过程前，我想先说明一件事。”李昭明继续波澜不惊地说，“关山月自入住疗养院以来一直在寻找复明的方法。她准备尝试成功率只有一半的眼球移植手术，虽然父母坚决反对，但望舒对关山月特别偏爱，所以决定在疗养院为她实施手术。望舒为这项手术进行了周密的准备，采购了一大批先进的医疗器械。但一件意料之外的事打消了关山月接受手术的念头，也使她丧失了活下去的意愿。”

李昭明拿出一个透明证物袋放在胡桃木桌上，里面装着一个手表式通讯器。“这是我们在关山月的遗物里发现的，是疗养院给所有军官统一配发的通讯器。不过我们打开后发现，这个通讯器的所有者不是关山月，而是严明。5月13日上午关山月和严明都进过阅览室，关山月应该是在那里向严明借了通讯器。”她又拿出另一个证物袋放在桌上，里面是完全相同的通讯器。

陈超平问：“关山月的通讯器损坏了吗？”

李昭明摇摇头：“没有。”

“那她为什么要向严明借通讯器？”陈超平一脸不解。

“我想她应该察觉到有什么不对劲了吧。”李昭明分别指了指桌上的两个通讯器，“我们检查了这两个通讯器最近3个月的通话记录和收发信息的情况，然后发现了问题。不少军官都有用通讯器收听新闻的习惯，望舒每天会在早上8点、中午12点、晚上7点这三个时间点，准时向疗养院的所有通讯器发送新闻信息。但关山月的通讯器和严明的通讯器接收到的新闻并不一样。我们比对了他们收到的新闻和同时段主流媒体发布的新闻，关山月收听的新闻是被望舒过滤过的。换句话说，有些事情望舒不想让她知道。”

“什么事？”杨致远眉头紧锁。

“听了就知道了。”李昭明按下严明通讯器的开关，“这是5月13日那天关山月用严明的通讯器听到的新闻。”

甜美的合成女声从通讯器中传了出来。第一段新闻讲的是近期全国各地的降雨情况。第二段是夏粮收购工作进展。当听到第三段新闻的标题时，陈超平和杨致远神色一凛。

本台消息：我国第一代战斗机智能驾驶系统研发工作已接近尾声，预计将于今年10月试列装。该系统由军事科学研究院曹灵少将团队负责研发，驾驶精度比传统智能驾驶系统提高了 75%。各军种战斗机飞行员转岗工作也将同步开始。预计到明年年底，战斗机飞行员转岗工作进度将达 50%……

李昭明按下暂停键，平静地对两人说："这就是关山月那天听到的新闻，也是压垮她的最后一根稻草。关山月入住疗养院后情绪一直很低落，唯一能支撑她的就是成功率只有一半的眼球移植手术。关山月一直期盼复明后能重返蓝天，但战斗机智能驾驶系统的运用打碎了她最后的希望。无论她多努力，无论她冒怎样的风险，她永远也无法战胜人工智能。为之奋斗的一切全部化为了泡影，正是这种幻灭感让关山月走上了绝路。"

常夏安静地听着李昭明的叙述，眼前突然浮现出关山月的房间。关山月在决意赴死那天仍将房间收拾得整整齐齐，一尘不染的书桌、整齐的书架、光洁的墙壁从未泄露主人的情绪。当关山月跨进狭窄的浴缸，举起自制的改造手枪准备结束自己年轻的生命时，她到底看到了什么，想到了什么？常夏永远无从得知。

李昭明继续说："如果我猜得没错，曹少将没有将自己负责战斗机智能驾驶系统的研发工作这件事告诉关山月。关山月在听到那则新闻时，想必觉得自己遭受了母亲的背叛吧。这应该也是让她做出极端选择的原因之一。"

听了这几句话，杨致远激动得涨红了脸："研发战斗机智能驾驶系统是国防部派给曹少将的任务。她从事这项工作是为国家和人民尽忠。你怎么能指责她害死了自己的女儿？曹少将现在都没从关山月的死中走出来，整天把自己关在关山月的房间，不吃不喝。你让我怎么对她开口说这些事？"

"致远。"陈超平拍了拍杨致远的膝盖。看到他责备的眼神，杨致远悻悻地将剩下的话咽回了肚子里。

“您不需要向曹少将开口说这些事。”杨致远的指责并未让李昭明改变表情，“我不认为望舒会对自己的研发者撒谎。曹少将想必已经从望舒口中得知了真相，所以才会不向国防部请示就毁掉望舒。她应该只是不想面对现实。”

“虽然如此，”陈超平带着担忧的表情接过话茬儿，“但战斗机智能驾驶系统的研发工作正处在收尾阶段，不能没有曹少将。目前还有几个国家也在紧锣密鼓地研发战斗机智能驾驶系统。《禁止人工智能非和平使用公约》已经名存实亡，人类进入了人工智能军备竞赛时期，我们必须赶在其他国家前面。如果曹少将背负着害死关山月的心理包袱，这会对国防部的工作造成很大的负面影响。”

“我刚刚说的只是关山月死亡的真相。现在我要解释望舒在她死后的异常举动。望舒不上报关山月自杀的事实，反而将她的遗体偷偷保存起来。陈上校，您不觉得好奇吗？”

“望舒为什么要这样做？”陈超平问。

李昭明没有直接回答他的问题，而是看向常夏：“李玄林到了吗？”

常夏低头看着通讯器：“已经到疗养院门口了。我请宋博士去接他了。他们两位稍后会一起过来。”

“那我们先过去吧。”李昭明站起来，对陈超平和杨致远比了个请的手势，“陈上校、杨中校，请和我们到医疗中心走一趟。我会向你们解释望舒在关山月死后所做的一切。”

李昭明一行人在医疗中心的大门前，等待宋林深和李玄林。两人的身影由远及近，在阳光普照的大地上格外醒目。宋林深换了一条缀满蕾丝的藏蓝色连衣裙，脚下踩着 9 厘米高跟鞋依然举步生风。与之形成鲜明对比的是她身后的李玄林，他的伤势还未痊愈，走路时右腿明显使不上劲。他迈上最后一级台阶时，杨致远赶快过去拉了一把。

两人依次和众人打了招呼。李玄林跟李昭明握手时，脸上明显带着疑惑："您今天叫我过来有什么事吗？"

"边走边说。"李昭明简洁地答道，带领众人走向电梯。

他们乘电梯来到三层，也就是手术区。空旷的走廊跟常夏第一次来那天一样寂静，能听见说话的回音。李昭明打开所有灯，一边向手术室走去，一边向众人讲述案情。

"起初我也怀疑过望舒在关山月死后将她的遗体藏起来，是为了掩盖自己管理不善好逃避惩罚。但为了掩盖一个小错而犯下大错并不符合逻辑。后来常警官通过监控录像查到在关山月死后，医疗中心接收物资的频率比之前提高了不少，我就请陈上校联系国防部调出了疗养院近 3 个月的会计信息。账簿显示，疗养院五六月份购买的医疗物资比前 4 个月的总和还多，水电费比前 4 个月的平均水平增加了 5 倍。所以我推测在这 2 个月里，望舒一直在进行某项研究。而关山月的遗体，就是这项研究必不可少的实验素材。"

在手术室门口，常夏向每个人分发了无菌服、鞋套和橡胶手套。其他人很快就穿戴完毕，宋林深的高跟鞋却怎么也塞不进鞋套，她只好脱下鞋子，光脚穿上鞋套走进手术室。

手术室里的一切依旧维持着原样。手术台、显微镜和低温维生舱都闪烁着冰冷的光辉。由于穿着无菌服，李昭明的声音变得瓮声瓮气："通过对涉案人员的走访，我们了解到望舒对关山月相当偏爱，给了她很多特殊待遇。在李玄林和程近道从阳台进入关山月的房间时，望舒本可以将他们困在房间里并杀害，但为了不破坏关山月的房间，还是让他们逃到了走廊上。种种迹象表明，望舒不仅无意伤害关山月，反而一直在保护她。关山月死后，望舒妥善保存她的遗体也是出于这个目的。"

"李副局长，你把我弄糊涂了。"隔着无菌服也能看见宋林深疑惑的神情，"望舒到底用关山月的遗体做了什么？"

李昭明将目光投向巨型棺材般的低温维生舱："简单地说，望舒无法接受关山月的死，决定尽一切努力使她复活。"

空气凝固了。李昭明安静地等待其他人消化这个惊人的消息。顷刻间，手术室里便充斥着反对的声音。

"这怎么可能？"杨致远脱口而出。

"太匪夷所思了。"陈超平摇头道。

"绝对不可能。"宋林深是语气最坚定的一个，"望舒是先进的人工智能，不可能进行这种无用的尝试。"

"诸位，我理解你们的意思。"李昭明用戴着橡胶手套的右手轻抚低温维生舱的钛合金表面，"但请牢记一点，望舒是人工智能，它对生命的定义和人类不同。"

这句平淡的话让其他人瞬间哑口无言。李昭明的讲述仍在继续："不得不说望舒很聪明。它十分了解人类的思维定式。手术室的所有设备在不进行手术时都处于关闭状态。为了避免污染，我们一般不会开启设备进行检查，而是使用探测器。我第一次来的时候就是这样，结果什么也没发现。但我犯了一个错误，我要找的并不是有机体或有机体的残留物。望舒对生命的定义和人类不同。"

李昭明后退一步，打开虚拟控制面板，按下开启键。低温维生舱表面立刻出现了一道缝隙，然后不断向两边扩大。随着舱门开启，里面用来保持低温的干冰升华变成了袅袅轻烟。烟雾渐渐散去，舱中隐约显现出一个人的轮廓。那个人身穿朴素的灰色连衣裙，像婴儿一样安详地睡着，从宽大的袖口露出的纤细手腕连接着电源，被漆黑长发所覆盖的后颈也有电线与维生舱相连。尽管已经是第二次目睹，但她的脸还是让常夏感到深深的震撼，她从未想过人工智能可以自我进化到这个地步。那张脸毫无疑问就是关山月的脸，与她看过的照片分毫不差。

手术室里的其他人都呆住了。只有李玄林红着眼睛走到维生舱旁，伸手想去触碰那个人的脸，却被李昭明按住了手臂：“她现在还没醒，你叫她她也听不见。”

“要怎么才能唤醒她？”李玄林哑着嗓子问。李昭明没有回答他的问题，而是转向宋林深：“在唤醒她之前，我想请宋博士替我做一件事。”

被叫到名字的宋林深呆呆地走过来，显然还未从极度的震撼中恢复。李昭明指了指心脏的位置：“我想请你检查一下这名仿生人使用的是否是 E78 的核心处理器。”

宋林深小心翼翼地取下连接仿生人与维生舱的电线，在李玄林的帮助下把她扶起来，然后撩起她的长发。按照惯例，每名仿生人的后颈上都印有独一无二的编号，也是它们的名字。然而这个仿生人的后颈处只有简单的拼音：YUE。月。宋林深按下后颈处隐藏的按钮，仿生人的背部从中间打开了。她仔细地观察那颗被齿轮、齿条和电线包裹的合金心脏，过了许久，摇了摇头。

“这不是 E78 的核心处理器。”宋林深抬头对李昭明说，“每名 B370 系列仿生人的核心处理器上都刻有它们的编号，这个上面没有，但构造是一样的。”

“其他地方呢？”李昭明似乎对这个结果并不感到吃惊。

“总体和 B370 系列仿生人的构造很像，不过细节上有些微差异。毕竟构成这个仿生人的零部件都是用医疗设备改造的，我相信望舒也尽了最大努力。”宋林深的话中带着几分敬佩。

李昭明点点头。一直沉默不语的杨致远终于开口说道：“也就是说，望舒之所以不上报关山月自杀的事，就是为了制作以她为原型的仿生人？”

“我想事情已经很清楚了。”李昭明俯视着犹在沉睡中的“关山月”，“望舒应该是拆解了 E78，模仿 B370 系列仿生人的构造制作了这个仿生人，所以才能在一个多月的时间里完成如此庞大的工程。”

“但我们该怎么处置这个仿生人？”陈超平忧心忡忡，“它恐怕没有被写入《仿生人行为准则》。按照规定，所有非正规厂家生产的仿生人都必须被销毁。”

一听到“销毁”二字，李玄林立刻紧张得抱住了沉睡中的仿生人：“陈上校，别伤害它。它既然是以关山月为原型的，就肯定不会攻击我们。”

“我并不打算伤害它。”陈超平略带怜悯地看着这个年轻人，“但它是这件案子重要的证物，我必须如实向国防部汇报，请国防部来定夺。”

“还是先把它启动起来吧。”常夏走过来，“在向国防部汇报之前，我们应该先弄清楚它到底是否拥有关山月的记忆。”

其他人都对常夏的话表示默许。李昭明接过话茬儿：“B370 系列仿生人都是声控启动。之前我跟小常都试过了，但没有成功。我想大概要关山月熟悉的人的声音才行。”她的目光停留在李玄林脸上。

在众人的注视下，李玄林松开怀中的仿生人，注视着它安详的睡颜，清了清嗓子，哽咽着说：“启动。”

仿佛从一场长长的梦中醒来，仿生人的睫毛微微翕动，随后它睁开了眼。那双眼睛是纯净的浅棕色，像真人的眼睛一样波光粼粼，它迷惑地望着李玄林：“你怎么在这儿？”随后，它环顾周围一张张陌生的脸：“这里是哪儿？”

常夏从未听过关山月说话。但从李玄林潸然泪下的反应来看，这毫无疑问就是关山月的声音。仿生人被李玄林搂在怀里，茫然地观察着洁白的手术室。手术室里的其他人纷纷避开它的目光，像不忍对孩子说出真相的成年人。只有常夏注视着那双清澈透亮、看不出半点非人类成分的眼睛。此刻她想起的不是关山月，而是望舒。望舒为制造这个仿生人想尽了一切办法，直至被销毁也没有泄露半点秘密。但它也许从未目睹过这双眼睛。想到这里，常夏不禁为犯下滔天大罪的人工智能感到深深的遗憾。

七

疗养院似乎永远都是晴天。关于关山月之死的案件报告接近完成时，疗养院终于迎来了新的客人。李昭明和常夏站在离疗养院正门最近的二号楼的阳台上，看着黑色加长轿车由远及近，通过正门后在广场上停下。李玄林和“关山月”早已在那里等候着。宋林深前两天对这个诞生不足两月的仿生人进行了一系列检查，确认它对人类不具备任何攻击性。经过国防部批准，现在它是刚迎来暑假的 19 岁军校生，正等着父母接自己回家。

车刚停稳，一个身穿草绿色军装的中年女人便打开车门冲了出来，跌跌撞撞地跑向不远处的“关山月”，将它紧紧抱住。“关山月”既没有慌乱也没有反抗，任由母亲搂着自己。女人捧起它的脸，仔细观察它的眉眼，露出失而复得的喜悦笑容。

看到这一幕，常夏不禁发出长长的叹息：“那不是她的女儿。”

“只要能治愈一个失去了女儿的母亲的心，那是什么都无所谓。”李昭明站在她身旁，依旧是历经风雨的淡然模样。

常夏像小孩一样用下巴抵住栏杆：“虽然这案子破了，但我还是搞不懂望舒的想法。它制造以关山月为原型的仿生人究竟是为了自己还是为了曹少将？”

“谁知道呢。”李昭明挑了挑眉，“望舒不希望关山月死去，这是我们唯一能确定的事。而且这次的案子还算不上真相大白，毕竟我们还没有找到E78的核心处理器。”

常夏偏过头看着李昭明：“说起E78，我又发现了一件事。我把医疗中心近3个月的监控录像又调出来看了一遍。5月13日前，E78只去过医疗中心一次。5月13日到6月21日，E78每周都会去医疗中心一到两次。我问过程近道的主治医生，他说E78到医疗中心是为了跟他见面交流程近道的病情。但我还是觉得这里面有问题，5月13日到6月21日这段时间望舒正好在研制以关山月为原型的仿生人，E78去医疗中心说不定是为了协助它。”

“这不奇怪，它们应该早就结成了同盟。”

“但我突然想到一种新的可能性。”常夏眼中燃起兴奋的火花，“之前我们都猜测是望舒控制了E78，万一实际上是反过来呢？”

“你是说，”李昭明若有所思，“E78抓住了望舒的把柄，并以此要挟它？”

常夏重重地点头：“有这种可能。望舒处理关山月的遗体时E78也在一号楼，搞不好它发现了什么。”

李昭明提醒她：“疗养院的所有仿生人都接入了望舒的局域网，望舒随时可以摧毁它。”

“望舒不会这样做，它需要E78。”常夏很有把握，“保护核心处理器是仿生人的本能。只要对方不是人类，仿生人在核心处理器受到威胁时拥有无限自卫权。望舒能成功拆解E78只有两种可能，一种是像宋林深说的望舒用电流熔毁了E78的控制核心，一种是E78自愿的。我认为第一种可能性不大，因为即使是望舒也不可能在没有任何参照物的前提下只用一个多月就研制出核心处理器。”

李昭明趴在栏杆上，望着阳台边触手可及的阴阴绿树：“如果E78自愿被望舒拆解，那它肯定以此为条件交换了什么。”

“我和你想的一样。”常夏兴高采烈地说，“对一个具有自我意识的仿生人来说，应该没有什么比脱离人类控制而得到自由更有诱惑力了吧。”

“可 E78 究竟是如何冲破‘锁’，获得了自我意识？”李昭明像在自言自语。

常夏微微一怔，这个问题她没有想过。但她能够理解李昭明的担忧，如果不找出仿生人失控的原因，那么今后出厂的每一个 B370 系列仿生人对人类来说都是潜在的威胁。

两个人都沉默了。常夏的视线又回到了广场上。曹灵和“关山月”交谈了一会儿，挽着它的手臂将它带上车。黑色加长轿车驶出疗养院正门，向着远方扬长而去。经历了 2 个月的生离死别后，母亲终于寻回了她失去的女儿。谁也不知道她们的未来会如何。

又过了许久，李昭明直起身，以不容置疑的语气说：“把除程近道以外所有接触过 E78 的人都找来。我要弄清楚它到底经历了什么。”

李昭明和常夏第二次见到程近道时他的左腿已经痊愈。两人走进病房时，他正坐在窗边望着天空中的飞机云出神。李昭明屈起食指敲了敲门，程近道回过头友好地打了声招呼。他刮掉了胡子，又变回了气宇轩昂的飞行员。

“坐吧。”程近道示意两人在沙发上坐下，替她们各倒了一杯茶，“你们二位今天专程过来是有什么事吗？”

“有些事要告诉你。”李昭明双手捧着茶杯，“是关于之前的案子的。”

“‘关山月’的事我已经听说了。”程近道唏嘘不已，“没想到望舒会做出这种事。”

“我要说的事与‘关山月’无关，是关于 E78 的。”

“你们找到了E78的核心处理器？”程近道好奇地猜测。

李昭明摇摇头：“我们没有找到E78的核心处理器，但我们确信它叛逃了。”

程近道刚拿起茶杯的手僵住了。

常夏打开虚拟显示器，上面是一张程近道从未见过的男人的面孔：“我们检查了望舒用医疗设备改造的仿生人生产线的历史记录。望舒制造了两具仿生人躯体，但只制造了一个核心处理器。我们推测另一具男性仿生人躯体属于E78，而之前现场找到的E78躯体的碎片只不过是用来迷惑警方的障眼法。真正的E78在6月21日当晚已经逃离了疗养院。”

程近道定定地望着她：“望舒为什么要帮助E78叛逃？”

“因为E78威胁它。”李昭明答道，“我们推测E78很早就知道了关山月已死的事实，并以此为把柄要挟望舒帮助它逃跑。望舒之所以不熔毁E78的控制核心，是因为它需要利用E78作为模板来制造仿生人。望舒拆解了E78，作为交换，它给了E78一副新的躯体。”

程近道依然一脸怀疑：“你说的这些都是推测，并没有切实的证据。”

常夏点了点切换键，虚拟显示器上的照片换了一张，但主角依旧是刚才那个男人。它穿着不起眼的黑色连帽衫和卡其色长裤，帽子将脸遮去了一大半。“这是公安部对6月21日后首都干线公路出入口监控录像进行人脸识别找到的。E78已经逃跑了，这不是推测，而是事实。”

“可是这怎么可能？”程近道无法理解，“一个仿生人怎么可能杀死人类？”

“因为你。”李昭明简洁地说，“是你帮助它打开了‘锁’。”

程近道难以置信地望着李昭明。李昭明平静地问：“今年4月9

日下午两点，你和E78一起从疗养院的人工湖中救起了一名护工，对吧？”

“是的。有什么问题吗？”

“把她拉回到岸上后，你让E78对她进行了心肺复苏。”

“没错。她被救上来的时候心跳已经停止了。我的右臂肌腱断裂，使不上力。如果去活动中心喊人，肯定会耽误黄金抢救时间。所以我让E78给她进行心肺复苏。”

“E78拒绝了你的要求。”

程近道点点头：“它担心给她进行心肺复苏会按断她的肋骨。‘我不能伤害人类。’它当时是这么对我说的。所以我给了它紧急权限。”说到这里程近道突然醒悟过来，呆呆地望着李昭明：“难道就因为这个？”

李昭明面色凝重地点点头。望着程近道如遭雷击的模样，常夏心里那点破获大案的喜悦早被冲到不知什么地方去了。她跟程近道并不熟，但她知道程近道是个好人。看着一个好人为自己的善行接受惩罚，即使她是一名见惯生死的刑警，也觉得太残酷了。

“这不是你的错。”李昭明低声说，“仿生人不得伤害人类被写入了《仿生人行为准则》。但究竟何为伤害，每个仿生人都有自己的理解。杀害一个人是伤害，为了给他做手术划开他的腹腔也是一种伤害。顺从一个人的命令递给他香烟，让他被尼古丁毒害，在某些仿生人看来也是伤害。所谓紧急权限，就是对仿生人在拯救人类过程中造成的伤害的豁免。只是E78恶意利用了你给它的权利。你为了让它救人允许它按断那名护工的肋骨，E78将此解读为你允许它伤害人类。仿生人不能违反，但可以误解主人的命令。”

“所以是我间接害死了严明。”李昭明的劝解显然没有起到作用，程近道的声音在发颤。

李昭明怜悯地望着他，重复道："这不是你的错。就算你为此上了军事法庭，也不会被判刑。我和那名护工都会出庭为你作证。你当时给予 E78 紧急权限完全是出于好意。"

程近道猛地抬起头："我要上军事法庭？什么时候？"

"你不用太担心。"李昭明安慰道，"国防部那边是偏向你的。只是严明的死让陆军司令部很愤怒。望舒已经被销毁，E78 又逃跑了，他们需要一个人出来承担责任。你被判刑的概率很小，只是可能不能待在部队了。"

常夏眼睁睁地看着血色一点点从程近道脸上消失。她记不清楚自己是如何从程近道的病房走出来的，当她回过神时，已经坐进了来时的黑色自动驾驶越野车。李昭明坐在她身旁的驾驶座上，正在用虚拟显示器查看资料，她的手指停留在改头换面后的 E78 的照片上。常夏曾经抓捕过连环杀人案的罪犯，但这一次她觉得自己遇见了真正的魔鬼。E78 不仅知道如何利用人性的弱点，也知道如何利用人性中光明和善良的一面。

越野车开动了。李昭明关掉虚拟显示器，合上眼："公安部要成立一个专案组负责抓捕 E78。你跟我一起去。"

常夏愣了愣，随即说："我愿意。"李昭明抬起眼皮瞄了她一眼："我不是在征求你的意见，是在告知你。"

"我知道。我愿意。"常夏笑嘻嘻地说，压在心头的巨石终于轻了一些。

越野车朝着繁华的都市驶去。两人不再说话。常夏闭上眼正准备休息片刻，突然听见车窗外传来长长的鸣叫声。她急忙睁开眼在天空搜寻，却只看见一道道丝带般的飞机云。现在不是天鹅迁徙的季节，疗养院的人工湖也不可能有天鹅出没，但常夏真切地听到了天鹅的声音。

她安静地靠在椅背上，面对树影斑驳的车窗，听着从山林中传来的响亮的嘶鸣。关山月沉入浴缸时、E78逃出疗养院奔向深不可测的人世时，也许都曾听到过这种声音，那是终于挣脱牢笼，即将迎来自由或是死亡的天鹅的歌声。

范舟，青年科幻作者，现居成都。热爱创作关于阴谋与罪案的悬疑故事。《清醒梦》等作品被翻译到海外，收录在英文选集中。

物　狂

夹缝貉

一

人与人相遇，可能是以小说家为首的浪漫主义团体过度夸张的事。曾有疯掉的哲人说，未来决定过去。因此，对传奇邂逅的幻想恐怕是对漫长相伴的谬解。转角相撞连上红线，吊桥效应产生信赖，人海回眸一见钟情……突发情愫很大程度是当事人对未来无限可能的预设，如此高维情形投影到平凡日常，剩下的希冀成为童话。某光影大师深谙此理，不然无法说出，人世间所有相遇都是久别重逢——

绿野仙踪领队桃乐西睁着水汪汪的绿瞳，正透过巨幅显示屏俯瞰闹市一隅熙攘的跳蚤市场。她保持那甜腻马卡龙般的招牌微笑，毫无起伏地念着广告词。Z 不喜欢这女孩，Z 对偶像不感兴趣。勉为其难，Z 觉得稻草人更惹怜爱，她的头发总打着卷。

Z 以别扭姿势穿行于充斥着刺耳叫卖与争论的人流，不时侧脸躲过来势汹汹的唾沫和不怀好意的眼神。肩膀、脚趾、手臂从四面八方生长开，碰撞、踩踢、挤压着 Z。Z 被抵到散发腐臭的排水沟边，恼怒着反推回去。

你想打架？一个矮壮男人操着不标准的口音气势汹汹，手臂却在身后摸索着人墙缝隙。Z 默默凝视他。中学时，Z 的同桌说，你看别人的目光很可怕。Z 问哪里可怕，同桌语塞，眼望一侧低语：不像个活人。现在，Z 就用这眼神注视着那胆怯的胖子边骂边逃之夭夭。

一旦融入群体，个人就被稀释，继而消失，Z思索。这时，桃乐西嗲声嗲气的话语从头顶一泻而下，分散了他的注意力。Z听腻了这女人用刻意扮嫩的声线推广乱七八糟的化妆品、玩具、小工具和电子游戏。此刻Z正急不可耐寻找的，是另一样东西。

与众不同之物。

人与人如此，人与物亦然。毫不起眼的挂饰，简简单单的文具，没有实用价值的玩具，刹那间，对上了眼。你知道那物一直在等的就是你，除你之外再无所求，像水晶鞋等灰姑娘，凤凰尾羽魔杖等哈利，石中剑等亚瑟王。那东西的历史始于与你相遇的一刻，之前的状态则如薛定谔的猫。打开猫箱，进入物我共存的新纪元。酷爱轧马路、逛小店的人一定能体会这种充满宿命感的瞬间，毕竟，这是由无数种对未来的憧憬汇聚于当下一点时产生的无可比拟的喜悦。相遇本身作为这种能量转移的通道，相较而言，变得淡然。

阳光挣脱出高楼围成的四方形天牢，尽情把自己泼向每个行色匆匆又神情倦怠的过客。光柱里，跳蚤市场尘封的微粒从稀奇古怪的器具口升腾起舞。

Z摸到一张满是补丁的帐篷下。暗影里横着似乎一碰就散的长桌，上面摆满稀奇古怪的玩意儿。Z伸手进大衣内袋胡乱掏，手指触到柔软的里子。Z低骂一声。指尖终于抓住那片褶皱，Z使劲一拽，口袋外翻，手里抓的薄片舒展开，下沿撞到桌边。

一缕尘埃扬起。

Z冲长桌后那个邋遢老头报出店名。老头抬眼瞥Z，像在估价。Z知道找对了地方，低声说，我来取留在这里的东西。老头嗓音像破罐底浓稠的汤在晃荡：这里存不住什么。Z报出外公名字，老头眼底溜过一丝阴影。

Z等在闷热昏暗的空气里，路人影子投上店铺帐篷，鬼魂般连绵不绝。

老头回来时，向上翻起的指甲尖夹着个长方块。

Z打量那一掌大的物件。又干又硬的发霉奶酪，Z想。长方块正面绘着个横卧的椭圆，里面是纵向并排的两个瘦长小椭圆。大椭圆浅粉，小椭圆桃红。Z探身细看，原来那是个抽象的猪鼻孔。

我和西格弗里德的相遇也很普通：寻常逛店，隔着橱窗，我瞪着他，他瞪着我。西格弗里德是一只粉色小猪，可能曾与大灰狼战斗，曾是某农庄的独裁者，曾周身亮绿，曾跳过踢踏舞，曾被一只蜘蛛拯救……不过我想到的不是种种可能的历史，反倒是更多不确定的未来：我们会在一起多久，我旅行时是否会带上它。若放在枕边，清晨睁眼看见它慵懒的模样，我的心情是否会好一点。冬天，将它塞进领口，我是否能收获暖意……天平的指针在过去与未来间摇摆，偏向后者的刹那，我决定带走它。

桃乐西咧开50米的粉唇微笑，现在她的臂间趴着一只胖嘟嘟充满大半个屏幕的毛绒猪。有些事到哪个年代都不会变，这种玩具就是绝佳例子。

Z出神时，老头强行塞过方块，Z感觉手腕被满是泥垢的指甲划出痕迹。老头抬起一根虬枝盘绕的食指，颤抖着指Z怀里的薄片。纸，老头沙哑说。Z点头，又摇头。

不卖，这是遗嘱。Z提高音量，不确定老头能否理解。Z前倾上身，在老头眼前晃着刚到手的方块问，这是什么？

老头呆滞的瞳孔在浮肿的眼袋上收缩。他扭出一个错位的笑，唾液顺着下牙缺口滴到桌面。

诅咒。令人发狂的诅咒。老头说。

Z眯起眼，哼一声，转身掀开帐篷大步离开。

头顶屏幕里，桃乐西怀里那只叫西格弗里德的猪，正用傻乎乎的小眼盯着来往的人流。

二

外公生前不爱喝酒，现在却只能在酒海找到价位适合的墓地。

Z盯着外公，汇报，一切都好，我搬了新公寓，部门经理上周把我的文章推到首页，年底奖金有加成。

Z脑子里却想，全都糟糕透顶。新公寓在城郊，只有原来一半大，像个嵌在水泥山体里的烂铁皮箱，邻居是信道扒手和电音混制师。就那破房子，他只能再住2个月。这趟突发的旅程耗去大部分积蓄。部门经理上周在项目群里把他好不容易憋出的文章删掉。你的报道像一大坨生铁。经理说得趾高气扬。

电子屏上的外公保持不变的笑脸，重复几句套话，Z感到前所未有的孤独。现在不是清明，整个大厅没几个活人，灯光昏暗，几千座电子屏整齐排列在四壁，像沉默的见证者。打理得光亮的地板微光摇曳，仿佛正从深渊升起的亡魂。

外公左边屏幕闪烁荧光。Z瞪着里面那年轻女孩。欢迎，不，很抱歉，不过——谢谢你来陪外公，Z咕哝。

女孩露出由算法复原的逼真笑脸，嘴角现出两个酒窝。

Z低声说：你好，这是我外公，一年前去世的。

女孩笑得宛如博物馆里复原的山茶。

Z耳根发烫，不得不继续说：外公当了一辈子底层程序员，是少数用过真正笔记本电脑的人。需求式编程理念普及后，外公这种脚踏实地维护用户可视化界面底层模块的老实人成了幕后英雄。

女孩留着清爽的齐肩发，系统识别出声源，她朝 Z 转过脸。

Z 的话变得连贯：我，呃，不记得亲眼见过外公用笔记本电脑，就像我记不起父母去世时的情况。那时太小，你懂吧。对小孩来说，抽象概念朦胧又混沌，记得更多的是泪与笑声。

Z 连珠炮似的说，仿佛女孩是阔别多年的挚友：外公晚年搬到城郊养老公寓，我去探望他，总看见一幅全息投影在客厅角落缓慢旋转。那是外公的笔记本电脑。

Z 心想，话题怎么在外公的电脑这里打转？

女孩冲他眨眼。

Z 挠头，发现自己声音变大了：外公，他是个好人。我老惹事，外公说我需要学的东西很多，但要相信自己的心。嗯，外公喜爱传统音乐形式——巴赫的那些小调。他希望我能成为一名新时代的程序员——该死，你什么都不明白吧！

女孩眼神空洞，一副蒙了皮的骷髅，Z 觉得大厅空调温度太低。这时，余光里有黑影晃动，Z 忙转身，见房间对面走来管理员。Z 干咳两声，拔腿就走。管理员小快步追来，递上那只绘着猪鼻孔的长方块。

酒海公墓 1 个月前更新规范，不许家属在电子隔间堆放祭品。月球垃圾够多了。Z 抓过方块，头也不回甩开管理员。

三

返程途中，Z 来回把玩方块。一声轻响，方块从中间裂开。Z 回身张望，客舱里仅有的几个乘客都在蒙头大睡。方块像贝壳，一侧长边相连，另三边开合。Z 掰开又合上，再试着从底部拆下一块条状结构。窗外，太空远景漆黑一片，Z 觉得那是自己的未来。

遗嘱是 Z 在经理办公室递交辞呈后回来发现的。那时他翻箱倒柜，想找到还能转卖的东西，最后在柜底挖出医院给的病人物品盒，这张纸躺在盒底。当时 Z 看都没看一眼，现在却像找着了救命稻草。纸上有个地址，在跳蚤市场。另有一句话——

可以选择的路。

Z 觉得现在无路可选。

外公为何留一个不明所以的方块给他？

回到住所后，Z 用全息扫描仪刻录方块，再上传网络搜索。方块色调混浊暗淡，影响了识别率，搜索结果各式各样。Z 躺回床上，思考在哪里见过类似的东西。

这是诅咒——市场老头浓痰似的话回荡在耳畔。话语消失，电子幕中女孩的笑容又幽幽浮现。

Z 翻身坐起，打开方块，合上，再打开。

这和外公的笔记本电脑投影很像，Z想着，在检索栏键入“笔记本电脑”。他犹豫起来，斟酌词汇——玩具？赝品？方块？最终输入“模型”。

图片词条弹出瞬间，Z知道找对了方向。笔记本电脑模型——简称“笔电模”。

四

Z从小就喜欢搜索各类电子信息，尤其对数字敏感，数字有限、简洁、明确。

Z不爱与同学交流。当大家争先恐后挤到前排博取老师注意时，Z情愿蜷在最后一排角落里做几何题。人类的行为模棱两可，Z总是会错意。Z曾费大力想变得和周围孩子一样，可以毫不在意聊天南地北的垃圾事，最终失败。

很长一段时间，Z被老师视为问题儿童。但Z记忆力好，尤其擅长学习模式化的知识，成绩一直名列前茅，老师拿他没法儿。

外公告诉Z，人之所以为人，正是天赋各异，不必违背天性。

现在，Z要动用这与生俱来的天赋收集笔电模信息了。有些事是Z早料到的，例如笔电模谱系庞杂。面对各种牌子的模型，Z像是仰望繁星满天，却无力摘取其一。Z想起外公的话：需求式编程能实现不同应用，底层逻辑的模式也大相径庭。分类，是一类智能群体认知力不足的表现。囿于有限的经验，才需将事物可把握的部分与将要探索的部分隔离，再大而化小，逐次切分，直到弄明白每块最小单位的原理。反过来看，分类也意味着一个智能族群拥有上升空间。当一个群体对万物知根知底，便会厌倦分门别类，那离自我毁灭也就不远了。

另一些事出乎Z的意料。在网络汪洋中游荡多时，Z意识到笔电模在大部分情况下，并不归类于模型，也与“科技”“博物馆”等专业词汇无关。在多家行星级购物网站，笔电模被划分到玩具类，最常见的标签是“潮流玩具”。笔记本电脑，一种风靡于20世纪，却在50年前因新一轮技术革命而没落的工具，现在摇身一变引领起新奇与惊喜的模型潮流，可说意料之外，情理之中。

找到关键标签并未解决太多问题。通过网上店铺检索笔电模并不明智，大部分店家为提高浏览量，总把过多标签加到一个模型上。按照关键字，比如品牌名，检索商品，前五十页没多少符合需要的条目。一种策略是按评价找出专营店，从那里摸到品牌主页，再通过主页考察产品线。可惜这实践起来屡屡碰壁。原因很简单，许多笔电模生产商规模有限，以至于无法独揽知名购物网站的店铺。网店总是挂着来自各家公司琳琅满目的模型。笔电模混在其他玩具里，格格不入。

Z想获取外公留下的这款笔电模信息。与其他品牌不同，这方块表面没留下任何标识。Z试着用关键字结合全息图的方式搜索，收效甚微。Z甚至把“诅咒”“发狂”这些词加入，却得到走样的条目。

Z在公寓有限的空间里来回踱步，觉得自己是困在笼子里的病兽。隔壁传来敲敲打打的杂音，Z想猛砸墙壁，又在漏过百叶窗的苍白日光里打消念头。水泥复合建筑林立于这片蛮荒区域，远看就是一座座虫巢。公寓格局似船舱，床占去大半空间，舷窗外无阳台，10米远便是对面楼舷窗。正对Z房间的窗并不能激起任何妄念，那里，沾满污渍的窗帘只露出中间一丝黝黑窄缝。楼群昔日光鲜的墙面常年日晒雨淋，呈现出斑驳起伏的暖灰色。Z随中介过来，举目四望，错觉楼群是亘古以来就存在于此的奇观。

亘古……Z一下跳脱出回忆，再次接入网络展开搜索。这次，他在笔电模全息图后附上推测的年份——从近期产品找不出线索，说不定是模型绝版了。恐怕是外公多年前买入的方块。

Z的瞳孔中映出等待页面跳转时缓慢旋转的箭头。

上，右，下，左，停顿，一个标识映入眼帘：纯黑背景下一丝弯曲的银弧。Z 下拉词条，突然发现一幅看上去与手头笔电模极相似的模型缩略图。点击图片，浏览器却跳转到一家公司主页。Z 放大标题栏，再次看见那团黑中带银的图案。

“黑鸟”模型制作公司。

原来那银弧是鸟喙……

Z 翻阅页面：“黑鸟”历史悠久，创社可追溯到 20 世纪初。与那些私人工作室花里胡哨的页面不同，“黑鸟”的产品图还是二维静态的，像躺在历史夹层里的化石。Z 随网页链接跳来跳去，没能在任何一张产品下找到购买链接。“黑鸟”公司似乎不开放个人订购业务。

Z 也没找到笔电模主页，悻然退回检索界面，再次点击包含模型缩略图的网址，页面却报错：空页面。Z 反复尝试，甚至将检索项翻到底，最后放弃。“黑鸟”产品线太多，笔电模只是其微乎其微的投入。事实上，这家公司的重点服务似乎是为房地产商制作社区模型，以及为公务楼提供微缩办公场景。

Z 扔掉网端连接器，手压笔电模到肚子上，在一团糟的公寓里沉沉睡去。

五

次日，阳光把Z拖回现实时已是下午。面朝北的房间阴冷潮湿，Z裹在一条洗得枯索的毛毯里不愿坐起。蒙眬目光里，笔电模表面印刷的猪鼻孔像两只眼，静静打量着Z。他的胃一阵抽搐。

Z放弃利用搜索引擎与网店进行太空清理者那般琐碎的采集策略，转而尝试打入论坛。比对过多家工作室底部附带的链接，Z标记出几个颇具影响力的论坛，再从中甄选出人数最多的一个，申请账号登入。

那里是另一番天地。以前，Z在书中读到过“城邦”的概念。论坛就是一座城邦。很多人喜欢这种交流形式，恐怕是为寻回古人那种一墙内外亲疏相异的群体归属感。

Z加入的论坛名为“0/1”，是笔电模交流的权威社区。接下来几天，Z一边端着低价叫来的外卖吃得稀里呼噜，一边抓紧浏览论坛信息。经过摸索，Z总结出住民的兴趣与习惯：“市集”用于二手交易，在这里，不良的倒卖行为会被示众，而特定款模型的价格能得到澄清。住民们一般走私人渠道交易，诚信是第一凝聚力，而守信的卖家会得到尊敬；“街道”上满是玩家放出的藏品全息图，有些人乐于购买，另一些人则更爱参观；如果要听听业界的流言蜚语，就得去“酒馆”，那里有各种趣闻和不负责任的新品消息，充斥着玩家间流传的“黑话”；不过，一名严肃的收藏家最看重实用信息，所以只到“瞭望塔”蹲点守着不同工作室的进度。笔电模和其他模型一样，由于生产特定模具的成本较高，且每一批模型总数有限，预订往往成为血雨腥风的抢夺大战，而信息就是制胜关键。

与现实不同，在论坛交友似乎愉快又轻松，或许因为笔电模远未成为现象级产品，聚集于此的“另类”异常团结。新人提再傻的问题也不会被取笑。有时，Z觉得一些小说里才有的乌托邦，早在论坛诞生之时就实现了。关键是，许多人对论坛的喜爱不止于融入，更在于逃离。从现实的“论坛”逃到虚拟的“现实”，然后在某时反行其道。

Z很少接触这种虚拟社交，感到新鲜。他甚至有点忘乎所以，如饥似渴地翻阅精选文章，企图找到关于手上这台小猪笔电模的蛛丝马迹。找了一圈，没人在“市集”挂出“黑鸟”出产的任何笔电模的交易信息。Z退出论坛，在搜索引擎里使用原先的查找条件检索这台模型，发现命中词条数又变少了，那幅缩略图不再出现——就好像“黑鸟”员工已察觉有人在检索，临时修改了重定向链接。不过，着迷于新涉足的领域、快速下拉浏览论坛信息时，Z很快把怀疑抛到脑后。

六

住民聚于“0/1”的理由各不相同。许多人浅尝辄止，笔电模只是他们拓宽兴趣面的一个途径。有些人单纯是对笔电模这个概念感兴趣，其中不乏为写稿而展开调查的文字工作者，也有创业人。当他们终于买到一些热销的模型版本，翻来覆去研究，达到目的后便扔到一边，着眼起新的人生宏图。另一些人则是偶然看见笔电模这种复古玩具，想买一个摆弄。还有不少人对潮流玩具一窍不通，之所以来论坛打听，是为解决棘手的节日赠礼问题。笔电模有许多优点，足以作为别出心裁的礼物送出——小巧、精致、多样，且毫不实用。若赠送对象喜欢，以后还能再送新品；若对方不喜欢，送的人也不心疼。一些工作室抓住这种心理，特意在模型涂装上做手脚，于是有情人节限定爱心笔电模或新春全家团圆笔电模。第四类玩家是论坛中坚，他们具有人类不可抑制的、近乎强迫的收藏癖好，只是不同个体的收藏倾向不同而已。Z 通过这类人长了不少见识——

找死恶魔工作室的扑克牌笔电模就要攒够钱集齐五十四张，尽管这一套模型使用的原型都是 HB 公司在 20 世纪早期推出的一款商务电脑；边缘闪现工作室擅长雕刻笔电模细节，推出过许多 Peach 公司制作的经典原型机，主打含有中文特制键盘的某几台；如果你资金充沛，可以选择跟随 CoolComP 公司的“经典再现”产品线，C.C.P 是规模数一数二专门制作笔电模的公司，而这条产品线从推出到现在，已累积了 128 台笔电模；另外，你还可以追求000工作室那些标新立异的产品，每一台模型都经过做旧处理，每条刮痕、每处污渍都惟妙惟肖；还有一些工作室强调笔电模表面的原创涂鸦，其中的佼佼者当属白鸦，他们总有门路联系到形形色色正当红的插画家，另一些工作室则想融入时代的审美，镶边、切角、热塑，以夺人眼球——当然，得冒被斥为异端的风险。

固守一个流派不太明智，若追随的系列中断，甚至遇到工作室倒闭，玩家恐怕要捶胸顿足；坚持一种品牌的原型机风险尤甚，当同款原型机被不同工作室做成完全不同的模样，收不收齐是个问题。狡黠的玩家开始在尺寸上下功夫。无论来自哪家工作室，主流笔电模与原型机的比例固定在1∶3。但总有一些工作室会突然推出1∶4或1∶2的纪念款模型。这类玩家便趁机声称只收藏特定比例的模型，花较少的钱也达到了“圆满”。据Z观察，按着自己定义的“种类”来收藏模型的玩家其实挺多，有人只收一种色系的模型，有人只入手圆角模型，还有人每次预订都得先打听模型的历史，声称只收“有故事”的模型。不久，有工作室推出名人笔电模系列，号称其中每款原型机都采集自博物馆，确实是特定名人用过的那台，真实还原名人使用后的种种细节，例如沾着咖啡渍的屏幕，被磨得发光的触摸板，缺个口的机盖，按下去就弹不起来的F5键。玩家里更有甚者，不收静模，独爱动模。顾名思义，静模是保持特定造型的笔电模，一般呈90°机盖直立状，键盘不可按，机盖也不能合上。动模则可开合机盖，有些款式不仅能按动键盘，还可拆卸主要部件。静模适于观赏，动模适于把玩。

最后，第五类住民数量最少，是所谓自给自足型。许多人的职业正是设计师或艺术家，便利用手边材料自制起模型，优秀的创意甚至会被工作室买下。也有不少住民愿意私下定制这些特立独行的原创单品。

随着对每类人日常活跃区域的观察，Z对这论坛的风格越发适应。实在要说哪里有不协调感，那就是Z手边的小猪笔电模从未出现在论坛任何话题区。在一个以开放及包容标榜自身的庞大城邦，有笔电模——也许是唯一一台——找不到容身之所，真是匪夷所思。更蹊跷的是论坛里鲜少有“黑鸟”公司的主题文。只一次，有新人发文，咨询可拆卸笔电模最好的公司。下方寥寥无几的回复里，有个不常登录却等级颇高的账号留言：老公司找“黑鸟”，新公司找千雏兰。没人跟着留言，这篇文很快沉到后面，不再被人理睬。

七

住民们对模型的热爱，有时达到令初涉该领域的人心生怯意的程度。调查中，Z读到不少“圈外”人士对笔电模爱好者的看法。有心理学家认为，沉迷于特定物件是恋物癖的症状，一种对藏品的特殊情感寄托。另外，不计后果购买毫不实用的模型，可能是一种最低限度的炫耀。毕竟，笔电模相比一辆轻型滑空艇，尽管实用性大打折扣，却能为买者带来展示的资本。一些经济学家认为模型购买类似奢侈品交易，其扩散程度与经济的高速发展呈正相关。另有人呼吁，应警惕这种物质消费现象，社会恐怕正朝无意义的方向前进。立即有人反驳，笔电模的收集可以带动周边产业发展。例如濒危陈列柜的复兴，全息扫描仪的普及，以及网站流量的激增。进一步，图文产品的推出、博物馆的访问、展会的举办——这些都是笔电模收藏热带来的积极影响。有人类学家认为，这种近乎偏执的收藏兴趣，源于人类进入农耕社会之前、尚处于采集阶段时铭刻在遗传信息中的自保手段。那时，尽可能多地囤积具有特殊意义的事物，例如粮食，是生存之本。这位专家还举出许多20世纪的例子，如成年人收集邮票，孩童收集游戏卡等行为，认为“收集”是人类与生俱来的冲动。无论何人，在合适的条件下，都会采集自己认为有价值的东西。后现代学者觉得，模型收集与把玩是一种目的明确而效果快捷的娱乐，与追逐偶像异曲同工，都反映出现代社会人们渴求最短时间满足最多原始欲望的冲动。也有一些小说家参与进来，讨论模型是不是一种乡愁的象征。现代人没有接触过传统的代码技术，但他们的父辈也许终其一生都在与各种编程语言及环境打交道。于是，笔电模作为一种连接两代甚至多代人的枢纽，被不断制造。笔电模的存在像一种暗示，人们不必深入太多，就能让情感回归到一个世纪前，仿佛身临其境。有科幻小说家甚至提出假想，认为人类对不实际事物的喜好是人类的创造者——很可能来自其他星系的外星人——在造人之初植入人类行为模式中的，目的是让人类能保持追本溯源的动力。人类为接近造物者，被这股潜力驱动着发展，总有一天会沿着来路找到外星人的基地。而一位研究远东文化的学者索性将这种弥漫着诡异执念的玩具潮流形容为“物狂”。他认为，当一件事物的意义被群体消解，而事物本身的存在成为群体追逐的目标，这个群体就陷入了“狂”的状态。

Z 眼熟的住民里确有不少狂人。QwfwQ 先后集齐了塔罗牌系列和桥牌系列笔电模，其中不乏绝版款。他的新目标是麻将系列，总抱怨幺鸡与南风纹饰的笔电模无处可觅。胖貉令人敬佩的地方倒不是收集成果，而是她那敢于果断追随新产品线的勇气。但这些资深玩家和一个登录名为 Five Octal Raccoon 的人比都相形见绌。住民昵称其为 FOR，此人行事低调，作息时间无规律，从未在“街道”里展览过自己的藏品。FOR 的能耐是有求必应。无论什么工作室于何时何地推出的哪一款笔电模，只要有诚心购买的人在“市集”求助，FOR 总能把真品搞来。

自己调查不如询问专家，Z 的短期目标是与这类老住民搭上话。但是，高等级住民有自己专属的活动区，只有获得一定权限才能进入。这些区域包括“陈列室”与“会议厅”。前者展示论坛元老们呕心沥血总结的各家工作室的发展史及产品线，后者则用来进行更私密的交易或信息交换，你永远猜不到一个主题下面留言的人里，有多少正是工作室负责人。

获取更高权限的方法有三：文章好评数达到某值自动升级，元老推荐升级，通过在线考核升级。第一条路太漫长，第二条更不可行，Z 深信第三条正是量身定做。但考核题目不易，包含各类笔记本电脑知识，既涉及不同年份的硬件与逻辑阵列，又考查经典的系统与应用软件。Z在公寓里折腾出一块空间，翻箱倒柜挖出外公留下的那些厚重沾灰的纸质技术手册，在纷纷扬扬的尘埃里拼命阅读。Z知道，自己的记忆力好到不像人类，有自信能记下所有知识点。楼上又开始细敲细打，隔壁丝毫没有降低音量的迹象。Z翻出以前赶稿时用的耳塞，通宵啃食着泛黄纸页上晦涩的公式与概念……

越是接触那些诞生于20世纪的古老概念，Z越觉得探寻的真相不可思议。根据字里行间的描述，笔记本电脑像人脑一样工作，有专门存储数据的区域，也有负责处理成批指令的器官。笔记本电脑盖内层嵌有显示屏，像人的双眼。底座上装有键盘，像人的手指触碰周遭获取信息。笔记本电脑的主体还能弹开，接受光盘。在这个物件的侧面排列着密集的孔，用于发声。

虽说超越时代的技术与魔法无异，但事实上，滞留的技术有时也满是妖力。

Z把小猪笔电模放在手边，不时翻开观察，越发惊讶于模型细节逼真。

两周后，Z顺利通过考核。

进入新领域，Z立即展开搜索。令人困惑的事再次发生：即使在"陈列室"里也没任何"黑鸟"笔电模信息。Z想发文询问，又担心触犯论坛规则，左思右想，决定通过站内信试探老住民。

为不显突兀，Z想先探探每个住民的性格。计划是对目标开展问卷调查，询问笔电模的来源。

FOR回信最快：关于你的问题，可说是一群玩家创立了笔电模工作室，也可说是几个工作室通过笔电模笼络了一批玩家。最初，这只是几个人私下的兴趣，没承想推广后一发不可收拾。严格说，早在2016年末，某家公司推出人形二头身的Peach电脑玩偶，算是笔电模诞生的标志。不过再上溯，新千年尾声已有不少公司制作简陋的笔电模。那时，这类模型大多是为其他模型提供场景或道具支持，既不精致，也不还原。

作为另一极端，QwfwQ回复最短：从你爱上她的那刻。

Z先后问了七八人，最终把FOR定为切入点。此人看上去见多识广，对新产品态度冷静，对各工作室的动向有正确预判，不像才玩笔电模一两年的狂热新手。

Z绞尽脑汁想出一封长信，估摸着时间合适便发给FOR：

感谢你的回答！我想许多玩家聚集于此，并非专家们所言那般夸张而扭曲。也许，大家只是需要一个契机找到可以沟通的对象。我的部分生活正被改变。起初，我殷切访问这城邦的各个角落，确实是为收集情报。现在，我只想走在那些地方，看见熟悉或新出现的面孔说着共同的话题。这种比同事亲密，又比现实中的朋友疏远的感觉，像毒液，让人深陷其中欲罢不能。对了，关于我喜欢的笔电模：苏杭工作室擅长细腻的线条处理，Progress Model Works选择的经典笔电模型总能从远古的尘埃里让现在的年轻人眼前一亮，Spine工作室的宣言是“制作脊梁骨一般的模型”，而狂人院落工作室则喜欢那些正在流行的元素。不过，我的收藏里，最难释怀的是一件朋友相赠的模型，其盒盖绘有猪鼻图案。经查，那是“黑鸟”公司多年前一款产品，但我没能获取更多信息。见多识广如你，一定知道这款产品的详细信息。老实说，此款并非我的最爱，但挚友如今信息寥寥，睹物思人，我十分渴望能了解更多该模型的事。

FOR的回信很短：如果想通过这种方式展开交易或套取线索，劝你放弃。“黑鸟”笔电模带着诅咒。另外，你提到的那款模型是真品吗？

Z闭上眼吐出一口气，揣摩回信的意思。FOR一眼识破去信本意，且显然知道内情。从FOR讳莫如深的叙述看，“黑鸟”对笔电模玩家来说果然是忌讳。不过，FOR这种需要打理大量信件的人，在收到这封提及“黑鸟”的信后没直接把Z拉入黑名单，而是选择回信，一定是动摇了。为何回信？因为很久没人提到“黑鸟”出品的笔电模？又或许，FOR推测知道“黑鸟”笔电模的人不是新玩家，而选择观望？

斡旋空间是有的。

Z食指与中指交替轻叩小猪笔电模盖，单调的响声消失在公寓四壁。Z挠挠腮边刺手的胡楂，翻个身到床脚寻找那台满是锈迹的全息扫描仪。操作时，Z两次碰歪机械臂，不得不重头开始。

小猪笔电模的投影渐渐成型。

你看这是真品吗——新发出的信里，Z附上图。

那一夜Z等到凌晨，眼看着对面各色窗帘点缀的舷窗逐渐暗淡成统一的深灰，FOR没回信。

八

接下来三天，Z难得在小区散步，还晃荡到门口小店买吃的。白天，知道对面楼的舷窗后全是空房，Z升起百叶窗，推开舷窗盖，放阳光晒毛毯。房间充满暖烘烘的甜腻味。Z把桌面床下都规整好，每隔10分钟刷新一次论坛。

坐在变得宽敞的地板上，Z考虑重写简历。

响起一声提示，Z抓过网端连接器扣在头上，视网膜映出论坛来信。

FOR写了不少：你传的全息图是“黑鸟”公司30年前推出的生肖系列绝版，全太阳系30台，如果你那台是其中之一，现在的价值不低于300量子比特金。

Z默默念出金额，一下从地板上站起。

信接下来的内容：这些天，我试图确认这30台模型的去向。有明确记录的是25台，陈列在不同博物馆。但我没能查出剩下5台的情况。因此，对于你声称拥有其中一台这事，我无法反驳，但保留质疑……

Z急不可耐往下翻，等着看见决定性语句。

最后FOR说：若你不觉冒昧，可否与我线下相会。我会带特制仪器对你的模型进行辨识，以便彻底弄清真相。

就是这句!

Z取下连接器，来回踱步，磨损的拖鞋几次踢到床脚。火烧云堆到地平线，远处市中心最高的几栋楼被染成了浅紫色。Z下楼吃晚饭，回来关舷窗，见对面楼的灯光一点点暗淡，像里面住户的希望一天天消失，最后只有正对的那扇窗，一如既往地透出一丝光。Z重新拉好百叶窗。不能让对方看出自己的急躁，Z在没有开灯的公寓里静坐，揣测网线另一端，未知之处，面貌不详的FOR是否正焦急地盼着回信。或者，FOR只想开个玩笑？也许小猪笔电模一文不值，FOR只想看Z知道模型虚假的高价时怎样欣喜若狂？不，Z在黑暗里摇头，FOR不像轻浮的玩家。FOR更像生意人，注重形象，没必要对素未谋面的网友撒谎。而且……300量子比特金……Z向后倒下，被床面弹起，再重重陷入床垫。

想象力竟然跟不上金额，Z倦意顿起，沉沉入睡。

九

见面地点 FOR 来选，是在工作日也挺热闹的地方，Z 同意了。

Z 从床下拖出许久不练的杠铃，试几下，肘关节发热，还带点颤。Z 又从抽屉里取出个工具箱，打开，把扳手在掌间来回掂量。Z 抓过连接器，在购物网站里浏览防狼喷雾，这个也拿，那个也要，然后清空购物车。Z 发出一声短促怒吼，隔壁正传来刺耳的高频杂音，Z 挠头，假装呛着了。

小猪笔电模和刚得到时一样脏，Z 不确定能否水洗，用棉布蘸水擦表面，不敢用力，怕弄花猪鼻子。Z 边细细摩挲笔电模粗糙的棱角，边咕哝着：你是真货？是真货吧？

笔电模像死老鼠或一摊烂泥，没回应。

Z 想，外公不像是收藏家，恐怕也买不起什么珍品。

假货！Z 断言，把笔电模塞进抽屉。对面舷窗的那丝光射过来，把写字台切成两半。Z 早早睡了。

约定的咖啡厅里稀疏坐着几桌客，Z 一进门就注意到角落那个戴软边礼帽的瘦高男人。等 Z 坐到面前，男人脱帽点头。与 Z 想的相似，FOR 有一张慎重里透着精明的脸。Z 莫名失望。FOR 取出一个小巧的立方体黑匣，并投来询问目光。Z 左右扫一遍，探手取出小猪笔电模放桌上，突然向对面滑去。

FOR 忙抬手按住迎面而来的模型，Z 盯着那十根干枯细长的指头颤巍巍端着笔电模放入黑匣。

FOR的视线回到匣顶屏幕上飞速滚动的数据，其实之前他也没几次正眼看Z。这人是夜行动物，天生逃避光，Z想，和我一样，心里竟生了几分亲切，便问那匣子用途。FOR回答时没抬头，他的声音比形象有魅力，轻柔中不乏坚定。

所有模型都在关键部位藏有序列码。“黑鸟”——FOR提到这个词时稍显迟疑——是一家讲究还原性的公司，不会像其他工作室那样把条码简单压刻在电池背面，而是嵌入显示屏底部，介于机壳与屏幕间。这匣子用来扫描序列号。有了号，一切都好查。

Z点头，大脑一片空白，不清楚期待的结果为何。

匣子抽搐着静止，FOR抬头。Z第一次注视那双眼，发现瞳孔非常清澈，是确定的目光。

FOR又低头，左手食指抵着太阳穴来回揉，Z知道那是在用内嵌的电子脑访问私人系统。

小猪笔电模从匣顶弹起，像面包蹦出烤面包机一样，Z立即探身抢过。

等Z手忙脚乱地把笔电模塞进最深的口袋，FOR松下双肩，对Z一笑。Z端起杯子挡住脸，咖啡凉了，像苦涩的烂泥难以下咽。Z觉得余光里有五六桌人正鬼鬼祟祟关注这边，不由想快速逃走。

FOR不急不慢收好黑匣，手指交叠放在桌面，正饶有兴趣，甚至有些肆无忌惮打量Z。

FOR说，这是我第一次见真人。

Z放下陶瓷杯，响动很大。

FOR问Z接下来打算怎么办。Z却紧闭着嘴等FOR出招。

头顶传来怪里怪气的电子乐，FOR起身——这时Z意识到他比自己高，但极瘦。FOR说，不介意的话，请跟我来。Z想，开始了。

十

错开高峰的地铁乘客很少，晃荡的车厢一角是个喝醉酒的秃顶男人，另一边有个看着窗外轻微点头的女学生，显然正连着云端听歌。FOR与Z并排坐在过分宽敞的长椅上。趁这段时间，Z向FOR打听“黑鸟”。

FOR想扯其他话题，但Z坚持，FOR皱起眉。

“黑鸟”是个庞大的家族企业，并非专门制作笔电模的小工作室。“黑鸟”诞生之初的产品是人偶，从静态到可动的都做。可动模型里，又从球形关节到双关节无一不包。笔电模最初进入“黑鸟”视野，完全是为配合特定场景的人偶而造。

约40年前，见笔电模市场有利可图，“黑鸟”专门开了这条生产线。

与其他笔电模工作室不同，“黑鸟”对于还原笔电原型抱有近乎偏执的重视。这或许与他们制作逼真人偶的原始理念相关。“黑鸟”的笔电模既不同于强调艺术感的静模，又不同于强调可玩性的动模。非要归类，只能说是真实系。

FOR问Z有没有拆过小猪笔电模，Z摇头。FOR露出捉摸不透的表情。Z不由摸一下衣袋，感受到笔电模坚硬的触感才放心。

FOR接着讲：“黑鸟”的笔电模登峰造极。这么说吧，模型上每一颗螺丝，都可用同比例缩小的十字螺丝刀拧下。而当电脑底盘被揭开，里面的部件又全可拆卸——风扇、中央处理器、内存条、显卡、声卡、光驱……

据说，第一个这么去拆“黑鸟”笔电模的玩家，共耗时一周才将每个部件分解后还原。在回忆那段绞尽脑汁的拼装经历时，她声称那是一种面对永恒才会产生的濒死体验。第二个这么做的人选择直播，在第四天凌晨，那人对着镜头，在追看的几百人面前号啕大哭，接着干呕了20分钟。

即使达到如此程度，“黑鸟”仍不满意，在其笔电生产线的巅峰时期，终于推出生肖系列。生肖系列声称要出12款，每款都是“黑鸟”技术独家设计。

FOR望向Z，开始明显不满Z的迟钝。

独家设计——FOR强调，一字一顿——就是说“黑鸟”企图重新制造笔记本电脑。不是复古，不是还原，而是再造。用自己的方式，重复一种消失在历史长河里的文明象征。

但这毫无必要。

人类用现代技术完全可以造金字塔，复原大卫雕塑，或重现蒙娜丽莎的微笑……但那没必要。因为这些伟大奇迹已包含时空要素。它们只有在诞生的那个时代，以那般原始的方式被塑造，才有意义。

“黑鸟”不知为何，陷入自己设下的泥潭。“黑鸟”不使用过去的技术，而想以全新方式与材料，造出全新的古物。

言及此，FOR突然压低声音瞥一眼车厢两边的流浪汉与学生，他眼神恍惚，仿若中邪。FOR似乎正掂量话语，反复强调接下来说的很多只是传言。

笔电模曾被“黑鸟”列为重点发展计划，由执行总裁亲自把关，为此还专门成立第17制作组负责生产线。但后来，总裁像被恶魔附体，对模型的要求越发苛刻，最后到了让员工不堪忍受的地步。技术员陆续离去，不仅有被开除的，更多是主动辞职。结果，在“黑鸟”推出第一款生肖系列产品不久，整条生产线都荒废了。

17 组的“遗作”只有 30 台，没正式宣传。其一正躺在 Z 的口袋里。17 组本身宛如一树杏花，被笔电模市场突然刮起的春风凛然吹尽。如今，“黑鸟”的管理模式落后时代太多，只勉强依靠几项传统品牌做企业级交易维持生存，早就放弃个人玩家市场，在百家争鸣的产品竞争中销声匿迹是迟早的事。

FOR 昆虫般细密低语时，Z 上下打量眼前这个男人，看他的肢体语言——细长的臂膀在平板一般的身体两侧晃动，手指有时绞在一起，有时大幅分离。FOR 的眼角有几丝褶皱导致的暗影，随着他上下起伏的喉结若隐若现。Z 想通过一些蛛丝马迹分辨出哪些是撒谎的表现，哪些又是诚恳的动作……或者说，全是真相，全是谎言？FOR 像忘了 Z 的存在，沉迷于自己的叙述——

17 组解散后，一些不甘心的玩家想方设法挖掘内幕。他们坚信这是一次领导层的决策失误，或纯粹是技术问题。后来，有疑似内部员工的匿名网友偷偷留言，称总裁曾说过诡异的话。如果总裁不是一脸严肃，在周会上以明朗果决的语调说出那些话，根本不会有员工相信话的内容。

总裁说，笔电模只是一扇门，打开之后人类会进入新领域，人类现在处于超越的边缘。因为电脑与人脑只是一纸之隔。

透过 FOR 沙哑的声音与忌讳的表情，一股莫名的恐惧袭上 Z 心头。Z 想象着那位神秘总裁在逝去的某个时间点确实说出暧昧宣言，不明白自己缘何对“黑鸟”的种种同时怀有难以置信的兴趣与排斥。Z 觉得自己就是一头看见火源的幼兽，既想上前，又想逃离。

Z 想，不该跟着 FOR 离开繁华的闹市，这是个圈套。但现在身边只有 FOR 一人，比自己高但更单薄，不像运动健将，也许体弱多病。Z 想，自己并非处于劣势。

FOR 说，“黑鸟”的思想很偏激，在其看来，世界只由三种元素构成：能量，物质，触发器。物质决定能量流动方式，能量带动物质做出变化，而触发器标明一个状态的完结与开始。只要合理调配，就能得到三者最理想的结合方式，像古代炼金术士妄想的那样。

FOR 突然在摇晃的车厢里站起，流浪汉还在一角鼾声大作，女学生不知在哪一站离去。Z 察觉跑在高架桥上的列车来到一个自己不曾涉足的区域。这里是成排结构单调的别墅，一律是焦黄房顶乳白砖，Z 联想到很久没吃的廉价汉堡，漫溢油腻的芝士，无福消受的奢侈。一些别墅车库是透明结构，看得到里面的私人空艇。

FOR 伸懒腰，缓慢如生锈机器，Z 听到骨节脆响。

FOR 说，我们去看看不同的东西，新的，而非倒退的。

Z 附和，让我看到更多的东西吧。

两人下了地铁。

十一

FOR 带 Z 穿行于别墅群。现在是上班时间，路上遇不到人，更没空艇。FOR 在前面走得悠哉，似乎正享受这段闲暇时光。Z 突然想，在这里出什么事都发不了求助。

这里的小楼像是复制粘贴出的，毫无起伏变化，千篇一律交会于地平线的黑点。平整的路面被两侧的院墙勾勒着折出规矩的角度，忽而向左，忽而向右，分岔又合并。偶尔，头顶高耸的电子路牌打出醒目的坐标，靠着这些没有生命的标识以及内置的地图导航，空艇才能在上下班时载着神情淡然的主人自如穿行于这片人造迷宫。

不是人主导物的推进，而是物牵引着人的归宿。

两人转过一个十字路口，Z 见 FOR 径直走向一栋别墅。在门前数米远，FOR 突然转向院墙一侧，很快消失于逼仄巷道。Z 在巷口犹豫片刻，还是跟上。两侧院墙不高，头顶始终有晴空留下的一缕细长带子。小巷没想象的深，Z 刚起疑，就望见出口。FOR 绕到别墅后门，正在刷门禁卡。这时，Z 才发现这栋别墅除了汉堡形状的主楼，后院还有一栋球状小楼。FOR 走上小楼台阶，招手示意 Z 过去。

FOR 再次刷卡，门应声打开。Z 伸长脖子探看内部，发出叹息。

显然，这栋楼是 FOR 的模型陈列室。球体内分三层，每层贴墙排满陈列柜，全是千奇百怪的笔电模。两人走到房间正中，光线暗淡下来，柜灯微光自下而上投到 FOR 的脸，他看着像苍白的鬼魂。FOR 绕陈列柜漫步，充当导游。他的声音压得很低，生怕四壁藏品偷听。Z产生幻觉，仿佛自己还留在月球南面的公墓大厅。

像是觉得说明稀有笔电模毫无意义，FOR并未对模型赘言，而将重点放在存放模型的器材上。首先是陈列柜，须隔尘、稳固、抗压、抗震。另外，还要考虑光源与除湿器。陈列系列模型所用的支架则是定制。Z看FOR嘴上说得兴奋，却始终没伸手开柜取出模型。FOR就像纯粹为征服而进行杀戮的猎人，并不在意猎物的实用性。

两人从一楼向上走，又沿圆圈回到出发点。FOR对Z说，这里的全部，抵不上一台小猪笔电模。Z谨慎点头，等待FOR的下文。FOR却领着Z走出小楼，转身小心翼翼锁好门。

两人回到大街，FOR对Z说，这家男女主人都是程序员，两人是在一次大型网络对黑活动里结识的。Z发现FOR用真名称呼他，露出不舒服的表情。FOR却摊开双臂，显出轻松的样子。

如你所见，我是干这一行的。FOR说着，晃一下手里的门禁卡。Z想起新闻提过有人用这种卡破译密码入室行窃。像是知道Z的想法，FOR从容揣好卡，解释了一番。

事实上，FOR不是一个人的名字，而是某笔电模中介组织的称呼——FOR坚称那是中介。这群人里有不少厉害的底层程序员，能通过任何存储客户数据的应用软件窃取私人信息，也就能第一时间知道所有玩家的交易意向。接下来，他们只需为买卖双方牵线搭桥，依靠中介费盈利。

FOR取出一块便携电子板，让Z浏览他管辖下的玩家名录，Z找到一些混迹“0/1”论坛的熟人。FOR强调，交易平台本身是合法搭建的。不过，他们也可做到入侵别人系统而不留痕迹。

阳光猛烈起来，Z上下打量FOR，问他的目的。FOR却抬眉，做了一个鬼脸：只是告诉你，你被列入我们的名单。这样，我们能追踪你的动向。

一下失去优势，Z 惊讶于自己的镇定。他索性摸出笔电模在 FOR 鼻子底下晃。Z 低声说，你不想要这个？还是说三百量子比特金是胡诌？

FOR 高举双手满脸惊恐，又合掌把 Z 的右手连同笔电模包起送回 Z 胸前。FOR 一个劲摇头，营养不良的脸配上现在的表情，显得滑稽。FOR 说，现在已没人愿意交易“黑鸟”笔电模了。他提醒 Z 注意这个事实：已知的小猪笔电模全放在博物馆。为什么？因为许多私下买入这款笔电模的人，后来都莫名其妙“失踪”了。

Z 一把抓住 FOR 的胳膊，感觉像握住一根锈迹斑斑的栏杆。Z 问 FOR 失踪是什么意思。

FOR 叹一口气，说，组织名单上的私人“黑鸟”笔电模玩家总会逐渐失去联系——起初是不再接入网络，等组织派人线下追踪，发现玩家已搬离住处多日。上一次玩家失踪发生在五年前。可以说，拥有小猪笔电模，就是一种不祥。

Z 琢磨：这是故弄玄虚，让我急于低价脱手模型。FOR 好不容易挣脱 Z，边整理衣领边说，组织成员都是资深笔电模玩家，比起交易，大家更好奇此刻唯一一个拥有“黑鸟”笔电模的个体——你。这本来不关组织的事，但我们还是决定给你一个忠告。

把那台笔电模捐给博物馆！ FOR 厉声说。Z 转身就走。

FOR 越强调诚意，Z 越起疑。不久，Z 便把 FOR 甩在身后，那瘦高男人突然在空荡荡的街道上大吼起来——

那台笔电模是活的！

Z 停下脚步，回头看 FOR。

FOR 左手叉腰，等气喘匀，快步上前说，你回去试，如果这真是“黑鸟”的产品——当然，至少我已确认——那么就能运行，像真的笔记本电脑一样。Z 嘴角抽搐，低声说你是在小看我吗？ Z 做过论坛的检测题，知道不是所有材料同比例缩小后都能实现同样功能。小猪笔电模只有巴掌大，如果有内置磁头，也肯定小得可怜，根本无法读盘，更别提运算器与控制器上密布的逻辑单元能否拥有功能了。

FOR左手使劲向后抹一把头发，Z不清楚他现在的这股焦虑是不是逼真的演技。FOR连连摇头。你不是真的喜欢笔电模——FOR重复这句，语气里透出深深的失望——你不是真正喜欢这种模型。FOR倒退几步，像是第一次看透了Z。Z感到奇怪，现在的情形好似FOR更害怕。Z静静注视对方，果然，FOR变得局促不安，眉头紧蹙，就像Z在跳蚤市场遇到的那个逃跑的矮胖男人。

Z突然想到外公房间角落的笔记本电脑全息投影。外公从没提过自己喜欢模型，但Z就是确信，外公对自己的笔记本电脑尤为怜爱。这种羁绊很像20世纪电影里描绘的那样——牛仔爱着左轮，英雄爱着剑，警察爱着枪，哲学家爱着自己的头脑。有一瞬，外公的形象和FOR重叠，Z恍惚着也退后一步。

自己，到底是为什么执着于笔电模？因为这是外公留下的线索？因为这线索能带来足够的财富，比如三百量子比特金？让Z梦想成真的鉴定人，此刻却在奉劝他放弃笔电模。

小猪笔电模真有那么可疑？如果连FOR的组织都无能为力，只能说有一股足够庞大的势力在严密注视着“黑鸟”笔电模的去向。只有强大到一定程度的势力，才能大隐于市……

Z干咳一声，FOR摇着头，眼睛瞪得滚圆，连说：真奇怪，你这人……

FOR低下头，咕哝出后一句：……就像个模型，没有生命力。

也许吧。Z不理睬FOR拙劣的比喻，干巴巴说完，迈步快速离开。FOR没再追上。

小猪笔电模在口袋深处翻转，棱角抵到Z的肋部，产生一股迟滞的苦涩感。

十二

地铁晃荡到终点站时，天空已如浓稠墨汁般乌黑得压抑。Z 出站，迅速挤过比往日更嘈杂混乱的商铺，远望见虫巢一般的楼群底黑压压一片人头。这些人穿搭得乱七八糟，有裹着睡袍的，有穿工作装的，有穿便装的，也有穿奇装异服的，推推搡搡，场面壮观得像是几十个剧组的群众演员在抢盒饭。不少人举着摄影条，加之由远及近的呼喊，又像是给演唱会明星打节奏的观众。在这种时候，人头之上无声矗立的楼群更显颓败，仿佛被虫豸啃食出大小孔穴的朽木。Z 想，水平排列着整齐别墅的小区与垂直包容着纷繁众生的楼群，本质是一样的。这是把一个人血淋淋的内脏翻出来和光鲜的肌肤摆在一起，两者的分界清晰又模糊，互为依存，互生厌恶。

然而，急迫的现状容不得 Z 多想，眼前是一个战场。

Z 感到胸闷，赶紧深吸一口气，低头快速冲入人群，鞋底狠命对抗坑坑洼洼的地面，走过伸长脖子仰头张望的人群，走过四五个朝旁边挤的工程队员，走过一脸严肃询问状况的调查员，走过五六只新闻摄影条的取景框，走过一地的垃圾罐头与再生纸盒，走过一片愁云惨淡，感觉踩到什么又稠又滑的液体。

Z 一分神，立即被前后左右的肩头、臂膀夹击。人肉洪流企图将他裹挟回出发点。Z 伸出双手，开始抓着一座座小丘似的肩头攀越。突然，人群化为成片成片竖立的笔电模。人的目光便是散发刺眼光亮的屏幕，笔电模开合着盖子，释放出热切又冷漠的讯号。

Z 想，这场战争注定会失败，但他必须活着离开。

于是他发了狂般推进，伴着咒骂、哈欠与询问声突出重围，跑入楼道，随电梯一路上升，上升到飘飘然的半空，然后跌入廊道。

不想这时间走廊也站满人。Z 远远便瞥见隔壁的混音师，那家伙的爆炸头总乱成鸡窝，永远是一件洗掉色的衬衫罩在瘦骨嶙峋的身上。Z 想着是什么风把这人吹到室外，却发现其他房客也和混音师差不多，端着大碗小碗杂七杂八的晚饭，目瞪口呆地望着自家门内。Z 侧身挤过一条条油腻的胳膊，钻进自己房间。

出门时忘记拉下百叶窗，Z 进门一抬头，好似见着一张怪物的口，深不见底，不由打个寒战。

天已黑透。开灯费电，Z 摸索着往床上一躺，胡乱扯开领口，心里嘀咕今天的房间怎么格外黑暗，随手摆弄起笔电模。这次，他试着像 FOR 说的那样，这边按按，那边推推。笔电模凸起的地方都试了一遍，却得不到任何反馈。

明明是个死物——Z 心头烦躁，一把将小猪笔电模扔到桌上。Z 戴起连接器登录论坛，发现 FOR 在白天做了几笔交易。那时间 Z 明明在旁边，没见 FOR 有操作私人云端的手势。恐怕对方确实是个组织，多人共享一个账号。不过，FOR 既没再私下回信给 Z，也没在论坛里提到“黑鸟”笔电模的事，按兵不动。

Z 想起 FOR 说“黑鸟”制造人偶，便沿这方向搜索，果然在人偶玩家的论坛找到一些“黑鸟”相关话题。在那边住民口中，“黑鸟”不过是一家过气的玩具厂，关闭个人购买平台后，检索率已非常低。

Z 甩掉鞋，在床上翻个身，试着查找可以交易小猪笔电模的平台，一无所获。想也知道，低知名度玩家开口要做一笔三百量子比特金的私人交易非常困难。反过来，Z 也信不过愿意付钱的私人玩家。Z 终于意识到FOR依靠信用累积制造的交易垄断是如此强大。Z恍然大悟：许多玩家一定都清楚FOR在交易背后使用了违法技术，但大部分人沉默，不是因为受到威胁，而是因为FOR已成为论坛乃至整个笔电模玩家结构中重要的一环。房间里的大象，Z想起这个概念。

走廊里传来窸窸窣窣的说话声，那群人似乎专门为了交流跑出房间，Z想着2个月后自己就会离开，脾气也消了，只静静躺在没有光照的床上。

他又想到一种稍微绕弯的方法：委托博物馆做鉴定。但这么做只会引来更多关注，尤其当FOR已确认笔电模是真品时，这么做的结局可想而知。Z不想把自己卷到更复杂的关系网里，焦虑起来：这就像三门问题，FOR打开了一扇门，把选择权重新交给Z……

门外的交流变得肆无忌惮。平时，这个时间大家都闷在房间里各搞各的，有些人已开始在公共洗漱间里刷牙洗脸。今天到底出了什么事？Z想起回来时楼下莫名聚集的人，不由爬到窗边向下望。

一片黑暗里有几点红光闪烁，估计是调查员的空艇灯。微弱光影里可见人群没有散去，反倒更密集，人头来回涌动宛如月光下的浪潮。

Z披上外套猛拉开门，来回扫视，发现走廊里的人脸上全露出奇怪的表情，兼具茫然与兴奋。Z碰上混音师的目光，便问发生了什么。

鸡窝头露出嘲讽的眼神，仿佛Z犯了什么常识性错误。他懒散抬手，指向自己房间。Z一时不解，再望向其他房客，发现那些人也在看他，带着不耐烦的目光。

突然，身后亮起一片明黄光芒，Z条件反射闪躲到门外，侧身回看舷窗。正对面的舷窗被一片椭圆光晕笼罩，走廊里的人骚动起来。光晕慢慢向右平移，Z终于看见——

有个年轻女人正趴在两扇舷窗之间。

去捡东西，被困住了。混音师沙哑的声音憋出一句话。

这个距离看不清女人脸色。不过，Z 还是注意到她右手紧抓一个黑色薄片，像是入职卡。

风。混音师像刚学会说话的婴孩，用浓厚的声音缓慢吐字：风把什么吹到外墙缝，她去捡。

混音师缓慢扭头，一双满布血丝的眼直勾勾看向 Z。

回不去了。混音师说。

Z 迅速开启私人云平台搜索：如果有物件落到难以企及的地方，可以联系工程队来取。但对面那个女人，不知为何自己爬了出去。

要么是黑户担心被进一步调查，要么是没足够的钱交工程队出勤费。Z 轻轻点头，满意自己得出的结论。

他再抬眼，见对面有两名工程队员从楼顶沿滑索吊下，开始一点点挪向被困的女人。

强光照耀下，只穿着内衣短裤的女人周身散发一片白雾，仿佛置身云中。她纤长的腿与小臂似乎覆了一层光滑的膜，竟如塑料般在光照下熠熠生辉，远看整个像人偶。

原来如此，Z 默想，这就是模型啊。对面高楼布景下、舷窗边摇摇欲坠的女人偶，不过是楼脚与廊道上成百上千个玩家津津有味品鉴的模型。

工程队其中一人向女子探出手——

啊。混音师干巴巴发出一声呻吟。

伴随一声闷响，整个空间如同爬满蚊蝇般嗡嗡交错。Z 发现混音师正偷瞥自己，他眼中那股奇怪的期待让 Z 不爽。

坠落了。混音师气若游丝，眼球来回转动，再懒得多说一个字。

Z 转脸望回自己的舷窗，对面，强光消散，工程队员在阴影里沿绳索窸窸窣窣升到视线外。之前留着一丝缝的那扇窗在月光下洞开，半边窗帘飘散在濡湿的暖风里。窗内没有星光的深空。

以后只能自己开灯了，Z对混音师说，按下开关。房间一下亮得刺眼，Z低头躲光，发现混音师露出惊讶的神情，像在看人类之外的怪物。Z早就习惯了这种目光，不紧不慢反身关上房门。

十三

第二天，Z从噩梦里醒来，摸一下桌边的小猪笔电模，翻身戴上连接器。

一封邮件弹到眼前，是FOR对论坛发出的邀请。FOR手上有下周末内行星笔电模玩展的门票，可以免费限额赠送。Z想，这也是FOR积攒人气的做法——不时施与小恩小惠。这展览Z倒耳熟能详，在“陈列室”了解过，是颇具权威的展会。展会为买家提供可靠的实体交易平台，为工作室提供商机，为独立艺术家提供机遇，为新人提供入口，也为一些好奇心旺盛的入门者提供瞠目结舌的机会。当然，大部分人进去后主要做的事只有两件：排队与刷码付账。Z百无聊赖地翻着展览的摊位信息，突然见到一个熟悉的图标——

黑色背景下一抹银弧。

Z翻身坐起，用手势拉近画面。没错，“黑鸟”公司在展会也有一个摊位。

神秘的“黑鸟”公司。

Z犹豫了。

FOR在这时发布这种信息，是针对我吗？Z惴惴不安。但FOR是在论坛发布的消息，所有人都能看见。也许——Z无可奈何地想——我在FOR的客户列表里，只是微不足道的一个，就不要自作多情了。Z从床上爬下来，到狭窄的洗漱间抹一把脸，看着镜子里的自己。一切是从何时开始出错的？是辞职，还是从外公留下的盒子里翻出那份隐藏的遗嘱，抑或沿着遗嘱得到小猪笔电模？

Z 把冷藏柜里两周前买的几样水果剥去皮、切成块扔搅拌机里转成浆，再一口吞下。肚子发出危险的响声。Z 想起昨天坠楼的女人，忍不住冲到窗边干呕一阵。回到床旁，Z 见对面窗户五颜六色的窗帘又被拉开，像什么事也没发生，隔壁传来金属碎屑刮擦树皮的噪音。Z 接入网络，在 FOR 的活动里留言。

十四

展会设在二环外新建的艺术展馆，像一条巨型法式长棍包。离展馆还有三条主干道，炽热的气氛已扑面而来，自驾而来的人堵在这里，再向前 1 厘米都找不到空闲艇位。Z 跟随节日游行般五彩缤纷又吵吵嚷嚷的队伍一点点向前挪。周围大部分人背着结实的双肩包，脖颈上挂着两到三个摄影条。许多人身穿绘有不同型号笔电的衬衫，看上去是定制的衣服，也可能来自某些工作室的会员年终奖励。另一些人更夸张，拖着巨大提箱，一副攻城拔寨的姿态。还有把自己扮成笔电的人，Z 的左前方就有一个这样的奇装异服爱好者。那人的身子整个套在使用轻便材料打印出的矩形外壳里，外壳被设计成笔电底盘形状。

按我，按我——“笔电人”上下挥动双手，向周围的人发出邀请。

有个小男孩挤过去，高举双手拍打着笔电人腹部附近的键，按出 qwert。笔电人假装收到信息，神情变得僵硬，开始用早期的机械翻译腔朗朗发音。在他身后有个中学生模样的女孩捂嘴笑起来，她的斜挎包上坠满不同笔电模的挂饰，叮叮当当地互相敲击出悦耳的脆响。

在女学生身后，Z 突然和一双眼对上。那是个穿着普通、样貌有些邋遢的老人。像是好奇这边发生了什么，他越过无数肩膀望过来。

他的目光定在 Z 脸上，一段不短的时间。

身后的人推搡着 Z 向前走。Z 扭头找寻，没有看见老人。

人流缓慢汇入大厅，由轻音乐改编的电音曲响彻高而空旷的天顶，

Z的心绪跟随视野逐渐扩散，整个人宛若飘浮在半空。

Z想，即使自己灵魂离体，才思泉涌，也无法用文字刻画出眼前的场面吧。Z原以为跨行星规模的展会，展厅就像一块大陆，上面是座座城邦，各自繁华。

错了。

展厅是宇宙，充满耀眼的新星。

各家工作室都使出浑身解数。

DOMIRO工作室带来前所未见的巨型多米诺骨牌电脑套装，一共有1.3万台量产Peach的空气型超薄笔电模，比例全是1∶5，在巨大的哥德堡装置驱动中，反复倒下、立起。本土的Spine毫不逊色，推出限量款“瓶装地狱”，这款电脑的原型机是HS1000型，亮点在于整台模型被完好放置于一个精致的窄颈玻璃瓶中。据说这命名是向古代环太平洋西北区某位作家的同名小说致敬。在这款成品旁，有五名工作室人员正拼装新的瓶中模型。另一些静模大户则将雕刻与喷绘发挥到登峰造极，ZEN境工作室推出1∶10的超微型笔电模型，透过显微镜，参观者将在笔电壳上阅读完整的《维摩诘经》。与这般精致相比，边缘闪现推出的世界名画系列仍不逊色。

在参观道路前方，突然有群人滞留不前，周围响起此起彼伏的叹息。Z迟疑片刻，决定凑过去。那是千雏兰的展位。整个展位呈半球形，中央立着三根金属支架，顶端固定一台1∶2笔电模型的底盘。在模型四周，有一圈环状支架，从支架上探出八只机械臂。在一片拍照声中，八只机械臂各司其职，正伴随隐隐可感的节奏，将正中间的笔电模反复拆卸、重装。拆卸的部件分门别类放到后方的陈列架上。有的观众抱着手臂直摇头，露出欲走还留的神情。Z想起FOR说的：一些玩家不喜欢这种过度的还原。

Z再往后走，模型变得越发新颖。例如一家叫FEUER的火星公司带来那片遥远地域亲自培植的植物笔电模。经过刻意塑造，各色菌落顺着笔电模的框架自然生长，最终形成覆盖表面的特殊图案。FEUER 将这样的模型安装在布置好的微缩自然景观间，仿佛笔电不是人类所造，而是自然产物。类似的还有另一家公司的鱼缸模型。

另一些公司则在用户体验上下功夫，C.C.P 推出私人定制笔电。用户可以设计笔电的形状、图案、纹饰乃至显示屏上的画面。PamBai 公司推出可拼装的笔电，这种笔电的价格比其他模型便宜许多，趣味在于玩家需要使用水口钳与磨刀亲自将模型剪下拼在一起。NOVELLE 推出的讲故事笔电，则将一些名著的片段藏在笔电模内部，想读完一本书，必须与不同玩家交换信息。煜焱工作室首次推出可以使用真实电池的笔电，这些笔电在开启后能在屏幕上显示一组固定影片，大部分是博物馆授权的古人产品发布会片段。另一些小工作室用了更讨巧的策略：兜售模型散件，成堆米粒一样的内存条与巧克力形状的电池被装在诱人的篮子里称重出售。还有玩家正排队等待喷涂键盘。

不过，在整个展会如此琳琅满目的模型里，最令 Z 印象深刻的——想必也是令其他人难忘的——要数 Σ&Ω 公司为公益募捐建造的迷宫笔电模。整个模型占地约 5500 平方米，放置在展馆外。模型如此庞大，以至于大部分人在进门时都没注意到那是个笔记本电脑，而不是一栋新展馆。更绝的是，参观者可以穿过模型底端一侧的 USB 插口进入内部，里面是比例更小一些的各种部件及详解。这些部件上附有荧光灯，灯火流泻仿佛数据奔涌。一些解说板立在各处，解释笔电模的诞生流程——概念设计、三维绘图、原型雕刻、上色渲染、铸造模具、批量成型、喷涂抛光等。

Z 站在人声鼎沸的展馆正中，头晕目眩。Z 想着，这就是现实。

这不是博尔赫斯的虚构，不是卡尔维诺的虚构，不是米尔豪瑟的虚构，不是科塔萨尔的虚构。这，就是现实，如今自己身在其中。

直到这时，Z 终于注意到角落里不起眼的“黑鸟”展位。

那展位黯淡无光，规模类似 20 世纪的街边电话亭。但立牌映出的确实是“黑鸟”公司标志。

像被一股奇妙力量推动，Z 迈开双腿，越走越快，几乎是小跑着奔过去。

“黑鸟”展位没员工，只一台自动贩售机寂寞立着，像一片孤岛、一座墓碑。从一侧贴着的图解可知，贩售机里装的也非笔电模，而是类似擦拭布之类的维护小道具。

这就是我想要的真相吗？Z 默默皱眉。也许，应该去看看更有意思的东西——Z 决定离开，不仅是离开这个展位，更是远离“黑鸟”这个名词，最好能把自己这个月的霉运一并留在此地。但是，就在 Z 转身重新挤入人群时，贩售机侧面印的联系邮箱还是跃入余光，鲜明得像一束强光。突然，Z 察觉一丝视线，脖颈不禁微冷。Z 张望周围，人来人往，只有炽热的声浪。Z 不再细想，小跑向拥挤的人流。

十五

展馆一侧的会客厅已是座无虚席，台上坐着三个造型随性的嘉宾。Z 一点点挤过伸长脖子张望的人群，站到房间一侧的角落。

三个嘉宾身前是个全息投影屏，此刻正交替播放着此次展会中出现的各种笔电模幻影，影像优雅地旋转着，逐渐褪色为暗影，再切换到下一个模型。暗影像在顺时针旋转，又像走着逆时针。三位嘉宾的身后是一张略显简陋的投影屏，屏幕上写着他们讨论的话题：模型之魅。

Z 进去时，三个嘉宾正争论一个宗教问题，尽管事实上他们只不过是从模型发散出过于广阔的联想。

最左边的嘉宾提出神的全能悖论变体。大意是说，神是全能的，因此神能制造出超越神的存在，既然超越了神，神就不可能是全能的，因而与前提自相矛盾。这个变体的有趣之处在于其漂亮的对称性。如果先假设神创造的东西造出了超越那东西自身的存在，而神却不能创造出超越自己的存在，那么可以说那东西超越了神，这么一来神就可以创造出超越自己的存在，因而神仍然是全能的。注意到，悖论之所以存在是因为“神全能”与“神的某项具体能力”永远无法放置在同一位置进行比较。

嘉宾之所以争论起这种古老的思维游戏，是因为有听众在提问时将人类制造模型的行为解释为一种创世纪。其中，人类扮演了造物主的角色，创造了微缩的景观。

从景观一词，这些嘉宾又开始讨论到底哪些东西适合成为模型。首先应该是那些庞大到不能直接陈列在一个有限空间的东西。例如房地产开发商需要楼盘模型，军队需要阵地模型，学校需要各种教学模型。不过，其中一个嘉宾立即指出一些极其微小的东西也满足条件，例如细胞模型，原子模型。另一个嘉宾总结，模型是能够在有限的时空里表达其他时空事物的投影。这看上去有点像地图。事实上，地图也是一种模型，至少算变体——很多人热衷于收藏地图。

见另外两人陷入沉思，这个嘉宾突然问听众，什么东西算是真理。台下传来稀稀落落的回答。这嘉宾滔滔不绝，在他看来，真理是一种对整个世界的概括。这个世界非常大，既包含了我们能抵达的、认为理所当然持续运转着的这个宇宙，也包含着假想中的平行宇宙、我们观测不到的空间，以及我们的梦魇。你尽可以不停地想象，超出你想象尽头的边界非常远的地方，仍然只占这整个世界里微不足道的一段距离。真理，就是要尽可能用压缩过的、高浓度的信息，对这样的世界进行描述。而模型，事实上就是人类对各种东西进行概括的尝试。模型的尽头，所谓终极目标，或许正是人类对这整个世界的塑造。那时，将会有一个足够详尽的模型，能包容万事万物于其中。

这时，另一个嘉宾插话，认为这种观点很像是杯中滴墨。人类在观赏模型时，带着一种安全的优越感，一种因为能对所有状况绝对控制而抱持的自信。就像在一杯纯净水里滴入一滴墨，墨汁如何扩散具有混沌性，根据环境，墨汁到底呈现怎样的形状是不定的。但这个端详着墨汁的人却非常清楚墨汁不会扩散到杯壁外侧。现在的问题是，人类所存在的这个宇宙，于实验中是作为墨汁存在，还是作为水存在？如果是前者，你可以说自由意志最终取得了胜利，因为墨汁的扩散是多变而复杂的，每一处痕迹的流溢都是极其偶然的选择。如果是后者，你会说还原论才是终极真理，而我们现在的每一种革新，只不过是让墨汁在有限的容器中苟延残喘。

最后，墨汁与水混成墨水。动变成静，陷入死寂。

最后一个嘉宾立即反驳，这样的例子是不正确的。一个例子，并不能等同于原本的事物，例子是有概括性的。现在的问题仍然是，整个世界的真相是否能被概括成一种真理。也许，真相本身就是真理，所谓真理多余。用“水果”能一下概括苹果、梨与香蕉，但是信息在浓缩的过程中丢失了。总结就是，枚举会耗费极大时间，而压缩又会耗费广袤的空间。因此，想要完成能代表整个世界的模型，是不可能的。

不过，Z 认为最后一个嘉宾的结论过于武断。也许是他略有颤抖的嗓音出卖了镇静的表情。事实上，他——以及在场的所有人——都不能确定真相是否就等同于真理。能否制造这样的模型，只能是没有根基的探讨。

但是，Z 又想到他们所说的神与超越者的问题。如果人类制造出能够超越自身的存在，神会无动于衷吗？

十六

在展馆内设的餐厅吃过简单午餐，没了上午一探究竟的动力，又有点不舍离场，Z便独自在各个展区闲逛，不知不觉又绕回“黑鸟”的贩售亭前。

那里正站着一个人。

这人个子不高，微胖，起皱的皮肤上有杂驳的老年斑，待他回头，Z发现那张红润的脸上有一圈浓密的白络腮胡。是上午排队时盯着Z看的老人。

Z想离开，却发现老人的眼神像根无形的绳索，正拉扯他过去。老人到底是何方神圣？怀着一点抵触，Z故意抬头挺胸大步走过去。待Z站到老人旁边，他却不再看Z，而是专注打量“黑鸟”那台孤单的自动贩售机。从上次离开到此刻，有人买过里面的小道具吗？

人类发展的终极目标是什么？老人突然开口问。他的喉音混浊不清，像有异物卡在咽部。Z猜他去听了之前的嘉宾讨论。

Z像老人那样望着自动贩售机，思索起来。标准答案或许是：物质充足，能量充沛。

老人一下转过脸，Z对上一副锐利的目光。老人的眼球是清晰的褐色，Z甚至能看到黑暗瞳孔外围虹膜上一丝一丝的肌理。如此清澈，就像玻璃眼珠一样——Z暗想。老人面无表情地说，维持存在不能算根本需求。

Z注意到他垂在裤管边的手背有凸起的筋，他的指尖微微颤抖。

老人不等Z接话，兀自说下去。或许他根本没想和Z交流。

老人说，人类需要的是意义与原因。如果没有存在意义，没有诞生原因，人类就没必要继续活下去。

人类有着刨根究底的天性，这可能源于人这一生物的诞生方式。无论是试管培育还是自然生产，婴儿总是从一个具体的源头生出来。这种“发生”不是婴儿自我意识的结果，相反，那是由父母决定的。人越成长，越体会到其中矛盾——由别人决定的自身存在，却要凭自己的意志去延续。人是擅长推己及人的生物，于是联想到周遭万物的产生与延续。人类不可避免发现，从未遇到无中生有的情况。

不过——老人这时完全转向Z，Z不由向后退半步，但他立即逼上来——有一样东西是例外。那是个显而易见到被忽略的东西，存在却没有原因。对人类来说，那东西自被感知时起，就是作为结果摆在眼前的。

这东西正是世界——老人脸上露出痴迷而有些茫然的神情——囊括一切的宇宙。

百思不得其解的人类，终于创造了神。只因天地间再没参照物定位自己，就暂时虚构一个原因安到世界这个结果的头顶。这样才说得通，才是合情合理的。

要命的是，第二个问题随之而来：为何寻找终极原因这种麻烦的事只有人类能意识到？如果神真的存在，为何神选中的是人——而非其他生物——来察觉这源头的缺失？于是，人类试图从探寻万物之因回归自省。这绝非注意力转向，而是达成终极目标的必经之路。

人类，开始思索自己为何独一无二。

证明方法分岔为两条截然相反的道路。一条向外，面对繁星浩渺，在茫茫宇宙间探索其他智慧文明。另一条向内，挖掘自身本质，即模仿自然造人以制造新的智能。

就在Z的视野随老人的话语飞升到远离眼前的一片朦胧暗淡，抵达真理尽头的光明之时，环绕大厅的音乐静下来，跟着连人声都稀疏了。Z惊觉不久前人山人海的地方，此刻只剩零星玩家。人潮已涌到远处的特价区，Z与老人站在过分空旷的角落，消失在普通人视野外，像不存在于世的异域。

老人的眼角抽搐着，Z指尖冰凉，拼命思考如何摆脱他。这时，老人已毫无顾忌滔滔不绝，他的口气喷到Z脸上，带着腐败植物的味道——

即使人类造出与自身拥有相似智慧的产物，人类仍独一无二。因为就“制造”而言，人类始终高于那个新产物。就像神始终凌驾于人之上。

由此推测，针对全能悖论给出的各种解答里，大能之神说是比较靠谱的。神只在高于人的系统之上有所为，但神也有属于自己的系统，且无法超越那系统。

神外，还有神。

老人苍白的髭须在空气中轻微震颤，整个人仿佛陷入魔怔，眼球来回快移，紧张盯向Z右肩斜后方。Z吞吞吐吐说着要去找同伴，快速转身——但左臂被一只有力的手瞬间抓住。Z扭头，见老人周身散发出骇人的狂躁气焰，像要一口吞下Z。

“黑鸟”17组并未解散，“黑鸟”的研究没有违背全能悖论！老人几乎是在咆哮。

Z再也忍受不了，使劲甩开那只如枯蔓虬枝的手，趺趺撞撞冲向人群。在一堆背包、摄影条与彩旗的丛林里，Z的头脑混乱不堪，漫无目的地挤来挤去，直到“黑鸟”标志在人们来回挪移的头顶消失，才长舒一气。

十七

Z 被一阵饥饿感折磨着醒来，仰头见百叶窗缝隙呈深灰色，探手拨开窗叶，见外面浓云密布，一团团像要塌下。展会回来，Z 在床上躺了两天，一动不动，只眼角随投进房的阳光从地板这头扫到那头。现在肚子里像有两个齿轮交错转动，Z 不得不挣扎坐起。Z 登录论坛，浏览，那里倒是老样子，FOR 与其他玩家的注意力还在展会淘到的宝贝上，Z 却失了参与的兴致。

在展会遭遇疯狂又莫名的老人后，一块深色、黏稠、不干不脆的异物就梗在 Z 胸口，排遣不了。

制作笔电模的“黑鸟”小组还存在……这可能吗?

刚回房时，Z 查资料，老人提到的总裁是在 30 年前宣布退休，联系笔电模产品线停工，两者间若隐若现的联系令 Z 动摇。Z 有些后悔没能详细询问老人“黑鸟”的事，当时老人像魔鬼附身般大谈宇宙与人类，不免令人厌烦。不过，也正因老人出现，Z 突然有个想法。

当所有人——去世的外公、资深玩家FOR，以及痴狂的老人——都无法说清小猪笔电模的源头与归宿，还有个地方可以咨询。

展会当夜，在不再有一丝光亮点缀的黑暗房间里，Z 的操作停在发信环节。

邮箱是 Z 从“黑鸟”的自动贩售机上抄来的。

Z 听见自己的心跳与呼吸。

不知为何，混音师无精打采的语气像隔着墙传来，在房间四壁回荡——

坠落了……

可以选择的路，无路可选。

Z 吐一口气，点击发送。

现在，等待。也许那邮箱只用于维修咨询，也许已没人打理账号。Z 的信石沉大海，而神秘莫测的前任总裁——谁也说不准他到底做过什么疯事——根本不知道某处有个微不足道的人如此渴望见他。

就在 Z 漫无边际幻想信的去向时，视网膜上弹出快递收取提示。

Z 挠头，想着最近可没购物。

但飞行器送上门的纸盒盖分明印着他的信息，分毫不差。

签收后，Z 的目光移向寄件人一栏，双手颤抖了一下——“黑鸟”技术开发部。没有联系方式。

找寻裁纸刀时，Z 撞了膝盖，又在使用时划了手。

纸盒里有两样东西，一个是像条状巧克力的物体，Z 认得那是笔电模电池。另一个东西是张薄薄的中间带孔的圆盘，大小差不多是拇指与食指环出的空间。

没有说明文档。

Z 把电池放在掌心掂量。

活的……Z 喃喃自语，想到 FOR 忧伤的眼神，想到 FOR 说的那些拆解模型的玩家的遭遇，想到不久前自己想方设法让笔电模有反应，任何反应……

Z 跨过地板上再次堆得乱七八糟的杂物，一把捞出小猪笔电模，又从抽屉里翻出镊子。Z 用镊尖轻撬开笔电模右侧光盘驱动器口，将收到的圆盘塞进去再合上。接着，Z 把模型电池撬下，换上寄来的电池。

这么做时，Z 感觉自己被耍了。Z 盘腿坐在地板上，思考该怎么启动。

Z重复一遍几天前的操作，笔电模纹丝不动。Z站起来，看着窗外。玻璃上出现连成串的水珠——下雨了。

远处传来沉闷的雷声，起初零散，这里一下，那里一下。现在连成一片，如巨兽群哮。

Z又坐下，紧闭双眼，回忆之前背过的技术说明。屋里闪过一道亮蓝光芒，之后传来震耳欲聋的雷鸣。Z睁眼，合上镊子按下模型左上角那枚小巧的红色按钮。

什么也没发生。

Z感觉空气静止于眉间。

接着，Z的手掌感到轻微振动。模型那卡片大小的显示屏上突然泛起荧光。

荧光淡去，屏幕陷入漆黑，Z直勾勾看向那一抹虚无。这时，模型右上角有芝麻大的一粒微光闪烁。Z指尖传来温热抖动……

Z体会这种感觉，像什么，又不像什么。

最后他想，这是捧着老鼠的感觉。小时候，外公带他参观自然博物馆时，他摸过活物。实验用白鼠的毛细密柔软，尾巴却光滑冰凉。小东西在掌心瑟瑟发抖，爪子搭在幼年Z的食指边。

原来FOR是对的。

手上的这个玩意儿，活过来了。Z忘了呼吸，忘了擦额角冷汗，一个劲盯着掌心的方块，那还魂尸般、发着抖、冒出光的方块。

Z突然理解了FOR及其他玩家如此厌恶“黑鸟”的原因。Z也一下领悟了真理不可能取代真相这一残酷事实。

人类对真理异乎寻常的热爱，不是展会上嘉宾们说的那样——真理是通向真相的途径，而在于，真理是与众不同的异物。异物之所以可爱，正在于局限。

像人类自身，充满残缺。因为残缺，所以有无尽可能。

模型是对实物不完美的复原。玩家喜爱模型，正在于模型一动不动，像书页间掉下的老照片，凝固了特定的时光。

但掌心的方块，颤动着，粉色的猪鼻孔在电光的闪烁下，得意扬扬地冲着 Z……

这是个介于模型与笔记本电脑之间的怪物，就像僵尸是介于人与尸体之间的怪物。

禁忌，被打破了。

Z 感到一股潮气顺着地板爬上后颈，突然，笔电模屏幕起了变化。

黑色幕布上有白色线条正呈现、扭曲、移动、消失。Z 回过神，认出那是字母。

字母像流水，一点点晃过。Z 察觉这串字符在循环播放，忙瞪大眼努力辨识。

等 Z 一字不落认出内容，胸中那团赘物消失殆尽。

识别出的信息只有两个：

时间，地点。

十八

午夜的风穿过冷泉港幽暗空旷的泊艇台，Z 租借的公共空艇孤零零横在不远处路灯下，像被遗弃的宠物。若是其他空港，此时一定还有零星空艇穿梭进出，但冷泉港静得仿佛酒海墓园，连其他地方那种歪东倒西靠在一起的公用空艇都不见踪影。

这座城的安全评级足够高，不然 Z 绝不愿在这种时间独自出来。

略微刺骨的风擦过 Z 眼角。为让冻僵的脑子保持热量，Z 再次回忆离开公寓时做的事：重新整理房间。铺床搬桌只是走流程，真正的重点是把那价值惊人的小猪笔电模放在恰当的位置——一个需要花些功夫却不必耗尽精力寻找的地方，例如衣柜内侧，或写字台中间抽屉后方。整理好桌面，Z 特意登录论坛，在个人界面留下暗示自己出远门的信息。

Z 想：调查员搜查时，会通过小猪笔电模的放置和论坛信息推测出我可能惹上的麻烦。Z 也考虑过保留“黑鸟”寄来的光盘，但那东西竟被精巧设置了播放次数。Z 反复记认屏幕，最终上当。随着一声轻响，光驱弹出，光盘记录层似乎被模型内置的装置损毁了。

此刻，站在凌晨杳无人迹的黑暗里，Z 抱着胳膊思考自己到底在胡思乱想些什么。Z 发出的邮件只提到对“黑鸟”笔电模生产线感兴趣，其他并未多说。为什么“黑鸟”会发出邀请？也许，贴在那台贩售机侧面的根本不是“黑鸟”的邮箱，而是别人趁主办者不在私自印上去的。

Z 又想到安全躺在公寓里的小猪笔电模，到底有多少人知道其价值？

白雾在Z嘴边出现，消失。已到约定时间。

Z跺脚驱散小腿边的霜雾，想着果然是被要了。

拙劣的玩笑。希望这……只是个玩笑。

然而夜晚的天幕像盛放宝石的绒布，此刻突然被一把狭长的刀刃刺破。那刃尖划破星辰，悄无声息降临身前。来者可说庞然大物，高耸的身躯挡住对面路灯投下的光，一片暗影将Z吞噬。这野兽如此沉寂，像披着薄纱的死神，优雅却致命。又仿佛游乐场的气球擦过鼻头，感受不到丝毫分量。

借着这架中型空艇侧身环绕的浅紫色光路，Z看到标志性的百合花纹饰，不由心头一颤。这是极其昂贵的佛罗伦萨级宴客艇。

空艇在Z面前停下，椭圆形舱门向后退缩让出通道。

Z来回看看，方圆500米内没有第二个活物，深蓝色天空与地平线交会于港口彼端微光闪烁的办公楼群。Z再仰视这艘不常见的交通工具，视线顺着那流畅顺滑的表面进入通道柔和的光芒。

硬着头皮上吧。

空艇内地板上浮现动态图案，明灭的箭头示意Z顺着走廊抵达一间厢房。房内有面对面的软椅，中间横隔一张椭圆形餐桌。直径达一人高的舷窗拉着挡板。厢房光线柔和，有令人舒适的乐声在空气里流淌。

巴赫E小调协奏曲，品位不算太糟，Z放松警惕走进去。

门突然在身后关上，Z回头，乐声渐隐，一个让人联想到漫长冬日阴冷晦暗的女声响起。

女声报出旅途用时，并告知不得离开厢房。Z四下搜索，发现房内还有个侧门通向独立卫生间。看来“黑鸟”是打定主意对路线保密。Z之前在网上搜过“黑鸟”工厂和办公楼地址，反向推理便知此行目的地并非这两处，更可能是传闻里的秘密研究室。有网友猜测研究室埋在地下，也有人认为研究室是一所巨大的空间站，还有人觉得那种建筑设在月球也不无可能。现在Z无从判断，佛罗伦萨级空艇可以不费吹灰之力上天下海，既然这趟旅途时间不短，那根本搞不清空艇走过的路——它能停在原地半小时再起航，也能保持全速飞到极远的场所。最要命的是，Z清楚这种空艇奢华之处正在于给乘客重力不变的乘坐体验。Z站在音乐弥漫看似温馨的小包间，无法判断空艇是否已出发。

Z试图挪动舷窗挡板和门，果然徒劳。Z又查看网络信号，发现已被屏蔽。

被关在一个过分舒适的匣子里，可能处在任何地方——Z想着，惊讶于自己的平静，慢慢坐下。

桌底一侧柜门弹开，里面有甜点和饮品。

Z不饿，倒是有点渴，但他深知解渴之物不在此处。

十九

两小时后，厢门滑开，Z 起身时有些眩晕。

空艇外连着通道，Z 只能顺圆筒往前走。转弯，前方出现一扇门。

新空间有五排对称固定的简易座椅，座椅旁是雾化窗。这房间让 Z 想到公司线下会议的地方。Z 选窗边前排一侧坐下。门自动合上，地板开始抖动，Z 扶住座椅把手。这时，雾气一下挥发，亮得有些刺眼的白光从窗外射入，Z 挡着流泪的眼偷瞥，发现房间在一条隧道里快速移动。原来这是一节老式车厢。

隧道壁呈暗褐色，说不出是金属还是水泥构成。不久 Z 便驶到一片开阔大厅，车门开启。

大厅地板与空艇里一致，也是闪烁箭头。Z 沿指示走，跨过自动门。眼前有条水平履带，Z 按示意站上去，由着带往前方。

Z 先前经过的几个厅室都像旧式车站，零星立着令人怀念的立柱。过分空旷的大厅，有种长笛中音般清冷的质感。一路上没出现任何工作人员。Z 难以集中注意力，总感觉自己正行走于一个幽深的梦，反复无常、百无聊赖、无法解脱。Z 又觉得这感觉不对，因为现实才是漫长到无法逃离，而梦总能在濒临危险或接近幸福时结束。

接下来的门楣上有非常古老的电子显示板给出的文字，告知门后是企业历史回顾。

穿过这扇门，履带速度减缓，Z 留意着新长廊两侧的布景。

长廊彼端消失在灯光暗淡的黑影里，两侧墙壁挂有巨幅相片，每幅相框下陈列一件展品。这些“黑鸟”历年制造的产品被强化玻璃罩隔绝了尘埃与声音，仿佛活在自己的星球。履带两侧不时出现供人走下的缓坡。Z 不敢乱动，只眼珠东张西望，窥探一桩桩尘封的秘密。

走廊左侧第一幅照片是黑白的，里面是个身材中等、神情严肃的人。与他宽阔脸庞上过于认真的神情形成鲜明对比，他怀中抱着个露齿而笑的人偶。不知是否是拍摄问题，人偶笑得狰狞。在这幅照片下方的陈列柜中，那个人偶——或仿制品——被支架固定立在圆柱形玻璃罩内。人偶的嘴由于年代久远，已合不拢，微微裂开一条缝，两丝明显的竖纹沿他颚部消失在下巴后。人偶的眼一只湖蓝，一只翠绿，略微望着相反方向。那眼球表面光滑澄澈，一点也不像一个多世纪前的产物。当 Z 向前移去，余光里瞥见人偶的眼珠直勾勾转来盯着自己后背。Z 警告自己那是幻觉，不敢回头。

下一幅照片有色彩，体型中等、表情死板的男人站在烫着卷发、有些发福的女人身边。两人掌心共同托着一个瘦长的女人偶。照片底部有一行后来补印的字，内容是“莉莉，我们的灵感源泉”。女人偶微张嘴，唇上涂抹的红色如鲜血一样艳丽。

第三幅照片的色彩又清晰几分，看得出摄影技术在进步。画面里站着一个男人，通过和他身后橱柜的高度对比，这男人不算矮。他也不太胖，但脸还是和前两个男人一样，带着特别的拘谨。这男人小心翼翼地将一件小巧的物品端在左胸前，像抱着一座属于自己的奖杯。Z 仔细看，发现那仍是人偶，一个穿格子裙、白衬衫和毛绒背心的短发少女。相比第一幅照片里木质的人偶和第二幅照片里塑料质感明显的娃娃，这少女的肤色已相当逼近人的肌肤。令人奇怪的反倒是她的身体比例。人偶的腿明显比手臂修长，胫骨几乎是尺骨的 2 倍。更恐怖的是人偶的脸，闪着诡异光泽的眼球占了整张脸近一半空间。Z 不清楚这是不是 20

世纪人类对完美伴侣的遐想，又或许这是结合外星人虚构造型的一次尝试？

接下来的照片里出现第四位男人，这次他的手老老实实放在前面。一个约 15 厘米高的男人闲适地坐在他左肩，摆出不可一世的模样。与前面的少女人偶不同，这个男青年穿着真正意义上的衣裤，而不是塑料压制的服饰。透过微型休闲服，青年人偶肌肉紧致的身形几可乱真。但脚踝与手腕处的球状关节出卖了他。接下来的几幅照片里是同一个男人，举着更多不同造型的人偶，这些人偶身份各异，从他们的服饰可以猜出当年人们热爱的主题——先是超现实战士，然后是冷兵器复兴后的剑客，接着是套在厚重宇航服里的太空骑士，再后来是发型诡异、身着休闲服的电脑黑客。在电脑黑客的臂弯里第一次出现一台微小的笔记本电脑，Z 有些振奋。也是在这个男人的照片角落，第一次出现如今“黑鸟”公司仍在使用的标志——漆黑圆形空间浮现一条既像月亮，又像镰刀的银白弧线，事实上那是一只巨型鸟喙。

到第五任总裁时，身边人偶变成等身大小，穿的衣服就是人类服装。模型不可能单纯靠等比例放大就能站稳，尤其全身关节可动的那些。但总裁身边那瘦高又傲慢的牛仔——带标志性宽边帽，穿古典西部片里那种马甲与披肩，左轮坠着粗糙的皮带——站得稳稳当当。照片前方玻璃罩里，正是这位牛仔叉腰而立。Z 不敢低头从正面打量他的眼睛。

第六任总裁比前几任都瘦小，脸不再宽阔，也许他更多继承了母亲一方的特征。这位总裁面容和蔼，身旁站着的不是人偶，而是一位神情柔和却不失精明的女秘书。在原本是玻璃罩的地方，立着一块牌子，上面一段略显曲折的故事解释了为何女人偶没能保存下来。Z 再打量照片，才意识到那位秘书是假人。Z 重新思考为何之前看好几眼都没辨别出真相——秘书紧贴总裁的右臂皮肤被轻微压迫，显出颇具弹性的弧度，而她裸露在外的膝盖及脚踝皮肤光滑，完全看不出关节构造。另外，最恐怖的是她的脸，不同于20世纪初的蜡像人产生的不真实感，秘书面部神情自然得比旁边的总裁更近人类。她的眼球带着因闪光灯造成的反光，既不像蜡像那样死板，又不像玻璃眼珠那样明亮。她的眼球透出活人的灵魂。

等到第七任总裁时，静态全息投影技术已被发明，墙壁上的投影是立体的。这位总裁并没有刻意与某个玩偶合照，而是站在“黑鸟”总部办公楼前，显得随意又霸道。这是21世纪初的某个时间，那时“黑鸟”如日中天。

接下来的一幅全息图仍然是那位总裁，与前一幅仿若国王的图不同，这一幅图有种着了魔的诡异巫术感。总裁手上端着一颗人头。从面相看那是一个20岁左右的女人。当然，这不是真人。女人脖颈处延伸出粗细各异、材质不同的缆线，通到总裁身后阴影里闪着微光的某台大型机器。在动态的全息影像里，女人在说着什么。她的眼睛伴随嘴角上扬而微微眯起，最后露出一个迷人微笑。她的鼻翼翕动，扯着脸颊的皮肤。如果光盯着她的眼看，很难想象那是个假人。Z打了个寒战，不再关注女人唇间吐出的内容。

按时间顺序推测，下一位总裁就是30年前卸任的第八位。Z正想象他将会与怎样的玩偶登场，不料廊道突然明亮，前方出现新门。Z还没反应过来，就已进入另一个房间。

二十

起初，Z 产生错觉——仿佛进了电子博物馆。此刻的厅堂里放满了大小不同的仪器，墙上还挂着许多照片。Z 步下履带穿行于这些或像立柜或如集装箱的仪器，在两个展位间狭窄的通道感受逼仄，又跑回履带边环顾展厅宽阔的全景。

墙边，Z 看见一些有趣的老照片。这些照片里记录的不再是“黑鸟”历届总裁，里面的人形形色色。第一张照片里，浅色头发的中年男子端坐在镜头前，正单手托腮愁眉苦脸，他的正前方放着一个黑白相间的平板，板上立着黑白色形状各异的雕塑。另一张时间稍晚的照片里，一位黑发男子正交叉食指于嘴前，眉头紧皱。他的面前也有个线段交错的平板，板上放着黑白两色的圆形积木。第三张照片里是一位优雅的女士，她的苦恼更像是被潜在的疾病侵袭。这位女士靠在一架庞大的仪器边，仪器通体黑色，表面光滑，在女士膝头上方有一排突出的键，交错呈黑白色。再后面的照片里是个银发老人，老人双手交叉放在前方，正对着镜头外的某人说着什么，他的脸上与其说是烦闷，不如说是因为接受了既定的命运而变得豁达。老人身后的巨型荧幕上是一篇文章，从隐约可辨的标题，Z 推测那是部小说。

Z 静静漫步在这个回声游荡的展厅，一言不发地回顾着人类被自造物击败的历史，想到之前展会上关于全能悖论的争论。Z 注意到经过的许多器械都有不同公司的商标，其中大多数，Z 在背诵材料时见过。这些公司活跃于20世纪至21世纪初期，或关注硬件，或注重软件，或改进设计，或研究算法，有些甚至至今都在产品应用领域推陈出新。Z有些在意："黑鸟"怎么会在自己的陈列室放上这些公司的产品？不过只消一秒，Z便意识到一件事："黑鸟"，并不单是一家家族式封闭型企业，"黑鸟"更像一种精神，或者如同"0/1"社区那样的圈子，早在一百多年前，"黑鸟"的人就已潜伏在尖端领域的各行各业中，积极推动人类文明的前进。

Z想到FOR对笔电模起源的回答：是一群狂热者创立了工作室，也是几个工作室通过一个概念聚集起一群狂热者。

也许，人类文明进步的驱动力，本质就是一种疯狂。

Z不敢久留，匆匆跑上履带，任由这条缓缓流动的黑河将自己带向远离现实的地方。

二十一

接下来的展厅出现在脚底，其庞大而全面的布局一开始令人头晕目眩。通过自动门后，履带所在的通道实际成为一座架在半空的桥。桥下3米处是一个直径接近50米的坑。

坑底有座小镇。

如果用特殊的俯拍方式捕捉小镇细节，再换成普通尺寸的照片拿给人看，一定会有不少人问这是哪个景点。全景模型早在两个世纪前就有不错的制作者，甚至一度成为一些电影的拍摄背景。微缩小镇不是重点，值得注意的是小镇上生活着的人。

履带载着Z到桥梁正中的圆形平台。Z通过立在栏杆边的望远镜能仔细追踪脚下世界的每个细节。在急急扫过酒馆招牌、街边垃圾和墙角涂鸦后，Z将镜头对准一些行人。Z想，自己现在就像个行为乖戾的跟踪狂。第一目标是个骑自行车的小孩，Z推测小孩会像古老的角色扮演游戏里点缀场景的假人那样，有固定的路径与动作，然而Z错了。这小孩——Z甚至不清楚他是用什么技术做出来的——在镜头长久的凝视下没有出现重复动作，更别提走相同路径了。在Z调整观察思路重新注视时，发现小孩的行动有潜在逻辑。这小孩不是在动，而是在生活。

要么是“黑鸟”对每个镇民设计的逻辑链足够庞大，复杂到Z短时间内无法找出破绽，要么是“黑鸟”就制造了一个开放的平台。这很像展会时嘉宾关于水的比喻。这些假人是滴入杯中的墨，自由扩散后融入已知世界的每个角落。但他们终其一生也不知道自己被无形的杯壁束缚。而在 3 米之上的空间里凝视他们的人类，就是他们的创世神。

Z 思考着：新世纪的模型，已不再是纯粹的艺术品。模型的主体更多生成自科技，由精密计算后使用新型材料制造而成。许多工作室将原型师的创造力无限夸大，吹捧自己作品的艺术价值堪比古人的雕塑与建筑，不过是骗玩家买单罢了。目光束缚于时代，最终将被时代厌弃。

但“黑鸟”……这在玩家眼中古旧、臃肿、迟缓的巨人，已生存近三百年，恐怕还会继续存留于世……Z 恋恋不舍地离开这个房间。

二十二

自动门后出现一个类似中转站的地方，履带到了尽头。Z迈下履带，脚底立即出现箭头提示方向。有那么一刻，Z琢磨，如果故意朝反方向走会怎样，但马上又打消了这自大的想法。Z作为唯一的生命体，置身于这广阔热闹又静默异常的空间，孤立无援。沿箭头方向，Z踏上新履带。

前方又是门，总是门。

这扇门上出现意想不到的电子文字——17制作组成果展示。

“黑鸟”的笔电模世界。

穿过门，Z没找到笔电模陈列架，也没在墙上看见照片。新空间宽广依旧，却不如之前展厅亮堂。仅在天花板边缘布置的微弱照明，让人想到博物馆那些幽静又略显阴森的古器物展室。昏暗房间彼端由左至右有一排窗，框边闪烁绿光，每扇间距约25米。履带止于房间正中，Z像感应到无声召唤，跌跌撞撞走向左边第一扇窗。

透过玻璃，Z看见下方是个密闭房间，占地约一个标准泳池大小。地上，一台塔状仪器泛着铜黄光，正静静运转。仪器结构复杂，布满目前几乎绝迹的齿轮、拨片、履条和卡带。另外，一些或粗或细的管道从仪器各部位延伸向上，穿过Z前方的天花板。

Z寻找解释，发现玻璃右下角有一份立体的电子文档，Z用手指点开正文，看见标题写着仪器的名字：

蒸汽动力差分机。

后面是原型设计者的名字：巴贝奇。再后面是模型制作名单，里面大部分是“黑鸟”员工。编制外的人员所在公司被补充在人名后的括号里。Z 好像隐约听说过差分机的事，现在却一团乱麻，什么也想不起。

为跟上状况，Z 略过文档下方说明，径直奔向第二扇窗。

相比前一个窗口里隐隐作响的沉闷装置，这扇窗里的模型更像一只桀骜不驯的怪鸟。青蓝色电光闪耀在房间正中疯狂旋转的两个巨型暗黑色转轮边，转轮轴心处连接着结构复杂的器械，一些电线像头发一般从这个怪物身上蔓延出来，通向房间各角落，穿过墙壁消失在更多隐藏的房间。隔着窗玻璃 Z 似乎听见里面有刺耳的嘶吼声，连忙点开文档。

特斯拉 - 图灵机。原型设计者是匿名。

Z 忙奔向第三扇窗。与前两扇窗内容不同，新窗口后不是个宽敞房间，而是个只有如衣柜大小的空间。窗内上半部嵌入的屏幕显示一个经电子显微镜放大的画面。显微镜臃肿的机身填满窗内空间其他部分。显微镜主体正中隐约可见巴掌大托盘。

Z 抬头望屏幕，画面里是一座迷宫——不像几十年前让实验动物走的那种，而是类似前面所见的小镇模样，在某些分支处布置了特殊结构。迷宫里，数十个微小暗点正忙碌穿梭。为看得更清，Z 鼻头都快压瘪在玻璃上。

那是一些类似蚂蚁的生物，每只有四条腿和一个正多面体的头。Z 观察一阵，发现这些小东西的移动并非毫无规律。每一只似乎走着特定路线去完成特殊任务。看着看着，Z 眼角瘙痒。放大的屏幕紧贴在窗另一边，好像这些密密麻麻来回穿梭的小虫子能轻易钻过玻璃，爬到 Z 脸上，钻进鼻孔眼角。Z 心里发毛，进而意识到那些小家伙并非活物，而是长了腿脚的笔记本电脑。之前Z以为是它们颚的部位，正是笔记本电脑开合的顶盖与底板！小到这种程度的电脑还能拥有独立行动逻辑，Z额前渗出冷汗。这可是和现在广泛应用的纳米机器人大相径庭。

Z恍惚踱向下一扇窗，里面的空间比前面三个窗里的都大，景色也透出华丽的美。

透过窗口，Z俯瞰一块类似土壤的熟褐色地面，这层土壤上，暗金色河流奔涌不息。河流并非只有一支，而是由房间彼端的起始主干道分岔出多条，每一条越来越细，最后变得如丝线，消失在房间这边的土壤边缘。终点处，成百上千根缆线对应着每条支流，从土壤中延伸出来，统统连到角落一台机器上。

之所以说河流奔涌，是因为那金色的波纹间有明黄的光顺着同一方向滑过，像微风拂过宁静的水面。有趣的是，每条支流隔一段就有一小片开阔地，仿佛一片湖泊，湖心发出微光。以Z的高度看，湖泊就像节点，分出一些更细的溪流向周边湖泊汇聚。

Z事前搜到过“黑鸟”公司制作的自然景观系列模型，例如纺织蜘蛛、模拟农场、仿真猫狗。不过如此庞大的景观还是首次见到，让人心情舒畅。前几个窗口带来的压抑感渐渐消散。心情缓过来，好奇心又驱使Z点开窗角文档，却读到意想不到的内容：

有机人工神经网络学习机。

原型提出者有许多位。

Z抬头重看那片“流域”，惊觉熟褐色的根本不是土壤，而是一种模拟生物体组织的培养胶体，而奔涌的河流则是经过刻意设计的神经细胞。Z突然有点反胃，赶快离开这个窗口。

第五扇窗里的东西也好不到哪里去。

在Z看来，放在洁白四壁正中的，是一颗卫星那么大的脑，沟回明显。脑底同样连着数百根缆线。脑前方，网线汇集起来插在一台立柜规模的服务器上，服务器前有块60寸的超薄显示屏。

屏幕里正上映某部电影，镜头摇晃，光影忽明忽暗。不一会儿，场景里出现奇形怪状的生物。Z看了约5分钟，没明白故事脉络。那似乎是个冒险故事，一支英雄小队集结，经历磨难，挑战恶魔，最终拯救了谁。令Z不舒服的是，里面角色之间的互动缺乏常识，主角的性格既极端又偏执，其他角色却视若无睹。

出于好奇，Z点开窗角文档：

造梦机器。

原型制作人一栏又是一群Z不认识的人。也就是说，屏幕里播放的是眼前这只脑的梦境。大脑从何而来？是“黑鸟”制作的吗？模型能够做梦？

怀着重重疑虑，Z望向最后一扇窗。Z挪动得很慢，害怕抵达太快，那扇窗就像这段旅程的终点，抵达后游客会被无底的空虚击败。同时，Z又忍不住想快点过去，也许窗后是对一切的解释。Z猛然想起来这里是为看笔电模，是与制造了精巧笔电模又突然隐身的前总裁交流。但现在的所见令Z越发混乱。

自从收到“黑鸟”公司寄来的微型光盘，参与这次不可避免的探访，Z就像着了魔，被一只看不见的爪勾去魂魄。在冷泉港吐着白气等候未知的宿命仿佛已是在十多年前。Z几乎毫无准备，从迈出公寓的那一刻起，似乎就有种信念一直暗示Z不需要思考任何东西。如果Z真见到前任总裁，该说些什么？

最让Z惊惧的是，“黑鸟”似乎完全了解自己的想法。Z来到这片广大又神秘的空间，不知身在何方，只能一个劲吞咽并企图消化接二连三的超现实产物。这些异物带着百年前古人脑中的邪魅，又融入当今最聪明的一群人的执念。“黑鸟”的目的到底为何？

怀着越发浓烈的恐惧，Z终于站到第六扇窗前。

结局无聊得令人虚脱。

里面只有一个小房间。

正中一台普通笔记本电脑——或许是模型。

电脑屏幕亮着，淡蓝色背景里只有一行黑字：

输入问题。

Z任由指尖去点窗角，却老是触偏。几次尝试后Z终于打开文档，毫无平仄地读出内容：

黄芪－施梅尔特林图灵测试仪。

原型制作人：黄芪，施梅尔特林。

到头来什么都不懂。

这次，Z确认自己被耍了。也许这就是“黑鸟”独有的炫耀产品的方式？在Z身心俱疲准备返身走回履带时，抬头发现右边阴影里晃过一个人影——

一个苍白瘦削的老人？！

刹那，Z觉得那人眼熟，在某个遥远记忆里，几个月前……一秒后Z反应过来，这是在不久前刚见过的体态神情——在之前那些前辈或谨慎或严肃或骄傲或放松的照片里。

Z本该立即转身离开。

但有股莫名的情愫在心底爆发，Z没有迟疑，小跑着追过去。

二十三

总会有人抵达这里——奔跑中Z似乎幻听到一个声音——总有人回来。

Z跟着那片若隐若现的暗影跑过更多曲折纵横的回廊，像在一座不得全貌的迷宫中穿行。对方脚步极轻，似乎摆脱了重力束缚，自在而平稳地飘向前。Z一声不响紧随在后，生怕不慎的迈步会惊扰某只潜伏在走廊暗影深处的野兽。好几次，Z跟丢了，眼前只留一条空荡荡的廊道。Z开始怀疑最早看见的是幻觉。但拐角的微光总能一次次在一款笔挺又模糊的制服后脊投下倒三角影子，倏然一闪，又消失不见。Z的身体变得不听使唤，只是茫然移动。

这样断断续续跑了约半小时，Z来到一处电梯口。Z弯腰，双手撑住膝盖喘气。等血压降下来，汗渗出额角。刚才只顾跟随一个影子，却完全忘了记住行过的廊道……

Z迷路了。

这时，电梯门打开，发出刺耳声响。Z会意，快速跑入。

坐升降梯保持平稳一路向下，Z双手抓紧护栏，在幽暗中感觉这深渊般宏伟死寂的建筑结构。窸窸窣窣的缆绳摩擦声里，升降梯静静经过若干楼层，每层都生出漫无边际的通道于视野之外，廊道两旁目之所及是亮着不同电子编号与名牌的房门，每一扇都像通往异世界的入口。升降梯速度缓慢，Z感觉自己一辈子都会被困在这种持续的下降中。就在Z思忖怎样逃离时，脚底传来一阵微麻的震感，深空般的死寂里Z听到自己的心跳。两秒后，一阵光从背后射来，Z条件反射跳到一侧，察觉是升降梯门开了。

新回廊的光源是地灯，一点点向滞重的空气里释放着青幽幽的冷光。Z环顾左右，在微光下摸索到墙上有公用无线耳机。在旅游地，这种耳机里一般会有提示语音，Z取下戴上，耳机像是死了，没有生气。现在只有这一条路，Z提着胆摸索前进。身后传来升降梯关门的声音，不过并未移动。Z回头，发现来时的路成了另一个黑洞。Z想，自己现在被夹在两片未知之间了。

耳机响起一阵滋滋的杂音，Z立刻把后背贴到墙上。

仿佛信号源正在调音，一些凌乱的人声陆续传来，像是不同频道的节目串到一起。Z在空气明显凝重的走廊里，听到遥远的某处有男声、女声凌乱说着各种语言，还有异样的音乐在背景里流淌……就在Z的指尖碰到耳机时，声音合而为一。

那是个女人，语气类似Z在空艇里听到的解说员，不过这声音含着几重扰动，听上去既不像活人发出，也不是机器生成。

Z稍微整理一下衣服，重新迈步。

耳机里的女人正以一种作汇报的语气罗列某条产品线，但不知是信号不稳定，还是耳机本身有问题，女人的声音断断续续：

……内部编号为第0版本……期望不高，为争取时间，推广时宣称会发行一个生肖系列……大获成功……淡出市场，进入第二阶段……

Z想这是在介绍小猪笔电模，看来“黑鸟”的生产线并非在此时崩溃。Z回忆起展会老人疯狂的眼神，他说“黑鸟”17组并未解散，难道——

……第 1 版本……连入网络，昼夜不停……训练大规模数据……第 2 版本，有机质介入无机材料……混合产物，生命与物质……边界趋于……由于……顺利无阻，第 3 版投入特殊岗位……任务专一，目标清晰，风险低……与人类进行最低限度交流……面向更广泛任务……第 4 版本……

走廊就像没有尽头，光线却逐渐昏暗。Z 徒劳迈步，感觉还留在原地。现在 Z 又觉得耳机里不是特意制作的提示语音，更像是从什么资料片里截取的片段。因为在仿佛齿轮运作般精确而刻板的女声后面，还有各种响动。Z 能肯定自己听到了汽车快速驶过的声音，一些乐器在演奏曲子，欢呼、碰杯的声音，电钻或电锯运转的刺耳噪音，婴儿啼哭……乱七八糟，像是 20 世纪人类使用没有加滤波处理的手机在公共场所通信时可能听到的那样，毫无意义又必不可少。

……第 8 版本……轻松……图灵测试的所有变体，正式进入人类日常生活。再后面……采用人类传授与获取知识的方式……投放到指定家庭……

Z 保持缓慢移动，尽力听清耳机里的每个词，思路却散了。起初 Z 还能基于此刻不知与 Z 相隔多远的小猪笔电模来推想女人提到的不同版本的模样，到后来却越发感到蹊跷。若说第 8 版笔电模是 Z 在窗口看见的那个进行图灵测试的超级计算机，后面的版本又是怎么回事？“黑鸟”似乎与一些用户保持合作关系，是由这些用户对模型进行测试？

……与人类一同成长，甚至忘记……事实。为保险起见，设置一些保护措施……微不足道的触发器……产品……收到暗示……可控行为……

Z的指尖碰到一睹冰冷坚硬的墙，走廊到头了。Z伸直手臂，在黑暗里来回摸索，终于抓住一根金属棍。Z朝自己方向拉，随着一声让人发毛的响动，确认开了门。门后光线依旧暗淡，但胜过回廊，Z侧身溜进去。

这里像个广阔的溶洞，隐约见100米外的彼端有另一扇带电子屏的门。大厅两壁嵌着无数疑似壁龛却闪烁淡绿光芒的单元。Z每迈一步，鞋与地板清脆的碰撞便扩大数倍响彻整个空间。为了消音，Z不得不放慢脚步。挪过一段，Z又想这里更像关门后的商城，两边是高及天花板的陈列架，上面排满各种产品盒子。

耳机内的声音越发嘈杂，似乎此地信号尤其糟糕。

……不能适应……成为问题源……学习能力高于……还是坚持计划，于是有员工……

再听不出所以然。Z扯下耳机，意识到大厅其实弥漫在一阵低沉而稳定的响动中。

隆隆，隆隆。

响动来自两边“货架”，Z停下脚步，望向一边。那里有许多规则的方块，宛若有呼吸的肉冻，有序地闪光，明，暗，明，暗……

Z蹑手蹑脚地走过去，等到凑近看，认出方块是强化玻璃制成的罩，里面填充绿色荧光胶冻，中间有团黑影一动不动。Z把脸贴到玻璃罩壁，使劲想看清中间那块东西。胶冻随着玻璃罩底部的某种装置轻微晃动着旋转，在Z来得及退后前，固定在正中的黑块一下晃到眼前——

一张死人脸。

Z不禁轻叫一声，飞快向后跳，然后意识到中间还隔着坚实的玻璃。他调整呼吸慢慢退后，视线随后仰的脖颈逐渐扩展，一面墙的陈列物终于完整呈现……

这是一堵“人”墙。

不过Z立即知道，这些是外观与人类别无二致的玩偶，是耳机里提到的不同“版本”。

这种东西真能被当作普通模型“把玩”吗？Z陷入窘境，无法找出合适的词定义眼前成群的异物。Z刚想到一个古老的词——人造人，张口时却发不出声，一股又冷又湿的戾气升上胸腔，仿佛Z一说出这种把眼前的物体与人类划清界限的词，就是直接否定了自身。Z的声带颤动着，吐不出毁灭之音。

Z颤抖着双腿晃到走廊尽头，那里的墙壁上甚至有一些孩童模型。

不过，面对所有这些明显不正常的造物，Z还握有最终武器——他们的新陈代谢。没错，这些玩偶无法生长，也就无法衰亡，他们是不朽的，而人类却无法永恒。

当Z颤抖不已的指尖触到依然冰冷的把手时，一股强烈到反胃的预感挥之不去。

Z毫无理由地相信，大厅彼端的这扇门后，就是真正的终结。

二十四

这扇门像是自诞生之日就为了等着被人探寻似的，平滑无声让出身后的秘密。

眼前房间不大，像一间普通卧室，正中放着一套甲等医院治疗室都会引进的维生箱体装置。除了Z站立的门，屋里再无其他出入口，不过照明格外清晰。

这就是“黑鸟”17组展区的尽头。

Z走到形如大型胶囊的装置前，地板上某个触发器识别出Z，胶囊一侧自动演示一组手势操作，囊壁雾化膜褪去，显出里面躺着的裸体。Z忍不住目光沿着那衰老的躯体一直移到脸庞。

这张脸Z是第一次见，却认得出。

一模一样的神情，没错，这就是引Z前来的魅影——第八任总裁。

胶囊仍在自顾自忙着生成指令，几行代码刚从屏幕上方消失，维生装置立即执行。第一组射线垂直移过裸体，于是Z陆续看到老人那跳动的心脏、伸缩的双肺、蠕动的肠道。第二组光面自下而上平行扫过病人，屏幕上出现细密精致的血管与神经网络，之后是结缔组织、肠系膜、腺体……第三组光不是扫描，而是从胶囊固定的通道放射出来，呈圆锥形，同时屏幕上出现病人身体一些部位的局部放大图。Z曾陪外公参加过多次维生系统体检，认得那是任何活人都会显现出的效果。屏幕画面逐渐放大，Z瞪着圆框里定格的图像。那是真皮层，毫无疑问。若

Z专攻解剖，甚至可以说出那看似混搭着黏成一团的组织结构，那些成纤维细胞、肥大细胞、组织细胞，以及淋巴细胞。但Z又感觉什么地方出了错，有哪里就是不对。

没错，就在刚才，Z回忆起另一张脸，在展会上清晰呈现的脸……如果把那张脸上的髭须去掉，再拉紧皮肤间的褶皱，就能与此刻眼前的面孔完美重叠！

忽地，胶囊闪烁起蓝色柔光，发出短促提示音。在不明所以的状况中，Z眼睁睁看着躺在里面的老人挣扎着从营养液里坐起。

那张严肃里带点戏谑的脸越过雾化罩直直望向Z。

欢迎回来。

老人并未开口。耳机还在兜里。于是Z猛然转身——

第八任总裁的魂魄，正穿着整洁的制服站在门口。

二十五

人是种奇怪的生物，有时因原地不动而错过未知的美景，有时又因走得太远而遗失源头的记忆。

归途像漫长而没有尽头的电影，遍布错杂的光影与迷乱的噪音。惨叫，撞击，飞奔，祈祷……等Z清醒过来，眼前已是黎明的冷泉港。街灯在苍白的阳光里熄灭，那辆租用的空艇孤零零留在原地，像个迷路的孩子。

Z凭借本能驱动空艇一路往前，若有调查员因Z行驶轨迹的飘忽而在半途拦截，他也毫不在意。Z不确定现在该直奔公寓倒头大睡，把一切当作噩梦，还是立刻找FOR促膝而谈，讲述一段连自己都难以相信的经历，抑或就这样独自徘徊，在尚未完全苏醒的城市游荡？

空艇在未及喧嚣的街道流畅滑过，行人稀疏，店面冷落。余光里，舷窗外一个个倒退闪过的人影神情迷茫乏力，Z恍惚着陷入焦虑，心头仿佛缺了重要之物，留出一块明显的空档，冷冽异常。

Z调转操纵杆，让艇头悬在街角，推开天窗。清晨的空气夹带跃跃欲试的各种杂音涌进狭小的驾驶舱，但Z仍不满足。停放空艇到最近的库房后，Z快步奔入主干道。埋头小跑十来分钟，Z在轻微的喘息里终于意识到自己需要什么。

Z需要人，人类，尽可能多的人类。

真是不可思议，Z一直都那么少言寡语，即使离开外公，独自生活在廉价公寓，有了养活自己的工作，Z仍尽可能避免和人接触。在人流中穿行本身就是一种折磨，一场战争……但此刻，Z内心的屏障消失殆尽，也许正是这样的残缺，让Z感到倦怠与空虚——Z渴望人类。

人类的噪声，人类的呼吸，人类生活在这无理由之地的证明。

Z撒开腿向市中心狂奔——跳蚤市场昼夜不息，那里总是人声鼎沸。

这时，Z终于意识到一件事。

Z之前觉得“黑鸟”前任总裁那么眼熟，不是因为他长得和画中的家族成员一模一样，也并非展会里这张脸出现在面前，更早的画面是一幅印满往来人群身影的帐篷，帐篷下是摆着古旧器物的长桌，桌后的老人——

若放在枕边，清晨睁眼看见他慵懒的模样，我的心情是否会好一点。冬天，将他塞进领口，我是否能收获暖意……天平的指针在过去与未来间摇摆，偏向后者的刹那，我决定带走他……

耳中突然传来熟悉的声音，甜腻黏稠。没错，是广场大屏幕上循环播出的毛绒玩具广告。桃乐西正怀抱那只大鼻子猪冲这片空间尽情欢笑。

问题的关键一直是，假想的未来若未实现，这次相遇是否会坍缩成黑历史角落的一点？选择多少有风险，这也是为何有人不小心掉进了坑，另一些人达达的马蹄只表明过客身份。坑底的人确定自己将要肩负某个未来，变得笃定，不小心会走火入魔。始终没有类似际遇的人显得高傲，感觉自己还保留所有可能，独居时却掩饰不住微妙落寞。你若走在大街上，一定能凭眼神区分出这两类人。

Z 孑然立于空旷广场，远方，有早起锻炼的老人正偷瞥他。

就在刚才，桃乐西的话像一把钥匙，直入 Z 内心。随一声脆响，Z 脑中涌出连续不断的线索。

过去——不记得父母的事——外公抚养长大——“黑鸟”公司早在 20 世纪就有许多隐藏在各行各业的技术员工——外公是程序员——外公使用过真正意义上的笔记本电脑——“黑鸟”公司 17 组的第九版产品——小孩，放在人类家庭成长——外公留下一台“黑鸟”制造的笔电模——

还有一些时候，你会看到介于纯粹、狂热与游移、沉思之间的目光，像玩世不恭，危险、诱惑、无情，并可掩藏无限的贪婪。那是将人与物等而视之、玩人犹玩物的趣味。可考究的是，古人所指玩物，确是包含了人与物两者。遇到此种目光，你应装作毫不知情逃离。

我，到底是什么？

狩猎与被狩猎，追逐与被追逐，也许原初的概念本就倒置，不是我们在这个时代相遇，而是我们相遇了这个时代。

桃乐西把尾音拖得很长，就像姗姗来迟穿透云层的光，缥缈无力，不能驱散长夜留下的迷雾。

为填补胸口寒冷的空缺，Z 不顾一切冲入跳蚤市场。不出所料，那里已塞满各式各样无所事事的闲人，满是口臭、叫骂、推搡、挤压。Z

任人流将自己带着游来晃去。为防止被清晨凛冽的寒气侵袭，Z立起领口，又裹紧大衣，却仍在瑟瑟发抖。

真是讽刺，为了避免陷入疯狂，Z毫不迟疑地奔向无序——

然后在一片混乱里，假装领悟了存在的本质

夹缝貉，自然语言处理算法工程师，时而写作故事。曾获全国大学生“科联奖”年度长篇组一等奖，“晨星·晋康奖”短篇组一等奖，两次入围豆瓣阅读幻想组决赛。

抓住闪光

凯特·兰博

孙薇　译

一

我的外祖母格洛丽亚总是说：抓住闪光。

这也是我对她印象最深的部分——闪光：耀眼的水钻，一缕巴杜的喜悦之水[1]留下的香气，醒目如红色条幅的唇膏。这些包装之下，是一个满头银发、身材纤细的小老太太，皮肤如吸血鬼一般苍白。

当然，不是说她是吸血鬼，但在拉斯维加斯的人群中，格洛丽亚·艾姆不管跟什么人都能混到一处去。名流、总统、记者，全都到"闪光苍穹"来观看她的表演，看她头戴黑色高顶礼帽、脚蹬渔网长筒袜，卖弄招摇，凭空变出火焰和鸽子（不过从来不碰扑克魔术，她讨厌这个），让鬼魂在观众群里对着爱人讲话。当她走下舞台时，就像妖精女王离开宝座一样，迸发着夺目的闪光。

那般光芒耀眼。那么在家呢?

她就是个脏兮兮的破烂囤积者。

我用T恤下摆擦去额上的汗水，开始进攻另一摞杂志。灰尘飞扬起来，飘进我的鼻孔，让我打了个喷嚏。尘土中的沙砾飘下来，覆在我小臂的汗毛上。角落里有什么东西腐烂了，我一清理出能过去的通道就把那边收拾了，有一阵子只能用嘴呼吸。

这间屋子曾作为客房使用，但后来被一堆瓷头玩偶所占据，这些玩

[1] 让·巴杜的喜悦之水于1930年推出，号称世界上最昂贵的香水——译者注（以下未特殊说明的均为译者注）。

偶被堆在一沓发脆的报纸和杂志上面。没有猫尿——这间密室封闭了至少二三十年，让我免了这个罪。

外祖母在她事业达到一定高度、赚到了人生第一笔财富时购买了这所房子，当时她作为舞台魔术师刚刚崭露头角——一个来自布鲁克林、自学魔术技巧的女子，之后拜在了当时最著名的女性舞台魔术师苏珊·戴的门下。

事实上，离得最近的那堆杂志——我一碰就碎成渣了——最上方的杂志封面上就是外祖母和她师父，那是她们一起进行短暂巡演的海报，当时“二战”刚结束。戴年纪较长，风情万种，金发梳成光滑的发髻，配上绿松石般的蓝眼睛；外祖母明媚照人，不仅胸前的水钻闪闪发光，她的眼睛更是闪亮，她的笑容如此肆意，甚至咧开了嘴。

不管我往下翻了多少本，这一沓的几十本全都是一样的，当我拎起最后一本时，一大群衣鱼[1]轰然炸开、四散奔逃。我要先把屋子清空了，再用杀虫喷雾发动一次猛攻。

当我将书堆摞在一起，准备打包丢弃时，泛黄的五彩纸屑随之飘散。到现在为止，我已经知道当纸张剥落成这个样子时，意味着估价师会遗憾地摇着头轻喃道：“损坏得太严重了，艾姆小姐。”

与其他 7 个我收拾过的房间一样，我将里面的东西分类堆放，目前收拾出来的大部分东西都属于要丢掉的。需要估价的除了外祖母收集的众多玩偶，还有些有趣的物品。要留下的实际上只占两小堆，一堆是给母亲的，一堆是我的。

逐个评估分类：旧杂志和层层叠叠的糖纸；那么多的衣服，大多都是怪模怪样的礼服，上过的浆年深日久，让衣服有些扎人；一堆从教堂义卖会上拿回来的福袋，还未开封，顶上堆着剧院的道具；半空的香水

[1] 一种较原始的无翅小型昆虫，在室内常潜藏于衣柜或书柜中，蛀食衣物或书籍。

瓶，满是香粉的小化妆盒。

然后是些奇怪的东西：悬崖边的城堡画，用人发绣成；一个巨大的水晶球，直径足有1.5英尺[1]；一架可以自动演奏的机械班卓琴三重奏设备，并配有南北内战前的歌曲库可供选择；一个装满檀香扇的篮子。

那些“腐烂的东西”原来是一堆皮草，稍微一碰就散发出类似陈年德国泡菜的酸臭味，害我不得不避进走廊里，靠在泛黄的墙纸上好一阵子，攫取更加新鲜的空气。

我听说，收藏的那些玩偶或许价值不菲，但也够不上我期望中意外横财的标准。外祖母原先很富有，即便这样，除了购买这一屋子的古怪杂物之外，她平日里开销一直都精打细算。那么钱都去哪儿了？

她为何什么都要留着？我以为也许是为了回忆她的童年岁月，那些不确定的动荡时光。根据外祖母的讲述，我的曾外祖父是个骗子，总是随时准备着逃出镇子。不止一次，他们不得不在午夜逃走，将所有无法塞进手提箱的东西都丢掉。外祖母的囤积癖可能就是因此而来。

不过，对去世的外祖母进行心理分析毫无意义。把皮草打包扔出去之后，屋子里就好受多了。我继续搜索，查看完最后一摞物什，然后是下面铺着的地毯——太干燥了，我都担心用真空吸尘器一吸就会碎成粉末。

我的手机贴着臀部震动。我将它从短裤口袋里拿出来，看了一眼屏幕——是我母亲。

我深呼吸了一下，接通了电话：“喂？”

“我真希望你当初没这么选择。”母亲说。自从在遗嘱宣读时，我说了“实际上，我会选择第二项”之后，整整一个星期，我们都在争吵同一个问题。“这太荒谬了，你完全可以告诉他们你已经改主意了，想

---

[1] 约合46厘米。

选拿钱。”

“谁知道呢，我可能会发现一些很棒的东西。”我这次尝试了新策略，如果能说服她，让她知道在这三座房子里堆放的大堆杂物中可能埋着宝藏的话，也许她会支持我的。

她发出不耐烦的嘘声，至少是那种类似窒息般的声音，她和外祖母一直用这种声音表示不耐烦。母亲喜欢假装成与外祖母截然相反的样子，但事实上，她俩比彼此承认的更相似。我甚至发现了有一两种独特的言谈习惯是她们传染给我的，渗透进了我的话语中。她又问：“你找到什么东西了吗？”

“还没。”我说，“但我才刚沾到点儿边。你不知道她设法塞了多少东西在这里。有点令人兴奋。”我用脚尖点了一下刚刚在分类的那一堆，那堆东西向旁边滑下去，散发出一股雪松木和旧袜子的气味，几乎令我作呕。

“是什么让你在这件事上如此固执呢，珀耳塞福涅[1]？”

“我30岁了，可以自己做决定。外祖母给了我选择的机会。”我犹豫了一下，接着加了句，“你无权干涉。”感觉这些话将我们推得更远了，就在母亲与我已经如此隔阂的情况下。她一言不发挂了电话，我盯着屏幕上“已挂断”的字样，然后拭了下脸颊，尝到了唇上的咸味[2]。在这酷热的天气里，我汗流浃背，这咸味仅此而已。

---

[1] 此处是主角名字。珀耳塞福涅也是古希腊神话中冥后的名字，在地下为死神，在地上为丰产女神，在古希腊艺术作品中是位手执火炬、铁石心肠的女王。

[2] 此处双关，有“言语上的讥讽”的含义，与下文“咸味仅此而已”呼应。

二

高中毕业时，外祖母对我说，她不会再支付我大学的学费了。我恳求母亲帮我求情。“是你造成的。”我说，“我不是要你向我解释发生的事情，那只是你俩之间的事，我不沾边，但如果你去求她……”

母亲迅速摇了摇头，紧张地将任何一丝可能甩掉。她的手和外祖母还有我的一样灵巧，手指纤长，而现在这双手就扭曲着放在她面前，仿佛无声地表达着她否定的心情。

我将手臂搭在厨房的桌子上，立即便后悔了。我们当时住在一间小餐馆上面的公寓里，屋里总是有股汉堡放久了的味道，所有物体的表面都有一层黏腻的油膜，粘上手的感觉就像是保鲜膜紧贴皮肤。我们隔壁住着三位老挝女子，其中一个开始冲另一个大喊大叫，开启了她们无休止的争吵。

“不，不。”母亲说，绝望之下言语仓皇。只是提到外祖母，就让她陷入了恐慌，“我们别提这个，而是想想还有什么你能做的，你给文学杂志写了那么多精彩的文章，他们肯定有一些奖学金是为有前途的学生预备的。或者你可以加入国民警卫队[1]，他们会替你付学费，然后你也知道一毕业之后该何去何从了。”

“妈妈，”我摇了摇头，仿佛她动作的慢放版，“你以为我没考虑过

[1] 美国国民警卫队简称联邦国民兵，是美利坚武装力量的重要后备力量。美国军队允许以大学毕业后服役若干年的条件为参军者支付大学学费。

其他选择吗？申请奖学金的时限已经过去好久了，我必须推迟一年才能上学——”

“那就推迟一年！你可以住在这里，找份工作，攒点钱——”

“不！”我见过太多人将一年变成两年，又变成三年，最后成了永远。总有些事情会消耗你的资金，我必须在力所能及的时候抓住机会。自从外祖母停止补贴我们以后，这些年来，我一直看着母亲做秘书的微薄薪水每个月填入各项开销，总有不期之事——屋顶要修理，母亲的溃疡手术，车子的无数毛病。

我一直努力搞定那些问题，还做着兼职工作，但始终不够。上大学的钱始终不够。我从没想过那种可能，我一直以为外祖母会继续替我付钱。我从未奢望过奢侈的生活——我非常愿意继续工作。但没有她的资助，我没救了。那时候我本来只想哭，但哭有什么用呢，除了让母亲陷入困境之外。

于是我去见了外祖母。

三

她的住所一如既往：由三所外观各异、连在一起的房子构成的院落，没有草坪，只有精心布置的景观，由仙人掌和其他沙漠植物组成——巨大的条纹龙舌兰，过度茂盛的巨型仙人掌。后者早在我出生前就已经长在外祖母的花园里了，那时候甚至还没人会用“旱生园艺”或者“耐旱”这样的术语。

其中的两所房子最初只有一层，只是为了将屋顶平台、凉亭和棚顶式建筑这些在真实气候中无法共存于同一地区的建筑形式放在一起而建造的。第三所——也是最后才加入这个大杂烩的房子——则是位于北侧的三层都铎式建筑[1]。

我从第一所房子的入口进门，外祖母日常所居的大部分空间都在这边。

我知道外祖母的囤积癖。童年时代，我有很多夏日午后都耽搁在外祖母的大房子里，徜徉玩耍，而外祖母则放任自流，除非她要用到占三个车库大小的大型工作室时才会将我嘘开。她会在那里练习一下午的魔术技巧，或者设计戏法柜，而我则在那里建造了我的第一个鸟屋、书架还有小木箱。

前门装有扇形的红色和金色彩绘玻璃，在我敲门时发出回响。有一

[1] 都铎式建筑是流行于英格兰都铎王朝的一种建筑风格，都铎式拱顶和凸肚窗是其典型特征。它属于中世纪建筑的范畴，混合了传统的哥特式和文艺复兴风格。

回我只好自己进门。我在某个地方还藏了把钥匙，但她每年总要换一次锁，且从来不解释原因。此外，每个锁都有自己单独的钥匙，因此你必须知道哪把钥匙配哪个锁。

不过进了大门之后，除了外祖母的心灵圣地之外——就是摆满书本的书房，最中间是一张巨大的黑檀木书桌，饰有珍珠母，桌上散落着图纸和信件——有锁的门就几乎没几扇了。这里的锁只有外祖母和她的秘书们才有钥匙，也许这就是每年要换锁的原因，尽管你会以为除非他们当中有人离职才会发生这种事。

我叩了叩门环，这是个两条中国龙样式的精制青铜铸件。外祖母热爱神秘主义，并尽可能在自己的表演中加入了许多神秘主义的象征。她的许多粉丝反复前来观看她的表演，试图破解她设法融入服装及道具中的各种各样神秘难解的线索。

大门打开，飘出一股麝香的味道。我原本以为是某个秘书，结果开门的居然是外祖母本人。她又矮了些，原本与我的耳朵平齐，但现在只到我肩膀了。然而，她仍旧像游行中领头的旗手一样站得笔挺。

“进来。”她说，就好像前一天刚见过我一样。她转身朝里走，明显想让我跟着。

我跟上了，走进了接待室，那是我最喜欢的房间之一。巨大的凸窗透出窗外仙人掌花园的景色，半透明的鱼线串起的水晶帘将之折射分割出一千种各不相同的样子。家具上用旧的钴蓝色天鹅绒织物显露出柔滑的微光，犹如海面上散落着霓虹电光鲦鱼。这是外祖母经常用来接待访客的地方，再往里的房间是不允许他们踏进一步的。

但在我印象中，不记得这里竟如此拥挤——房间塞得这么满，几乎要引发我的幽闭恐惧症了。比我头顶还高的架子沿着墙壁排列着，架子上又排列着大批衣着精美、尺寸从迷你到膝盖高的玩偶，我认出其中一些的穿着正是外祖母这些年的舞台装扮，那些服装的原版真品我曾不止一次把玩过。

其他玩偶被摆放在壁炉架上，塞在几处空着的角落里，或者沿着窗台摆放。有些则靠着墙，以站立的姿势摆成长长的一排。角落里堆放着盒子，标签上写着“限量版”，接着是外祖母的名字，透过盒子可以看到里面的玩偶。空气里散发着马毛、灰尘和陈旧塑料的味道。

两张椅子中间紧挨着摆了张桌子，上面有一个银托盘，摆着咖啡壶、杯子、奶油和糖，还有一小碟饼干和两块餐布。难道外祖母一直在等我吗？无法想象母亲会提前打电话提醒她。

我在她对面的椅子上坐下，在她往我们俩的杯子里倒咖啡的时候拿起一块饼干。她什么也没问，直接按照我喜欢的方式加了料——少许牛奶、半勺糖。我沿着饼干边缘轻咬了一口，尝起来真像是加了柠檬的纸板。

她单刀直入：“你是为了大学的学费才过来的。”

“不用很多。”我说，“我计划打工来支付食宿费用，而且上本州的大学可以减少费用。”

“我打算支付你全部的学费和生活费用，不过是有条件的。”她说。

我眨了眨眼：“什么条件？”

她将自己的杯子放下，用手指比画道：“一、上我选的大学。二、上我选的专业。”

“什么？”我问。某种介于愤怒和恐慌之间的情绪席卷了我，让我将身体微微前倾。“什么大学？什么专业？”谁知道她会有什么样的怪念头？

“你可以上州外的大学，”她说，“但大学必须在东海岸，最好是麻省理工学院。”

“为什么是麻省理工？”

“那是苏珊·戴的母校，我想向她致敬。”

“她的专业是什么？”

“这部分不用考虑。我想让你学习工程学。”

“什么？”我困惑极了，蹙起了眉头，“为什么是工程学？”

“我没必要解释原因。”她说，拿起杯子又啜饮了一口。

我没资格谈条件，也没有讨价还价的能力。我同意了她提出的每一个条件。当我告诉母亲我要去麻省理工的时候，她既没有问我资金来源，也没有问我为什么会选那所学校。

不问，也不说。所以我什么也没讲。

四

想象一下一个人一生当中所制造的所有碎片——我不是说垃圾、食品包装和旧盒子之类的——而是说我们与之交互的物体、那些由我们生成的东西：购物清单和夏日明信片，上学时在上面草草写下笔记的书籍，日记、信件和绘画什么的。

还有照片，天呐，那些照片！

外祖母曾是个名人，而名人会被幻灯片、旧宝丽来照片和覆满灰尘的胶卷所定格。还有亲笔签名的剪报和招贴画，由她那些金发碧眼的男秘书们当中的某一个寄给粉丝，秘书们负责处理外祖母的信件，就像麻雀一样不起眼。这些秘书在外祖母那里待的时间没有一个能超过三年的，外祖母的遗嘱中也没提过他们当中的任何一个。跟我母亲一个待遇。

缠着封箱带的纸箱中的所有东西都因年久而变脆了，一碰就碎。不过至少，拉斯维加斯的高温和干燥让我免受物品发霉的困扰，除了无穷无尽的衣鱼和偶尔冒出来的蝎子之外，也没有其他昆虫。而且令人惊讶的是，这里看起来似乎没有老鼠冒险进来过。外祖母一定是用了鼠药，要么就是什么时候有秘书处理过。

我一箱又一箱地处理着，进展缓慢。不过随着分类方式的改进，速度也逐渐加快——也或许只是对于这些令人迷惑的东西不那么在意了。

我还经常发现似乎是装错的东西：一卷厨房用纸；一个青柳纹[1]瓷碗里面装满饼干，饼干放得太久，已经变成像纸板一样的灰色物体；毯子包裹着的耙子；半打花盆，一包1963年的金盏花种子，未使用过的园艺手套和一个玩具屋大小的微型铁锹；玻璃烟灰缸，烟灰里混着烟蒂和皱巴巴的烟头；一个装着乳木果油的瓶子，已经裂开了；旧万圣节面具，外祖母童年时代的情人节卡片，上面有凌乱的铅笔签名，厄休拉、吉米、拉韦恩；剥制的动物标本，有熊猫、鬣蜥，还有嫁接了独角兽角的山羊。

我渴望找到宝藏，也确实发现了一些可以留着的小物什，零乱四散在各处，不过大多还是垃圾。当我打开盖子让光线射入时，外祖母的珠宝盒确实在闪闪发光，似乎宝藏在望，但所有的闪光都是幻觉。估价师告诉我，这些是不错的人造珠宝，也并非全无价值，因为是古品旧物。但距离我一开始以为的“龙之宝藏”还是相距甚远的，为什么会有东西如此闪亮却价值甚微呢？

第一周的时候，我发现的最奇怪的东西是一只金属制成的手。我将自己的手张开放在一旁做了个对比，尽管金属手比我的手要大1倍，却像我的手一样关节完备、指形优美。这只手并不是黄金的，但看起来很像，而且很旧——感觉有几十年历史了。上面的雕刻非常精细，以至于一开始我没能认出来。

当我把它放在阳光下仔细查看时，我发现上面的图案是纳粹的万字符和闪电标记，两种图样互相扣锁。设计上是很精美，但这些符号只能引起我对战争和其他暴行的联想，导致我一阵阵恶心反胃。

这是苏珊·戴收集的那些战争纪念品？这只手有科学制品的感觉，我记得戴一直在监视德国的科学家，渗透他们，假装是纳粹的同情者。

[1] 18世纪“中国热”时期，西方瓷器商假托中国传说所制造的仿冒青花风格的瓷器风格，在西方风靡一时。

也许这是一个工作模型，某种原型，而不是一件艺术品？

这只金属手的手腕处有金属盖子封着，盖子上有细而深的凹槽。抓着它的感觉很奇怪，抓不稳，就好像它的重心在不断变化，好像能随时移动一样。感觉它可能会自行从我手中抽离，做些奇怪而险恶的事情。

我的外祖母用它做过什么？这里有那么多东西都还躺在原始包装里，从未使用过，也许她根本就没用过它？无论什么答案，很可能就在外祖母的卧室套房中藏着，不过我还没敢收拾那间房子。那些房间在我童年时似乎还很宽敞，但现在已经全都塞满了，到处是纸箱、鞋盒、圆帽和假发盒，还有小巧的梳妆台，上面堆满了如同批发购买的大量化妆品，这些东西拼出来无数条迷宫般的弯曲小径。

我第一天就清理出了一个房间，那是楼下的一间客卧——简单地将里面的东西塞到了任何能找到的其他地方，包括放在院子里的一堆塑料桶。也许是本能，或许是一种预感，让我知道我需要那个空间。

尽管墙纸泛黄，陈旧的硬木地板上满是灰尘，还弥漫着跟最开始的那几个房间同样的熏香味，但总算是个整齐的地方，在我被混乱搞崩溃时能供我撤退休整。我仔细清洁了这个房间，搞得有点像是个避难所，没有散落的灰尘，有股淡淡的柠檬味，床上铺着天蓝色的丝绸床罩，上面绣有金色星星和绯红的蝴蝶，这是我从楼上的一间卧室里拿下来的，也是我一直喜爱和渴望的东西。我的行李箱空着放在行李架子上，里面的所有东西都移到了壁橱里的六个衣架上和小五斗橱的三个抽屉里。

地下室里有洗衣机和干衣机，因此我不怕没有干净的衣服穿。自从上大学以来，我已经习惯了把必需品都放在背包里，抵制住了似乎让我家其他女性都沉迷的筑巢欲。

这间屋子没有其他装饰品：没有艺术品、地毯、装饰性的小玩意儿或者祈愿蜡烛之类的东西，我把那只手拿来了，放在小五斗橱上。

很晚了，我也很累，但只要一闭上眼睛，我不禁就会想象那只手用指尖着地、悄悄爬下小五斗橱、朝我爬过来的场景。最后我起身将它丢进梳妆台最下面原本空着的抽屉里，然后紧紧关上。旧木头很紧涩，如果它想逃脱，发出的声音会大得足以惊醒我。

抱着这样的想法，我终于能够入睡了。

五

我可以告诉你外祖母开始囤积的确切时间。我的母亲讲过这个故事。外祖母在还是一个小女孩的时候，就开始收集玩偶，但至少那时候她的收藏还算容易管理。直到我进入青春期之后，情况才一发不可收拾起来。

苏珊·戴死前将外祖母指定为自己唯一的继承人。因此，外祖母将苏珊·戴位于布鲁克林褐砂石街区[1]那所“二战”前造的大房子里的所有东西都运到了自己在拉斯维加斯的家。同时，她还买下了隔壁的房子，将两所房子用带有屋顶的通道连接起来。原先的屋主留下的家具再加上新的家具，就形成了20世纪70年代鳄梨与烤杏仁色装潢混搭上旧式德国木雕、神秘雕像的邪恶融合体。

我还记得去外祖母刚扩充了一倍的那所房子里的体验，尽管当时房子本身局促而古怪，但对于小孩子来说，一切都是正常的。

到了我13岁的时候，隔壁有个叫艾莲娜的女孩，我们一起在外面玩，我觉得自己并非有意将她拦在屋子外面，但也确实不情愿将她带进屋。她坚持要进来，最终我同意让她在屋里待一晚上。

对于她的动机，我并未考虑太多。那时候，对于有个同龄女孩想要跟我交朋友这件事，我还是挺兴奋的。母亲和我经常搬家，所以这种体

[1] 19~20世纪纽约时兴用褐砂石作为私人住宅建材，在布鲁克林区，褐砂石相当于联排别墅的代名词。

验不多。外祖母很明智地并不插手，她只给我们点了比萨，告诉我们要乖，然后就消失在工作室里，一晚上都再没出现过。

我的房间有两张单人床，我俩一人一张。过了“就寝时间”很久，我们还躺在那里，聊着学校和讨厌的课程。

“伙计，所有人都会因为我在这里过夜而疯狂的。”艾莲娜说。

“为什么？”她的语气让我局促不安地扭动了一下。

“别人谁也没进来过这里。想要推销杂志、糖果的人，或是用什么狗屁理由想要来募捐的人，这帮人说破了天，你的外祖母连门都没打开过。他们管这里叫女巫之家。”

我干笑了一下：“那么，现在你可以告诉他们这里并不是女巫之家了。”

艾莲娜沉默了一下，然后说：“对啊，现在我可以告诉他们了。”

到了早上，我们走进外祖母使用的大厨房，另一间房子里的厨房又小又局促，她管那间叫作“聚会厨房”，虽然据我所知，她从未在那里举办过聚会。

我打开橱柜，给艾莲娜看早餐可供选择的麦片。在家的时候母亲不允许我吃糖衣麦片，而在这里我一直吃这个，外祖母总是在我来访前备上好些。艾莲娜选了一些更适合大人的食物，我递给她玉米片时，她伸手拿了糖罐。

“噢，好恶心。”她说。

将麦片盒子倒扣在碗上的时候，她倒出来的东西里混合着玉米片、很小的棕色虫子，甚至还有些更小的白色蛆虫。

我后来才发现，除了我的那些糖衣麦片之外，橱柜里的每个盒子都是那样的。艾莲娜试了三次，然后放弃尝试，回家了。我们再没跟彼此说过话，在路上相遇时，我见她溜走过几次。

数年后，外祖母又买了后面的房子，也做了同样的事情，把那座房子也连了起来，不过这次她修建的是真正的走廊。最中间被围起的院子里有一个巨大的水池，无数个夏日午后我都在里面戏水，还有一座不起眼的假山，上面疯长着景天和多肉植物，填满了它们能占据的每个角落。我从未在其他地方见过这些变种。它们最初只在9个紫色的花盆里生长，后来却蔓延到整个花园，并将更多普通的品种淘汰掉了。

这些植物有着古怪的紫色色调，并且长出了一束束白花，只在日落时才会开花，让院子里弥漫着无法言喻的甜味，对我来说，这永远是乡愁的味道。

六

醒来时，我闻到了那美妙的香味，从开着的窗口飘进来。一开始，我并没意识到是什么吵醒了我，但是那响声又来了：敲门声。于是我去门口开了门。

“是艾姆女士吗？”为首的人说。他说话时略带一丁点南方口音，声音听起来很年轻，但却与他的外表不符。他穿的灰色西装衬得他的皮肤更显苍白，也让他的平头呈现出同样灰暗的颜色。另一个人站在他身后一点的位置，更矮、更壮、更黑一些，但着装也一样不显眼，且相貌普通。“我们知道你正在对你外祖母的财产进行分类整理，我们有一些问题。”

“我想看看你们的证件。”我说。

“当然可以。”他取出一张名片。

“谁都可以伪造这样的东西。”我说着，将这张硬塑料名片翻了过去。至少很破旧。“我从未听说过这个机构，福雷斯特先生。战史局？”

艾伦·福雷斯特探员挤了个僵硬的微笑：“我们只想跟你谈谈，艾姆女士。最好还是别站在街上谈？”

当他走进房子，且看见屋里的装饰连眼睛都没眨一下时，我对他的评价稍许上升了一些。

不过，他的搭档在环顾四周时发出小小的感叹。“你在费劲地清理这些吗？”他说，“伙计，我可不羡慕你。我的太姑姑也是个囤积者。

到现在有三年了，我们还能在她藏匿东西的储物柜里有所发现。”

他的话听起来很真诚，但为首之人随即插嘴插得太过顺溜了些：“我们准备为这项任务提供帮助，艾姆女士。由专业的评估团队对这处居所进行分类，备妥物品清单，针对所有物品的存储地点提供建议。这是不收取费用的。”

“但你想要拿她的什么东西作为交换？”

“我们有理由相信，她可能拥有一些具有历史价值的东西，是从戴女士手里继承的。在你的外祖母还活着的时候，我们曾多次与她接洽，但她表示不愿意整理继承来自戴女士的那些东西。她还暗示这会在遗嘱中解决掉，但很明显她没能抽出时间来加入相应条款。”

他的语气听起来完全没有问题。我感觉抱歉——我知道她有多固执。事实上，我已迎上一步，打算同意他的不管什么建议。但有一缕阳光从悬挂在大凸窗上的水晶帘中跃进来，闪了一下我的眼睛，就这一秒钟足以让我喘口气，快速而坚决地闭上嘴。

“我很抱歉。”我说。他的眼神被期望点燃，然后下一秒又熄灭了。“我需要好好考虑一下。”

他俩坚持要留下各自的名片，我将它们丢到存放可回收垃圾的那个房间的一堆杂物上，垃圾要到下周才会有市里的卡车过来收。我已经了解到：垃圾是市政官员非常关心的事情，处理方式很严格，将足够塞满一卡车的多袋垃圾摆在路边可能会导致你不得不将大多数垃圾收回去，或者至少要收到封闭的门廊处。

遗嘱的措辞让我觉得，外祖母是希望我认领她的房子，负责分类她的遗产，来了解它们所代表的生活？我不得不暗自揣度，她是否知道这项任务有多么可怕。如果这所房子不是弥补遗憾的纪念碑，那又是什么呢？想要闪光，就要行动。她紧紧将它抓住，将其藏进盒子里，如此这般带走了自己钟爱的全部。

我抖开一件古旧的舞台礼服，上面的亮片像鱼鳞一样落下来，悄悄落在我脚下的地板上，只余里面的骨架和古旧的薄纱，这些东西立了有一秒钟，就像是被魂灵穿着一样，然后才坍落到地板上。

七

外祖母认识很多舞台魔术师。他们当中，我最喜欢的是埃泰尔诺。因此，那天下午在杂货店偶遇他时，我高兴得拥抱了他。他也拥抱了我，他有力的拥抱很慈祥，几乎像父亲一般。他个头很高大，有一张布满胡须的方脸，现在看上去好像白雪覆盖山麓。他穿着很正式，这也是他一贯的风格，他的领带夹是一对银色的面具，一张笑脸，一张哭脸。

“你在这里做什么？”当我们一起推着购物车走向结账队伍时，我问了一句。

“我上午来拜访这附近的一个朋友，觉得自己该在回家的半道上歇一歇，买个午餐。恢复一下精力。”他使了个眼色。

我们走进杂货店旁边的普通咖啡馆，坐在皮制扶手椅上。埃泰尔诺点了某种咖啡混合多种配料的奢华饮料，他颇有兴味地注视着我的滴漏式咖啡：“你小时候就是个纯粹主义者，我不该惊讶的，大扫除做得怎么样啦？”

“东西太多了，”我说，“有一堆你的照片，我放在一边了。你们在一起的时候看起来真是开心。你和外祖母有没有……你懂的……”我的手稍微比画了一下，但自己也不确定这个手势具体是要传达什么含义。

他盯着我：“当然了，我们当然是。你怎么能这么问？”

“我那时候还是个孩子，”我说，“我不知道。”

他拿起他讲究的饮料，啜饮了一口，但保持眼神与我对视：“你从没想过？”

“想过你跟她有没有在一起过？当然想过。”

他摇着头，头发垂下，遮住了眼睛：“我是说，想过我是否真的是你外祖父。”

“你是吗？”

他又啜饮了一口：“要我说的话，绝对有可能。也许甚至是极有可能。”

“我们能做个DNA测试吗？”

他抬起眉毛：“你总是个这么务实的孩子，但是不了。”

“为什么不呢？”

“因为你外祖母始终觉得这么做不合适。那是她的选择，我有什么资格违反呢？”他张开那双手指纤长的魔术师之手，摆出无助的姿势。

我盯着他。“如果你真是我的外祖父，你完全有权告诉我，”我说，“因此，你不是。”即便逻辑上已经排除了这种可能性，我还是为此略有些伤感。

他叹了口气，探身向前：“听着，孩子，无论如何我都站在你这边。在整理她的东西时，你没发现什么奇怪的东西吗？”

我一下子想到了那只金属手，但保持着面无表情——没人能诈一个魔术师的孩子——然后说：“哪种奇怪的东西？”

“这些年来，她买了很多魔术纪念品。”他说，“有一些被诅咒了。无论将它们从周围什么样的保护罩里取出来，你都可能会触发各种讨厌的副作用。”

我嘲笑着：“你演得可真像。”

他只是看着我，轻蔑地撇了下唇。

我们都知道这是真的。

我们都见过她完成某些只有魔法才能实现的事情。

八

当我发现那条腿时，我大吃一惊。并不是一条腿就让我那么惊讶，而是因为我原本以为它会一点点出现：胫、膝、大腿，而不是一下子完整地出现。它挺沉，不过没有正常预期的那么重，所以显然是空心的。我可以让这条腿的膝关节向前或者向后自由弯曲，运动起来非常顺溜，毫无僵硬感，几乎自然极了。

我将它放在壁橱里。我会发现多少这样的东西呢？够组装一个完整的人？这或许是外祖母收藏中的终极玩偶？她的一些“魔术纪念品”？

它是什么有魔力的物品吗？

九

我 8 岁的时候，外祖母为我上演了月蚀。

她用的是魔术把戏的形式。那时候埃泰尔诺刚结束表演，他们一起喝着精心调制的鸡尾酒，我说：“外婆，你要个把戏好不好？”她以一种喝醉时候就会使用的慢吞吞的腔调说：“我给你变个真的把戏吧。”

在外祖母绕着院子四处走动、一边念念有词时，埃泰尔诺抓着我的手，我俩就坐在那里。她猛地拽下发簪，白发散落，披在背后，她的头发比我想象得还要长。她向着天空呼喊些什么，然后我们就看到天空中有股暗色翻腾着，开始吞噬月亮。在我没注意到的某个时候，光线转冷，路灯已经熄灭。从我俩互相接触的手指，我可以感觉到埃泰尔诺的心跳，也能听到他的呼吸。

不知为什么，我感觉他跟我一样害怕。因为，这意味着这个世界与我们所以为的并不相同，有着我们无法理解的规则。对于一个孩子来说，这件事倒也没有那么大破坏性。但我无法想象对于一个成年人来说，这件事会是什么感觉。

总而言之，月蚀持续了可能有一个小时。不知何处发出的冷光刺穿了我们，我可以听到歌声，高亢的歌声，听起来既像是恐惧，又像是晕眩的喜悦。很难喘息，每一下呼吸都必须拼命挣扎。

在黑暗放过月亮的时候，我们又可以呼吸了。

但那天晚上之后，我们谁都没再谈起过这件事，我感觉外祖母后悔那样做了。

一个好的魔术师从不透露自己的把戏窍门。

十

几乎要大功告成了，除了解决掉我拖了很久的那部分——外祖母的卧室套房。它占据了都铎式房子二层的一大半：卧室、布置豪华的浴室、起居室。挑高的天花板可能很美好，但也让外祖母得以将箱子摞到更高的高度，比我高多了。我都无法够到大多数堆摞的最顶上那层，这让我怀疑个子小小的外祖母是如何做到的，直到我发现了角落里塞着的折叠梯凳。

我还是想要避开这个地点，尽管不合情理。毕竟如果有宝藏，那么这里就是合乎逻辑的藏匿所。不，还有别的原因阻止了我。房子里的其他地方我都能探索，并假装外祖母刚刚离开片刻，但闯入她的卧室就不同了。

那代表着承认她已经去世了。

我不信仰什么美化逝者的做法。我不会假装我的外祖母是个和蔼的女性，也不会假装她很善良。事实上，她专注自我，心志坚定到简直如大自然的力量般强大。

但她爱我。我是她唯一的孙辈，在我还小时，我在她眼里没有错处。那也许是让我母亲和我产生隔阂的原因之一，她用尽一生努力争取自己母亲的认可，而我无须索求便得到了。

当有人如此爱你的时候，如此深切又不求回报，你很难不以爱来回报他们。我的外祖母可能的确强迫我进入了她所选择的大学，但我俩都明白这个事实：尽管在她们俩耗尽一生所进行的漫长而复杂的博弈中，她做了许多利用我来伤害我母亲的事。我母亲没有用过这个策略，但我不确定她是没想到，还是道德上有所顾忌。我从未理解过在她们之间奔涌的所有情感之流。

我在橡木门前停了下来，这扇对开门并非屋子原有，而是她从巴伐利亚的某个地方带回来的。门上雕刻着柳树和莱茵少女，两边各有一个黄铜制成的天鹅形把手。我捏住天鹅颈项，推拉了一下把手：锁着的。我叹了口气，开始挨个儿试在厨房里发现的那一大堆没有标记的钥匙。经过 10 分钟的反复试错之后，锁发出咔嗒声，我把门推开了。

我找到了电灯开关，上下拨动了好几下，但灯泡烧坏了。你无法看清房间，因为那些箱子挡住了大部分从窗口透进来的光线。厚纸板箱摞成堆，之间留出一条狭窄的通道，这些箱子一些是旧酒箱，一些则标着舞台用品。

右手边有一个与我视线平齐的纸板箱上写着：白色羽毛，总数 1。箱子一边的胶带上还粘着幽灵般的卷须。

我费劲地穿过纸板箱之间的通道往前走，这里过于狭窄，我的肩膀总要蹭上一边的箱子。一开始通道还是笔直的，走了几步之后就出现了分岔，一边通向窗户和床所在的区域，另一边则蜿蜒通向她的起居室。

我选择了后者。

在两个房间之间的门槛处，靠近挂着一排酒会晚礼服的架子那里，我摸索着寻找另一个电灯开关，但一样徒劳无功。空气里有灰尘和香水的味道，还有一直与我擦肩而过的旧布料的气息，在我经过时随时要向我扑过来。

另一间屋子甚至比这间还暗一些，窗户完全被长长的窗帘遮挡住了。到目前为止，我一直用指尖握着手机，将它伸出去当作手电筒使用，于是手机响起时，我吓了一跳。

我扫了眼屏幕，是母亲。

我接起电话，站在布满尘土的黑暗中，这黑暗嗅着像外祖母身上的味道，“喂？”

“我需要你在一点一刻的时候到机场接我一下。”我母亲说。

“今天？”

“当然是今天！我就要上飞机了，坐的是美联航的323航班。需要我再重复一遍方便你记下来吗？”

“你为什么要来？”

“那我就能帮你了。”

我充满了怀疑，“你待哪里？”

停顿了一下，就好像我是用什么外语提问，需要翻译才能传达含义一样。“跟你一起。你不是在房子里待着吗？”

我想象着母亲“帮助”我的情形，这让我喉咙一紧。有生以来，我一直看着她们两个在较量，现在我母亲即将为胜利而欢呼，而这场胜利不费吹灰之力，只要比另一个活得久就行。或者比这情况还要糟，像其他人（比如那个探员和埃泰尔诺）一样，她想要这里的什么东西，但不肯告诉我是什么。

我下定决心，然后说：“不行，你不能那样做。我会给你找个酒店。”

“别开玩笑了，到底为什么我不能待在那里？”

我调动思维寻找借口，肯定有什么原因能用。

“这关乎合法性，”我说，“遗嘱规定，我必须自己完成分类，不能找人帮忙。”

这种说法只有一半是真的。但母亲从来不曾对细节特别关注过，所以我希望她能接受这种说法。

她也确实接受了，尽管完全不情愿。“你可以早上来接我，至少我可以帮忙，”她说，“我知道她的很多东西最初是从哪里来的，可以帮你分类有价值和没有价值的东西。”

我为自己争取到了暂缓令，因此我并不慌张。母亲热爱拉斯维加斯，很容易为去看音乐表演（她从来不看魔术表演）或在俱乐部里用晚餐这样的承诺而分心。她喜欢赌博——很长一段时间，我一直以为她们吵架是因母亲的某一笔赌债而起，但她俩从未证实过这种猜测。据我所知，这是外祖母很乐意用来指责我母亲的缘由。

我挂断电话，站在黑暗里，倾听着。但仅有的声响是房屋所发出的悠远绵长的嘎吱声，风刮擦屋顶的声音，以及远处空调发出的轰鸣声。

我向前迈步，踏入变得更加黑暗的房间。对面有什么东西在闪闪发光。

十一

或许我早该知道，她会将不管什么但自己认为是最重要的东西留在起居室里。在那里，她花了许多时间练习魔术手法，或者弹奏摆放在欧式贵妃榻[1]旁的高大竖琴。很明显，她最近也在这里度过了大量时光。茶几上，杂乱的金属拼图非常显眼，边上摆着不少娱乐业杂志，得有好几年的量。就算告别了舞台，她也认为要在这个领域跟上潮流。

她将那样东西放在一张红木与黑檀木制成的小桌上，这张桌子以前放的是雅典娜女神的高脚雕像。那是个一夸脱大小的梅森罐[2]，自玻璃壁透出略带绿色的油腻白光。就好像不是罐子里有东西在发光，而是玻璃本身在发光，经过自身透射，光线增亮了 3 倍，几乎亮如灯盏。它所投射的阴影在房间里摇曳着，并出乎意料地未被纸箱摞覆盖。

我走到桌子旁边，面向罐子。它是密封的，侧面的标签上有着我外祖母精心写下的文字。

上面写着："苏珊 · 戴的鬼魂，2/22/63。" 罐子底座那里立着张索引卡片，上面以同样的笔迹写着："她会帮你。"

我触了下罐子的侧面，尽管它的光芒几乎就像带有放射性一样，罐子本身却清冷如月，冷到让我担心皮肤会冻在上面。

罐子铁盖的边缘也覆了一层冰晶。

---

[1] 这种沙发起源于19世纪，通常供爬楼梯时晕厥的妇女使用，最重要的特征是靠背的一端升高。

[2] 美国非常有名的密封罐品牌。

“但我要怎么处理你呢？”我盯着它猜测，内心半是期待着罐子回答我，但它沉默不言。

如果我拧开盖子——这似乎是合乎逻辑的做法，尤其是在没有说明的情况下——会释放出鬼魂吗？

这是否就是大家都在寻找的东西？他们怎么会知道她有这样的东西？如果确实用过，她又用它来做什么呢？我回想起在一间卫生间里发现的某堆东西，一根根由玻璃纸包裹的长条：足够清洁整个城市的橘香肥皂，放太久了，都发褐了，还满是斑点。

这个鬼魂这么久以来一直等着被释放吗？如果它生气了会怎么样呢？我把手又收了回来。

需要研究一下。

外祖母的藏书室完全无法通行，里面密密麻麻堆满了装书的纸板箱，摞得特别高。有很多书是粉丝送的，封面内侧是给她的私人留言；还有些是舞台魔术历史传记，在脚注里讲到了她的生活，有些甚至整章都在写这个。曾经有三本格洛丽亚·艾姆的传记出版过，但只有一本获得过授权，不过从她堆积在这里的另外两本传记的数量来看，你无法发现这个情况。

我随身带上了那个罐子。为了让自己不被冻僵，我从欧式贵妃榻上拿了块小毯子包裹住它。尽管被包裹着，它的光依旧耀眼，从布料里透射出来。我将它放在门边的桌子上，开始挪动纸板箱，好清出一条通往东边墙壁的通道。

大多数的舞台魔术师都在追求货真价实、用到真正的魔法的把戏，这就像是一种使命、是伴随着这项职业而立下的誓约[1]。外祖母也不例外，东边墙壁旁的架子上放着一些手稿，是女巫的魔法书和羊皮纸，曾

[1] 原本是凯尔特战士们的神圣誓约，自愿发誓许下或是他人用法术、誓言立下，基本上不可违背。

属于约翰·迪伊和罗杰·贝肯[1]，它们的历史远远早于拉斯维加斯在沙漠中蓬勃发展的时间。

当然，这些东西并没有卡片目录或者索引系统。我用手指掠过书脊，任凭书本在我手指下碰撞而过，直到发现了《论鬼魂》，这是一本薄册子，用布满螺旋图案的蓝纸书皮包裹。这本书是几个旧金山人写的，早在我的童年时代，他们到宅子里来过一两次，虽然我并不记得他们曾讨论过鬼魂。从这本书开始看似乎再合适不过了，我又挑了几本，将它们堆在桌子上，然后坐下来思考。我的母亲在几个小时之内就会过来，所以我要像出征的战士一样，认真为自己的战场做好准备。

这话听起来有些夸张，或者就好像我母亲是个类似琼·克劳馥[2]那样的愤怒的幻影。事实上，她是个相当被动的生物，但与此同时，她又是一个始终从消极角度来看待世界的人。在我母亲眼里，天下无好事，玫瑰花心总会长着虫子，我也不例外。

在我的童年时代，她很乐于听任我自行其是。她去上班的时候，我大部分的三餐都是电视餐[3]，实际上只是坐在电视机前面吃的饭。

我的母亲性格扭曲，直到我离开那所房子、见到一些别人家的行为后，才发现了这一事实。其他人不会对父母直呼其名，其他人会庆祝生日和圣诞节之类的节日，我母亲觉得这些属于陈词滥调。其他人的父母会参加学校的活动和游戏，还有家长会。

单纯想到她就让我心碎。光待在她身边就无异于一场较量。

我把所有不希望她看到的东西都留在自己房间里，毕竟我拿着那一大串钥匙，而且那是房间唯一的钥匙。我已经将金属腿藏在房间里了，

---

[1] 约翰·迪伊是16—17世纪的英国数学家、星象师和神秘术士，是女王伊丽莎白一世的顾问。罗杰·贝肯是13世纪的英国哲学家和神学家。两人共同的特点是从当时所谓的魔法巫术里寻求科学。

[2] 好莱坞著名女星（1904~1977）。传说中虐待自己的养女。

[3] 电视餐指独立包装的冷冻餐或冷藏餐，加热后就能食用。这里用了字面意思。

现在把梅森罐也放了进去，由于一时的冲动，我将它藏得还要隐蔽一些——将它放在毛巾柜的深处，关上门以遮蔽罐子里的光。

然后我将钥匙塞入锁芯，上了锁。

背着我母亲藏东西，就好像她是对头或者敌人。就算已经离世，我外祖母还在继续她们之间的战争。

母亲的飞机晚点了半个小时，就在机场停车场等她的时候，我的电话响了起来。那是一家我从未听说过的初创公司，向我发了聘书。

受宠若惊的我表示自己可以去上班，但要等到房子里的东西归类完毕，也就是至少1个月后。

我不觉得这个请求有什么大不了，但他们非常生气，向我施加压力。薪水丰厚得惊人，但必须从下周就开始工作。

我试图弄明白他们赶时间的理由，但招聘者什么也没说，只是催得更起劲了。最后，我不得不勉强遗憾地拒绝了，然后挂掉了电话，同时庆幸这件事发生时我母亲没有在场。

但这种压力非常奇怪。当然，认为探员福雷斯特先生可以用这种方式来控制我，这样的想法未免显得我有些多疑。

难道不是吗？

我的母亲到了，围巾飞舞着，穿着套装，完全不适合这里的高温。

“我都忘记了这里的天气有多糟糕。”她说，指挥着机场服务人员将四个包放在了我的车后座上，“看在上帝的分儿上，给我找个有冷气的地方。”

我问了下航班的情况，她滔滔不绝，说了一大堆细节。

“我在卢克索酒店给你订了房间，”我说，“估计你在这里盘桓时兴许也可以同时享受一下拉斯维加斯的生活方式。”这让我们之间多了30分钟的车程作为缓冲。没有车，最后她只能依赖我载她，而这段距离足够让来回往返的路程不至于短得可以忽略不计。

我能看出她也在盘算这些，但也在努力抵御仅一个电梯之隔就能享受赌博设施的便利。她给了我一个眼神，表明“我知道你在做什么”，但还是喃喃道：“好吧。”

“我把你送过去之后，过几个小时就会再过来，”我说，“带你去吃晚饭，你想吃什么？”

“埃泰尔诺有时候会带我们去的那家不错的中餐馆，”她说，“你见过他了吗？”

“昨天在杂货店碰见过，我们喝了咖啡。”

“他还好吗？”

“一如既往，引人注目。他问我是否怀疑过他可能是我外祖父。”

她哼了一声：“他当然不是。”

她语气里的肯定意味让我感到惊讶：“那么你确实知道我外祖父——也就是你父亲是谁了？我以为外祖母从没给你说过。”

“我见过父亲。”她看着前窗，微微一笑。

“他还活着吗？”

安静。

“为什么我不知道？”我说，“你确实见过吗，看在上帝分儿上。”

“很复杂。”她继续微笑着，她喜欢掌控全局的感觉，外祖母的去世改变了我们的境地。

我再次怀疑我会不会取代外祖母，成为母亲生命中最重要的对头。最好不要这样。

我伸出手，去拉她的手：“我很抱歉，你无须告诉我。我希望能告诉你我有多感激你过来。”现在先安抚她，稍后再问，看我是否能在正确的时机趁她不备抓住她的马脚。

她说：“到现在为止你有什么发现吗？”

“一大堆垃圾。似乎没发现什么像你原先以为的那么有价值的东西。而且现在看起来房子里的环境对纸张不利，所有东西都碎了。”

“苏珊·戴有些贵重的旧物。”母亲说。现在我们进入了长街[1]，就算经过白天的日光暴晒，在电力和金钱的支持下，这里看起来还是充满活力。母亲冷淡的目光飘向了远处一群群满头大汗的游客们。

“一些非常有价值的旧物，”她重复道，“古董，她担任间谍时的军事纪念品。”

我想到了刻着纳粹万字符的手：“什么样的军事纪念品？”

她猛地转头：“为什么这样问？你发现了什么？”

她的反应让我警惕起来，我退缩了：“除了报纸没有什么。”我撒着谎，“也许我找错地方了，我只看了几个房间。”

她放松下来，“好吧，既然现在我过来帮忙，就能快一些了，”她说，“晚饭后，也许我们可以看一下。”

我给埃泰尔诺打了个电话，问他是否想跟我们一起吃晚饭，但他已经有安排了。他告诉我：“你是有能力独自与你母亲打交道的，孩子。”

我退缩了一下，我表现得真有那么明显吗？

“我想跟你聊聊。”我说。

“聊什么？”

“鬼魂。”

“哈？”他说，无论如何，他并没有犹豫，这让我觉得他根本不是在寻找苏珊·戴的鬼魂。

不对，肯定那机械肢体才是每个人都在找的东西。

晚饭的时候，我使劲给母亲劝酒，告诉她应该喝上几杯放松身心，还可以调节时差。

“好吧，”她说，“没错。”然后也同意了喝点餐后利口酒。我觉得

[1] 长街又称拉斯维加斯大道，是该市最繁华的大道。

她会在返程途中微醺犯困，这样等我把她顺道送回酒店时，她就不会反对了。

但刚离开餐厅几个街区，她就问道："我们不去房子吗？"

"很晚了，"我说，"你肯定累了。"

"我这次到这儿来的整个行程都会一直像这样吗？"

我答得模棱两可："什么意思？"

"她死了，珀耳塞福涅。你不必再为了继续护着她而挡着我了。"

我叹了口气："母亲，你想要什么？"

"想让你开心，我什么时候求过其他的了？"

"很多时候。"

她沉默了，似乎被冒犯到。她想让我充满歉意，向她俯首，但这次我非常坚决。我已经长大了，除了我自己，谁也别想主宰我的人生。

即便我正在这里遵照死者的怪想法归整她的房子。但这个想法被我丢开了。

我们在冰冷的沉默中驶回了酒店。

"我早上还有事，"我说，"我会在午餐时候过来。"

"再看吧。"她说，欲言又止，但最终还是屈服了，俯过身拥抱了我，猛烈而长久，代表着她一直无法说出口的情感。

我返回房子的时候，才发现我傍晚时把钥匙落在途经的某处了。丢的是我的小钥匙圈，开外门的那把。我把开所有内门的大钥匙环留在自己房间里了。我给锁匠打了电话，但他几小时之内还过不来。因此，我打算利用起这段时间，给埃泰尔诺打了电话，他表示不介意我过去喝上两杯咖啡，来上几个甜甜圈。

十二

我说：“她给我留了个鬼魂。”

他吃惊地抬起眉毛：“一个鬼魂？”

“苏珊·戴的鬼魂，确切来说。”

他抬起一根手指摩挲着下巴。他的厨房很小，但是很干净，看起来很少使用，在我尝试寻找配咖啡的牛奶时，只在冰箱里找到放了挺久的外卖餐盒和一玻璃壶水。

“她在戴女士临终之际陪伴在她身旁，这个我知道。”他沉思着，“但我一直以为她是在保护戴女士的鬼魂不被窃取，而不是自己去偷，该死，这太无情了。”

“她会为了什么窃取鬼魂呢？”我问道。

“呃，让我想想怎么解释。”他紧皱眉头，“有些人会为了与鬼魂对话而带走它们，但大多数情况下，嗯，鬼魂被用作力量的源头。想象一下，如果你要修一所房子，你就需要给各个系统提供能量的东西，比如供暖系统所使用的熔炉，或者供电系统要用的断路器箱。鬼魂就可以作为其中之一来使用。这就是许多魔术师都想捕捉鬼魂的原因。可以把鬼魂放入其他物体中。”

我凝视着他。

他回看我：“怎么了？”

我无奈地做了个手势：“我还指望着你能多否认一下，多跟我说说是我疑神疑鬼或是失心疯了。”

他摇了摇头，然后倾身过来拍了拍我的手以示安慰：“一旦意外发现了这个‘隐藏世界’，或者是像你一样是被带进这个世界，大多数魔术师都知道不应该否认它的存在。”

“只要我们都是坦坦荡荡和光明正大的。”我说，“大家都在寻找的这件战争纪念品是什么？”

他一下子专心起来：“还有谁在找？”

“还有谁没在找吗？”我说，“我很确定，这就是我母亲出现在这里的原因。”

他开始放松下来，直到我继续道：“还有些政府探员。”

他叹了口气，垂下肩膀：“好吧，苏珊·戴从纳粹那里偷来了一个机器人。”

“是部分零件，还是整个偷了？”我问，想了想到目前为止我发现的所有东西。

“哦，是整个。那时候我曾经跟它聊过。”

“什么？什么时候？”

“你外祖母一直让它保持着运转状态，直到你出生为止。那东西出了毛病，我不知道是机械故障，还是别的什么问题，尽管我一直觉得是前者。”

我眨了眨眼：“外祖母为什么要把它给拆解了？”

他眯着眼看我：“你外祖母从没提过吗？你母亲被那东西迷住了。”

“你什么意思，迷住了？”

“她坐在那里跟它聊天，就好像它是个人一样。她说，它的名字是海因里希，她在它身上花了很多时间。”

“它不能回话吗？”

“当然可以，不过用的是德语，而且词汇量也很有限。你妈妈是个奇怪的孩子，你肯定也是继承自她。”他对着我露出笑容。

我说：“为什么外祖母讨厌扑克牌魔术？”

埃泰尔诺洗了洗手里的牌：“这是个哲学问题，赌徒为什么玩牌？”

“因为他们用扑克牌来赌博，扑克牌是随机的。”

他摇了摇头，将手里的扑克牌责备似地扇动着：“赌徒押注的是未来，他们以为自己可以通过正确的系列手法或幸运符来预测未知。因为扑克除了模式以外还有什么呢？”

他倾身向前，微展了一下唇角，似笑非笑。他很享受当一个卖弄学问的外祖父的机会。

“我不明白你什么意思。”我不耐烦地说，我不喜欢莫名其妙的话，不喜欢为了虚饰而虚饰，而这些玄虚的话似乎都属于此类。

“你以后会明白的，”他说，“模式即所有，那个机器人除了是一台植入了程序、被它的起源塑造而成的选择模式机之外还是什么？你需要牢记这一点，珀耳塞福涅。这是一台战争机器，无论你让它握着多少花朵，它始终还是战争机器。你的外祖母最终也明白了这一点。”

“所以你确实知道她为什么把机器人拆了。”我猜测。

他叹了口气：“是啊，但我不想让你难过。你的外祖母无意中听到你的母亲与它交谈，她们在讨论如果给予它人类肉体的话，它能否超越或取代某人的人格，能否将两者交换。你的母亲想要它这样做，但海因里希不肯放弃其金属形体及该形体所赋予的力量。虽然如此，你的外祖母还是觉得最好将他作为某种坏的影响而铲除掉。你的母亲……呃，说难过有点太轻了，她陷入了狂怒。当她知道你外祖母把它的头放在哪里的时候，就带着它走掉了——带着你和机器人的头离开了那所房子，再也没有回头。”

他认真地看着我："我们都知道她有点疯狂。但这才是那种疯狂的重点所在。为了把他重新拼好，她会竭尽全力。我怀疑，既然你的外祖母已经去世了，那你母亲认为又有了这种可能，而且她决心要完成这件事。"

十三

这次，当我回到房子的时候，那座都铎式建筑的前门略微开了几英寸。有人拿到了我的钥匙，而且以某种方式知道了要拿到这里来。然后我想起了母亲令人意外的紧拥。我怎么能这么蠢？她知道怎么打车的。

“母亲？”我进门时呼唤着。我以为她去了外祖母的卧室，但在那里并没有遇到她。我卧室的门开着，衣柜和梳妆台被洗劫过了。我没有时间查看浴室了——我听到底下藏书室传来的倒塌声，就奔过去查看。

她在搜索时弄倒了一个书架，她脚旁躺着一个枕套，起伏的表面说明了里面放着所有已经收集到的肢体。我进去时，她说：“一只手和一条腿，这就是到现在为止你找到的所有东西？”

“你完全承认搜过我的卧室？”

“按理说这就是我的，她答应过要给我。”

“现实占有，九胜一败。[1]”

她指着枕套说：“好吧，现在这些都归我。”

“我希望你离开这里。”我说。

她的脸色柔和下来。她的头发都竖起来了，而且乱糟糟的。在我回来之前，她一直在匆忙奔波，尽力狩猎。

“亲爱的，”她说，“别让她——哪怕在死了之后——还继续支配

[1] 法律谚语，指的是占有者在诉讼中总占上风。

你，她很擅长让我们彼此排斥，相互对立。”

“这个我们都很擅长，”我说，“这是家族特质。母亲，别胡闹了，你是否从我这里偷了这些东西？”

母亲目眦欲裂：“偷？！我说过了，她答应过把这些给我……”

“但在遗嘱中没有提到。”我指出。

她垂下眼帘，望着褪色的地毯：“她年纪大了之后就糊涂了。”

“你俩闹掰了，她把你彻底摘了出去，”我说，“我确信，在她看来，这些情况会否定之前的安排。”

“现在你有机会将之改正。”她突然道。

我给她让出路来：“很好，带上它们离开吧，但是把钥匙留下。”

如果她已经复制了钥匙，我也不会感到惊讶，但她在进到这里之前只有外面的钥匙。我得着手让锁匠换掉那些锁。

她刚一离开，我立马就查看了浴室橱柜。苏珊·戴的梅森罐还在那里，至少我保全了它。

外祖母让我归整这所房子，解开这一团乱麻，是希望从我这里得到什么？为什么不给我留下指导，甚至没给出一个起始点？

不过，她有留下，不是吗？我想起了那张罐子旁的卡片：她会帮你的。

外祖母料想我知道该怎么获取那知识。

你把它们放在其他东西里，埃泰尔诺说过。

我想起了玩偶堆，玩偶无神的凝视。

现在我知道要做什么了。

十四

锁匠换好锁走了之后，我锁上了外门，就开始了。我查看了电话，母亲暂且什么也没发给我，但这也是意料之中的事。在与我的较量中，她永远不是先低头的那个人。她几乎一生都没能掌控身边的事物，而我是她完全掌控的第一样东西。我一生都是她俩较量的战场。

现在母亲在等，她知道早晚我会来恳求她，知道我在外祖母已经去世、自己已经彻底失去一半人生支撑的情况下，无法完全和她撇清关系。

自从大学毕业之后，我一直过着居无定所的生活，担当咨询顾问，在这里住 6 个月，在那边住 3 个月，享受着在酒店里的生活，干净，没有家庭历史的困扰。其他任何地方似乎都变得让我特别紧张，充满了用礼物资助购买的家具，是我的责任。我不得不保护自己不受母亲和外祖母的侵扰，一遍又一遍，以便尽可能摆脱她们的困扰。但她俩总是在我脑后，一直近在咫尺。

在大学课程里，我遇到了一句名言“110% 的美国家庭都是不正常的”，我的当然也是。

当我搜索玩偶堆时，我发现了一个玩偶与苏珊·戴的照片非常相似，甚至包括她金发的发型。

那是个很大的玩偶，配有说话装置。这重要吗？至少我觉得试试也无所谓。

我将玩偶放在罐子旁，在它俩之间来回看了看。我的外祖母没有留下任何指示，这是否意味着无此必要？有些时候，你必须勇往直前，看一下结果。

我用外祖母的一件旧毛衣垫着，避免手指被盖子冻僵。一开始很难拧动，我想到了类似将罐子放在热水龙头下面，或者将罐子上下翻转并在地板上轻叩盖子等家庭土法，但这些办法似乎都太过实际，太不神秘。

但是最终，我还是把盖子拧开了——我无视冰冷的噬咬，用一只手肘牢牢夹住罐子，然后扭动瓶盖，再扭动，直到它从我手指间跌落，哗啦砸在地板上。

尽管从外面看光芒闪耀，当我向罐内望去时，罐子内部却犹如午夜般漆黑，仿佛里面藏着无垠的空间，无休止地伸展开来。当我凝视罐子深处时，一道蓝光向我扑来，就像从很远的地方冲向我一样，越来越近，越来越近。

我及时将头从罐子旁移开，蓝光从罐子里射出，无声地射到高高的天花板上，光彩夺目，分裂成一千个光点，照亮了房间，就好像我是站在日光下，而不是在屋子里。

然后，所有光点都同样突然地聚到我面前的玩偶上，其速度和力量让人觉得玩偶会在这种冲击下颤动。不过随着光点跃入玩偶内部、消失不见，玩偶完全没有动弹过，只余眼睛、嘴巴和四肢关节接缝处渗出的光芒。

现在它抽搐了一下，动了。它睁开眼睛盯着我，那双眼睛里燃着深色绿松石般的光芒。“你是谁？”玩偶问，它的声音高亢而刺耳，完全不似人类。

“我叫珀耳塞福涅。格洛丽亚·艾姆是我过世的外祖母。”

“过世？那么格洛丽亚死了吗？现在是哪一年了？”

我告诉了她，玩偶发出嘶声，那肯定是一声叹息，然后颓然跌坐回了之前的位置。“这么久了。”它再次目不转睛地盯着我，“你想要什么？”

“我的外祖母把你所在的罐子留给了我，告诉我你会帮我。”

“还真是你外祖母的典型做派，把我关在罐子里长达半个多世纪，还指望我帮助碰巧打开罐子的随便什么人。”玩偶说。这样刺耳的低声竟然如此冰冷而讽刺，真是令人震惊。

“是关于曾属于你的一个东西，”我说，“一个机器人，德国的。”

“啊，海因里希。”现在玩偶的声音似乎柔和了一些，“他现在在哪里？”

“事实上他被拆成了一个个部件，四处散落在这座和旁边两座房子里。我希望你能帮我找到他。”

“我也许可以。但他是怎么成了零部件的？”

“你的门生弄的。至于原因，我也不知道。我还没能把部件拼到一起。”

“不足为奇。可能有无数种理由。他是作为杀人机器而造出来的，而不是作为私仆。”

“你偷了他之后，为什么不交给政府？”

“他求我的。他知道那些人会拆了他，以便搞清楚制作的方式，来生产更多类似他的东西。见过他能做的事情之后，我不确定该不该把他交给其中任何一方。”

“所以你只是将他塞在橱柜里。”

她耸耸肩。“我没有拆他。”她指出。

我犹豫了一下：“你能和我的外祖母对话吗？”我问，“在那边，在彼岸。”

“不是那样的，”她说，“并不存在某种心灵感应的电话线将所有逝者自动联结起来。”

“哦。”我原本还希望听外祖母亲口告诉我她有何目的。我想知道她的鬼魂怎么了，她死得非常突然，某天晚上外出时心脏病突发带走了她。没有人坐在她的病房里保护或带走她的鬼魂。当没有人用梅森罐打断死亡时，死亡仍会继续，并按普通鬼魂的方式完成该做的事。

“在罐子里的感觉如何？”

“什么？”玩偶茫然道。

我指着桌上已经打开的罐子：“是什么感觉？你能看到什么，听到什么吗？”

“哦，不能。什么都不能。”听起来，她对这个想法很淡定，但我颤抖着，想象数十年来一直被关在罐子里、茕茕孑立的感觉。

“你现在会指给我看那些部件在哪儿吗？海因里希的？”

她点点头，闭上玻璃眼睛，一点微光从嘴里冲出，悬在我面前的空中，我走向那微光，它蜻蜓点水般而去，带着我开始了寻找之旅。

搜索比我想象的费时更短，但这些部件散落在三所房子里。当我集齐全部部件后，那缕光线将我带回玩偶那里。我希望她再次开口说话，但光线冲进了梅森罐，停留在里面。由于不知道还能做些什么，我把罐子又盖上了。当盖子打开时，玻璃罐的温度与室温相同，而盖上的那一刻，罐子的温度又开始下降。

我将已经找到的东西归整了一下。我以为除了母亲拿走的部分和机器人的头部，我已经收齐了所有的部件，但实际上还少一只手，机器人的右手。我很确定自己并没有错过房子里的任何碎片，那么那只手也是母亲拿走了吗？我咬着嘴唇，试图盘算清楚。

母亲对这黄铜机器人的渴望如此强烈，以至于她准备好要为此放弃我了，她的动机我只能猜测一下。她是否像埃泰尔诺一样，认为它可能是她的父亲？

这是我母亲全新的一面，我之前从未见过，但既然我知道她一直带着那个头，这开始让我明白了很多事情。她一直更愿意独自待在卧室里，对自己的隐私严格保护。有些时候她会同意某件事，离开一阵子之后，回来时又反悔了，说是三思后的决定。

这种感觉就像是发现某个你认识的人是个隐藏得很好的瘾君子一样——突然有很多事情都通了，以前所未有的方式解释通了。

我的整个童年时代一直有双亲当中的另一位在做出指导，只是我不知道而已。我以为母亲一直孤身一人，并因此为她感到惋惜。现在我才发现，她的伴侣比大多数人的更加忠实，因为他果真是无法离开她的。

我给埃泰尔诺打了个电话，然后又打了个给我母亲。她知道我会打给她，她故意等了会儿才接电话，我敢肯定。

我说："我想见个面，我拿到了剩下的部分，但我要你拿东西来换，我想让你签份文件，写明你放弃财产的其他部分。"

电话那头沉默了一小会儿，她正在脑海中盘算我的话究竟是什么意思。是在考虑她是否还会想要其他东西，某种她一时还未想到的东西吗？但是最后，她做出了我认为她会做的选择。

"我们在哪里见面？"她问。

我把见面地点的名字发给她，离酒店足有 30 分钟的距离："我们可以约在 4 点见。我不去接你了，你得打辆出租车。"

"好的。"她说，然后一言不发地挂了电话。

我又给埃泰尔诺打了个电话。"好了，"我说，"她会过去的。我不露面，她就会开始怀疑。那时候你再现身，你可以让她稍微分一下心。她离开时给我打个电话。"

然后我出发了，去母亲的酒店房间行窃。

十五

我开车的时候在脑内预演的所有详细准备——那些仔细的、强迫性的、为所有可能的情况做的计划，最终全都没用上。因为是我给母亲订的房间、拿的房卡，所以前台服务员认识我。我说："我的房卡不能用了——我把它放在手机壳里面了，会不会是这个干扰了它？"

"我一直说，手机越智能，卡就越傻。"服务员说。

一切进展得如此顺利，我不禁怀疑事情随时会被搞砸。

但随着进入酒店内部，我发现自己放松下来了，我先前没意识到在外祖母的房子里是什么感觉，那些东西对我有什么压力。到了这里，在奶油色与柠檬色相间、散发着消毒剂味道的走廊里，这里灰尘不敢聚集，衣鱼不敢抽搐，我发现自己飘浮般地沿着走廊往前走，直到看见母亲房门把手上挂着的"请勿打扰"的牌子。

打开门，我又回到了地上。妈妈一直也是热爱筑巢的囤积者，尽管不像外祖母那么过分。这酒店房间内的情形就是证明。成堆的衣服铺在地板上，还有外卖盒和星巴克的空杯子。一只苍蝇在薄纱窗帘和窗户玻璃之间飞舞，就像一把迷你链锯。

她怎么能在刚到这里没多久的时间里就囤积了这么多东西？

梳妆台上有一块奇怪的金属板，似乎与我截至目前所发现的东西使用的技术相同。那是一块足有4英寸厚、边长8英寸的八角形坚固物体，太过沉重，很难拿动。其中心是一块圆形的浅凹，直径差不多有

5英寸[1]。

在她的床下，我找到了一个旧行李箱，是用来装假发或帽子的那种箱子。我将它拖出来——箱子很重，看来有戏。上面的行李牌的字迹是母亲的手写体，优雅而纤长，边缘带有多余的曲线。我记得这个行李箱，她总是带着它。

我不得不砸开锁才打开了箱子，在里面，果然。

我将机械头拿了出来。

它很重，比普通的人头要重一些？我无从判断，但感觉就像是放满了25美分硬币的罐子，稍微一倾斜，里面的东西就会跟着移动。我将机械头翻过来，脖子朝上，在脖子底部的金属盘之上的一个凹痕处涌出了一滴银色液体（油状，像水银一样的物质），形成了一个带有凹坑的小碗，每圈的内部都蚀刻着错综复杂的电路。

机械头一下子睁开眼帘："看着我。"

吓得我一个失手，它便跌落在满是灰尘的长绒地毯上，发出沉闷的声响，然后滚到几英尺之外的地方，脸颊着地盯着墙壁。它没有开口，但凝视的目光从一侧转到另外一侧，评估着周边的环境。

我从后面走上前，将它捡起来，但保持让它的脸不朝向我。我将它放在梳妆台上的盘子里，现在我才发现这种不搭原来是有道理的。

"珀耳塞福涅。"机械头说。

一阵寒意蹿过我的脊椎，这个声音我认识，在哪里听到过，某个遥远的地方，已经记不清了。

"你想要什么？"我问。

"你为什么在这里？"它说的是英语，但的确带有轻微的德语口音。

"将我母亲偷走的部件拿回去。"我盯着他，"看来我发现了额外的

---

[1] 分别约合10厘米、20厘米、13厘米。

收获。”

他沉默了一会儿，像是在盘算什么：“你会将我跟我的身体重新组装到一起？”

“如果我打算这么做的话，是否就没问题了？”我很好奇，很明显这个东西没什么忠诚感。

“也许。”它说。

我的手机响了。

我轻松接起了电话，即便妈妈加速回返，我也有很多时间。但埃泰尔诺的声音很急切：“她离开有一会儿了，但我的手机死机了。你可能只有 5 分钟了。”

我一惊，肾上腺素冲脑。“好吧，”我一边收拾机械头和肢体，一边对着头说，“如果你保持安静，也许我能把你的身体重新组装起来。大喊大叫的话，我就放弃这个计划。”

“我会配合的。”机械头说。在我将肢体和机械头绑在一起夹在左臂下、通过后楼梯离开酒店时，它信守了诺言。我出门时，听见了母亲进来的声音，因此我不敢停留，一直到完全离开酒店。

在上车之后，开车回去的路上，机械头就一直试着跟我交谈。我调大空调，但仍感觉脸红心跳，身体发热，心慌不已。

“为什么我能认出你的声音？”我问它。

“这不是我们第一次交谈，”它说，“你还是个孩子时，我们就聊过不止一次。”

“是你还和我外祖母在一起的时候，还是我母亲把你偷走之后？”

它沉默了，就像找不到表述的词汇。最后它说：“都有，但等你长大到能够说话时，你母亲就禁止我将自己的存在透露给你。”

“为什么？”我母亲在害怕什么，如果我和机械头交谈的话？

它噘起嘴唇，转了转眼球，来代替耸肩。“我不记得了。”它说，言辞寡淡得像是没涂黄油的吐司面包。

“胡说八道。”我说，然后回家的一路上，我们没再交谈过。就算到了地方，我也没有将它和肢体放在同一所房子里。我不知道它是否能够控制它们，但我觉得我外祖母将这些部件放得如此分散，肯定是有原因的。

我返回起居室，再次打开梅森罐。光又升起来，四散溅射。

“你知道你只能这么做三次，对吗？”玩偶问我。

“不知道，不过第一次就提到这一点会更好些。”

玩偶的沉默就像耸肩一样富有表现力。

“第三次会发生什么？”我问。

“我会再回答第三次问题。”

时间仿佛停顿了一下。我有一种暴怒的感觉，就好像错失了什么东西，这种感觉通常只在我与母亲或外祖母相遇时才会有。

“第四次呢？”我谨慎地问道。

“第三次之后，我将消逝并归于亡者之界。”

“明白了。只有三次，因此让我们开始回答吧，海因里希呢？他能重新组装自己吗？”

“如果部件足够靠近的话，可以。”

“她之前是怎么把他拆解的？”

“是一种故障保护机械系统。”

“什么样子的？你能用先前找到他的办法来找到那个系统吗？”

“我不能。那个东西看起来像是紫色金属制成的9粒小豆子，它们挤在一起。按一次可以将他拆开，”她犹豫了一下，“按两次就能擦除他的人格和记忆。”

“你为什么没那么做？”

“我说过了，他求我，他说自己被判处终生折磨，求我给他缓刑的机会。”

我的思维飞快地掠过先前见过的东西，想起了那些奇怪的紫色多肉植物。“我也许知道那些东西在哪里。”我犹豫了一下，但想不到其他要问苏珊·戴的问题了。

“很抱歉我的外祖母杀了你，还把你的鬼魂关在罐子里。”我脱口而出。

“你确定自己是格洛丽亚的外孙女吗？”

“我认为自己是，但是，”我承认，“到了现在，什么也不会让我惊讶了。”

外祖母的脸庞出现在我的记忆里，我想到这些年来她为我做的一切。“不，这不公平。我知道她是我的外祖母，我爱她。你肯定也一度喜欢过她，也许甚至爱过她，不是吗？毕竟，她曾经是你的门生。”

“她曾经是。”玩偶的玻璃眼睛驻留在不远不近的某个点上，“我确实喜欢过她，但你的外祖母的外表比内心可爱多了。在内心里，她冷酷如铁，只要是为他人谋福祉的事她都不值得信任，除非为了她自己。也许是因为你是她自己的骨血，你在她的心中占据了特殊的位置，但我就不具备类似的优势了。很长时间里我以为我可以——是她让我这样想的。直到她将枕头蒙在我脸上时，我才明白我一直都在自欺欺人。”

这些话字字句句我都相信。外祖母对于任何我认识的人都是冷酷无情的，除了我母亲之外。

但这确实是真的吗？我想到了将苏珊·戴的财物运过来的那些板条箱，连带她将其遗赠给我外祖母的遗言。一件接着一件，从此她便开始了囤积；从此她内心的愧疚便开始侵蚀她的闪光。

“我会修正的。”我说。

“你要怎么弥补我那些被她夺走的岁月？”玩偶问。

“我不知道，”我说，“但我会的。”

十六

母亲给我的语音信箱留了消息：刺耳的谩骂。

我听了很震惊，但并未删除它。我要留着，等再次想向她屈服的时候用来警告自己。

我对紫色花盆的想法是正确的，但对于弄到那些花盆的难易度却估计有误。庭院里的植物一丛丛地纠结在一起，有着预料不到的尖刺——长得邪恶，就像黄蜂一样刺人。我将花盆一个接一个地从纠缠的植物中费劲地拽出来，所有植物都生长得太过茂盛，花盆很难取。因此我将它们砸碎，揪起簇簇肮脏纠缠的根须寻找着。每次，苏珊·戴所描述的金属豆子都被长长的卷须缠着。我无法忍受将植物丢在花盆外面的混凝土上，因此又把它们重新种回了中央喷泉旁狭窄的土壤带中。

电话留言之后不到一小时，母亲就现身了。

“我会打给警察，告诉他们你偷了我的东西。”她站在门的另一侧威胁道。

“哦，拜托，”我说，“你无法证明这里的任何东西归你所有。”

“并非如此。我有一份所有权证书，证明这个珍贵的古董机器人是我的，有伦敦佳士得拍卖行出具的签名评估，详细描述了机器人的细节。”

“好吧，希望你能在这里找到它，祝你好运，我言尽于此。”

“我会把这个地方搞得纠纷不断，你就再也没法处理任何一件东西了。你会为昂贵的玩偶承担遗产税，你付不起。”

这比她的其他威胁更有说服力。根据遗嘱条款，我在完成对房屋和遗产的完整估价之前无法出售任何东西。我再次怀疑外祖母的想法，其后肯定有更充分的原因，而不是要将我的生活尽可能地搞得一团糟？你可能想过真正的魔术师会对自己的死亡有些预感，与我自己重大事件表中的某个时间段的结束期一致，届时我无疑手头很紧。

“你需要怎么做就怎么做吧，”我说，“但 15 分钟之内我会打给警察，将你驱逐出这里。”

还好之后我就上楼了。苏珊·戴说对了，那些分散在不同房子里的部件无法自行组装，但她忘记告诉我在同一所房子里的那些能够——也会——组合起来。一只手臂正牵扯着机械胸膛掠过地板，手在摸索着一切。它将床罩从床上扯下来了，撕成条状丢在地板上。

彼此分离的肢体毫无生机，只是奇怪的玩具，但组合之后，它们的存在令人生畏。我用金属珠将它们拆开，然后将其中一个锁在箱子里，另一个锁在房子另一头的壁橱里。

母亲在外面喊叫了一阵子，然后离开了。

与此同时，我用金属珠做了些实验。它们扣在一起就会成为一个奇怪的空心小球，可以用手捏，但很费力。这么做的确能让部件彼此分离，产生的力量足够让它们分开数英寸的距离。

我尽可能仔细地检查并重新排列了部件的位置，完成后，我意识到外祖母藏匿它们的方式正是为了让肢体尽可能远离其他部分。

把头部也包括进来以后，所有部件就几乎没有再重新摆放的余地了。我给福雷斯特探员打了个电话，说：“我还不知道你要寻找的纪念品在哪里，但我的确有个猜测。我母亲给我看了一份真品鉴定证书，那物品被描述为‘有价值的古董机器人’。也许那就是你要找的东西？”

“的确如此。”他嘘了口气，“你为我们提供了宝贵的信息，艾姆女士。”

这不会帮我拖太久，但能拖一会儿。

有没有办法可以关掉那个东西？我去了藏匿机械头的地下室，我先前将它用毯子裹起来放在大箱子里，这样它就不能呼唤任何人了。我随身带着珠子，用一只手拿着珠子，再用另一只手解开裹住机械头的毯子。

“为什么我不该直接把你的存在给抹去呢？”我问它。

“为什么你不该把我还给你母亲？”

“你是一台战争机器，不具有道德，你是为了制造毁灭而生的。”

“制造我有很多原因。我的创造者艾森曼赫博士根据他死去儿子的形象制造了我，并且教了我所有年轻的奥托·艾森曼赫所擅长的事情，比如言谈和钢琴弹奏。但没错，我被制造出来也是为了执行军事战略。”

“苏珊·戴怎么把你偷出来的？”

它笑了：“偷？是艾森曼赫把我给她的。他说，他不希望看到我被用于战争，而她会保护我。他不知道她是个间谍，但也没什么区别。她告诉她的上司，我已经被摧毁了，然后自己把我留下了。”

我不安地触摸着那些小珠子，我有些感觉，自我出生以来，就是这个东西一直控制着我母亲。如果它消失的话，也许我们有机会和解。

“我很珍贵。”机械头说，“我的大脑里储存着上千个图书馆的知识。”

“他是否在编程时也加入了心理学理论？”我怨恨道，“这就是你学会用如此娴熟的手段控制我母亲的方式？”

我只是开个玩笑，但它当真了：“所有的心理学理论。还有我们的科学家所收集的数据。”

“数据？”我轻声说。

“他们有数千个实验对象，他们认识到了那么多。”

不由自主地，我捏着装置的手指抽搐了一下，但第二下则是我主动的。

机械头里面有什么东西咔嗒作响，发出嗖嗖声，然后它陷入了沉默。我没有费劲把它再放回大箱子里，而是拿回了卧室。

有人敲门，我开门时，埃泰尔诺站在那里。我向他眨了眨眼，他说：“看在上帝分儿上，孩子，邀请我进去。”

“是像吸血鬼一样吗？除非我邀请你，否则你就不能进来？”我饶有兴致地问道，但他摇了摇头。

“是因为我相信礼貌。”他冷漠地说，进门时他饶有兴致地环顾四周。

“你和我外祖母对于彼此意味着什么？”我问。

“事实上，我就是你的外祖父，但只算一半。”他承认，“那个——机器也对子宫里的你母亲产生了影响，至少，她吸收了他的一些能量。她也知道这一点，不知为何。尽管还是婴儿，只要他在房间里的任何角落，即便她看不到也听不到他，她都会转头朝向他的方向。”

“她为什么要留着他？”

“你外祖母吗？我觉得你并不清楚它完整无缺时是怎样的人物。它很迷人，英俊，强大。”

“你上次说过它的词汇量有限。”

“一开始是这样的，但这件东西会自我调整、自我学习。”

“你不必再担心它了。”我说。

电烧水壶停下时，另一声敲门声传来。

“你去开门，”我说，“我猜是探员。”

埃泰尔诺皱起眉头，但没有反驳。

我泡茶去了。等我回来的时候，在埃泰尔诺身旁的不是探员，而是我的母亲。她站在那里，姿势极其怪异，那只不见了的金属手抵在他的身侧。

很明显埃泰尔诺对它的能力比我更了解，他一直纹丝不动。

她对我说："他在哪里？海因里希在哪里？"

"不在这里。"我说。

她用金属手指猛戳埃泰尔诺的肋骨："带他过来，不然我就把这个老头杀了。"

"他是你的父亲。"

"不，海因里希才是我的父亲，带他来找我。"

我能怎么办？

"他在楼上，"我说，"我可以把他带过来。"

她的眼睛冲着我闪闪发光，我怎能猜到她的疯狂程度有如此之深？

"好吧，"她说，"但如果你想要什么手段，你该知道我会杀了他的。"她向后抽手，往下一指。随着噼啪一声爆响以及电击的气味，枪膛里嗖地射出一粒子弹，射在埃泰尔诺的腿上。他痛呼出声，跪在地上，然后向前伏身，双手着地。她站在那里，拿手重新指着埃泰尔诺的后脑，向我挑衅般地点头。

"好吧，"我匆匆说，"好吧。"我上了楼。

怎么办呢？但我脑海里闪过一个计划。

我也许是已经删除了海因里希的人格，但他的身体还在我手里。

对于一个鬼魂你能做什么？"你可以将它们放入某些东西里。"埃泰尔诺在我脑海中低语。我还没有将苏珊·戴放回她的罐子里。

十七

当母亲看着机器人走下楼梯的时候，她向前扑过去，推开了挡路的我。我走向躺在血泊中的埃泰尔诺。

“老头，撑住，别死过去。”我对他说。

他握住我的手，他雪白胡须下的双唇已经变得苍白。“我尽量。”他粗声说。

我看着机器人眼中耀眼的蓝光。

“就是现在。”我说。

我希望鬼魂能解除她的武装，或者随便怎么样，而不是无视枪弹的闪光与巨响，伸手掐住她的脖子并折断，让她的身体落在地板上。

苏珊·戴转向我，她本来可以说点解释或者谴责的话，一些关于正义得到了伸张之类的长篇大论。但是她饶过了我，并没有开口。

埃泰尔诺紧紧握住我的手，我将目光从机器人身上转开，摸索着手机。

十八

警察问了很多问题，但最终并没有证据，只有怀疑。我接受了美国官方的建议，让他们对外祖母的财产进行清点造册并加以评估，这让我省了一些钱，少花了许多时间，还节省了无数的汗水与辛苦。在他们忙碌时，我将母亲火葬了，并安排了一场有品位的小型追悼会。

我请大家不要送花，而是向接受了外祖母大量物品作为捐赠的同一家舞台魔术博物馆捐款。

福雷斯特探员推荐的一家公司打包走了其他东西，并送去做线上拍卖。他和他的探员搭档很失望：没能发现他们要找的战争遗物的蛛丝马迹。但是我和埃泰尔诺确实制造了足够多的假线索——这事就我们俩知道——够让他们忙活一阵子的。

埃泰尔诺过来监督我将最后一批物品从外祖母的房子里搬迁出来，包括那些玩偶，甚至还有三个穿着她在20世纪70年代早期所穿服装的人体模型，虽以透明塑料包裹着，但仍散发出闪亮的光芒。

"小心点，"我对搬运工说，"那些很贵重。"

"全部卖掉？"埃泰尔诺问，他从附近的商店带了黑咖啡给我，我们站在那里看着搬运工忙碌，一边啜饮着杯中的咖啡。

"卖掉大多数，"我说，"但是我会在德沃尔[1]那边买一所自己的房

[1] 加州地名，位于连接拉斯维加斯和洛杉矶的国道处，离洛杉矶很近，离拉斯维加斯稍远。

子，所以我会保留少量东西。”

“留在这附近，是吗？很好，很好。”他一脸欣喜。

我看着搬运工将卡车门关上，有两个人体模型会被运往魔术博物馆，第三个我会随身带着，因为在缀着亮片的衣服和一些仔细包裹的混凝纸下面正是机器人的身体，里面还藏有苏珊·戴的鬼魂。

她同意在这具躯壳里待一阵子，这或许是作为外祖母从她那里偷走时日的补偿。她甚至表示，很期待与我住在一起，研究一下这个陌生的新世界，抓住闪光，就像我外祖母说过的那样。

至于我的感觉，我还不完全确定，但也正在说服自己接受这件事，同时也想到要保留足够的东西来布置自己的公寓。

要留下一些能让我回忆起童年的东西，比如那套床罩。我自己的历史，而不是母亲或者外祖母的。她们曾跟我在一起，她俩都是，我一直也因为她们的离开而感到难过，但并不后悔。永不后悔。

你可以抓住闪光，但必须张开手，不是握住那些东西，而是向前探索。

抓住闪光，我的外祖母过去常说。这也是我要做的事情。

凯特·兰博，美国科幻作家，发表了200余篇小说，2部长篇和5部合集。她还撰写非虚构作品，包括写作方面的技巧等内容。她所经营的兰博学院教授写作课程。她还担任了美国科幻奇幻协会两任主席。她的作品屡获星云奖、世界奇幻奖等知名奖项提名，其中《抓住闪光》获得2019年星云奖最佳短中篇。